麥田人文

王德威／主編

麥田出版

Perspectives on Taiwan Literature by Ching-ming Ko

臺灣現代文學的視野

柯慶明

目次

參・專論

肆・簡論

獻給

齊邦媛老師

——余既滋蘭之九畹兮，又樹蕙之百畝。
畦留夷與揭車兮，雜杜衡與芳芷。
冀枝葉之峻茂兮，願俟時乎吾將刈。

序

對於藝術的喜愛本來可以不分畛域；但文學卻往往受限於語文的媒介，雖然可以經由翻譯，許多精微的感知卻不免終隔一層。因而我們可以深入體會的文學終究會受到我們所精通語言的局限。與語文一樣限制我們的，還有我們生活其間的社會文化，在習焉不察中規範或引導了我們的注意與反應的方向與方式。對於戰後生長的第一代人來說，臺灣在各方面的「現代」化，無疑是我們共同的主要關懷。因而以「現代」的視野來思索反思我們的文學似乎是再自然不過的作為。長期以來我的研究與教學一直聚焦在：如何以「現代」（甚至「後現代」）的觀點，來重新認識中國古典文學的傳統。但是大學時代的幾個機緣卻也使我未能貴古賤今或忘情於當代的文學與文壇。

先是在中學時代，因經過周夢蝶先生位於明星咖啡屋前的書攤，而開始了現代詩的閱讀創作與投稿。後來又陸續發現了《文學雜誌》、《現代文學》雜誌，使我進入了豐美的現代小說的世界。以第一志願進入了臺大中文系之後，和前後幾屆志同道合的同學決定要將系刊《新潮》，必也正名乎的辦成一個前衛的文學雜誌。於是除了各種文類的創作，又決定開始以嚴謹的文學研究方式，來探討當代作者的成就：張愛玲、朱西甯、司馬中原、周夢蝶……等人都是我們撰述研究論文的對象，就當時只考證到《紅樓夢》為止的中文學界而言，可算是頗具挑激意味的創舉。

後來應邀參加《現代文學》雜誌，先是擔任「中國古典文學研究」專欄的編輯，終至成為末代的執行主編，和當代文學與文壇終於又有了千絲萬縷的糾纏。因而，役畢返回臺大任教後，當中文系在葉慶炳主任倡議下，訂「現代散文」為必修；「現代詩」與「現代小說」為二選一的必選課程時，我也先後受命負責開發與教授這些課程。

只是自《現代文學》雜誌停刊後，一方面失去了發表的園地；一方面中文學界仍然完全不承認這類研究的學術價值。因此雖然在十餘年教授這類課程的過程中也積累了不少心得，卻一直未有這類論述發表。尤其這些課程轉由較年輕的同仁擔任後，更是一頭栽進文學理論與中西美學的研究與教學裡，似有漸行漸遠的意味。直到舉辦「四十年來中國文學會議」時，在負責籌劃齊邦媛老師的指定下，方才撰述了〈六十年代現代主義文學？〉一文發表。

自是以後，一些從事臺灣文學研究的友朋，往往多有邀約，〈傳統、現代與本土——論當代劇作的文化認同〉是臺大舉辦「文化、認同、社會變遷——戰後五十年臺灣文學國際學術研討會」時，作為籌辦者之一，必須發表的論文。當時深覺文學研究界，對於當代劇作未免太過忽視，決定「求人不如求己」，因而著手的撰述，希望能夠喚起對臺灣現代文學運動中戲劇這一環節的注意。〈臺灣「現代主義」小說序論〉是參加日本東京大學主辦「二十世紀臺灣文化綜合學術研討會」時發表的論文；寫作的緣起，則是和白先勇先生久別重逢，欣喜之餘，他不免一再敦促，我應該利用曾經就近觀察之便，對六〇年代現代文學作一番完整而深入的論述。所以先以「序論」表明，從此要逐家探索，系統考察。

〈情慾與流離——論白先勇小說的戲劇張力〉是應同事梅家玲教授主編《中外文學》「白先勇專號」邀稿的寫作。〈《孽子》的「臺北人」傳奇〉，是應邀參加白先勇名著「《孽子》學術研討會」發表的論文。〈葉維廉詩掠影〉是應天津社科院出版《詩探索》「葉維廉研究專輯」邀約的論文。〈防風林與絲杉——林亨泰與白荻詩中的臺灣意象〉一文，則是好友呂興昌教授在成功大學籌辦「詩／歌中的臺灣意象——第二屆臺灣文學學術研討會」時，指定要我探討本省籍詩人詩作中的臺灣意象，因而交出的作業。這些篇章，不論是「綜論」，是「專論」，應該都算是合於書名的正文。

但是臺灣終究不能自外於世界大勢；文學確實也需要發表媒介來傳播甚至催生。因此以「前論」為名，另外收入了〈二十世紀的文學回顧——由新文學到現代文學〉與〈學院的堅持與局限——試論與臺大文學院相關的三個文學雜誌之一：《文學雜誌》〉兩篇，前者原是聯合報系文化基金會、二十一世紀基金會所主辦的「二十世紀文學大回顧」系列演講活動，我應邀作了開場的第一講，後來由鍾正道先生整理，發表在《聯合文學》上，算是由我「主講」而非著作的一篇。但是鍾先生的整理，大體上仍能保存了我的主要思路，我仍然覺得其中所討論的種種變遷，不但正是「現代」所以有別於「傳統」的社會、文化「視野」之基礎，尤其原來即是扣緊「文學」的發展來講的，雖然簡略，但仍對所謂「現代文學的視野」有所闡述，遂將它列於卷首，算是一種提供背景的「導言」。

〈學院的堅持與局限〉一文原是應中正大學主辦「文學傳媒與文化視界國際學術研討會」邀約撰寫的論文，原來計畫討論的對象還包括《現代文學》與《中外文學》，但下筆潺湲，只討論了《文學雜誌》即已遠遠超過了規定的篇幅，只有先行打住。然而《文學雜誌》確實是臺灣現代文學的重要源頭之一，對雜誌的討論，亦是另外一種背景的提供。因而一併列入「前論」。我個人對於「臺灣現代文學」比較全面的討論，自然仍是〈六十年代現代主義文學？〉一文，但已收入我的《中國文學的美感》一書中，此處不便重錄。關心此一題目的朋友，自可一併參酌。

在校園裡的一次偶遇，我向當時擔任臺大圖書館館長的吳明德教授，建議收藏臺大文史名家手稿作為圖書館特藏組努力的新方向。得其首肯後；不數日又在公館捷運站電扶梯上遇見王文興老師伉儷，當場問起《家變》與《背海的人》的手稿。結果是：不但還保存在家中的鐵盒子裡，王老師還答應交由臺大圖書館特藏組典藏。由此開始，我們又先後收藏了林文月、葉維廉、王禎和諸先生的手稿，舉辦了他們的手稿資料展，並先後為臺靜農、鄭騫兩位老師舉辦了百歲冥誕的系列活動，也為殷海光先生舉辦了捐贈藏書資料展。

在這些展覽中，我除了負責規劃展出的方式，撰寫看板與廣告摺頁的文字說明，並且皆撰寫了相關的論述文字在媒體上發表。王文興老師的手稿展出時，我寫了一篇〈在網路的時代裡保存手稿〉的小文誌其緣起，反而沒有直接對王老師與其作品有所涉及；雖然《中外文學》出「王文興專號」時主編者亦將我在手稿資料展上撰寫的文字登錄其中。因而當將這些為展覽所特別撰寫，批露在報上的論介文字中，其與當代文學明顯相關的幾篇都收入本書，列為「簡論」之際，決定另外檢出，當年「臺灣文學經典研討會」上，對陳器文教授討論《家變》所作的講評文字，因為已經一併在該會的論文集上披露了，就一起收入本書。或許可以略減雖然三十年來，持續講授、討論王老師的小說，卻迄今未有專論文字的歉憾。

這些篇章雖曰「簡論」，其實所有的準備工夫，思索過程，都與「專論」無別，只是受限於發表園地的篇幅限制，以及預期的「隱含讀者」有所不同，因此努力深入淺出作不同重點的表述而已。對於下筆之初，一向思緒迂曲繁複的我，反而是一大考驗。「簡論」中其餘各篇亦皆是在各種機緣下的應題作文。高行健先生得諾貝爾獎後來臺，臺大文學院與中研院文哲所舉行了一場關於高先生作品的研討會，臺大戲劇系的胡耀恆教授自己應承討論劇作，卻指派我討論高先生的小說創作，因此撰寫了〈經歷浩劫之後〉一文，來作發言同時的發表。沒想到因此機緣，在高先生應聘臺大文學院研究講座時，我們遂成為共同開課的伙伴。這也是文字交流之餘的意外機緣。高先生從中國流亡後的中文著作，主要皆在臺灣出版流行，他又應聘臺大成為我們的上課內容與任課講座，自然他的作品是臺灣現代文學視野的一部分。因此也將此篇納入本書。

當年我們在《新潮》上決定發表系列的研討當代作家作品的論述時，我分配到的是朱西甯；因而撰寫了〈論朱西甯的一本短篇小說集：《鐵漿》〉。發表後將該期《新潮》輾轉送了一本給朱西甯先生。朱先生很客氣，不但來函致意，而且自該書再版起，一直將該文附錄其中，作為一種導讀式的參考資料。就在本書各篇皆已付排之際，印刻出版公司又重行出版《朱西甯作品集》，要求我為與《鐵漿》同時期的短篇小說集《狼》，寫一個導讀式的〈序〉。完稿後決定亦補列「簡論」，以誌當年的一段因緣。

另外的兩篇〈序〉：〈根之茂者其實遂〉是為《陳義芝：世紀詩選》而作；〈馳感入幻的世紀末

書寫〉則是為唐捐《大規模的沉默》寫的。他們不但都是重要的新世代詩人與散文作者，對我而言，自然亦都是可畏的後起之秀。陳義芝雖然年輕，但已有三十餘年的詩齡，既是「世紀詩選」自然廣泛的探討其各類的詩作，而寄以「日新又新」的厚望。唐捐的那本散文集出版時，還正在我的指導下撰寫他的博士論文，因而行文之際不免多所勸勉與鼓勵。至於其他兩篇泛論，則都是研討會上被指定撰寫的「引言」，不論是「教育」或「未來發展」，都是我們這種以「述往事，思來者」為志業者的長時關懷，因為議題的相關而一併收入了。

其實不論是分屬那一種類，本書各篇終歸是「書被催成墨未濃」，談不上什麼深入的系統研究或高遠的獨特見解。只因這終歸是一直持續關心的議題，雖然出以零散的寫作，總是希望意見可以有和人交換的機會，遂在王德威教授與麥田出版社的協助下集結成冊，這是特別要衷心感謝的。

在臺灣文學系所紛紛成立的今天，回思我之所以受命籌備以至承乏臺大的臺灣文學所，顯然亦與本書各篇的寫作機緣相關，尤其是齊邦媛教授的召喚與指定寫作，更具決定性的關鍵，因而本書是獻給她的。

柯慶明
於國立臺灣大學臺灣文學研究所
二〇〇六年八月一日

臺灣現代文學的視野
Perspectives on Taiwan Literature

壹・前論

二十世紀的文學回顧

——由新文學到現代文學

為什麼要急於回顧二十世紀文學？這裡所說的文學是廣義的，包含被戲劇化、被譜上音樂等媒體化的文學，因為文學是我們用來反省、回應自己生活的一個方式。人類在二十世紀有了絕對巨大的轉變，這轉變不只是科技上，還涵括人類社會、經濟、政治種種的組織型態，乃至於我們生活的方式，以及對於世界、自我、價值等各方面的認知和處境。

一、驚天動地的二十世紀

宗教哲學家Paul Tillich寫過一本書，叫《基礎的動搖》（*The Shaking of The Foundations*），討論我們正生活在一個基礎動搖的大時代。的確如此。一百年前或兩百年前的中國人，讀起《易經》，可以相信天地是永恆的，天有大生之德，地有廣生之德，然而，今天大半人對於地球的理解，只是個小小的太空船，生態極易被破壞，所以「補天」不是古代神話，而是我們今天面對的現實問題。前年我住在京都，正遇到召開了一個國際會議，全世界的代表齊集一堂來商量地球溫暖化以及怎樣去補臭氧層的破洞的大問題。人類一直具有一種原始信心，相信人是不會滅絕的，不管是對神的仰賴或是對科學的堅信。事實上，到了二十世紀，我們突然發現，人類之所以沒有滅絕，也許只是個很大的幸運而已，雖然恐龍有比我們優裕的各種條件，但牠卻滅絕了；更可怕的是，我們在二十世紀開始體驗到，人類可以把自己滅絕。

雖然在臺灣的感受可能不一樣。記得在一九八四年，這個深具文學意義的特別的年份，我到美國哈佛大學去。抵達波士頓機場時，看見一面很大的招牌，圖案是個核爆雲，底下談到百分之九十五的美國小孩相信自己將死於核子大戰，百分之七十五的蘇聯小孩也有相同的感覺（資訊比較不發達吧！），那時正在討論核子冬天的問題，雖然沒有像廣島、長崎一樣炸到你的頭上，但是核子雲的擴散可以形成核子冬天，這正如隕石使恐龍滅絕了一樣，人類也可以完全滅絕。在這之前是很難想像的，但現在我們只能說，人類很幸運的還繼續生存著。

二、恐怖的預言和斷言

就要進入二十世紀之前，康拉德（Joseph Conrad）寫了有名的小說《黑暗的心》（*Heart of Darkness*），小說中的敘事者Marlow去追尋他所嚮往的一位深入非洲的英雄人物——Kurtz，最後進入黑暗之心，但Kurtz卻快要死了，在咽下最後一口氣之前，他呼叫了兩次"The horror! The horror!"（那恐怖！那恐怖！）；而艾略特曾經想在他具有時代代表性的《荒原》（*The Waste Land*）一詩前引用這段話，後來

Ezra Pound建議他用希臘神話：一個不死的女巫，一直變老，最後她疲憊的說「我想死」——或是在要死之前說「那恐怖」，或是死不了而說「我想死」，這彷彿是二十世紀一個很重要的預言和斷言——

三、文學是人性最後的堡壘

當我們回顧二十世紀，在各式各樣分殊化的專門科技越來越高度發展時，有什麼能幫助我們衡量這些個別的發展，對我們生活的真正影響和意義呢？

當然，社會科學滿努力在做這種事情；但社會科學很快又變成一套分殊化的認知，所以政治學家只看到政治人，經濟學家只看到經濟人，社會學家只看到社會人，也許文學還是一座人性最後的堡壘，從人的角度來思索種種變化對我們生活的影響，終究文學還是人類生活的人性的反映。所以我今天的演講，想包含兩方面：一是從一般的趨勢，也就是面對二十世紀的重要事件或趨勢，我們來做一番檢討，以及觀察文學如何去表現它、反映它；一是集中焦點到中國文學來——希望這兩個部分能互相解釋補充。

四、宮廷與貴族的消失

二十世紀中，我們眼見所有的王朝、皇權、宮廷消失，這表面上是政治的變動，深層看其實是文化，甚至蔓延到更深層的心靈意識部分的徹底變動。第一次世界大戰時，德、奧都還有凱撒皇帝、俄國也還有沙皇之類，也就在這個前後，我們也還有大清皇朝的王權統治。有一件很有意思的事，研究中國的人都會遇到的一個問題：二十五史以下，可不可以用類似二十五史的觀念來說歷史？二十五史有個基本的觀念，即是二十五個不同的朝代，但是辛亥革命以後，卻沒有朝代了。從法國大革命或美國獨立以後，人類開始走向普遍王權的終結，這反映了兩件事：一是宮廷文化、貴族文化的消失；一是所消失的不只是一些文學形式，還包括著人類最深層的道德行為與價值體系，如「忠孝」，突然通通有了問題。

在中國，事實上就是「以建民國」之外，還要推動新文化運動，還要將宮廷為中心的文化或以此而形成的價值體系，甚至連觀看世界的方式都得推翻，於是就有了一個術語，叫做反封建，這和周朝的封建一點關係都沒有，不過是當時找不到適當的術語，其實，這是反帝制。假如袁世凱沒有再稱帝，張勳沒有再復辟，五四運動可能就沒有如此激昂慷慨，究其原因，是大家覺得已經到達了一個盡頭，所以，全世界的普遍王權，在二十世紀終於走向結束。這也正是我們「新文學」的起點。

五、群眾的興起

宮廷與貴族的消失，另外方面的意義為何？我所說的，並非從政治的立場，而是從文化的意義上去講，我個人的認知是——群眾的興起。任憑宮廷規模再大，也不會比紫禁城大多少，雖然皇帝可以統治幾億人口，他所認識的不過是宮廷裡頭的幾個大臣，所以他思考問題的方式，還是以人為主，必須是面對面的；但是群眾呢？如果在今日的臺北市走一遭，一天所遇到的人，永遠超過這些皇帝認識的百官大臣的數量，但是，他們永遠面目模糊。誠如莎士比亞所言，周圍的人對我們而言，大半是走動的影子（walking shadow），反之，我們對於周圍的人而言亦然，假如沒有不小心你踢到他或他碰到你，大半人幾乎擦身而過，而卻根本不知道彼此互相存在：這就是我們新的生存的處境。但是，這樣的群眾，在某方面來講，卻變成了在很多地方可以決定我們命運的一股力量。股市就是很好的例子，不管大戶、總統、財政部長如何喊話，群眾要怎麼活動，就怎麼活動，一點辦法都沒有，矇對了就發了，矇錯就傾家蕩產，可是它確實是在影響你。

六、文字與語言的消長

因此，影響所及，不管是政治或是寫作，當你寫作必須針對你所不太清楚的人，而想辦法去說服別人，就容易走向文宣化，否則便是商品化，這兩者是宮廷文化結束之後，很重要的新的情境與發展。群眾的興起，也慢慢蔓延到語言與文字上。中國從漢代開始，若一個人會寫七千個字，就可以做官，在許慎的《說文解字・序》中說的很清楚，官吏的作用是以書寫文字來統治社會，但我們逐漸發現，書寫的重要性在今日改變了。對群眾來說，閱讀、書寫不一定是最能激動他的，記得在六〇年代，我讀希特勒《我的奮鬥》時非常震驚，這本書當然是用文字寫的，但是他強調，假如要鼓動群眾的話，要直接在群眾聚集的地方，做面對面演講。很多德國的知識分子都說，把希特勒所講的話寫成文字，裡頭會找到一大堆漏洞，實在荒謬；然而希特勒就有這個本領，在面對面演講時能鼓動大家的情緒，使之進入激昂慷慨的狀態。

另外，有一個人也完全知道語言的力量可以鼓動群眾，他剛好是希特勒重要的敵人——邱吉爾。二次大戰的邱吉爾和希特勒，主要是透過廣播來激勵人心，而抗戰時，日本宣佈投降，所有日本人並不是讀到日本天皇說要投降的文字聲明，而是在廣播上聽到投降的宣言，所以，文字優於語言的處境，已經改變了；而以語言操控群眾，就變成二十世紀一個重要的行為方式。假如你創作的作品，可以對別人有影響，你不能依賴文字，必須依賴語言。乍聽之下，一定有人覺得奇怪，作品最後不是要印成書？其關鍵是，我們必須把文字改變成語言紀錄，所以白話文，此具有語體特色的文字，終於成為全世界的典範，而拉丁文就是這樣在教育體系邊緣化，而接近消失了。三〇年代，歐美國家的大學還要普遍的教拉丁文、希臘文，現在則沒有了，留給少數的專家，除了哈佛大學表示懷舊，在畢業典禮三場演講的其中一場，還找學生穿上羅馬人的袍子，進行一場拉丁文的演溝，以及在畢業證書上用拉丁文寫之外，此外幾乎沒有了。

七、文學革命與完整自我的消失

所以現在是一個語言的時代。這樣的時代，傳統的「事出於沉思，義歸乎翰藻」的言志、神韻的以文字為核心的文學，以至與宮廷相對的隱逸之士、山林之士的文學，也就自然而然的退位。當年陳獨秀還說要推行文學革命，放棄貴族文學、山林文學、隱逸文學，而要建立社會文學、國民文學等，這其實已是時勢所趨，不僅反映出文學的改變，也反映我們的生活型態、社會組織的改變，從而影響到我們對各種事物的價值觀，也正因如此，我們發現，當我們「事出於沉思，義歸乎翰藻」，是經過長期獨自的思考，而獲得的某種生活智慧，或說一種隔離的智慧，因此，在宮廷在山林強調一種面對面的人的關係以及人格之間的交感對流，都會因為這種新的群眾性而逐漸淡化。

今天不是沒有知識分子與思想家，所有的知識分子與思想家都處在快速反應狀態，就像快速打擊部隊，他們都被功能化，不再有多餘的時間挖掘自己深層精神的成長與人格的建設，於是，我們的自我意識長期便活在快速刺激反應之中，這產生兩個問題：一，我們永遠以片面化的自我在反應世界，所以分裂的自我就成了正常的人格狀態；二，我們沒有足夠時間把遭受到的過度刺激加以統整、深化，所以自我就在不知不覺中產生流動化的現象，反映在文學上，就形成意識流與破碎的形式。一九〇〇年，佛洛依德出版《夢的解析》，正標誌了一個完整的自我與人格的消失。

八、知識爆發與不斷變異

另外還有一個新的挑戰，那便是我們生活在很重要的變異當中。上午在樓上討論王文興的《家變》時，提到了Margaret Mead這一個重要的美國女人類學家，她在六〇年代前後出了一本 “*Culture and*

Commitment”，討論了一個極有意思的觀念——代溝（The Generation Gap），她認為「代溝」是現代社會科技不斷變化所導致。我在一九六八年看過管理學大師Peter F. Drucker的名著《斷絕的時代》（*The Age of Discontinuity*），其中提到了工業革命後，人類投入了最大的精神人力以尋求知識的更新與改變，他估計西元之後人類用了一千年的時間，才使知識增加了一倍；一九六八年前後，平均每五年就增加一倍；而現在，我認為甚至可能每兩年、每一年就增加一倍。知識的增加還不算，今日任何新知識出現，必須馬上應用到生活上，努力改變生活，而且沒有足夠的時間去想這些改變到底對我們是好是壞。我的小孩現在覺得五八六的電腦已經不怎麼樣了，而拿四八六的送他，他還覺得要丟掉這個垃圾是個麻煩。在高度的改變之下，Margaret Mead覺得每隔二十年可以稱為一代，具有代差；後來她更提出一個有意思的觀點，在「代溝」前面加一個The。傳統社會中，天不變，道亦不變，一切以穩定為中心，到工業革命後，對新的工業化社會而言，不變是不正常，變，反而成為正常，於是就回到中國傳統的《易經》——易有三義：變易、簡易、不易的不斷變易的宇宙觀了。就在科技不斷的變異當中，人類投入那麼大的精力去發展新知識的情形之下，人文的知識邊緣化了，同時有一個很重要的觀念：「文人」即「知識份子」的看法，也跟著消失了——文學已經成為一種專業了。

九、文學面臨的知識挑戰

從前文學家是士大夫、知識分子，目前假若還有知識分子的話，最大的特質即是非文學化。時至今日，各種社會科學、自然科學種種著作的市場與讀者，其實要比文學大得多，因為我們對於世界的看法，已經有了重要的改變，對於宇宙，用自然科學解釋；對於社會，用社會科學解釋，而我們關切生活時，是採取應用科學的立場來關切。最簡單的例子，我們一天到晚看民意調查，這就是社會科學的方法。這幾種科學都有一個最大的特點，都想操控什麼東西，所以知識分子的非文學化結果，就自然逼迫文學家必須具備廣泛的知識領域，否則對於時代就失去了發言權。因而二十世紀重要的作品，往往都是飽學之士探討著人類的各種處境，就像湯瑪斯曼的《魔山》（*The Magic Mountain*）、索忍尼辛的《第一層地獄》（*The First Circle*），都將各種不同領域的知識，應用其中，來思考人類的處境。所以今天寫作文學的人不可以只讀文學，若只讀文學，便只剩下一個功能，那就是回到古代，發思古之幽情而已。

十、機械觀點的新思維

在此牽涉到另外的問題，這件事不只對文學有影響，它是從藝術開始，影響到文學，也影響到人的認知和本身。俄國形式主義盛行時，曾拍過一部電影叫《照相機之眼》（*Camera Eye*），其中很大的特點是人類觀點的消失。一台照相機沒有人格性，不代表你我他，人類隨時隨地處在這樣的照視之下，每次領錢，踏進超商都在Camera eye的監視之下，它沒有觀點，它是機械的觀點。這在繪畫上產生過極大的影響。重要的是，我們現在看世界，是不是都是透過機械的眼光在看？事實上，我們對自己的認識，都已經不是透過對自己直接的接觸而得到了，比如到醫院，必須藉著X光片、雷射斷層掃描、心電圖來了解自己。

我在六〇年代發現大家寧可在客廳電視上看月蝕，卻不願走到院子裡去欣賞，因為我們已經被制約了，所以，電影的慢動作，幾乎是我們表現情感的最正常方式。更嚴重的是，人工智慧、電腦、網路等等的出現，使我們已經不再純粹以人為觀點來認識自己，而是以機械的觀點，並有可配合此機械觀點所建立起的龐大而複雜的機構與組織。卡夫卡最重要的作品，就是在想這個龐大的機構組織是多麼恐怖；歐威爾《一九八四》的小說世界中不可或缺的東西，正是永遠監視著大家的螢幕。而這就是二十世紀的惡夢——集權主義與大屠殺。希特勒和他的手下可以發展出一套系統，不是一刀一槍殺一個人，而是一口氣就使上千人在煤氣室中死去。他們運用新科技，在歐洲殺死了六百萬猶太人，相當臺灣光復時的總人口，所以這樣的機械觀點，高度方便的通訊、人工智慧，就形成龐大的機構組織，形成所謂無遠弗屆的集體的壓力與制約，於是就出現了所謂的「孤寂的群眾」。

我這一陣子很痛苦，因為剛去美國探親回來，來回適應時差，時空座標忽然混亂了，變成游移不定的、相對的，我們的世界突然擴大了，多元、多類的異質文明，同時並存也使我們無法適從卻又必須快速轉換以求適應。我的這個適應時差的經驗，正可象徵性的詮釋二十世紀的特質如何影響到我們對世界、對自我的認識，也影響到人際關係與最終生存的價值安頓。

十一、媒體對文學表現的沖激

當一切的資訊都得透過媒體來傳播與交流，而文學也只好越來越融入大眾傳播，因而導致文藝大量通俗化，其實白話本身就是要通俗。通俗化有兩個意思：一是娛樂取向，這還算是比較好的意思；二是從梁啟超開始想以新小說改造國民的心態，所以新文學一直有一個這樣重要的目標。阿Q精神正是魯迅要批判的東西，講得好聽點是教化，不好聽是意識型態的操控；史達林說「藝術家或文學家是人類靈魂的工程師」，靈魂在此居然被視為一項工程；從毛澤東延安講話一路下來，或蘇聯的社會主義的寫實主義，講得好聽是教化，不好聽就是洗腦，所以《一九八四》所以可怕，就是Big Brother一直看著你，《美麗新世界》為何是人類的惡夢，都跟此有關，因為我們有新的技術可以操控眾多的人。於是，文學要不是走向娛樂，就是變成文宣，各種黨派、主義的文宣，要不然就是要保持文學的某種特質而走向專業化。文學就變成了專家的事情，而不是人的事情。不走向娛樂或文宣的路子的人，事實上就變成了孤寂的小眾，相濡以沫之外，可能要花很大的精神去追尋形式美感的探討，希望能在深層的奧秘的語言使用中，把複雜的、破碎的世界影像與人類經驗統整成為特殊的知識或智慧形式。

娛樂也有很大的作用，因為群眾的興起，加上集體的壓力，我們越來越體驗到疏離與隔絕，今天親如親子、夫妻，一天有多少時間在一起？也許三更半夜看一眼，如此而已，所以黃春明的小說〈兒子的大玩偶〉的主角坤樹要上妝才說，「我要我的兒子認得我」，似乎那都有點是夢想了，因為他回家時，兒子都睡了。我想，我和我的小孩也要努力一點，不然也會像這樣擦身而過。我這種尚有一些自由時間的職業都已如此，我想別人可能就更悲壯了。

我的老師王叔岷先生曾經寫過一句詩「海樣深情無著處」，正可作為我們面對目前出現的特殊文藝現象，我姑且稱之為「情感的消費」的基礎。我們不再有足夠的時間與機會去愛自己的配偶、情人、子女，因而只好透過電視電影演員演出的通俗愛情劇裡去感受一點情感的激盪，因為我們生活在情感疏離與被剝奪的狀態，所以娛樂教化的文學，另外一種功能就是補償。還有一種現象，在我們那年代，看“*Gone With The Wind*”電影的人較少（電影中譯為「亂世佳人」），讀小說的人較多（小說中譯為《飄》）。一九八八年我在哈佛的時候，有個蘇聯來的學者開了一個小說與電影的課程，他說在蘇聯，人們還是大量的讀小說，所以經典小說是大家的共同語言和經驗，他到美國最深刻的印象，即大家的共同經驗是一些流行而有名的電影。因此，這要說文學死亡了，我沒有那麼悲觀，我只是說，文學現在於書寫完了之後，會用很多熱媒體把他圖像化、多媒體化（文字是最冷的媒體），其中的好處可以滿足我們被剝奪的感官、情感經驗，但是，嚴重的損失是，我們喪失了反省與思考的機會。讀小說一句可以讀一整天，但是看電影是一直往前走，你必須被它帶著跑，所以沒有足夠的時間空間去思想，除非看完之後靜下來，不過最後又去忙別的事了，所以，這對我們有很大的影響。

所以這會產生兩類的文學：一類是透過語言形式的試驗、崩裂或爆炸，創造一個新的形式美感，以便能夠整合我們破碎的經驗，達到深層奧秘的對世界的觀照，反映出某種智慧，就是所謂的經典文學；而另外一類，是我們都很需要的大眾通俗文學，以滿足被剝奪的情感經驗。所以天天看電視，沒有親人也好像沒有太大的難過，因為電視就是你的親人。

十二、新文學的特質

新文學之所以是新文學，就是要從宮廷、貴族、士大夫文化裡跳脫出，而進入世界性的、群眾性的工業化以後的世界。在臺灣，識字率已達九成以上，所以傳統的文人與非文人（文盲）之分已然消失，因此士大夫精神與孔孟思想的重要性也就開始邊緣化了。今天，政治講的倫理，已經不是以儒家的倫理為核心了，因為政權的獲得，走的是另外一條截然不同的道路。新文學代表一個階段，我們如何擺脫傳統、士大夫的文化，走向以西方為模式的工業化、民主化社會的歷程。五四的時候，還在喊科學與民主，其實科學與民主的底下是經濟、政治結構上的改變，所以今天若還要講忠君，就顯得不合時宜。這就導致新文學在前半段，大半在攻擊傳統的封建文化與價值。魯迅〈狂人日記〉是一部最重要的里程碑，因為吶喊的正是「禮教吃人！」禮教會吃人，確也有其事，不過禮教也成全人，把吃人的禮教廢除之後，吃人的意識型態恐怕也沒有比從前好。文化大革命的十年的浩劫即是要破四舊，應該是要破除吃人的禮教；因而在十年浩劫中有兩個人被捧，一個毛澤東，一個魯迅。魯迅的人道主義居然可以在十年浩劫中助紂為虐，魯迅知道了一定很悲哀。文革的十年浩劫只看到禮教吃人的一面，並沒有看見成全人的那一面，這正顯示我們還沒有找到一個使大家心悅誠服的生存的規範與生活的方式。

在小學中學時，大家可能都被迫讀了朱自清的〈背影〉，因為大陸淪陷之後，許多新文學被禁，除了朱自清、徐志摩以外（大概因為死得早）。我想到一個笑話，屈萬里先生說的——他曾擔任中央圖書館館長，了解禁書的管理問題，當時並不是因為內容才決定這本書是否為禁書，而是作者，誰沒有到臺灣來而留在大陸上的，就一概列為禁書，他們並沒有把書燒掉，只是收到特藏的櫃子中鎖起來，於是一個忠於職務的圖書館員，就把一本書鎖起來了，這本書是——《辭海》，編者確實都留在大陸。我們一直都以為，朱自清的〈背影〉敘述的是良好的親子關係，那是洗腦閱讀的結果，假如各位不按照老師洗腦式的閱讀去讀的話，其實朱自清的〈背影〉裡，爸爸是一個沒落的爸爸，職業丟了，祖母死了，回來奔喪，前途茫茫，穿的是趕不上時代的黑布大馬褂深青布棉袍，做的事看起來滿可笑，在鐵路月臺爬上爬下，買幾個橘子用袍子兜起來，還跟火車上的茶房說請你照顧我兒子，而這兒子已經念大學了；而文章中的「我」——朱自清，跟爸爸告別是要到北京念大學，他不穿袍子，而穿新式的紫毛大衣。為何朱自清淚光晶瑩的看了半天、寫了半天，只是看見父親的背影，而不是父親正面的形象？因為他要走一條完全新的路，父親是漸行漸遠，只剩下一個即將消失的背影，父親只有情感依戀的意義，而沒有真正指導他、幫助他的能力了。

十三、現代文學的表現形式

同樣的故事，隔了幾十年以後，在臺灣現代主義文學的場域中，重新思考著類似問題的，是王文興的《家變》。兒子范閩賢逐步成長，開始去同學家玩，一天，他爸爸出去找他，找不到，便演變成爸爸失蹤，於是整個小說從開始到結束都在找爸爸，再也找不到了。我們了解，那個爸爸越來越跟不上時代，越來越不識時務，原來所具有的優點，都窘態畢露，這兩部作品基本的主題，其實一樣——新文學要告別封建或士大夫的文化。我想問大家，在今天，有多少家庭裡成年以後的子女，是跟父母每天晨昏定省、同桌吃飯，奉行中國傳統的孝道？在日本那一年中，我發現日本也遭遇到這個問題，唯一的妥協辦法，就是買個房子，分兩層樓，父母、子女各門各戶，通常是父母出錢，子女還很委屈的住著，他們有好多連續劇都在上演這樣的情節，整齣戲充滿受不了的干擾與痛苦，這就是《家變》所敘述的故事。

在高科技與高度工業化的二十世紀結束之際，我們必須重新檢討與思索傳統倫理的定位，到目前為止，雖然沒有很好的解決，但至少我們很努力的在嘗試了。我們的經驗會越來越破碎，因為遭受影響的點、面越來越多，所以我們會出現那麼多看起來如此碎片化的表現形式。〈背影〉與《家變》，新文學與現代文學，其實是一樣的，若真的有什麼不同的話，只是這個經驗用什麼方式來表達而已，到了王文興筆下就變成一百五十七段的破碎的成長經驗，加上十五段的尋找不到的經驗，而朱自清還可以用「晶瑩的淚光」來曚我們，他以「我的眼淚很快地流下來了」來寫父子的漸行漸遠，但是正如他底下的立即反應：「我趕緊拭乾了淚，怕他看見，也怕別人看見。」我們不要忘記，這篇文章是結束在：「唉！我不知何時再能與他相見！」朱自清有沒有按照傳統「孝道」回去奉養他的父親呢？不可能，也沒有。

總之，簡單講一下從新文學到現代文學，二十世紀的回顧，不是一個很快樂的回顧，但我們只有勇敢走下去。希望能夠走出一個更溫馨、更輝煌的明天！

學院的堅持與局限1

——試論與臺大文學院相關的三個文學雜誌之一：《文學雜誌》

一、前言

自《新青年》揭開新文化運動的序幕，風起雲湧的鼓動了時代的風潮之後，學院中人（尤其是文史法政專業的），面對歷史與時代，始終不免要徘徊於狹義的專家學者與廣義的知識份子，兩種角色的可能性之間。從前者而言，則教學與研究自是職份內的工作，編講義以便授課，撰論文發表於專業的學報，爭取前後同行的重視與尊敬，原也是學者教師的行當。但從後者而言，投入廣義的啟蒙活動，參與當前的公共論述，引領社會風潮的走向，形塑文化價值的發展，就成為振筆疾書，甚至現身說法，的方向與重點：其結果就是和文字報刊與傳播媒介結緣，甚至投入其中，成為其中的一員……

遠在民國四十年，臺大文學院就有專業的《文史哲學報》的創刊，提供文學院的教師們發表他們專業著作的園地。殷海光先生雖然自其創刊之始，就在此發表其專業的論著；但未忘情於政治社會杌隉情狀的殷先生，卻又參與了國府遷臺初期頗具《新青年》意味的《自由中國》的編務。[1]這個刊物，一如《新青年》也包括了文學創作的篇幅，但基本上仍是包括文化思想、政治社會等論述的綜合性期刊，因而影響雖大，但在文學思潮卻未見有何凸出的表現。真正對文學的創作與理解提出新典範與新主張的卻是夏濟安先生主編的《文學雜誌》。

二、創刊宗旨

《文學雜誌》創刊於民國四十五年九月[2]，在第一卷第一期的末尾有一篇〈致讀者〉的發刊詞式的聲明。[3]開頭似乎很低調：

我們希望：讀者讀完本期本刊之後，能夠認為這本雜誌還稱得上是一本「文學雜誌」。

在一番演繹之後，又回到：

我們希望：因「文學雜誌」的創刊，更能鼓舞起海內外自由中國人士寫讀的興趣。

在這兩個卑之無甚高論的「希望」之間，其實有相當深沉的批判，針對的正是其時的「文學」與「宣傳」不分，而且在「舞文弄墨」之餘，甚至「顛倒黑白」、「指鹿為馬」的成為政治鬥爭與政治迫害的工具：

我們反對共產黨的煽動文學。我們認為：宣傳作品中固然可能有好文學，文學可不盡是宣傳，文學有它千古不滅的價值在。

我們反對舞文弄墨，我們反對顛倒黑白，我們反對指鹿為馬。我們並非不講求文字的美麗，不過我們覺得更重要的是：讓我們說老實話。

這裡的措辭，直接用的是「反對」，立場嚴正，但口氣還算平和，（沒有用「推倒」、「宣戰」之類的字眼），主張的結論不過是：「讓我們說老實話」。這其實是非常低調到幾乎不具「文學」性質的說法。其中與「文學」的本質相關的只是：「我們並非不講求文字的美麗」，但在「反對舞文弄墨」的前提下，似乎只允許了「修辭立其誠」程度的「美麗」。這種說法顯然與西方視虛構與想像是「文學」特質的說法是有距離的。

一個有趣的對比，是揭開「文學革命」，陳獨秀的主張：

余甘冒全國學究之敵，高張「文學革命軍」大旗，以為吾友之聲援。旗上大書特書吾革命軍三大主義：曰、推倒彫琢的阿諛的貴族文學，建設平易的抒情的國民文學；曰、推倒陳腐的鋪張的古典文學，建設新鮮的立誠的寫實文學；曰、推倒迂晦的艱澀的山林文學，建設明瞭的通俗的社會文學。

陳氏並總結所要推倒排斥的三種文學，以為：「此種文學，蓋與吾阿諛誇張虛偽迂闊之國民性，互為因果。今欲革新政治勢不得不革新盤踞於運用此政治者精神界之文學」，也就是為求「革新政治」而「革新文學」[4]。而陳氏所要排斥的「陳腐的鋪張的」、「迂晦的艱澀的」等特質，大約等於此處反對的「舞文弄墨」。而「平易的抒情的」「新鮮的立誠的」，則近於「讓我們說老實話」。

兩者在「疾虛妄」的立場上是一致的，但是對於虛妄的根由，則見解不同：陳氏指向了中國的國民性，因而基本上是近乎全面的否定了中國文學的大傳統，也就是他所謂的：「貴族文學，古典文學，山林文學，均在排斥之列」，因為它們與中國的帝王專制政治，沆瀣一氣，互為因果。夏濟安則指向了政治「宣傳」，「我們反對共產黨的煽動文學」，「我們反對顛倒黑白，我們反對指鹿為馬」。自然兩者所面對的政治處境不同，陳氏所面對的是民國雖建，而國民性仍習於帝制；夏氏所面對的卻是：

> 大陸淪陷之後，中華民族正當存亡絕續之秋，各方面都需要人「苦幹、硬幹、實幹」；我們想在文學方面盡我們的力量，用文章來報國。
>
> 我們雖然身處動亂的時代，我們希望我們的文章並不「動亂」。我們所提倡的是樸實、理智、冷靜的作風。

> 藝術不能脫離人生，我們生長在這民族危急存亡的時候，我們的悲憤，我們的愛國熱誠，決不後人，不論我們多麼想保持頭腦的冷靜。

這裡我們可以看到他一再反覆的強調：「危急」、「存亡」、「動亂」的情境，但在「悲憤」之餘，卻強調「保持頭腦的冷靜」，而要「提倡的是樸實、理智、冷靜的作風」，似乎頗有老子所謂：「重為輕根，靜為躁君」，或「化而欲作，吾將鎮之以無名之樸」，「不欲以靜，天下將自定」的意味。[5]自然這樣的主張是另有根源：理智、冷靜等素質或許有西洋古典主義、人文主義或某些現代主義的影響，但在中國，夏氏直指的根據則是孔子，對於「讓我們說老實話」先於「講求文字的美麗」，他的解釋竟然是：

> 孔子說：「繪事後素」，就是這個道理。孔子的道理，在很多地方，將要是我們的南針。因為我們嚮往孔子的開明的、合理的、慕道的、非常認真可是又不失其幽默感的作風。

其尊孔的意味，其實是近於林語堂式的[6]，而非新儒家式的，尤其他強調的是孔子的開明、合理、慕道(而非自身已被視為是「道」之化身的聖人、素王或至聖先師等)，以及凸出其認真卻不失幽默感一點，卻又以「作風」來形容等等。這正與五四時期的「打倒孔家店」，泰半的新文化運動者的主張，大異其趣。而其更根本的宗旨，則是：

我們的希望是要繼承數千年來中國文學偉大的傳統，從而發揚光大之。

這樣的重視「傳統」的主張，後來我們更可以夏氏的譯出艾略特（T. S. Eliot）的〈傳統與個人的才具〉（Tradition and Individual Talent）得到某種闡發與補充。自然這與標舉「文學革命」的浪漫傾向是大相逕庭的。類似的反浪漫的立場，還包括了：

我們不相信單憑天才，就可以寫作，我們認為：作家的學養與認真的態度，比靈感更為重要。

一個值得注意的事實是，雖然孔子對中華文化的發展影響深遠，但就文學而論，或許可以算是重要的文學教育家與編纂者，但卻未必是一位「作家」，他編詩、解詩、教詩，卻不作詩。以孔子為南針，無形中正反映了夏氏某種「學院」的性格，強調學養貶低天才，側重認真的態度忽視靈感，也充分的顯現了某種「教授」本色：似乎態度認真，富於學養就可以產生好作品或好作家似的！（？）通常教授先生們總是會比較喜歡態度認真，肯多花時間讀書學習的學生的，但這種「好」學生卻未必真都具有創作的天份，而真都能夠「創作」出好作品來。

因為反對文學只是「煽動」與「宣傳」，因而強調了：「文學可不盡是宣傳，文學有它千古不滅的價值在」。這一方面點出「文學偉大的傳統」的意義，因為「煽動」、「宣傳」總是針對當代的權力鬥爭，或者比較好一點是當代的特殊議題，在黨同伐異的文宣中，文學終究只具一時一地一黨一派的工具價值，而不免要喪失其自為目的的本質價值與自律性質，因而事過境遷就自然猶如昨日黃花，而該當棄如弊履了。因而它們或許還有歷史文獻，作為時代表徵或見證的意義，卻不具萬古常新，直接當下的「千古不滅」的美學或人性之表現與啟悟的價值。

另一方面，就引生了藝術的自律與反映時代之間矛盾的問題：在「一切為反攻，一切為復國」，筆的隊伍亦被徵召「戰鬥」，動員「反共」的社會氛圍之下，強調藝術的自律性，不免就顯得「愛國」熱誠不夠，或者對於時局之危殆，麻木不仁。所以得要先行表態：「我們的愛國熱誠，決不後人」；並且得強調對於「民族存亡」時候的「悲憤」心情。所以，雖然在字面上寫的是：「我們不想提倡『為藝術而藝術』」，但強調「文學可不盡是宣傳，文學有它千古不滅的價值」，其實正是委婉重中藝術自律的準則；而開宗明義的：

本刊是幾個愛好文學的朋友所創辦的，我們不想在文壇上標新立異，我們只想腳踏實地，用心寫幾篇好文章。

其實想做的就是可以用藝術自律的標準，「愛好文學」，「用心寫幾篇」，「可不盡是宣傳」，而以文學本身的判準言，卻是「好文章」的作品來。因而想藉雜誌的創刊，「更能鼓舞起海內外自由中國人士寫讀的興趣」，指的正是「寫讀」，那種出於「愛好」而「不盡是宣傳」的文學作品之興趣。所以，「讀者讀完本刊之後，能夠認為這本雜誌還稱得上是一本『文學雜誌』」，這種看似多餘的話語，才會說得那麼一本正經，所要堅持的其實是從「文學」的本質所衍生出來的自律的品味與判準。簡單的說，就是一種為文學而文學的堅持。

但是所謂：「反映時代」的要求與壓力仍是鉅大的，因而只好以：

> 我們雖然身處動亂時代，我們希望我們的文章並不「動亂」。我們不想逃避現實。我們的信念是：一個認真的作者，一定是反映他的時代表達他的時代的精神的人。

的說法來辯解。他的說法，近乎面對「文章合為時而著，歌詩合為事而作」[7]之特殊的「宣傳」之要求，卻回答以：「治世之音安以樂，亂世之音怨以怒，亡國之音哀以思」[8]，文藝總是反映時代的，以普遍的命題來作的規避與推辭。所以，梁實秋評述這篇〈致讀者〉，以為：

> 話說得很平正，也很含蓄。說穿了即是一面反對逃避，一面不肯淪為宣傳。這雖然不算高調，卻是天下滔滔中不常聽到的清醒的呼聲。從事文學工作，不能學時髦，不能湊熱鬧，不能視為一種工具而去追求急功近利，文學家多多少少總有些孤特之處。世間最駭世震俗之事莫過於「說老實話」，最滑稽最可笑者亦莫過於「說老實話」。濟安先生主編文學雜誌以「說老實話」為標榜，用心深矣。[9]

梁先生的點出：「文學工作，……不能視為一種工具而去追求急功近利」，正是重申文學的本質價值與自律的必要。提到「不肯淪為宣傳」，即為「天下滔滔中不常聽到的清醒的呼聲」；甚至以「說老實話」，為「世間最駭世震俗之事」，為「最滑稽最可笑者」，正足以反證當時之「宣傳」、「煽動」如何泛濫，並且如何的宰制著世間的一切書寫與言說了。

尤其夏濟安的希望「身處動亂時代」，卻要「文章並不『動亂』」，而「提倡的是樸實、理智、冷靜的作風」。理智、冷靜正好和「亂世之音怨以怒」的自然情緒反應相違背，事實上亦與他所希望繼承且發揚光大的「數千年來中國文學偉大的傳統」，在基本精神上亦是有明顯距離的。因為不論是〈詩・大序〉的「情動於中而形於言，言之不足，故嗟嘆之；嗟嘆之不足，故永歌之；永歌之不足，不知手之舞之，足之蹈之」或「屈原執履忠貞而被讒邪，憂心煩亂，不知所愬，乃作〈離騷經〉。」[10]，司馬遷的以為：「詩三百篇，大抵賢聖發憤之所為作也，此人皆意有所鬱結，不得通其道也，故述往事，思來者」[11]；或者韓愈的「不得其平則鳴」，「其謌也有思，其哭也有懷，凡出乎口而為聲者，其皆有弗平者乎」[12]等等的主張，都跟鬱結不平，與發感動的情感狀態有關，而決無所謂「理智」、「冷靜」等等特質，自然也沒有這種主張。

從「不憤不啟；不悱不發」的角度來說，中國並沒有鄙視情感，而希望以「理智」來壓抑或取代的主智傳統。因而所謂「理智」、「冷靜」等特質，其實是比較接近梁實秋等人所理解且提倡的西洋的古典主義與人文主義的主張，在這些說法裡，我們還是隱約可以看到夏氏等人之外文系背景的影響。

三、徵稿方向與實際成就

《文學雜誌》雖然由明華書局的劉守宜發行，因而不能算是純然學院的刊物，但由夏濟安主編，而其泰半的撰稿者都是學院中人，因而明顯的沾染上了學院的色彩。使它具有這種「學院」傾向的，亦來自它徵稿的方向：

> 本刊歡迎投稿。各種體裁的文學創作與翻譯，希望海內外作家譯家，源源賜寄，共觀厥成。文學理論和有關中西文學的論著，可以激發研究的興趣；它們本身不是文學創作，但是可以誘導出更好的文學創作。這一類的稿件，我們特別歡迎。

A、西洋文學的翻譯與介紹

「翻譯」與創作並列，就提供了學院中，尤其是外文系的師生參與的方便途徑。事實上自第一期就刊載了胡適譯郎斐羅（Longfellow）詩，黎烈文譯Pierre Loti的短篇小說，以及夏濟安以齊文瑜筆名所譯霍桑（Hawthorne）的散文，它們不僅補充了創作篇幅的不足，亦開啟了一扇觀摩攻錯的窗口。黎烈文持續不斷刊出的法國文學的翻譯，無疑豐富了《文學雜誌》所呈現的視野。而王鎮國連載譯出的華頓夫人（Edith Wharton）的《伊丹・傅羅姆》（*Ethan Frome*）與聶華苓連載譯出亨利詹姆士（Henry James）的《德莫福夫人》（*Madam de Mauves*），以及梁實秋所譯莎劇《亨利四世上篇》後來都收入《文學雜誌》的「文學叢刊」，單行出版。

亨利詹姆士似乎是《文學雜誌》最早所特別以近乎專號的方式來介紹的作家，在同一期[13]上不僅有其小說的譯載，也譯出其本人對小說的理念。侯健自*The Portrait of a Lady*的序文節譯出〈小說的構築〉居首，接著是朱乃長譯的Stephen Spender〈論亨利詹姆士的早期作品〉與林以亮的〈亨利詹姆士與其小說〉。這不但已是後來諸如《現代文學》譯介外國作家方式的雛形；事實上亦影響了若干有臺大外文系背景的小說作家對於亨利詹姆士的注意與取法。例如王禎和不但在其名作〈嫁粧一牛車〉篇首引了亨利詹姆士*The Portrait of a Lady*的原文語句，且附以中譯作為題句。在一九七五年《嫁粧一牛車》小說集出遠景版，他更在〈後記〉上說明：

> 此時剛讀了張愛玲的《怨女》，及Henry James的小說對於張愛玲的「意識流」處理，及Henry James的句法及小說觀點，感到很濃厚的興趣。

許多的線索與痕跡，依稀可辨。

然而〈致讀者〉中強調「特別歡迎」的稿件，卻是「文學理論和有關中西文學的論著」。雖然，也補充說明它們「可以誘導出更好的文學創作」，但對它的直接說明，卻是「可以激發研究的興趣」，這恐怕是學院本位的說法。尤其雜誌的編排，總是以「文學理論和有關中西文學的論著」居首，確乎也強調了這種學院本位，相信「理論」可以指導；「論著」可以啟發或教化的立場。

B、文學評論與中國古典文學的詮釋

事實上，後來的發展也證明，除了翻譯出一些西洋（尤其是美國）文學的作品，鼓勵出了臺大一些年輕的小說作者，《文學雜誌》的主要貢獻，一大半亦在其所刊載的自撰或翻譯之「有關中西文學的論著」；《文學雜誌》初期，除了參與創辦的梁實秋和夏濟安本人外，動員了臺大文學院不少的教授名家來撰寫專論，自院長沈剛伯以降，外文系主任英千里、中文系的鄭騫、許世瑛、歷史系的勞榦等資深教授都有專論發表，此外則美國的陳世驤、夏志清、香港的林以亮，以及在臺的吳魯芹、居浩然等人。在中國古典文學的評論方面，許多中文系在當時還算資淺的教師，如廖蔚卿、葉嘉瑩、葉慶炳，以及研究生如林文月、王貴苓等也都在此嶄露頭角，終至卓然成家。

這些自撰論文的重要和成功，亦使夏濟安將它們重新編入「文學叢刊」，分別以《小說與文化》、《詩論》、《詩與詩人》（一、二集）等名目，在民國四十八年前後由明華書局出版。民國六十六年劉守宜又將它們重編為《文學雜誌作品集：中國文學評論》分三冊由聯經公司出版。這些論述的重要性，尤其對於古典文學研究，在於明顯的擺脫了許多中文系（或國文系）當時以考證為唯一研究文學之方法的局限，一方面深入的掌握這些古典作品的所顯現的作者人格，一方面則直探這些經典作品的寫作技巧與意境風格。

夏濟安將它們編為《詩與詩人》[14]，雖然沒有任何序記的說明，但無疑是瞭解它們的在「詩」的「風格」與「詩人」的「人格」之間迴環互注的特質。這些著重剖析古典「詩人」如何以精鍊文字，呈現其特殊人格胸襟所懷抱的高遠意境，屬於廣義「抒情詩」的論述篇章，後來慢慢累積擴充，鄭騫先生出版了《從詩到曲》，葉嘉瑩先生出版了早期兼收論詞的《迦陵談詩》（後來又擴大為兩集只收論詩的《迦陵談詩》，以及一冊《迦陵談詞》），林文月先生則出版了《澄輝集》。這些論著的論述方式與方向，事實上奠定了臺灣幾十年來對於中國古典詩詞之教學與研究的蓬勃發展。

同時誠如夏氏所言：「它們本身雖不是文學創作，但是可以誘導出更好的文學創作」來；事實上是這種論述方式，吸引了白先勇等外文系學生到中文系來旁聽中國古典詩詞的課程，並且在他們的小說中明顯的反映深受古典詩詞影響或有意與其對話的痕跡：白先勇《臺北人》引劉禹錫〈烏衣巷〉來點出主題；王禎和〈快樂的人〉篇中處處引古典詩詞作為反諷的詮解，以及〈寂寞紅〉等篇的引古典詩詞作為篇首題辭，尤其〈寂寞紅〉的篇名，根本取自元稹〈行宮〉一詩，都是最明顯的例子。而現代詩人周夢蝶出版他的詩集《還魂草》時，特別請求當時尚少涉獵現代詩的葉嘉瑩先生為之寫序，亦多少可以看出這種側重意境的論述講授古典詩詞的方式，對當時某些現代詩人而言，可能在其創作上或多或少，有其影響。

C、現代小說的創作、評論與修改

夏濟安在該刊出刊的第二期，即發表了他影響深遠的〈評彭歌「落月」兼論現代小說〉，首先標榜了「現代」的旗幟，並且真正的做到了「它們雖不是文學創作，但是可以誘導出更好的文學創作」來的目標。據賈廷詩的〈憶濟安師〉說：

彭歌讀了那篇評論後，寫信給夏先生說：他的「落月」不會傳世，可是夏先生那篇書評定會長久被人傳誦。[15]

該篇的重點，其實並不在「評《落月》」，反而是以此為例，以「論現代小說」為名，提供了年輕的寫作者，符合「現代」美感的，創作的基本要領與琢磨求精的寫作方向。

筆者曾經在另文指出它可能對當時年輕的外文系作家的寫作，發生過影響[16]；經過再和白先勇先生印證討論後，或許比較更圓融的說法是：這篇評論確能提綱挈領的表達夏濟安對「現代小說」的基本看法，他在對這些學生輩的外文系作家，不論是動手修改或耳提面命的加以指導之際，反映或教導的正是類似的說法。他的以「編者」身分為年輕「作者」修改作品之事，自然是學院教師性格的延伸，許多的有關於他的紀念文字都提到這一點。劉紹銘〈悼濟安先生〉引述了夏氏本人的說法是：

我辦「文雜」非為名，更非為利，因此作為編輯的最大安慰是登載一些優秀的稿子。同學投稿，稿子太壞，退稿時雙方不會傷感情。如果稿子還可以，那麼我可以替他動手術修改。我是臺大講師，責任是改同學的文章，因此即使在必要時刪去一大半，他也不能懷恨在心。……

劉紹銘在同篇文章中，更提到了：

因此「文雜」內容雖常參差，然每期中總有一兩篇上好的短篇小說，而好的短篇小說，常來自臺大的同學，因先生常在作品刊出前約投稿同學到他的宿舍去斟酌內容，有時會請求該同學重寫某一段某一節。……比我先畢業的同學如叢甦、葉維廉、金恒杰，比我後的如白先勇、王文興、陳秀美（若曦）等都曾親受過先生的細心的指導。這一批同學，除了葉維廉寫詩外，其餘都是寫小說的。

事實上夏濟安動手修改作品的對象，並不限於學生；林海音亦指出她在《文學雜誌》發表的小說「都是有著夏先生鑿刻彌補的痕跡」：

王敬義曾告訴我：「夏先生為了修改你的稿子，整整用了全上午的時間。」果然〈瓊君〉刊出後，硬是把其中的一個人物取消了，銜接的工作，當然要因而費一番手腳的了。[17]

熟知內情的王敬義，因此直指有些小說是夏濟安所「寫」的：

至於小說，說來有趣，說是他寫的，實際上又不是他的。那都是作家們投來的稿子，他認為題材值得一寫，可是沒有寫好，覺得很可惜，一時興起，拼去十一二小時他就把那些孱弱、發育不良的小娃娃餵得精神飽滿，又結實又健壯了。在他和他老弟共同執筆的那部「中國近代小說

> 史」，關於臺灣文壇的部分，曾提到幾個短篇小說的名字，那實際就是他用別人的大名發表的他的精心之作。

這種為學生以至社會人士修改作品的行徑，幾乎可視為是一種義務的「課外補習」與「推廣教育」了。

事實上，短篇小說創作，亦是《文學雜誌》的主要收穫，夏濟安將它們編為四冊的《短篇小說選》分別以彭歌、聶華苓、王敬羲、張愛玲等，作為作者的題名，編入了「文學叢刊」。而該叢刊唯一收入的散文集，則是吳魯芹的《雞尾酒會及其他》。吳魯芹當時也在臺大兼課，即使可能並未參與實際上的編務，但絕對是〈致讀者〉中所提到的「幾個愛好文學的朋友」之一，他後來還為《文學雜誌》爭取到了美國新聞處，以訂購的方式而來的資助。

D、新批評與比較文學的引進

另外，與他們的「愛好文學」，但卻又重視理智、冷靜的作風一致的，是對於英美「新批評」（New Criticism）的提倡。緊接著在第三期就推出了由張愛玲所譯，「新批評」大將且本身亦為名小說家Robert Penn Warren的〈海明威論〉。而夏濟安則在三卷三期，一方面取材於Cleanth Brooks與Robert Penn Warren合著的「新批評」經典教本*Understanding Poetry*，選譯了其中的兩段，並在前面添加了關於「新批評」的討論，一方面宣揚他們的主張，認為：

文學批評家有他本門範圍以內的問題，那就是：一、（一般性的）甚麼是好詩；二、（特殊性的）某一首詩為甚麼是好詩。……「甚麼是好小說」，和「某一部小說為甚麼是好小說」的討論，漸漸的也變得很熱鬧。

一方面在歸結：「詩是一件藝術品」這點事實特別的受到重視之餘，卻強調這種「文學批評的特色，可以說是剛性的、理智的、評價的。它企圖對詩的原則有所認識，而且就詩的文字方面來評判詩的優劣」，他們的貢獻，「是對於詩本身的研究」。並且在譯介完該書關於兩首壞詩的評論後，以王國維《人間詞話》為例，論述中西批評各有的「明珠翠羽」與「七寶樓臺」特色的差異；因而站在「新批評」的立場，主張「批評家須具備兩條件，一曰見識，二曰說理的功夫」，以為：「見識是知覺趣味的問題，說理的功夫則是把經驗轉化為文字的問題」，以為「頂好還是把美醜好壞的道理說明白了」。該篇的行文由Cleanth Brooks的*Modern Poetry and the Tradition*與*The Well Wrought Urn: Studies in the Structure of Poetry*，一路介紹到I. A. Richards的*Principles of Literary Criticism*與*Practical Criticism*，可謂是對「新批評」大題小作，深入淺出的介紹。

夏濟安更根據上述原則，以「新批評」的本文分析（explication of texts）的方法，針對中國舊小說，以《隋唐演義》的〈李謫仙應詔答番書〉與《今古奇觀》的〈李太白醉草嚇蠻書〉為例作了細膩的比較，而在結論上，則點出：「孩子們是喜歡聽這個故事的，因為它用幻想的方式滿足了他們的若干慾望」，「但是如要把這個故事寫得像篇文章，那麼該注意的東西，就多得很。這些東西大約也就是所謂『藝術』吧」。事實上，夏濟安不論是他的主張、批評、論介，或他為學生和投稿作品動手修改等等事宜，在基本的立場和側重的角度上，其實是前後一貫：注重的一直是理智、冷靜的「藝術」轉化之考量。

夏濟安對「新批評」的提倡，在現代小說上的實際批評上，因夏志清對張愛玲的短篇小說與《秧歌》的評論，而有了更具體的示範。在中國古典詩歌的研究上，亦因陳世驤的〈中國詩之分析與鑑賞示例〉一文，而如虎添翼。陳文不僅採了「新批評」的方法與文類觀念來分析杜甫的〈八陣圖〉，事實上當他援引西方「靜態悲劇」的觀念來詮解杜詩之際，他不但跨越了文類的限制，更是跨越了中西文學各自的傳統，而採取的是中西文學相互對照，某種廣義的「比較文學」的處理。接著葉維廉亦發表了〈陶潛的「歸去來辭」與考萊的「願」之比較〉，開始了中西比較文學之嘗試。因而，在文學研究的「典律」上，「新批評」與「比較文學」亦成了《文學雜誌》所倡議的新方向。

E、「現代」主義的提倡與「白話」文學的轉化

在藝術美感的「典律」上，則「現代」成為新指標，《文學雜誌》不但譯出了T. S. Eliot及T. E. Hulme不論在「新批評」或「現代主義」都極具代表性的經典名篇：〈傳統與個人的天賦〉[18]，〈浪漫主義與古典主義〉；加上了梁實秋所譯出的Irving Babbitt的〈浪漫的道德之現實面〉等批評浪漫主義的放縱情感，直接間接都反映了一種彰揚「傳統」，重視學養、機智與藝術手法的基本態度。而其他所譯出的西洋文學的論著，大抵亦多集中在美、英、法、德的現代詩與現代小說的譯介，加上了存

在主義、現代藝術的論述，事實上通過這些譯介的論述，給人的整體印象，自然是以西方「現代主義」的輸入與提倡為主。這些論介，後來一部分收入了林以亮編的《美國文學批評選》與《美國詩選》[19]；劉守宜編《文學雜誌作品集》時，亦編出了〈西洋文學評論〉三冊。

在文學研究上提倡「新批評」，在創作美典上側重「現代」風格，事實上已經是擺脫了肇始自胡適〈嘗試集〉、〈白話文學史〉與〈紅樓夢考證〉等作品以降，所形成的文學創作與文學研究的相關的典範了。夏濟安的〈一則故事，兩種寫法〉，根據他致夏志清的信上所述：

> 這篇文章原來是一篇計劃中的長文章「中國舊小說的文字」中的一節。我想說的話是：一、好的文章和文言白話的問題無甚關係；二、中國舊小說中的白話是不夠用的。這樣一個theme拿出來，可能要hurt胡適；而且寫起來就吃力，暫時不寫也罷。

在另外一封致夏志清論中國舊小說及唐宋元明清五個朝代的白話文學發展的信中，他也提到：

> 我想證明一點，中國的白話文，一直不是一件優良的工具，負擔不起重大的任務。中國舊小說作者，都不得不借用文言、詩、詞、駢文、賦等，以充實內容。……
>
> 胡適之當時提倡白話，但是他不知道「他所認識的白話」之幼稚。（曹操、劉備、諸葛亮、關公等之需要用文言來說話，就同Hamlet, Othello之需用blank verse來說話一樣。）白話頂多能使若

> 干小人物活龍活現而已，至於symbolic use of language，過去的白話文是未曾夢想到的。這個theme可能寫篇文章來發揮。胡適的「白話文學史」下冊（那是要真正的接觸到「白話文學」的時期了）至今未寫，我若有他那些材料，根據剛才的觀點，一定寫得比他精彩得多。但是我如此嚴厲的批評胡適與他喜歡的那種白話，將使他很傷心，因此又不忍寫。

但是夏濟安還是在二卷一期發表的〈白話文與新詩〉，以「今天來檢討五四以來白話文學的『成果』，也許還太早一點」，開始他對「採用白話作為工具」的討論，他指出：

> 我們現在寫詩，是考驗白話文能不能「擔負重大的責任」，白話文能不能成為「美」的文字。假如不能，白話文將證明是一種劣等的文字；白話文既是大家寫作的工具，那麼中國文化的前途也就大可憂慮的了。

經由這一轉折，他又重新肯定了因為社會變遷而日益邊緣化的「詩」，甚至在「煽動」「宣傳」之外，「文學」創作所可能具有的在文化上的重要性。

他分析當前的「白話文」為「混合式的白話文章」，因為戰亂與流徙，「我們的話難免要『博采各地之長』，國語之外參雜了許多方言；同時「我們還讀過書，我們的話裡有古文，有歐化句法」，因而，所講的已是「混合式」白話，寫出的也是「集古今中外於一堂」的文字；所以五四初期追求的純淨的白話並不是真實的發展。[20]

夏濟安由自己「仿T. S. Eliot的Waste Land」寫作〈香港——一九五〇〉一詩的經驗，瞭解揉合「古文和舊詩裡的句子，以及北平人和上海人（筆者按：因而也是任何方言區域）所說的話」，以及「歐化的句法」等所可能涵具的表現潛力。[21]因而認為「集古今中外於一堂」，「這樣一種文章，我認為是有前途的。」這種「現代」文學語言的新主張，其最大的意涵是一方面是：「舊詩」與「古文」不再是「白話」文學所該排斥的「死文學」「假文學」[22]；它們和西洋或其他外國文學及其翻譯（甚至硬譯）一樣，亦皆成為可以學習吸收轉化的材料。

因為，對詩的理解若側重「戲劇性」甚於「抒情性」，語言的「古今中外」「八方雜處」，反而更能「戲劇」地顯現「現代」人的離散飄泊於四通交集華洋薈聚之國際都會的宿命情境。混雜原即是「現代性」的必然後果。夏濟安解釋他自己的「這首詩的『戲劇性』成分超過『抒情』的」所說的：

> 其中有故事，那就是：一個上海商人因大陸淪陷，避難香港，開頭覺得日子還好過，後來經商不利，茫茫不知如何是好。

不但是個「現代」標準的「離散」情境；而在詩中因為省略了以上的本事說明，純任內在或外在的戲劇獨白的自由跳接，因而夏濟安自知：「這首詩可能是晦澀的」，「這首詩恐怕不容易懂」，因而為橫排兩頁半四十一短行的詩作，寫了近五千五百字的「後記」來「稍加說明」。它一方面誠如陳世驤所說：「其減抑詩人個人性與私情感之表現到最低限度（這倒像艾略忒標榜的『個性之消化入傳統』的主張）」[23]；一方面夏濟安其實是有意避免墮入他所批評：「一般寫詩的人只是對他們『自己』的情感發生興趣而已」的窠臼。

他的側重「戲劇性」其實是接近Cleanth Brooks和Robert Penn Warren在*Understanding Poetry*的強調「詩的戲劇層面」（dramatic aspect of poetry），甚至以為：「每首詩皆可以——事實上必須——視為是一齣短劇」（every poem can be—and in fact must be—regarded as a little drama）[24]的說法。他們也一致批評「詩是強烈情感的自然流露」之過於簡單的說法，夏濟安於是在〈白話文與新詩〉中直接批判五四以降，新詩的某些流弊：

> 新詩的成就所以如此有限，我想同五四時代偏激淺薄的文學理論有關。五四是個「革命」的時代，那時候忙著要「推翻」、要「打倒」；「建設」或者為「將來的傳統奠基」這種問題大家是不大在意的。那時候寫詩的人，似乎只是拾華滋華斯的浪漫派理論的牙慧，認為「詩是強烈情感的自然流露」。人都有情感，情感有時候很強烈的，情感又是要流露的，你不是會寫字嗎？你不是會造句嗎？那麼白紙上寫上黑字，讓你的情感自然流露好了。郭沫若之流的新詩，大約就是這樣寫成的。

夏濟安和梁文星、周棄子，以及勞榦、陳世驤、林以亮等人對新詩之語言與方向的討論，加上余光中譯出了T. S. Eliot的〈論自由詩〉，Robert Frost的〈詩的譬喻〉；葉維廉譯出了Wallace Fowlie的〈現代法國詩人譜〉、〈現代法國詩的特徵〉，另外覃子豪亦發表了〈現代中國新詩的特質〉，以及余光中更選擇在《文學雜誌》上，以〈文化沙漠中多刺的仙人掌〉一文，對言曦〈新詩閒話〉以「提高了五四時代新詩的成就」，而批評已具「現代」風格之「目前的新詩」為：「走入如此幽奧險峭的狹谷」，「我們可能真成為一個沒有詩人的國家」等論述，作了辯護與回應。雖然當時的「現代」詩人們另有詩社詩刊作為他們發表與論述的空間，但是《文學雜誌》的論文與譯述，無疑提供了由浪漫的「新詩」美典到反浪漫的「現代」美典轉化的理論基礎，也提供了一個跨詩社的發表空間。梁文星、林以亮、夏菁、余光中、方思、黃用、葉珊、瘂弦、阮囊、辛鬱、覃子豪、洛夫、吳望堯、夐紅、張健等知名詩人都先後在此發表過詩作。

F、中西新舊文化的「文學」論述

不僅在「語言」尋求「集古今中外於一堂」，其實當時參與《文學雜誌》由中國文學的積弊不振而延伸到中西社會、思想傳統，以至文學的本質、功能；接受、評價與未來的發展方向等等問題討論的諸人：梁實秋、勞榦、居浩然、沈剛伯、夏濟安、夏志清，不但都學貫中西，行文之際，信手拈來更都是中西逢源，出古入今，全都具有一種宏觀細察的跨文化視野。勞榦的〈論文章傳統的道路與現在的方向〉、〈中國的社會與文學〉；居浩然的〈說愛情〉；沈剛伯的〈中國文學的沒落〉等篇，大體仍是接近五四，對中國傳統文化、社會與文學，因其思想的未具「近代性」而採取負面否定的論點。

但沈剛伯在直指中國文學因尚未能夠因應「近代性」以至「現代性」的文化變遷而沒落之際，除了指出傳統寫作技巧無法充分再現表達「近代」以降的世界經驗；更提出當今世界的因科技不斷變化、生活與文化產品的市場導向，因而中、西社會皆欠缺足以產生偉大作品的偉大信念，是一普世的共同問題。他特別指出自滿清入關後的大興文字獄、愚民政策，以及民國之後左右派的思想控制對文藝創作的殘害：「遂無自由寫作之可言」，「把純文藝的價值乃至人性的尊嚴一齊淘盡了！」，以為：「在這樣三四十年未曾改善過的環境之中，要真能找出一篇富於創造性而不背於真善美之原則的大文章纔是怪事咧！」，文章的末尾，他「長跪陳詞，願黃帝有靈，尼父顯聖」祈求：

讓從今後，一切不犯國法，不搞政治的讀書人能夠得到應有的自由，去閱讀思考，去遊歷觀察，去研討辯論，去寫作創造，而不受到任何方面的歧視、猜疑、利誘、威脅、清算、鬥爭！天其將喪斯文耶？吾欲搔首問之！天果無意遂喪斯文耶？吾且拭目俟之！

其行文看似滑稽，其實沈痛之至；多少亦可看出《文學雜誌》創辦之初的政治社會環境，以及夏濟安等人想要「用心寫幾篇好文章」，及「鼓舞起海內外自由中國人士寫讀的興趣」所具的悲願了。

梁實秋與夏濟安、夏志清兄弟則在比較觀點下，對中國傳統文學與文化則採較為肯定的立場。梁實秋的〈文學的境界〉以「『採菊東籬下，悠然見南山。』那就意味無窮了」作結，顯然是以它為理想典範的。夏志清針對居浩然的〈說愛情〉，在〈愛情、社會、小說〉中肯定「中國舊小說如《紅樓夢》和《醒世姻緣》對舊禮教社會下的生活的確有極度深刻的道德的瞭解」，以為：

> 我覺得小說家（劇作家，詩人也是一樣）生在過渡時代的中國，應當感到極度驕傲而興奮。我們可能對現實感到不滿，而亟思改革，但我們不能否認現實所給與我們的種種現象，（不僅是新舊混雜的戀愛方式）實在太豐富了，太引人入勝了。

強調這比全盤美國化後的社會，更能在世界文學上對人性觀察這方面有獨特的貢獻。

同時針對勞榦在〈中國的社會與文學〉中批評《紅樓夢》「只是根據了老莊思想中的淺薄部分而形成的人生見解」，夏志清在〈文學、思想、智慧〉中推崇《紅樓夢》，主張應與《源氏物語》，普盧斯德（Proust）的《往事的回憶》比較，以確定《紅樓夢》在世界小說上的地位。他反對「把文學作品的偉大性附依於其思想偉大性的錯誤態度」，以為批評家的工作：

> 是在暫時接受一個作家的人生見解後，看他有沒有本領從他所採取的觀察角度下還給我們他這個特殊世界的完整性、複雜性、和活潑而深刻的真實性。這種完整性、複雜性、真實性的領受和感悟即是我們從作者那裡所得到的智慧。這種智慧是讀文學作品最大的報酬。

他們的爭議，其實近似F. R. Leavis與Rene Wellek之間的論辯，而夏志清的論述立場，亦與F. R. Leavis

一樣是接近新批評所主張的：文學作品的「內容」是與其經驗「形式」不可分割的。而「這種完整性、複雜性、真實性的領受和感悟」，夏氏稱為「智慧」的；其實以王國維的「境界」來加以說明，也無根本的扞格。

但是在《文學雜誌》的這些討論中，最為特出的可能是夏濟安的〈舊文化與新小說〉，它從肯定當時的新儒家一派開始，進而論述儒家思想是否能如基督教成為創作靈感的源泉，以為：「今日寫小說的人，假如對儒家思想以及儒家文化為中心的中國社會抱同情而批評的態度，是可能寫出好小說來的」。因為儒家經典與修身功夫，顯然有助於「善惡問題的認識和動機分析的把握」、「儒家積極的精神，也大可以成為小說家的題材」，孔孟對人性的分析、人物類型的品評，都有助於對人的瞭解，而給小說家啟示。並且最重要的這將有助於他能夠認識中國社會的中國特色，明白中國人的性格心理，「使他瞭解中國文化像托爾斯泰的瞭解俄國文化，喬治艾略忒的瞭解英國新教文化，福克納的瞭解美國南部文化一樣深刻」，而「可能寫出更好的小說」來。因為，夏濟安相信：

> 中國人所寫的好小說一定是真正中國的小說：人是中國人，話是中國話，生活方式是中國生活方式，生活態度是中國生活態度。這樣一部小說不是一個盲目的反對或漠視中國舊社會的人所能寫得出來，雖然他可能讀過很多部西洋小說，對小說作法有深刻的研究。

這種想法，顯然與「現代」的美典，一起影響了他的走向小說家之路的學生們。王文興在為他與白先勇編選自《現代文學》雜誌發表作品的《現代小說選》寫〈序〉時即強調：

> 這些現代小說，第一點使人嘖嘖稱奇的地方是，它們竟是用中文寫的，而且其文筆未必見遜於其他各類小說裡的中文。
>
> ……第二點使人稱怪的是，他們描寫的竟是中國人，取的是中國背景，採的是中國故事，男不名約翰，女不名瑪麗，吃的是米飯，用的是筷子。
>
> 第三點使人驚異的是，他們畢竟有些「非國粹」的地方，……所謂的不同並非缺乏「國粹」，而是多了一樣「現代」這個東西，……[25]

從西洋小說學習小說的作法，並且在受過「西洋文化的洗禮」後，產生「自覺」，「更進一步的瞭解自己」，瞭解中國文化，「這種瞭解，是批評的瞭解」。夏濟安因而強調：「我們的新小說，在這個意義上說來，必然是中西文化激蕩後的產物」。因而，除了重新認識「舊文化」，參酌儒家思想之外，他對小說家的建議是「所需要培養的，是小說藝術」；而取法乎上之道，在接受F. R. Leavis與Lionel Trilling的建議，向喬治艾略忒、亨利詹姆士、康拉德、珍奧斯汀、D. H.勞倫斯、托爾斯泰、和杜斯妥也夫斯基等人學習。「今日寫小說的人，研究這許多人的作品，最可得益」。儒家思想、「舊文化」因而和亨利詹姆士等的「新小說」，都在這一超越或融合了「新舊對立，中西矛盾」的「現代」觀點中，成為小說家不可或缺的訓練與滋養。

這樣主張「兩取」而反以：

小說家不怕思想矛盾、態度模稜。矛盾和模稜正是使小說內容豐富的重要因素。問題是：小說家有沒有深切的感覺到因這種矛盾和模稜而引起的悲哀。

的說法，自然在文化視野或文化取向上，已經和五四有了遙遠的距離。假如五四誠如林語堂所形容的，反映的是一種：「年輕人，向西洋看！」的文化視野；夏濟安卻在說：不能只是「知新而不知舊」，「回過頭來，再去看看自己的舊文化」！即使那使人因而必然的會重新陷入「新舊對立，中西矛盾」的矛盾與模稜（「可愛者不可信；可信者不可愛」的矛盾與模稜？）而感覺深切的悲哀。（屈原式的悲哀？還是一個猶疑的啟蒙者的悲哀？）這種悲哀原也正是一個「現代主義者」在其「追求真理」歷程上必然要經驗的悲哀！

四、矛盾與悲哀下的結束

一個埋首於研究教學的專家學者，大抵不會有這種「悲哀」，因為他有對於其學科作為通往「真理」之路的信仰來保護；一個狂熱獻身於啟蒙活動的知識份子，大抵亦不會有此「悲哀」，熱情的投入與行動的需要，使他不遑也無暇感覺這種「悲哀」。但是出入於學院與媒體之間，原本就是有了終極認同的分裂；加上了「新舊對立，中西矛盾」的現象與處境，「人在兩種或多種人生理想面前，不能取得協調的苦悶」，因生性認真老實而加劇，連一向自許為「科學的人文主義者」的殷海光先生，晚年在病中回首前塵，靜下心來更為深沉的再面對中西文化的「矛盾對立」之際，亦不免深切的感覺到這種「悲哀」。[26]

這種「悲哀」其實不是個人的，個人的往往只要獻身於某種工作，皈依於某種信仰，在親情、愛情、友情間有某種安頓就可以解決。這種「悲哀」是人類集體的困境，也就是沈剛伯所謂的「信念」，以及「信念」的喪失：

> 一定是作者從當時一般人所共有的社會經驗、民族禮俗中，看出某一點是盡善盡美的德模，是萬古不變的真理，是人生應有的終極目的，是覺世牖民的教訓，是宇宙間惟一無二，比他自己生命更可珍貴的鴻寶，……
>
> 文章的詞句，意境雖然是作者自己的，而文章裡面所提出的問題，所包含的哲理，所發抒的情感，所暗示的教訓卻是世上一切身心健全的人所公有的，所都曾，或可能，感覺體會到的，那絕不是抒一人之情，寄一時之慨的東西。

時至今日，人類所有的新舊知識和傳統禮教的價值都得重加估計，永恆的絕對的真善美均成泡幻，還能有甚麼堅定信念可以成立，有甚麼名山事業值得努力？[27]

這同時也是在「新舊對立、中西矛盾」下，普遍「人性」的需求，從社會整體生活的層次而言，欠缺真正的安頓；有集體生活的「現實」，卻沒有真實可行，統合融貫的「信念」來引領；因而或者陷入「矛盾對立」而苦惱，或者在理想與理想間無法協調而苦悶，更別提人類對人類的因為理念分歧，利益衝突，以至權力慾望所驅使而形成的相互壓迫，彼此殘害了。

但是這種「悲哀」，「一個態度誠懇的小說家」，無法訴諸行動來克服改進；又不能真正以個人解脫的方式來「逃避現實」，卻只能或者被要求「應該藉小說的藝術形式，解決這種苦惱」（「藝術形式」有何神奇的法力，足以解決「現實」的苦惱？），那麼他除了日復一日的咀嚼悲哀，品嚐苦悶，情何以堪的繼續他內心的「艱苦掙扎」之外，其實並沒有真正的解脫或救贖，即使他「作為文章，其書滿家」，小說作品，滿坑滿谷。

夏濟安不願放棄他賦予「態度誠懇的小說家」以如此崇高的使命，似乎也漸漸感覺其中掙扎的艱難、徒然，而有所不安。因而夏濟安在赴美前，就在另外一篇〈致讀者〉中重申：「《文學雜誌》多數的文章是樸素的、清醒的、理智的……」，但卻強調：「我對於中國目前的文壇如有甚麼不滿，那就是若干『逃避現實』的傾向」，以為「偉大的文藝作品，還得取材於現實生活」。最終則歸結為：

我們相信文藝作品終究的目標，還是研究人性。而人性是到處存在的，只要作者能夠體會。對於人性深刻的了解，大約是名著之所以成為不朽的主要原因吧。

但是意味深長的是，根據莊信正的追思文字：

> 在他送我的該期文學雜誌這篇「致讀者」的上面，夏先生寫著：「給信正，我的遺囑。夏濟安。一九五九年三月。」[28]

這時夏濟安才四十二歲，即使距離他的未可逆料的英年早逝也還有六年，他為何遽出此言？是他終於因為選擇赴美，打算以專家學者的角色終身；因而，主編雜誌，鼓舞寫作的知識份子，已經形同「死亡」，方才作此「遺囑」？他是否因此解決了他必須面對「新舊對立，中西矛盾」的「苦惱」與「人在兩種或多種人生理想面前，不能取得協調的苦悶」？還是他終於厭倦「深切的感覺到因這種矛盾和模稜而引起的悲哀」？

不是只提供一個寫作者發表的園地；而是基於某種理念或理想來編輯一份「文學」雜誌，若其理念與理想純是屬於藝術性或美學性的，大概只有作者是否響應，讀者是否接受的問題，不致具有基本的內在矛盾；但是若同時要「不想逃避現實」，一定要「說老實話」來「反映他的時代表達他的時代的精神」；遲早他會遭遇到：「說」了、「反映」了、「表達」了；但對於「現實」、對於「時代」又有什麼用呢？這樣的質疑。何況「表達」、「創作」的還是別人，你只能是頂多「鼓舞起寫讀的興趣」與「可以誘導出更好的文學創作」而已。

五、餘響

夏濟安赴美不歸，《文學雜誌》以侯健和夏濟安共同擔任主編的方式撐了一陣，終於難以為繼而停刊。但是臺大文學院的學院中人編文學雜誌的故事未完。

白先勇、王文興這些在《文學雜誌》初試啼聲的外文系同學，創辦了《現代文學》，由最早出現在「現代文學叢書」的是〈現代小說選〉，停刊之後又由歐陽子編出了《現代文學小說選》，可見它在這方面的收穫不小。在以專輯的方式對西洋現代主義大家作較有系統的譯介，旁及心理分析、存在主義等，對當時的社會的文學理解與文化視野的開拓也都有一定的貢獻。並且它延續了《文學雜誌》中文系與外文系合作的傳統，以當代文學批評的寫作方式重新詮釋中國古典文學的經典來與當代的心靈對話，亦可在停刊後隨即應邀重新出版為《中國古典文學研究論叢》，而可見它們的符合當時社會的需求。參與過《文學雜誌》創辦的林海音，後來自行創辦《純文學》月刊，取名「純文學」也多少反映了對《文學雜誌》的「文學可不盡是宣傳」理念的認同。

臺大外文系，（以及部分中文系）一些參與過《文學雜誌》編務或有作品發表其間的教授們，接著更藉中華民國比較文學會創立的契機，創辦了《中外文學》月刊，以迄今日，繼續以譯述論介引進西潮，也繼續研究中國的古典與當代文學。這些刊物，基本上都堅持「文學有它千古不滅的價值在」，沒有將它淪為任何「宣傳」、「煽動」的工具，批評亦大體注重「說理的功夫」，雖然「見識」深淺，各人不同。

臺大文學院相關的這幾種文學期刊，主其事者始終在學者教師或編者發行者身份的拉扯中掙扎；編印經費的來源頗不固定，總是拮据的時候居多，因而在各大報刊競相以高稿費與文學獎吸引作者之後，面臨的最大困難往往是，能夠收到或可以選擇的創作稿有限。通常學院編者的「法眼」總是偏高，因而其間的落差，往往就是「生命中不可承受之輕」。

除了夏濟安風雲際會的，在教學中遇到了前後幾班都有一些愛好文學又有才氣的學生，可以讓他跳下去琢磨造就。《中外文學》〈發刊辭〉雖然提起韓愈賈島的推敲美談，龐德斧斫艾略特〈荒原〉的勝事。但撰稿人卻忘了韓愈、龐德本身都是大詩人而兼大批評家或文學集團的領袖，一般的學院學究那有這種以「創造」為「批評」的才氣與功力？因而如此相得益彰的師弟或編者作者之遇合不再，也就無足為怪了。「學養與認真的態度，比靈感更為重要」，或許對文學評論者或研究者而言，有其部分的正確性；但文學創作那恐怕就是另一種故事了。鐵杵或可磨成針；但磨磚作鏡的事情似乎尚未成功。傳統與個人的才具，總是永恆的辯證。

註釋

1　以殷海光先生為例，或許不像五四時期的胡適，那麼可以反映可能性的「常態」，因為殷先生到臺大任教之前，曾是中央日報主筆。但當時身為學院中人，而以言論對社會產生影響的典型人物，首推殷先生，故仍援引。在此前後殷先生擔任編委的雜誌尚有《民主評論》，《自由世紀》，而其時任《自由中國》總編輯則為臺大中文系毛子水教授。參見黎漢基：《殷海光思想研究》，正中書局，臺北，二〇〇〇。

2 關於《文學雜誌》的創辦有兩種說法：賈廷詩的〈憶夏濟安師〉說：「文學雜誌事實上是由王敬羲先生在梁實秋先生支持之下說服明華書局劉守宜籌劃創辦。……當時大家希望由梁先生出來主持這份純文藝的雜誌，……梁先生表示要看一兩期再決定。濟安師就在梁先生推和朋友拉的情形下，臨時應徵出任主編。」王敬羲的〈懷念夏濟安先生〉說：「民國四十五年的夏天，明華書局劉守宜先生想辦一份文學雜誌，就託我介紹幾個朋友大家見面談。約定見面的地點是梁實秋先生的寓所。……談話涉及的範圍很廣，至於要辦的刊物，倒沒有怎麼認真討論，宗旨和原則決定後就沒有再談。」二文俱收入《永久的懷念》一書。夏濟安先生紀念集編印委員會編印，臺北，一九六七。

3 這篇相當於發刊詞的文章，顯然是夏濟安的手筆，梁實秋、侯健俱在紀念夏氏的文章提到此事，並以此文代表夏氏的用心或心聲，二文亦俱收入《永久的懷念》書中。

4 見陳獨秀〈文學革命論〉，《新青年》第六號，一九一七。

5 參見《老子》第二十六章

6 可參閱林語堂的〈雨中狂歌思孔子〉，〈論孔子的幽默〉等。

7 見白居易〈與元九書〉。

8 見〈毛詩序〉。

9 見其〈悼念夏濟安先生〉，原刊《文星》九十期，收入《永久的懷念》，頁一六。

10 見王逸〈離騷經・序〉。

11 見司馬遷〈太史公自序〉。

12 見韓愈〈送孟東野序〉。

13 第四卷第五期。

14 夏氏在此對「詩」採廣義：討論詞、曲，甚至賦的論文，都一併收入。

15 該文原發表於《傳記文學》六卷五期，此處轉引自《永久的懷念》頁六一。

16 見〈六十年代現代主義文學？〉，收入《中國文學的美感》，頁四一七—四二一。

17 見林海音〈小說家應有廣大的同情——悼念夏濟安先生〉，原刊《文星》九十期，轉引自《永久的懷念》頁二一一—二一三。

18 "Tradition and the Individual Talent"，由朱乃長以朱南度筆名譯出發表，後來夏濟安重新譯介，題為〈傳統與個人的才具〉，在林以亮編《美國文學批評選》發表。另外，夏濟安亦譯出了*The Well Wrought Urn*的首篇"The Language of Paradox"。

19 皆由香港今日世界出版社出版。

20 可參閱如朱自清〈理想的白話文〉之類的文章。

21 該詩作於一九五〇，發表於《文學雜誌》四卷六期。

22 參見胡適〈建設的文學革命論〉，收入《胡適文存》第一卷，頁五五—七三，遠東圖書公司二版，一九六八。

23 見〈關於傳統・創作・模仿——從「香港—一九五〇」一詩說起〉，《文學雜誌》四卷六期。所提T. S. Eliot的主張，見"Tradition and the Individual Talent"。

24 見Cleanth Brooks & Robert Penn Warren, *Understanding Poetry*, third edition, p. 20 Holt, Rinehart and Winston, Inc. New York 1960.

25 該書編為現代文學叢書第一種，未注明出版年月，但王文興在序文後署明（民國）五十一年十一月於臺北。

26 參見《春蠶吐絲——殷海光最後的話語》，陳鼓應編，世界文物供應社，臺北，一九六九。

27 以上引文與引句，俱見〈中國文學的沒落〉。

28 見莊信正，〈才情・見解・學問——敬悼夏濟安先生〉，原載《文星》，收入《永久的懷念》，頁七四。

貳・綜論

傳統、現代與本土

——論當代劇作的文化認同

一、前言

話劇原來就不是中國傳統的產物，我們所擁有的原來就是一種由百戲雜劇等所發展出來的戲曲傳統。因此，所謂「舞臺劇」，原是五四新文學，或者更正確的說，新文化運動之後才興起輸入的舶來品；並且所以要強調它為「舞臺」劇，正因戲劇的呈現與觀賞方式，已因新科技的發明而不再必然是當下的面對面的方式。電影，以及接踵而至的電視、錄影帶、光碟都使我們並不必然再面對舞臺，然後欣賞戲劇。因此「舞臺劇」在中國，一方面有前無所承，真的只有「橫的移植」的背景，對於大多數人而言，不免生疏，尚待摸索發展出一個劇作者、演出、與觀眾所能共同信靠與依賴的傳統；一方面則是雖為後來，其實年代相差並不太遠的電影、電視挾著其科技以及資本主義的生產消費型態的優勢，早已不僅是居上，而幾乎是包舉席捲了我們的日常休閒與觀賞的時間與空間。因而在此先天不良，與後天失調的情勢之下，「舞臺劇」就注定了必須是一種，遊走於社會邊緣的「小眾」傳播之藝術形式。

「舞臺劇」，保持了傳統戲劇的面對面的演出形式，使觀眾可以對演員的演出產生立即的反應，而形成參與劇場者的全體共鳴，這種效果不但迷人，而且正是回歸到一切劇場的「儀式」效應，假如成功的話，人人走出孤獨而疏離的自我，超脫了凡庸無聊的現實生活，而進入了一種特殊的「神聖」時空，在體驗親愛精誠的融會中，凝聚為一個被奧義與真實所貫注的整體。這種效應所以能夠達成，正因演出情境的深具普遍的象徵性，以及表演行動所特別具有的韻律性。這也是古來戲劇往往要出以歌舞形式，而戲劇之所以源出於宗教，又往往要受世俗化之新宗教——政治，所一再加以利用的緣故。話劇，在它的使用日常語言與寫實演出之際，就一如新詩般的面對，如何重獲象徵性與韻律性的問題。這不但挑戰在演出方面的開發「程式」上的發展；更是挑戰劇本的寫作構想與語言表現。

一般而言，劇作家在創作他的作品時，大多同時預想它的演出狀況，雖然保留了讓導演與演員的發揮空間，而不致只以供人閱讀作為最終目標。自然能否獲得演出，往往不是劇作者所能掌控，因而許多劇作終究也只是以讀物的型態流傳。但是自「生活劇場」（The Living Theatre），「開放劇場」（Open Theatre）等前衛的戲劇型態出現之後，「表演」（Performance）成為劇場的中心，可以被閱讀，值得當「文學」來欣賞的「劇本」反而成了稀有金屬。臺灣的藝術電影已經成熟到足以在國際影展頻頻得獎；當然電視連續劇也一直穩居八點檔的黃金時段，數十年如一日，未曾中斷；但是相對的曾被出版，曾被「閱讀」的劇本卻寥寥無幾，可以以劇作名家的更是屈指可數。

在這裡我們將探討的是：姚一葦，張曉風，汪其楣的劇本，以及賴聲川等人的集體創作。姚一葦先生先後有《姚一葦戲劇六種》（一九七五），《傅青主》（一九七八），《我們一同走走看：姚一葦劇作五種》（一九八七），與《X小姐・重新開始》（一九九四）的出版；張曉風則出版有《曉風戲劇集》（包括劇作五種，一九七六）；汪其楣的出版劇作則為《人間孤兒》（一九八九），《大地之子》（一九九〇），《天堂旅館》（與黃建業合著，一九九三），《人間孤兒一九九二枝葉版》（一九九三），《海山傳說・環》（一九九六）；賴聲川等人的《賴聲川：劇場》（收有劇作十六種）則出版於一九九九年元月。姚一葦先生的《戲劇六種》中，最早的〈來自鳳凰鎮的人〉發表於一九六三年，最晚的〈一口箱子〉發表於一九七三年，但要到一九七八年三月，〈一口箱子〉首演，他的劇作方始搬上舞臺。因而他的劇作一直都是首先在文學性雜誌，如《現代文學》，《文學季刊》，《聯合文學》；以及報紙副刊發表[1]，再結集或單獨的以書籍的形式出版；是以直到《我們一同走走看》書中的〈自序〉中仍有：「如無機會演出，亦可當做文學作品來閱讀」的說法；以及：

劇本在此地沒有讀者，不只我的作品，即使西方大戲劇家的作品，亦殊少銷路。誰都知道戲劇是文學的重要一環，與詩、小說鼎足而三。但是它在此間的遭遇遠落在小說與詩之後。尤其是今天，文學戲劇在整個世界的舞臺上式微，成為反戲劇的戲劇和後現代主義戲劇的天下，對此就更不屑一顧了。但是我將堅持下去，為文學戲劇奮鬥到底，那怕成為最後一名唐・吉訶德！

這樣的感慨與表態了。雖然《戲劇六種》中，〈碾玉觀音〉曾被改編成電影，〈紅鼻子〉亦曾在大陸與日本演出過，其他作品，大概除了〈孫飛虎搶親〉之外，也都先後被搬演過。但是姚一葦先生的劇作，基本上仍是為文學期刊多於劇場演出而創作的。

張曉風的〈武陵人〉首先發表於《中外文學》第六、第七期（一九七二年十一、十二月），然後緊接著在是月二十五日演出。因此雖然同時作了「文學性」的發表，但一如其在《中外文學》該劇的〈後記〉上所云：

> 我欣然看到自己的劇本年年演出，在國內，恐怕沒有一個劇作者比我更幸運了，莎士比亞、易卜生、莫里哀、皮藍得婁都擁有自己的演出的單位，他們的生命和劇場是合一的，如果我有幸被稱為一個劇作者，我願意我是這一類的劇作者，我不能忍受讓自己的作品被當作案頭清供。劇作品是鳳凰，它必須在劇場的烈火裡一再被焚而獲得光輝全新的生命。

基本上是為了基督教藝術團契劇團的演出而創作，因而演出與創作息息相關。但是正如她在〈序曲——寫在第五牆出版之前〉所說的：「我從來不曾放棄我的散文和小說，但戲劇是更令我傾心的一種形式」，張曉風在寫作劇本之外，主要仍以散文名家。同樣的，姚一葦先生不但以美學及藝術理論家著名，而且早歲參與《筆滙》，《現代文學》，《文學季刊》等文學團體，後來更又倡辦《文學評論》，一生未嘗忘情於文學，因而基本他們在藝術的感興上，仍是「文學人」而不僅是「劇場人」。

汪其楣與賴聲川皆受過美國戲劇研究所的專業教育，並且日後皆在戲劇系任教，對於劇場的投入，並不僅限於編寫劇本，反而皆以導演的成就知名於世，可以算是名符其實的「劇場人」。因而他們的「作品」，實以舞臺上的演出為主，劇本往往隨著演出而誕生、生長，以至變化，因而劇本的出版，總是在初演之後。例如「表演工作坊」的〈那一夜，我們說相聲〉於一九八五年三月首演，四月錄音帶問世，而劇本則在一九八六年，由馮翊綱根據錄影帶記錄整理成文本後出版。汪其楣的〈人間孤兒〉，亦於一九八七年五月首先演出，然後劇本經過整理，至一九八九年一月方始出版。後來更因應國家劇院之邀的演出，作了大幅度的修改，而成為〈人間孤兒一九九二枝葉版〉，於一九九二年十一月演出，劇本則於一九九三年八月，與錄影帶同時出版發行。同樣的，在《賴聲川：劇場》中。〈那一夜，我們說相聲〉的劇本，亦已結合了一九九三年重演時的修改。因此只以部分整理出版的劇本來加以論述，實在無法真正涵蓋他們在「戲劇」上的創意與表現；但是汪其楣說得好：

> 舞臺戲劇的演出，是創作過程在觀眾的參與中完成。……劇本的整理出版，卻是訴諸於戲劇經驗的另一種再生；我常相信讀者遠比原作者更能由字裡行間，讀出戲劇，讓聲音、動作、語言、情感的各種力量，由紙頁中鋪展成腦海裡更立體更渲染的容顏和景象。

「由字裡行間，讀出戲劇」，原來就是一切「文學」閱讀的要務；非只針對劇本為然；因此不論曾否演出，演出當時是否成功，「劇本」終究可以透過「閱讀」而呈現其所涵具的「文學」價值。這裡所專意探索的終究只是「戲劇」的「文學」面相而已。至於上述四位等，皆是多才多藝，具有多方面的事業與活動的俊彥，他們的造詣與成就，那裡是「劇本」的創作一項所能局限的？

二、文化認同的辯證關係

在臺灣戰後的「現代文學」萌生以至風起雲湧的年代裡，姚一葦先生不但和其中最重要的文學刊物，如《筆匯》，《現代文學》，《文學季刊》等關係深厚，並且透過他的理論著作，批評文字，與編輯工作，對當時的許多重要的青年作者產生了莫大的影響，並且幾乎是這些刊物裡的唯一的劇作者。因此他的作品被視為是「現代的」幾乎是無人置疑的。因而筆者在〈六十年代現代主義文學？〉[2]一文的結論中，就只簡單的提及：

> 至於現代戲劇的部分，就筆者有限的閱覽所及，似乎只有姚一葦先生一人，他的作品「將傳統溶於現代，借西洋揉入中國」，以及力圖綜合多種演出的傳統，在古典情境發掘現代意義，在現代生活中注入古典深度的意圖與表現，皆是昭然可見，與本文的論點大體相合，恕不另立專章再述。

鄭樹森在其〈淺談姚一葦的「X小姐」〉，亦明白指出：

姚一葦的戲劇在取材上向有明顯而相當均衡的兩條路線：從〈碾玉觀音〉到〈傅青主〉，傳統人物是素材的出處；而自〈紅鼻子〉到〈一口箱子〉，現代生活是想像的來源。

因而，誠如筆者在〈六十年代現代主義文學？〉一文中所強調的，當時在「現代」的主張上，迴異於「新」、「舊」的彼此對立，相互排斥；其實是一種：「『現代』與『傳統』有別，但卻同時具有連續與發展的相容性；因而進一步就轉化為『現代』與『古典』爭勝而不妨相成，甚至相得益彰的理解」[3]。這類主張與理解，在各類的藝文活動中屢見表述，在戲劇方面，表達得最簡明扼要而且深具「戲劇性」的，或許就是張曉風下面的這一段話了：

> 許多年浸潤在舊文學的芬芳裡，如今卻乍然發現我仍然有足夠的愛去愛西方的戲劇，去愛新時代的戲劇，使我自己也頗為吃驚。我忽然了解，唯有真正愛過中國的人才知道怎樣去愛西方，唯有真正愛過古典的人才知道怎樣去愛現代。

因此，張曉風在提到自己所認同的劇作者時，例舉的是：莎士比亞、易卜生、莫里哀、皮藍得婁等西方劇作家；但敘及劇場之迷人時，所舉的例證，卻是元雜劇中的藍采和。一樣饒有意味的是，姚一葦在其《戲劇原理》一書中介紹的主要是Ferdinard Brunetiere, William Archer, Henry Arthur Jones, George Pierce Baker, John Howard Lawson, Francis Fergusson, Francisque Sarcey, Alan Reynolds Thompson等人的理論，其中提到劇作八十三種裡只有三種是中國戲劇：〈趙氏孤兒〉，〈琵琶記〉，與他自己的〈碾玉觀音〉；但是他卻在《傅青主》一書的〈自序〉中強調：

> 在這部戲劇裡，我要使所有的一切都是中國的，不能沾上絲毫的西洋氣味；我企圖建立起我們自己的戲劇，把傳統與現代結合起來，為開拓我們自身的文化盡一點力。我更希望將來有機會演出時，參與這部戲劇的所有朋友，也懷著與我相同的願望。當然我深知自己的能力薄弱，才識不足，這種願望可能會落空，但我的一掬愚忱，則是與天共鑒的！

一個教授西洋戲劇理論的人要重新創作「不能沾上絲毫的西洋氣味」的中國戲劇；一個浸潤中國舊文學的人，卻要「去愛西方的戲劇」，願其「所作的只是一段序曲……在新時代的中國劇場」[4]：不論實際的採擇，組合，與成果如何，他們的基本信念，終是要「把傳統與現代結合起來」，創造「新時代的中國劇場」，「開拓我們自身的文化」。

但是所謂的「中國」，卻因海峽兩岸的分立，而在事實上有了定義的分歧；尤其在中共的實施蘇維埃化的馬列主義與包括「文化大革命」的毛澤東思想的情況下，則何謂「傳統」更是產生了兩岸在詮釋上的背離與理解上的紛歧。這裡出現的不僅是政治上的對抗，更是文化認同上的歧異，於是隔離之際，固然各行其是的走上不同的道路；一旦重新接觸，彼此交流，則知己知彼的重新定義，又成為最自然的基本關懷。透過差異而體認自我的「本土」意識，因而也成為文化開拓上不可或缺的重要環節。但是正如「立足臺灣，胸懷大陸，放眼世界」的流行說法，「立足臺灣」的「本土」意識，並不必然要和對中國「傳統」的繼承，以及與「現代」世界同步競進，構成互相排斥的真正矛盾。不論對中國「傳統」多麼堅持；對先進國家的「現代」事物多麼嚮往，劇作家們只要一日居住在斯土斯民之間，他的真正生活體驗與基本關懷，終究仍是「本土」的；並且不論是自覺或不自覺的仍然受的是「本土」社會的影響。

因此劇作家們，一如在其他藝文領域裡，他們在文化認同上，往往同時涵具了「傳統」、「現代」、「本土」等因素，而構成了他們創作的基礎與靈感，這早已是個不爭的事實；值得探討的反而是：各別的劇作家們，他們在這三大泉源裡，如何汲取，如何調配，如何形成足以引發觀眾與讀者共鳴同感的個人風格與時代精神之表徵。這也將是本文探討的重點。

三、過去與現在的糾葛

姚一葦先生的十四部劇作，始於〈來自鳳凰鎮的人〉而終於〈重新開始〉，其實是饒有意味的：在兩劇中我們都清楚的看到了生活，如何在「過去」由美好而崩裂；然後在「現在」終於經由對「過去」的某種美好的追懷與堅持，人們獲得救贖的契機而終於「重新開始」，步向充滿希望的新生：它們既是「新」的；但也是「舊」的，因為要回歸的是「舊」地，要一起開創生活的更是「故」人；只是他們要開始的是一種「新」關係，過一種「新」生活。它們不但是一個關於流離與回歸的故事；更是一個關於失望、甚至絕望，而重新獲得希望，因而本質是屬於信心的故事。只是在背景上前者頗有「傳統」色彩；後者則充溢「本土」的「現代」[5]甚至「後現代」氣息。雖然兩劇在場景的規定上都意圖打破時空的限制。強調「適合咱們東方的城市或適合西方的城市」；或「一間觀光旅館的房間，像世界上任何觀光旅館一樣，沒有地區色彩」。但是，「鳳凰鎮」的緊鄰著「大河」，「大河，河裡有船，官船啊烏篷船啊，油船啊，四片槳啊，八片槳啊……」則其地域的意涵，幾乎就是呼之欲出了。因而兩劇最後的回歸，就有大陸上的「故鄉」與臺北的「本土」之別。

〈來自鳳凰鎮的人〉，在名稱上即已強調了主角們的「異鄉人」的身份，他們的自「故鄉」的放逐與回歸，就成為全劇的重心。而「故鄉」的取名「鳳凰鎮」，自然是具有類似：

子曰：「鳳鳥不至，河不出圖，吾已矣夫？」

或者李白〈登金陵鳳凰臺〉：

鳳凰臺上鳳凰遊，鳳去臺空江自流。……
總為浮雲能蔽日，長安不見使人愁。

之類的亂離望治的取義或寓意，在劇中亦以：

鳳凰鎮有隻金鳳凰，
鳳凰鎮有位小姑娘；
鳳凰飛到那梧桐上，
小姑娘嫁到那大王莊。

的童謠來象徵那種無憂天真的承平歲月。自然以「鳳凰」翻譯浴火重生的phoenix，亦早已是約定俗成的用法。劇情由女主角朱婉玲的自殺，遇救開始，顯然正亦有這層涵意。雖然這齣戲裡，故意的使用了「娼妓」，[6]逃犯，悔罪的傳教士，與白痴等典型人物，以及極度巧合的情節，基本是一部melodrama（用姚一葦先生自己的翻譯，則是「傳奇劇」），但是它的寓意仍然是值得深思的：三個來鳳凰鎮的人：朱婉玲，周大雄，與夏士璋，都在尋求生命的意義，以及自己罪孽的救贖，他們都因背叛了「真情」而無「家」可歸，而離開了「鳳凰鎮」。但是透過了朱、周二人，不惜以自殺或幾乎自殺而越獄的嚴肅追尋中，通過他們各自在「過去」與「現在」，基於一念之仁的彼此相惜相救而發生「奇蹟」，在彼此的巧遇重逢裡尋獲「真愛」，因而終於能夠以「學習忍耐與等待」的方式，重拾「相信」與「希望」以歸返「鳳凰鎮」。

劇中一個看似逗趣，其實卻富深意的場景是，當使朱婉玲懷孕卻自行逃走，最後進入教會工作，卻在十年後才想來解救她的夏士璋在第一幕的末尾跪下禱告：「主啊！賜給我力量，賜給我勇氣，讓我來解救她！讓我來贖罪，贖回過去的一切罪孽！使一切信心歸主，使一切光榮歸主！主啊！」之際，卻被模仿開車緩緩進入的白痴細狗所嚇倒而失聲的喊出：「你！你是誰？」正是充分的顯示了，不是「用生命掙扎過來的，從死裡面掙扎過來的」解救，終究只是一個白痴的故事，並未能得到真正的救贖。這個劇本裡對「真愛」的詮釋，一方面是感同身受的真切關懷；一方面很顯然是承受了〈哥林多前書〉的「凡事包容，凡事相信，凡事希望，凡事忍耐」等觀念的影響。當然這只是劇末的結論，但是劇本的開頭，亦就先有「就像一座莊嚴而寧靜的雕像」，會「神祕地一笑」賣花姑娘的箴言：「他們只愛他們沒有的東西，從不愛已經有了的，所以很煩惱」；以及自殺獲救後，第二幕裡朱婉玲對潘太太表示的覺悟：「我們之所以不快活，那是因為我們都把自己看得太高了」；「活著，是為了愛別人和被別人愛！」之類的知足與愛人的思維，這對於浸潤在儒、道傳統的人而言，雖然講得親切，但卻也並不陌生。

但是，姚一葦先生很快就在接著兩部改寫傳統舊作的〈孫飛虎搶親〉與〈碾玉觀音〉中否定了這種依賴「奇蹟」式巧合的愛情「傳奇劇」。在〈來自鳳凰鎮的人〉一劇中，演出的程式規定，基本上是寫實的；但劇情發展則具傳奇色彩，而主題思想亦訴諸中西傳統中，一般人所耳熟能詳的觀念，其實是大量的利用讀者觀眾的現成反應（stock response）。然而兩部舊作新編的劇作，尤其是〈孫飛虎搶親〉，其戲劇張力反而是建立在反寫實的「陌生化」（ostranenie: defamiliarization）上。在〈孫飛虎搶親〉裡，姚一葦先生規定其第一幕：「這是相當古老的一座舞臺，一半真實，一半虛幻」，娶親的歌舞「必須是純中國風味的」，「參考北平年畫老鼠娶親」；鄭恆等人「作騎馬之姿勢，手執馬鞭」，崔雙紋等乘轎「均用象徵的形式，這種象徵必須來自傳統與公眾所能接受的形式」；在「長亭送別」時的默劇扮演「參考木偶戲的姿勢與動作」。第二幕則規定：「這段戲是屬於木偶戲的類型，觀眾所見到的宛如三具木偶——會發聲的木偶，然而他們發出來的聲音有如鸚鵡。差不多近似一種無聊的重疊與反復」，接著上場的三個瞎子：「只是代表三個形象，關於他們的面貌、服飾和姿勢，不妨誇張，但必須取自我國的傳統；第三幕第一場「幕啟時，燈籠火把照耀著一些人形與抬山轎的形像自舞臺的後部走過，觀眾所見到的是映在帷幕上的影子。這一種表現方法要向皮影戲學習」，第二場則要求演出注意：「下面係屬區域演劇，戲的中心係在兩個帳幕間流動，它們彼此間是各自獨立全無關聯的，而在觀眾的眼中卻形成一個整體」；在尾聲劇末的迎送親「人數、裝束均同第一幕。他們手挽手，邊唱邊跳而來。惟他們的舞姿與第一幕不同，係一種毫無表情的木偶舞」。這裡不憚辭費的描述這些規定，一方面是想藉此指出，此劇的刻意汲取中國各種戲劇的傳統與演出程式，（事實上本劇的主體仍是以唱或誦的詩文，相當於舊戲的「曲文」，然後酌加「賓白」，藉以配合的演出方式），在某種意義正是回歸傳統戲劇的象徵性與韻律性的表現方式。新與舊的兩個戲劇傳統不妨融合為一；甚至一如他在〈傅青主〉中所強調的：

> 我截取他一生中的兩段，中間以彈唱來將它連繫。亦即採取敘事詩戲劇（epic drama）的表現方法。一提到敘事詩戲劇，有人一定會認為我受了Bertolt Brecht的影響，在此點上我無法辯解。但是要記得敘事詩戲劇正是我國戲劇的特色，遠者不論，一部「王寶釧」由花園贈金到大登殿，不是敘事詩戲劇是什麼？

中、西戲劇，傳統與現代亦當觀其會通。另一方面則想藉此指出，此劇開啟臺灣戰後劇作的片斷化、拼貼化、以及摘取式的表現方式。這種演出與編劇的方式，尤其是區域演劇的呈現方式，幾乎成了八〇年代之後劇場的主流。自然〈孫飛虎搶親〉因為有〈西廂記〉為藍本，所以在整體劇情上仍然保持了情節的一貫性，因而其摘取、片斷與拼貼的特性，主要集中在演出的「程式」層面，而後來的劇作則往劇情方面發展。同時也因此劇演出程式的複雜以及遠離日常生活，除非傳統戲劇科班出身，不易短期掌握，似乎一直未見實際演出。但並不因此減損了它的重要性與啟示性。

〈孫飛虎搶親〉一劇，在表演形式上解構了「話劇」傳統的「寫實」程式，以「媒體即信息」（media is message）的方式，強調了「戲」就是「戲」；但在劇情內容上，則解構了〈西廂記〉的才子佳人之浪漫愛情的文學傳統。〈西廂記〉取材於元稹的〈鶯鶯傳〉，但自〈董西廂〉以就修改了原來頗能反映唐代士子求婚高門現實的始亂終棄的結局，而在王實甫的〈西廂記〉雜劇中，達到了：「永老無別離，萬古常完聚，願普天下有情的都成了眷屬」的永恆祈願；而全劇的重點正在：「則因月底聯句，成就了怨女曠夫；顯得那有志的狀元能，無情的鄭恆苦」[7]，其實要表達的正是期盼愛情能夠戰勝現實的渴望。

這種渴望所以在〈西廂記〉中能夠達成，一方面固然來自張崔二人月下聯吟的情投意合，惺惺相惜；一方面也來自孫飛虎搶親，給了張生能夠突破鄭恆有婚約在先而獲致可以明娶崔鶯鶯的合法性。但是張君瑞的所以能夠成功完婚，一方面有賴於故人白馬將軍杜確的兩番相助，不免依靠關係，因人成事；一方面則是自己考中狀元，因得「當今聖明唐聖主，勅賜為夫婦」；實現了透過科舉的成功，贏得一切的美夢：自然以上兩項都不具任何必然性，反而困難得近於「奇蹟」，只能在「傳奇」裡出現，難以在現實中發生。因而姚一葦先生首先掌握了〈鶯鶯傳〉中張生至京，「明年，文戰不勝，遂止於京」的情況，設想張君銳（瑞）[8]科考失利，落魄在外，除了嬌妻拱手讓人又能如何？另外若遇孫飛虎搶親之際，有關係能求得救兵的若是鄭恆，而非張生，則結局豈非「鄭崔聯姻」？正因瞭解「鄭伯常乾捨命；張君瑞慶團圓」的喜劇結局的「情境」性，他將結局改成了「張君銳乾捨命；鄭伯常慶團圓」；全劇表現的重點，反而集中在「只重衣冠不重人」：身份地位的外在「面具」與體貌情性的內在「本質」之間的真假辨證上。主題的表現，既在孫飛虎的假面具與真面目的辯證；亦在崔雙紋與阿紅（鶯鶯與紅娘）的兩度互換衣裳與身份之際的心理變化。似乎強調身份地位的角色搬演反而成為我們性格的內在真實；這種近於結構主義的沒有必然本質的「自我」觀，雖然出以歡快的鬧劇形式，其實是對於「假作真時真亦假；無為有處有還無」[9]的人情冷暖，作了最為沈重的告白。劇末張君銳因為換穿孫飛虎的服裝而被「五花大綁，遊街示眾，長安市曹一命歸陰」，真的是「冠蓋滿京華，斯人獨憔悴」了。這裡，在黑色喜劇的喧鬧中，正在宣喻一種無法跨越的社會現實之嚴峻與冷酷。但在這兒值得深思的是：正如〈西廂記〉的修改了〈鶯鶯傳〉的結局，是反映了唐代社會的真實情況呢？還是在「謝當今聖明唐聖主」聲中，反映了金、元遺民對於漢唐文化的嚮往與詮釋？因此〈孫飛虎搶親〉是解構了「傳統」，批判了「過去」呢？還是表現了「現代」，反映了作者對於當前「現實」的針砭？

相同的複雜情況，亦見於〈碾玉觀音〉。在《京本通俗小說》裡，它原是一個表現人類之無法擺脫人性弱點，以及女性對於愛情之徹底堅持，因而發展出來的鬼故事。小說末尾所謂：「後人評論得好」的：

咸安王捺不下烈火性。郭排軍禁不住閒磕牙；
璩秀娘捨不得生眷屬，崔待詔撇不得鬼冤家。

其實頗能交待它的情節發展與故事主題。在這裡雖然社會權威與旁觀閒人容不得「有情人終成眷屬」，但是各有藝術才華的男女主角（崔寧的碾玉觀音「進上御前，龍顏大喜」；秀秀會繡作：「朝廷賜下一領團花繡戰袍，當時秀秀依樣繡出一件來」），眾人稱讚為「好對夫妻」的，卻是不願等待，不顧一切的冒險結合，甚至生死不渝。雖然結局不免淒厲，但終是真情感人。

姚一葦先生的劇本裡，秀秀由奴婢的「養娘」身分提高為郡王的獨生女兒；而崔寧則成為郡王夫人的遠房姪兒，是個「既不好好讀書上進，又不好好做點事，鎮日裡塗塗抹抹，吹吹唱唱，雕刻個什麼混日子」的純粹藝術家。他因「碾玉觀音」洩露愛慕秀秀的祕密而被逐；秀秀因此與他一起私奔。但是崔寧不改其追求心中意象的「藝術家」本性，因而無法「只為的是一家人的嘴巴」雕玉，秀秀則不改其千金小姐之慈悲大方，因而生活困窘。當他們因崔寧碾玉的作品而被尋獲時，秀秀懷著腹中的胎兒，歸返郡王府，後來變成為一個督促兒子讀書上進的母親，甚至厲害嚴苛的地主。崔寧則眼瞎淪為吹簫的乞丐。他們的重逢，不免有襲用〈李娃傳〉或《繡襦記》的痕迹。崔寧在完成了最後碾玉雕像之際，見到了存在於「另一個世界」，「年青時代的秀秀」，寧靜的死去；秀秀卻透過雕像發現，崔寧「找著了他心目中的秀秀」，但「不是我，是從前的那個秀秀，不是現在的」；甚至「不，不，不，都不是的，是他心裡所幻想的那個秀秀，那個從來不曾存在過的秀秀」；亦就是崔寧內心隱藏多年的，屬於藝術家所追尋捕捉的「一個美麗的幻象」，「一個理想」，「一個最最美麗的東西」其實就是「藝術」或「藝術品」。

秀秀性情上由「從前」的痴情與慈悲而轉化為「現在」的現實與嚴苛，和崔寧在形貌上「雙目已盲，衣著襤褸，吾人已無法辨識他就是昔日的英俊的崔寧」，正都反映出了生命在悲歡歲月與今昔命運影響下的流轉變化。但是崔寧的「碾玉觀音」卻反映了藝術中的「愛」之屬於「另一個世界」的永恆。這裡在對「藝術」加以肯定之際，似乎又回到了〈來自鳳凰的人〉的：人是「靠想像活的，因為有想像才有希望」的主題。若就愛情而論，似乎停留在「愛」只屬於個人想像的階段：「我愛的只是我自己的幻象」；甚至無法達到：「我不能讓他失望，不能讓他的想像破滅」的關懷，更遑論「沒有什麼可隱瞞的，也沒有隱瞞」的相憐相惜以至「相看兩不厭」，真實的發現彼此的「奇蹟」了！[10]在兩部改寫傳統故事的劇作裡，姚一葦先生一再的藉棒打鴛鴦，拆散恩愛夫妻來質疑，不管是甜美或是恐怖，但至少都是無怨無悔全心投入的傳統愛情；反映的是否正是自我意識強烈，離婚率高漲之下的「現代」人的「愛情」觀？[11]

這種肯定「自我」追尋，卻不免質疑「愛情」的態度，雖然不是該劇的主題卻依然反映在〈紅鼻子〉一劇中，該劇主角神賜為了追尋自我的存在意義，逃避一切都為他打算，卻也因此對他加以定義，加以限制的「好太太」，而離家出走；因為「我要真正用我自己的眼睛來看看世界」，終於戴上面具成了雜耍班子的小丑「紅鼻子」，並且寧可扮演救人的「紅鼻子」而犧牲生命，卻不願在被妻子尋獲後與她回家。到了〈馬嵬驛〉裡，姚一葦先生幾乎是擒賊先擒王的直搗中國「愛情」文學傳統的另一源頭：〈長恨歌〉，他直截了當的質疑其寄寓唐明皇與楊貴妃之生死不渝，「但教心似金鈿堅，天上人間會相見」的愛情誓言：「七月七日長生殿，夜半無人私語時」之「詞中有誓兩心知」。他讓劇中的楊玉環針對焚香祝禱：「願生生世世為夫婦」一事，說出：「那只是說著玩兒的，只是大家湊個熱鬧吧了。」，並且表示：「我不知道什麼是愛」，在否定了所謂「男女之愛，夫妻之情」，追訴了她的平生遭遇之餘，楊玉環所得的結論是：「老實說，在今天之前，我只是陛下的一個玩物」；雖然她願意因「這些年來，蒙陛下恩寵，我和楊氏一門真是受恩深重」而「報答陛下」；以及「使大家覺醒，團結一致，打敗敵人」而去犧牲生命。因此，「自我」在「群體」，在具有非常情境的「時代」裡的「存在」抉擇與意義，就逐漸成為姚一葦先生劇作的另一個中心關切了。

這種「存在」抉擇與「自我」完成，可以是具超越的「宗教」意涵的；亦可以只是「歷史」或「事功」的。姚一葦先生在〈紅鼻子〉一劇，一方面規定其「時間：現代」，一方面卻刻意在各幕上加了：「第一幕：降禍，第二幕：消災；第三幕：謝神，第四幕：獻祭」的標題，正是有意在現代劇場重建傳統宗教祭典的神聖性質與深遠涵意。於是主角「神賜」，經由戴上了「紅鼻子」的面具，就具有了預言，啟迪，拯救與治癒的「神能」，但是也像「救世」的「神」一樣，必須自己成為「獻祭」的犧牲。但在科技昌明，注重實證，以至功利主義倫理的「現代」；這種傳統的宗教精神以至神蹟，是否能被理解？還是只顯得荒謬，或者竟然只是一種逃避？所謂：「游泳出了事了」的雜耍班的小姑娘，自己以為：「我根本沒事！」；甚至也可以是：「你看她游得多好」於是「根本不會游泳」的拯救者，不就只剩下了：「他要幹什麼？他找死？」犧牲得莫名其妙？或者只是他太太所瞭解的「我知道他不會回來！」而已。

正如姚一葦先生無法只憑在劇本的第四幕前加上「獻祭」兩字，就能說服他筆下的其他角色，因而也是他的觀眾，甚至他自己，相信「紅鼻子」最後的犧牲真有更深遠而玄奧的意義，其實他正面對一個有關戲劇本質的問題：是否一個平凡的小人物（一個以娛人為事的演員），一旦戴上了演劇的面具，就具有了神靈附身的拯救眾生的大能？劇場有沒有可能超出娛樂而回歸洗滌淨化的祭儀，也就是引人精神向上而回歸於根源性質之至善，這樣的宗教性活動之本質？我想他在〈紅鼻子〉的「現代」嘗試上是「革命尚未成功」，因為他無法突破人們必然以實證的理性來觀照事物的現實的框架，就像唐．吉軻德除非只從精神的理想性來觀照，他的種種作為不免要顯得荒唐妄誕一般；但是唐．吉軻德終究因有西凡提斯的豐富的刻劃而且有性情上的深蘊與人格上的高貴，因而使Dale Wasserman等人所編的Man of La Mancha一劇，雖然簡明扼要，亦足以引領觀眾體會他所象徵的精神真諦與價值。「紅鼻子」的無法擔負此一重任，正因為不論他作為「神賜」在面對妻子王珮珮之際仍然顯得軟弱；即使戴上了面具，亦只能強調一下：「真正的快樂就是犧牲」，事實仍然未具多少精神與人格特質。因此，緊接著〈紅鼻子〉，姚一葦先生撰寫了〈申生〉，以及十一年後又撰寫〈馬嵬驛〉，利用了眾所周知的歷史情境，對傳統的悲劇事件作「獻祭」的現代詮釋，就要顯得更加圓融，也更具說服力。

姚一葦先生在〈馬嵬驛〉一劇中，很精確的掌握了楊貴妃的因「六軍不發無奈何」的「宛轉蛾眉馬前死」[12]，誠如杜甫〈北征〉所謂：「不聞夏殷衰，中自誅褒妲；周漢獲再興，宣光果明哲」，其實是可以視為是唐室再興的契機，因此也就是在「降禍」之餘，要求「消災」的「獻祭」；於是他剝奪了楊貴妃在傳統愛情文學與戲劇的重要地位，讓她扮演一個「紅鼻子」所嚮往的：「當一個人為了別人而犧牲自己，他最快樂。當釋迦牟尼步出他的宮廷的時候，當耶穌走上十字架的時候，當吳鳳……」之類的人物。有趣的是「紅鼻子」顯然並不真能體會不論是釋迦牟尼在一己精神上的追尋與覺悟或耶穌在一己信仰上的掙扎與道成的深義。因而只強調「為了別人」，(或者如〈馬嵬驛〉中楊玉環的只強調：「因此使大家」)，終究他們都只是被作者拿來「獻祭」的「犧牲品」，未必足以擔當開啟我們之精神的典範；反映的終究是我們所生存的正是一種「群眾的時代」，所以許多人會相信：陌生的別人或無名的大家，要比具體個殊的情人或夫妻重要！

落入「君子可欺以方」的陷阱，卻不改其本性與初衷的從容就死，因而被諡為「恭世子」的申生，不但事蹟言行詳著於《左傳》，《國語》，〈檀弓〉等著述，而且其甘心以「無罪而就死地」，正完全符合「代罪羔羊」的「獻祭」「犧牲」之義。[13]尤其陷害者驪姬一族的掌控晉國的企圖，旋即在其子奚齊與其娣之子卓子先後被殺之後，迅速失敗，更讓人有報應不爽的感覺；並且所謂的驪姬之亂，固然始於申生的犧牲，終究是以晉文公的在外流浪十九年後，返國即位以至稱霸作結，顯然更有殷憂啟聖的意涵。申生或許是在中國的傳統中，最可信而有徵的具現姚一葦先生之「獻祭」理念的人物。姚一葦先生也沒有辜負了這個絕佳的歷史素材。他將申生詮釋為一個不與邪惡對抗，但卻因「安靜地走向死亡」，「死亡沒有壓服他」，因而「靈魂還沒有死滅」，反而藉此征服了邪惡的「強者」。劇中中生的形相籠罩一切，但卻只在他人的敘述，以他對他們的影響的方式出現。姚一葦先生仿照Antigone與Ismene的關係，將驪姬的娣，也就是卓子的母親，塑造成善良柔順的少姬，來和驪姬形成對比，某種意義上她正是弱化、消極性的中生的投影或返照。於是中生與驪姬的對立就成了德性與野心的對立，少姬與驪姬的差異也就是平凡生活與權力意志的對比。本劇中「獻祭」的宗教意涵，也透過身為驪姬與少姬乳娘「黑衣老婦」的咒語：「水神、火神、木神、土神，一切過往神靈！請聽請聽：善人有福，惡人有災，要去的都去，要來的都來。……」的反覆出現，以至最後以她的出現，呼喊：「血，血，全是血」，祈求「一切過往神靈，您救救他們，救救他們……」而終幕，顯現出來。

姚一葦先生的這種作為「獻祭」的情節安排與意涵，在他以傳統的人物為素材時，總是要顯得較為自然而具說服力；當他藉現代的人物來抒寫，就不免顯得牽強而荒謬無端。相同的情形亦見於典出〈烈士傳〉的〈左伯桃〉與〈一口箱子〉，甚至〈X小姐〉之間。在〈左伯桃〉中，姚一葦先生甚至接受了高友工先生的建議，創作為一部「平劇」的劇本。他在左伯桃與羊角哀的「道遇雨雪，計不俱全」的處境中，看到了實現「真正的快樂就是犧牲」理念的潛能，因而讓左伯桃唱出：「羊角哀他年輕身體壯，學識才器比我強，留下衣糧供他享，一人死勝似二人亡」，因而選擇了犧牲；該劇也就結束在羊角哀對此犧牲的感念：「小生無德既無能，感君高義薄雲天。從今不顧人間險，為行遺命救蒼生。（哭頭）大哥啊！」

〈一口箱子〉的戲劇衝突，主要建立在對於「過去」所持態度的差異，先是老大與阿三爭執他們打破老闆「祖上傳下來的青花碗」，因而遭到解雇的責任的歸屬；接著則因阿三所持的由祖父而父親而他自己，三代相傳用以出外闖天下的一口箱子：「它雖然舊些，但還是好好的，一點破損也沒有。希望你好好兒留著，別丟了。你看到了箱子，你就會想起你爸，和你過世的祖父」，因為外觀類似懸賞尋找中的貯有醫療用放射性原素鐳錠的皮箱，而引起眾人的追逐，並且和老大逃到了數丈高的廢棄的瞭望哨，由於阿三堅持「我不要你們看我的箱子！」和以為：「看看有什麼關係」的老大，在拉扯之際，終於「連人帶箱子摔落到地上」，大家在檢視了箱子裡只是「一些老舊的衣服，一些古老的兒童玩具，幾本舊書，一張獎狀」之餘，卻發現阿三死了。眾人指責老大「是他把他推下來的」；老大亦自呼：「阿三！我害了你」，因而被收押。在這裡「箱子」的各為傳統的，私人的與現代的，公眾的對比與差異是顯然的。阿三因為：「這是我的東西，我不要別人看」，甚至要「歐斯的里地」的大喊：「我不讓他們看」，「我不要……」的心情，顯然是孤兒院長大：「我連一口箱子也沒有，我什麼也沒有」的老大，以及其他的群眾所不能瞭解的。阿三為了護衛傳統的個人認同，終於成為公眾的現代性社會的「獻祭」與「犧牲」，他所付出而死去的正是他的「過去」，他的情感性「自我」。在這種看似荒謬與偶然的結局裡，正有作者的微言大義在。只要思考一下，二十世紀中有多少人得面對必須忘祖背父的和親人劃清界限，在清算鬥爭中坦白自己，也許我們就可以瞭解這裡所指涉的「現代性」所包涵的各種可能了。

但是「現代」的群眾社會，除了通往集權之路；另一種可能性，則是資本主義的強烈競爭與高速流動，而這種競爭與流動一樣的使我們忙碌貫注於當下紛至沓來的挑戰與刺激，使我們根本無暇回顧

「過去」，因而亦無法將眼前的經驗與「過去」續接，以形成一個不斷生長、不斷茁壯、不斷深化的完整「自我」；沒有「過去」的記憶與累積，我們的「自我」就淪消為只能應付眼前狀況的「動作者」或「作用者」（agent），我們往往就只成為按照「劇本」，或種種「程式」規約行動的「角色」，甚至以所扮演的「角色」取代其真實的「自我」，（面具，因此是個反覆出現的概念與象徵），因而，終於喪失了生命本該具有的深邃本質與人類精神可能達到的豐沛廣大。「精神分裂」，或者更嚴重的話，「失憶」就成為最貼切的時代象徵。以集體而言，所謂「失憶」，正是一種和「傳統」斷絕關連的狀態，這往往也是刻意追求「現代」的必然結果與真實犧牲。

姚一葦先生到了九〇年代，竟然重以早被電影、電視演膩了的「失憶」症作為素材，創作了〈X小姐〉一劇，其實是反映了他對現代人的「自我」淪喪之危機的耿耿於懷，念念不忘。X，自然是一個尚待索解的答案，但也有可能代入任何數目，因此也是任何人，或人人皆有的可能；所以，一方面規定：「本劇可發生於『現代』任何城市」[14]；一方面則強調：「X小姐為本劇中心，年齡在二十二至二十五歲之間，衣著入時；惟其身材、體型、體態均無特徵，亦無性格，屬最普通型」。在這個劇本裡，重要的不僅是X小姐的「今者吾喪我」[15]，而是出場的人物，不是功能性的角色，如女警，警察，護士，醫生，記者，就是「其實我們不都忘掉了過去，忘掉了自己嗎？」的一群，而其中「音樂家」所彈唱的：「我們沒有過去，我門只有將來。過去的已經過去，將來還沒有到來。我們只有現在。……」正是他們精神的表徵。他們所以為的「現在」的「天堂」，其實是個「遊民收容所」。X小姐拒絕停留其中，堅持追尋她的自我：「我只要知道我是誰」；但是就在她「想起來」，「記起來」

而「知道我是誰」之際，她又被迎面而來的水果車撞昏了，和散了一地的水果躺在一起。是不是在商業主義掛帥的現代，我們的命運終究只能是被摘離了傳統的本根本枝，而置放於所謂自由市場，供人採購或者逕自腐爛的水果？我們還有倡言：「草木有本心，何求美人折！」[16]的餘地嗎？

歷史上的傅青主，對於姚一葦先生而言，似乎是個在面臨異族入主中原的惡劣環境中，依然能夠保持「本心」，奮鬥不懈的人物。姚先生在其《傅青主》的〈自序〉中，相當清楚的解釋了「尤其欽慕傅青主」的各種理由。但是在劇本的表現裡，則集中在「因朱衣道人案，入太原獄，迭經嚴刑拷問，抗辭不屈，絕氏食九日，不死……」與晚年「被舉薦博學鴻詞」，剌股稱病不獲免，舁「至距京三十里，以死抗拒不入城，遂放歸」兩段經歷[17]，其實重點皆在維護自己的本心素志，抵抗威迫利誘，寧死不屈的表現。第一部以傅山入獄殉死，難友保護，始終不屈為重心，結束在牛喜兒傳信而死，傅青主等人以指血為祭，誓言：「為了我們的祖先和我們的子子孫孫」，「我們會反抗到底」，強調死者「活在我們的心裡」。第二部則集中在傅青主的堅持最後三十里的節操，強調：「一個人總應該有所守，是不是？」，「我無法改變別人，我當然更法改變大局」，「但是我仍然主有我自己。主有我自己的軀殼，我自己的靈魂。只有在我的軀殼沒有投降，我的靈魂沒有屈服，我才是我自己」。《傅青主》似乎就是姚一葦先生最終的自我認同。在鄉土文學論戰的喧鬧聲中，我們也曾看到他，一樣的表現了某種與眾不同的個人堅持。當他以負鼓盲翁唱出：「先生一生如明燭，光芒永照中華族」作結，是不是也正反映了他對「傳統」的某種堅持與認同？[18]

〈大樹神傳奇〉，或許是姚一葦先生最直接從正面思考「傳統」，並且探討它們對於「現代」[19]具有何等意義的一部作品。原來抬花轎的老王，與原來吹喇叭的老張，因為時代變遷失業，各自來到棄置舊家具等垃圾堆的大樹下，「想找一找，有沒有還可以使用」的東西而相遇，經過一番猜賭，老王尋得了一本《發財大全》；老張尋到了一盒藏金。老王因此發明「返老還童露」；老張則因而開「興業借貸公司」，皆分別致富。兩人重逢，「飲水思源」，「不能忘本」，想將垃圾場買下蓋廟，但並未付諸實行，後來兩人又遭失敗，因而決定讓「大樹成神」以便募化蓋廟，結果他們弄假成真的膜拜起大樹來了。「傳統」到底是垃圾？是本錢？是祕訣？是神靈？恐怕只有說：「各人門路不同」，只有各憑「腦筋」與「運氣」了；其觀點近於《莊子・逍遙遊》所謂：「能不龜手一也，或以封，或不免於洴澼絖，則所用之異也」。姚一葦先生此劇自然反對將「傳統」視為垃圾；但也嘲諷了將它「威靈顯聖」，塑造成神。

除了凸顯「自我」的戲，如〈傅青主〉，〈X小姐〉等之外，從〈鳳凰鎮來的人〉以降，對手戲或兩人世界往往是姚一葦先生戲劇構思或主題情意的核心，這是否與「相人偶」的思維有關，我們不得而知，但在其《我們一同走走看》，劇作五種的五張插圖，除了〈馬嵬驛〉以單人舞姿的壁畫，凸顯楊玉環的「一代紅妝汗青」[20]之外，四張皆為雙人圖，其實經顯露了姚一葦先生戲劇世界的特質。也許或者由合而分，如〈一口箱子〉；或者由分而合，如〈大樹神傳奇〉，所構成的兩人，也就是人際關係，才是姚一葦先生所想深入探討的重點。〈我們一同走走看〉的「我們」，其實只是由鄉下進城的阿聰與阿美兩人而已。雖然姚一葦先生有意將它寫成「笑劇」（farce），但它的寓意卻很明顯，由偶然的邂逅，而自然的善意，而危難的互救，終於兩人成了可以在人生的旅途上「一同走走看」的伴侶。不敢很確定，但不妨由此開始……。

〈我們一同走走看〉，在戲劇背景上完全沒有時代地域上的提示，只作了諸如：公園，飲食店，洋裁店，大廈，警察局，大馬路等之類的描述。但這可能是姚一葦先生劇作中，完全以「本土」背景作構想的作品。不但阿聰和阿美分吃的是米粿。流氓的名字叫「黑狗」，裁縫店叫洋裁店，位於廟背街，阿聰的故鄉「西瓜很有名」，阿美的家鄉「柑橘不錯」，阿美家收了流氓頭子的「聘金」，阿美逃婚，躲避流氓的追逐，阿聰要她告他們「妨礙自由」，路上遇到的小學生唱著：「走——走——走走走，我們小手拉小手……」這一切都充滿了臺灣的本土風情。另外〈紅鼻子〉，雖然只強調其「地點：某海濱避暑地一家中等旅館內」，但由一開始收音機內的氣象報告，既提到熱帶性低氣壓，山崩，以及北上，南下交通；接著彭孝柏兒子乘坐的又是自美「經（日本）東京返國」，他去美國念博士；他的同學曾化德則和胡義凡「合夥攬一個工廠」，三十二歲，但早已是「廠長」等等細節，其實亦都是「本土」的風土與人情。在〈重新開始〉劇中，更是連「臺北今天一定下很大的雨」，「颱風過境，機場關閉，雨一定不小」都已經搬上對話了。我們也許可以說，姚一葦先生也許沒有刻意要表現「本土」的社會特質，但是他的以「現代」或「後現代」為場景的作品，自「紅鼻子」以後，終究不免要以戰後的臺灣為其想像、思索，甚至批判的對象。所以他在〈重新開始‧後記〉強調：「我們這兒彷彿是個不設防城市，那些外來的觀念，不問是否符合我們的現狀，很快就傳播進來，……」，他所謂「我們這兒」與「我們的現狀」，當然是針對眼前的臺灣而說的。[21]其發展變化的心路歷程，或許近於臺靜農先生所謂的：

身為北方人，於海上氣候，往往感到不適宜，有時煩躁，不能自已，曾有詩云：「丹心白髮蕭條甚，板屋楹書未是家。」然憂樂歌哭於斯者四十餘年，能說不是家嗎？[22]

因此，「海上氣候」的「豪雨」，在〈紅鼻子〉，在〈重新開始〉都是劇情中的重要成分，〈重新開始〉的男主角丁大衛甚至要強調：「我們與大雨有緣」。同時構成〈訪客〉一劇劇情要素的「冬夜」，則是「颳這樣大風，又下雨」；所謂「冬天」也只是「一直颳風下雨」，反映的仍然只是臺灣北部的氣候狀況而已。這裡我們正可以看到「本土」的天候、地理與社會風情，如何在不知不覺中成為劇作構思與想像的基礎：一方面這固然是劇作者感受而且反省生命與生活的基礎；一方面也因為這是劇作者與其創作之際，心目中所存的「隱含的讀者」（the implied reader）或觀眾，所共有的經驗基礎。因而，「本土」作為實際經驗與溝通共鳴的基礎，是無法取消的；關鍵只在是否要直接的以它作為表現，反省或批判的對象而已。就以這一點而論，〈重新開始〉是一部特別具有當代，（或許有人要稱之為「後現代」）的「本土」意涵的作品。[23]

〈訪客〉與〈重新開始〉，其實都有一個共同的心理機轉，所描寫的都是早已情感僵滯的一對夫婦，如何的經由外在的刺激而打破僵滯，重新獲得生機的心路歷程。在〈訪客〉裡，這對年屆八十餘的老人和老婦，他們的僵滯——不僅是情感，而且是生命——是透過「一個掛鍾，指針停在十二點正，不動」來象徵，但是經由「風聲大作。敲門聲甚急」，出現象徵死神的訪客：「門口站著一個人的形象，從頭到足裹在一塊黑布裡，兩手張開，宛如一隻巨鷹」的「塞在大門中間」，使「他們相互擁抱」，「高興我們還活著」，並且「找到一件可以做的事」：檢掉園子裡壓制作物生長的石頭。因而「響起了春之舞曲」。在這裡使生命與情感僵滯的是因為他們只以兒子為生活的重心，一旦兒子離去，一切心灰意懶，這些積習僵化如園中的石頭，必須檢除才能重獲生機。

〈重新開始〉，雖然意在批評經由「二手或甚至三手的傳播」以至的外來觀念，如何被「砌成一道圍牆」，形成「迷宮」，彷彿「符咒」，以至使人忘掉：「『人』的意義不是外來的，而是來自他自身」[24]，因此這些「觀念」，「名詞和術語」，變成了妨礙情感溝通和真實生活的障礙，成為兩人生命園中的石頭，並且進一步導致夫婦仳離。但是促使兩人分手的原因，其實不僅是金瓊的女性主義口號與丁大衛的心理醫生訓練，他們藉此來阻止或取代了彼此的情意交感，所以其實是陷入了情感與生命的僵滯狀態，而在山洪暴發的危機中，使他們痛下決心，為了尋求各人生命的自我實現，終於分離。但兩人的專業知識或進步思想都無法倖免於遭遇情色騙子的欺蒙，各自鎩羽；終於在重逢之後，承認自己的脆弱、無知；並不瞭解自己，「只是自我欺騙」，「只是互相欺騙」，「躲在自己所作的繭裡」，「沒有好好活過」；兩人終於在發現夜景的「不是很美嗎？」裡重獲信心：「只要我們活著，就有可能（對於世界與生命『它的目的，它的意義』）多懂得它一些」，而決定「忘掉過去，讓我們重新開始」。

但是這裡的「忘掉過去」，其實是向過去的錯誤學習，忘掉的只是彼此毫無意義的以聲音與憤怒相向。這個劇本裡，第一幕二人因爬到「可能經歷過多次的大水沖擊」，「樹齡當在百年以上」的「那棵大樹」（「傳統」？）而獲救。第二幕的覺悟，難道不是傳統的「毋自欺」，「反身而誠」，與

「不誠無物」嗎？雖然「（他們擁抱。）」的相愛又是另一層境界了。姚一葦先生的最後結論，似乎是還是得信靠「愛情」，雖然「現代」男女，因為擁有過多的理性化與權力性的「知識」，早已不再浪漫了。「（燈暗。）」

四、濁世與天啟的辯證

張曉風在〈武陵人〉演出之後，接受《幼獅月刊》記者的訪問時，曾經表示：「所有嚴肅的東西都有些宗教意味」，「像T. S.艾略特，他的每一篇詩，每一齣戲，都充滿『基督教』，如果有人分析『我』，其實也只有兩種東西，一個是『中國』，一個是『基督教』。」具有中國文學的專業訓練與教研工作；又篤信基督教，為教會的劇團編劇，再加上她的：

> 我是一個現代人，一個現代的劇作家考慮題材的時候不必捧著傳統的金科玉律，他不必先審核這題材的故事性夠不夠，他不必想該安排幾個男人，幾個女人，該有幾個曲折（Complication），幾個高潮（Crisis），他只需要想，「我想在這齣戲裡說些什麼」！[25]

這樣的自覺，以及對於「現代的劇作」的詮釋：使得張曉風的劇作充滿了「載道」，或者更正確的說，「傳教」的意味。由於她使用了中國「傳統」的故事素材，賦予了她以為的「現代」戲劇之形式，詮釋而宣揚的卻是她個人和劇團所共具的基督教的信仰。因此當這種詮釋距離中國的「傳統」理解太遠時，就難免引起紛紛議論[26]，反映的正是文化認同上的明顯分歧。

張曉風引起注目的第一部劇作〈第五牆〉，利用的是舞臺只有三面牆，一面卻永遠開向觀眾的觀念；因而指出另有指向上方的第五牆，而使現實自然的人生與生活，同時具有超自然的宗教向度。由於顯然知曉皮藍得婁的劇作，本劇利用了一些劇場上的自我指涉的技巧，安排了「觀眾代表」與「導演」等角色，一方面配合「先知」的自由進出劇中，一方面點出：「世界上並沒有什麼臺上臺下之分，也沒有演員觀眾之別」的人生如戲，大家都是演員的主題。雖然本劇在「時間」上強調：「不知道是什麼時代，也許是從前，也許是在現在，也許是在未來」；在地點上亦沒有明顯的規定，但由張生人在美國加州任哲學系主任，學校學生鬧學潮，他自己「除了大麻煙，我什麼都不中意」，由美國「路過東京」返國，被日本人請去演講，解釋自己的名稱時，引用卡繆的《異鄉人》，並且強調：「人類的存在是荒謬而可笑的」；她的外甥女丁丁，渴望他帶回來的是電吉他和帳篷等等，都充分的反映了它的時空正是六〇年代末期的臺北。其中用以塑造哲學系主任張生人的，正是一些滑稽化的「二手或甚至三手的傳播」之外來觀念的口頭禪。所以反映的正是在「現代」思潮沖激下的「本土」景況。

但是戲中最有意思的，卻是作為作者「想在這齣戲裡說些什麼」之代言人的「先知」。他首先「手持聖經，他的身份和打扮既像希伯來的先知，也像希臘的預言家」上臺，按照啟示神學，很稱職的宣講「神愛世人，甚至將他的獨生子賜給他們，叫一切信他的，不至滅亡，反得永生」；接著宣讀《舊約・傳道書》的經文。再來他宣佈「張生人早死了」，指出他在肉體上與精神上的可能的「死亡」，（哀莫大於心死？）然後要人「離開有限的，去追尋無限的……」。但接著卻引述：「孔子說過『我欲仁，斯仁至矣』」，來強調：「你不再需要別人向你解釋真道了，當你渴切地需要真理的時候，真理便來到你心中」，似乎回到東方的「仁性」，甚至「佛性」或「清淨自性」本具，唯待人們自明本心，自覺自悟的立場，但最後卻轉化為近乎孔子「予欲無言」的「天何言哉？四時行焉，百物生焉，天何言哉？」[27]之「目擊道存」的境界：

「……難道山岳、海洋、星辰、大地還不足以做你們的啟蒙師嗎？難道百草千花不足以說明祂的手段嗎？難道春天的綠水，秋天的黃葉，不足以叫你們感動而哭泣嗎？」（一片靜穆中，有雄雞的聲音叫徹天空，接著是太陽上升，每個人身上都是莊嚴的金紅色，他們似乎一剎時都成了貴族，忽然，有群鳥振翅，啁啁啾啾之聲不絕於耳。）

這裡的「太陽上升」，正與〈傳道書〉的「太陽底下無新事」的取義相反；頗有「陽春布德澤，萬物生光輝」[28]的意味；最終的鳥鳴亦具孟浩然〈春曉〉，雨過天晴，夜去曉來的「春眠不覺曉，處處聞啼鳥」的歡欣情趣，而最重要的「先知」的最後教導卻是出以：「（指上方）這第五牆最美，這一面開向湛湛青天」的形態，完全是「聖人者，原天地之美而達萬物之理」[29]的情態。當張曉風企圖以「傳統」來對治「現代」人的被拋擲到世間的失落感，最後她所訴諸與回歸的「傳統」，恐怕未必是「基督教」的；反而是儒道傳統的「天行健」或大化流行了。

更有意思的是，劇中的「先知」，固然作希伯來或希臘打扮，但在劇前人物表上的說明，卻是：「他沒有名字，沒有族譜，無生之始，無命之終」，一點也不像可以被斬首的施洗者約翰，或使徒保羅這樣的人物，就其說明而言，實在較近於《老子》首章的「無名之「道」。而〈第五牆〉的整個戲劇結構其實完全建立在「洞中方一日；世上已千年」的時間對比上，並且要透過因為加速而顯現的世事之無常，來凸顯真理（或真道世界）之永恆常在；其實採取的正是典型的神仙道化的「度脫劇」的形式，所以這裡的「先知」，除去了會宣揚救世主降臨的福音；以及宣讀《聖經》之外，在本質上反而近於中國的長生不老而在凡間自由出入的「神仙」形象。於是「基督教」在這種詮釋裡，也就不免是充分的「中國」化了。這一點似乎未見基督徒教友的任何非議，但是，當張曉風要將中國的「傳統」理想，作基督教化的詮釋時，就引發了諸般的爭論，這裡正牽涉到前者並不真正影響臺灣社會的文化認同；後者則正觸及了關鍵要害之事實。

張曉風的〈武凌人〉取材自陶淵明的〈桃花源記〉[30]，但卻利用了其中漁人：「停數日，辭去」，只敘行事，未表心迹的縫隙，一舉切入，企圖顛覆解構「桃花源」作為一個「理想世界」的意涵。她以「桃花」姑娘這個角色代表「桃花源」以為：

> 「桃」只代表「仙」道，而不代表「天」道，我所理想的黃道真是渴望著天道，而非仙道，所以他最後捨棄了桃花源和桃花姑娘。

並且以為：

> 天道是絕對的理想，仙道所嚮往的只是比較舒適的人生罷了。……從前仙人才能的事，今日科學工具都可以使我們享受得更好。所以仙道是不必羨慕的，天道才是唯一值得我們去終生探索[31]。

當她以為「桃花源」只代表仙道，而所謂「仙道所嚮往的只是比較舒適的人生罷了」之際，她正有意曲解道家思想與道教信仰，取消掉它們所具有的一切精神屬性。至於陶淵明的「桃花源」，是否只屬道家或道教的「仙」道，更是大有商榷餘地。同時她所謂「是絕對的理想」的「天道」，自然也就是她所信仰的基督教。

這裡既牽涉到個人安身立命的人生理想的抉擇；也觸及了一個社會的集體文化認同的爭議與辯論的問題。對於第三世界國家的許多有心人士而言，基督教所代表的並不僅是一個狹義的個人救贖的信仰而已，它往往被視為是超脫革除落後失敗的「本土」傳統，以追求富強進步的「現代」化生活，而以歐美為典範時，所不可或缺的構成部分。因此許多以「現代」化為志業的政治、社會領袖，往往以信仰基督教、天主教作為他們改革行動的初階與象徵。所以，這裡想透過自己理解的基督教信仰來批判，在中國文學中具有重要意義的〈桃花源記〉，正是以「現代」，（其實只是「西方」或「西方傳統」，未必就是「現代」；但若採取韋伯的以新教倫理來詮釋近世資本主義之興起的立場，則未嘗不可視為相關，而加以混同），來批判「傳統」的一種在文化認同上的判別與抉擇的行動。尤其〈桃花源記〉不但選入在中學國文課本，並且經由《古文觀止》之類的選本，早已家喻戶曉，耳熟能詳；而最重要的是其內容上似乎正是關連到對於一個「理想」世界的尋求；因而也就是對於所尋求之「理想」內容為何的界定和規範的問題。

張曉風在〈武陵人〉中，採取了各種來源不同的表現策略來重述〈桃花源記〉的故事。她充分的瞭解這個故事，由於它的廣為人知的熟悉性；並且欠缺嚴重的（在陶淵明的敘述中是根本沒有）衝突。因而一方面她刻意的製造了主角黃道真的各種衝突：他和社會衝突，和自然衝突，並且自我衝突，來形成情節的「戲劇性」；一方面她大量的穿插歌舞與音樂，來捕捉不重視「戲劇性」，卻能在熟悉中百看不厭或百聽不厭的「傳統」東方戲劇的「抒情意境」。所以，「在一切的動作和燈光之前，是音樂和舞蹈」：正是該劇劇本上的第一句話。她交錯反覆的採用了：前奏曲、周文中漁歌、雅樂、打魚歌、吟誦、晨光的呼喚、桃源樂、終曲、陽關三疊、誦經樂、平調等等配曲，從頭演唱到結束。因而音樂家許常惠要撰文討論：〈武陵人音樂設計是成功的〉。而聶光炎在舞臺設計上，也完全瞭解全劇的「不是寫實的」，「極富韻律性」的劇本構想，而決定：「完全不寫實。用層次，體積作各種不同的境域。在各種境域裡，表現各種生活的片斷。它像是一片片的泥土，石塊，或者什麼人可以站立在上面的，或可以說生活上面的」[32]，基本上是接近中國「傳統」戲曲的舞臺形式。因而從形式上來說，〈武陵人〉其實是以配上了新音樂、新舞蹈、甚至新的演唱動作程式，而且以此自認為是「現代」，其實是由模擬寫實的話劇，回歸「傳統」戲曲形態的演出。因而在歌聲舞影的韻律過程中，當代的觀眾也就如傳統戲曲的觀眾，往往可以忽略其情節、人物、思想的未必合理，而囫圇吞棗的接受了，過去是忠、孝、節、義；今天是：

你們被一種次等的幸福痲痹了靈魂，
你們被一種仿製的天國消滅了決心，
至於我，我已不屬於這低劣的歡樂，
我寧可選擇多難的武陵。

這樣的「自我神聖化」的結論；並且在認同於其中的正面英雄（Positive Hero）的同時，立即感受到不必經過任何努力，即已獲得的一種倫理道德價值上的自我肯定的優越感。

〈武陵人〉一劇的饒有意味之處，不但是提昇了進出桃花源的武陵漁人的精神，到達了「先天下之憂而憂，後天下之樂而樂」的「古仁人之心」的境界；並且在短暫偶然的進出之間，不過事關出處，好像就已經完成了一切志士仁人的用心與奮鬥；更重要的標出他的「黃道真」之名的同時，卻將他轉變為一個分裂的自我：出現在劇中的是三個，各以灰衣、白衣、黑衣為別的黃道真，於是在〈桃花源記〉的吟誦中：

而這場舞蹈，是獨立的，由三個黃道真的並立，衝突，破析來籠罩全局，它的意義不單是序曲或楔子，它是整個戲的解釋。

在現世之外，既有光榮永生的天堂，亦有火焰永燃的地獄；因而任何人也既有天使規勸，又有魔鬼誘惑，原是基督教最典型的世界與自我的圖像；因而佛洛依德的個我（self）理論，亦出現了類似的：超我（superego），自我（ego），本我（id）的三分，似乎頗能反映「西方」的心態，不論其為「傳統」為「現代」。這自然與「人之初，性本善」之人性與人格的理念是迥然不同。張曉風使「黃道真」帶著他的天使與魔鬼一起進入了反映道家純樸渾全精神的「桃花源」[33]，這個構想本身就是爆笑的喜劇。而且勸說黃道真留下的，竟是「他總不忘記提醒黃道真做一個聰明世故的人」的黑衣道真，更是具有「正言若反」的喜劇效果。武陵漁人的得以進人「桃花源」，正因他「忘路之遠近」的「無心」，他所以「停數日，辭去」，由其「便扶向路，處處誌之。及郡下，詣太守，說如此。」的行逕看來，反而是有意的，甚至頗具心機的，因為顯然並不顧念源中人「便要還家，設酒殺雞作食」，以及「各復延至其家，皆出酒食」的好意招待，以及「此中人語云：『不足為外人也』」的想要繼續避亂的意願。「太守即遣人隨其往」，事實上正是要貫徹帝國的統治，不許有化外之民。因而「尋向所誌，遂迷不復得路」。所以陶淵明的〈桃花源詩〉要感歎其「淳薄既異源，旋復還幽蔽」了。

因而，武陵漁人，若據〈桃花源記〉，他並不需要白衣人去告訴他：「它只是一種次等的理想」，他所看到的只是一塊尚待征服的土地，一個可以立功的機會。所以，陶淵明要接著批評：「借問游方士，焉測塵囂外？」真正能夠感覺與理解「桃花源」的「此中有真意」，是值得嚮往與追求的，必須像「南陽劉子驥」，那樣的「高尚士也」，或者是「願言躡輕風，高舉尋吾契」的陶淵明自己；但他早已預見了「舉世少復真」時代的來臨，終究我們有的只是各種「遊方士」；而且還是主張：「次等的美善比醜惡更令人不能忍受」，因而鼓吹別人應該陷身苦難，為了「你可以因為苦難的煎熬而急於追尋第一等的美善」的各種「白衣人」（他們看來像不像〈約伯記〉裡的撒旦？自然他們也都是上帝的工具！），所以陶淵明的斷言是：「後遂無問津者」。

或許白衣人的論證也不是不能理解：只有在世上一無所望，充滿痛苦的人，才會全心全意的祈求死後的天國。只是我們是否適合反過來要求人們應該活得充滿痛苦，一無所有？其道理亦如：我們該不該為了鼓吹勇敢或忍耐的美德，禁止開刀使用麻醉劑？同時，全心全意嚮往死後的天國；是不是必然保證就可以進入天國？或就有天國可以進入？正如虔敬禮佛的人，是不是必然有阿彌陀佛率二十五菩薩來迎接？必然往生淨土佛國？即使答案基於一己的信仰是確定的。是否有必要去否定在現世中，相對而言，較為自由，較為和諧，較為善意，較為合理的社會與生活；以及為了追求這種相對的進步與改善所做的種種努力？王粲儘可以對「華實蔽野，黍稷盈疇」的荊州，發出：「信美」的讚賞；然而卻忠實於自己的情感認同，表示：「雖信美而非吾土兮，曾何足以少留！」[34]但是卻不必因為並非自己情感認同之所在，而強調其「次等」，要別人：

不要去，我的朋友：

我們活在世上是一群口渴的人

而桃源村正像一片大海汪洋……

但等你張開口，你發現所有無邊無際的鹹水，

你一口都不能喝。

使用「地獄」中的受罰想像[35]，來比擬「樂土」。孫康宜教授雖然借用布萊克（William Blake）的例證，曲為解說。[36]但這種現象反映的，若非作者崇拜的是一位充滿戰鬥精神，因而不免於嫉恨之情的神祇；就是「桃花源」的存在，對「黃道真」與他的守護者「白衣人」而言，構成了太大誘惑，因而威脅到他們的身為「武陵人」的認同，除了借用醜化與詛咒，無法抵拒。

事實上，〈武陵人〉的劇名，已經強調了這是一個有關地域認同的作品。黃道真所面臨的，其實正是「流寓」與「故鄉」之間的選擇。白先勇的《臺北人》，不論他們的故鄉為何；和在老家的景況相比，是多麼的淪落，多麼的淒涼，但他們終究選擇了，（自然這未必就是他們的最愛或最終的願望），成為一名「臺北人」，成為「臺北」社會的一份子。〈武陵人〉卻是要強調，黃道真終究是一名「武陵人」，即使來到了「桃花源」，他仍然是選擇回歸「武陵」的「武陵人」。第一幕中白衣人反覆的向黃道真強調那是「晉太元十二年的春天」，並且「就要被人忘記」；但當黃道真強調他「寧可選擇多難的武陵」，事實上在武陵等他的不過是幾個並不友好的打漁伙伴而已。何來「武陵的痛苦」？這些強調明顯是藉「我們晉朝真是不幸，老是打仗，一直打仗，跟外邊的人打，跟裡面的人打——反正

老是打」，來影射當代的處境。選擇「武陵」，既是選擇「晉朝」，也是選擇「晉太元十二年」的正朔與紀年，也就選擇了秦漢魏晉的歷史認同。

這裡真正恐懼的並不是喪失了「嚮往天國的權利」，（難道基督徒在太平盛世就喪失了嚮往，以至死後可以上天國的權利？——若真如此，這種說法，一定是非「基督教」的），而是喪失了這種雖經改朝換代，但仍可視為連續不變的歷史認同。「桃花源」之不同於「武陵」，正在於其「先世避秦時亂，……遂與外人間隔」；「乃不知有漢，無論魏晉」的由中國的改朝換代的歷史遊離出去。但晉太元十二年的黃道真，只會稱自己為晉國人，不會自稱「中國人」，於是只好強調回歸、認同「武陵」，而稱為「武陵人」了。[37]因而，這裡關於「武陵」或「晉朝」的認同，雖然藉基督教的「天國」曲為解說：「而我，和我的父老，卻註定以艱難為餅，以困苦當水，並且在長久的磨難裡，切切地渴想著天國」，但真正「渴想著」的其實是改朝換代仍然不變的「主流」歷史與這種形上化了的「國家」認同。而這種認同的焦慮，顯然未必是「現代」或「西方」的，（紐約港絡繹著多少歐洲移民？基督教本來就是一個普世的宗教，所以才會有全球性的傳教活動；同時《舊約》裡的史詩式的行動正是「出埃及記」），它反而是屬於，長久以來的中國「傳統」的，（例如：漢人的由「反清復明」而至「扶清滅洋」的「愛國」心態的發展）。習慣於大一統帝國「歷史」[38]的人，能夠忍受「本土」成為「遂與外人間隔」的「桃花源」嗎？黃道真的答案是：不能！

雖然與中國的「傳統」，具有千絲萬縷的糾纏；但張曉風的劇作，仍是一種傳播基督教福音的活動。罪人，心智貧乏，為社會鄙棄的人，要比富裕積學的法利賽人更接近天國，原是耶穌改造猶太教的革命性主張。沒有塵世，或者說，肇始自亞當與夏娃，的罪惡與苦難；原來就無需「神愛世人」的以其獨子之犧牲來行救贖。這樣的「反者道之動」[39]；美惡相因，相反而相成，原來就是基督教信仰的基礎；這正提供了張曉風劇作的基本張力：一邊是渾噩尚待開啟，但已逐漸有所需求，有所尋索的罪人；一邊是已然啟悟，或者超凡入聖，或者不惜受苦受難，前來傳播福音的媒介（agent）。〈第五牆〉裡的先知，〈武陵人〉裡的白衣人，《自烹》裡的管仲，《和氏璧》裡的卞和，《第三害》裡的陸清河都是那宣講福音的傳道者。張三李四一家，黃道真，齊桓公，咼瑜，周處都是那悔悟的「罪人」[40]因此，時代背景，故事情境容有不同，但是這些宣教劇的基本的格局不變：都是「先知」覺「後知」，此外，則有些「不知不覺」的個人或群體。〈第五牆〉裡的張生人，必須「真的」死去，而由「演員」代演，因為這位相信人生荒謬之存在哲學的哲學系主任，顯然是無法接受福音的「不知不覺」者，所以只好由「假的」張生人來代替他接受啟悟。「桃花源」也因此成了「不知不覺」者的大本營，在黑衣人的協力下，是要來蠱惑黃道真之靈覺的「原罪」的淵藪。這樣的理解與安排，自然引起信仰不同者的反彈，因而一時議論紛紛。

在此之後，張曉風仍然使用「傳統」的素材，但編劇的策略，則有明顯的轉變。她一方面選取本身原具戲劇性，尤其是悲劇性（若非悲劇性，如何凸顯「罪惡」與「苦難」的需要「救贖」？）的「傳統」素材，一方面則避免了如〈武陵人〉那樣的必須與「傳統」的理念與理想正面交鋒，必須加以顛覆或否定，才能彰顯「福音」的困難，她所要做的只是因勢利導，在「傳統」的牛肉麵上加一把「福音」的蔥花，就「真味」盡出矣：齊桓公與管仲的功業彪炳，其君臣遇合，早為美談；但桓公竟晚節不保，受惑於易牙豎刁而隕落，自然符合「悲劇英雄」的定義，其事蹟本身原來就深具「悲劇」潛能。因而張曉風選擇他為悔悟的「罪人」，自有其適當性。周處除三害的故事，一直就是中國「傳統」上「知過能改，善莫大焉」的典型；陸雲對他的勸誡正是：「古人貴朝聞夕改，君前塗尚可；且患志之不立，何憂名之不彰？」[41]自然其悔悟更具積極的意義。卞和獻璞而遭刖，後來抱璞泣於荊山下，楚文王使人詢問，答曰：「臣非悲刖；寶玉而題之以石，貞士而名之為誑，所以悲也」，本來就是著名的「懷才不遇」的寓言。[42]其兩度遭刖，更是充滿悲劇意味，張曉風以他為傳播「福音」的「殉道者」，讓他來見證：「上蒼曾在人間賜下如此完整的神蹟」，雖然扭曲原意，似乎也具說服力。

張曉風在〈和氏璧〉裡，一方面加重了卞和的犧牲，使他「所遭遇的是老母的血淚，幼女的死亡。蒼白的歲月，火辣的嘲笑，不能被容於天地間的孤絕，以及被誤解的淒涼」，想加重「不知不覺」者的排斥，以強調卞和是「在這慣於『否定』的時代裡，為真理作『致命式的肯定』」；一方面則創造了「毫無原則的去造假玉」的咼氏，來和卞和的境遇成為對比，這背後正有崇拜唯一的「真神」與崇拜偶像之間的對照。但是以卞和的母親與女兒之死亡為其「犧牲」的設計，不但顯得勉強，而且令人感覺其矯作悲慘，未免淪於感傷（sentimentalism）。並且最重要的，不論張曉風如何引用《禮記・聘義》，強調「君子比德於玉焉」，因而在劇中讓卞和說出：「玉是一切美好事物的具體形象，玉幫助我們忽然之間了解我們自己內在一切對美德的饑渴」，「隨時隨地提醒著佩帶者，喚起他內在的善良」；但玉終究是外在之「物」而非內在之「德」，為了一塊玉而犧牲至親的母親，女兒，我們實在看不出它所喚醒的是內在的「善良」或「邪惡」，所以當卞和說：「我聽到那神聖的召喚，我必須為這塊曠古未有的美玉而活了」時，張曉風正在使他成為一個玩物喪志，近乎科幻小說中陷溺於一己研究因而逐漸喪失人性的瘋狂科學家一流的人物。因而〈和氏璧〉中透過真玉與假玉的對照，本來是要彰顯崇拜活著的「真神」之有別於崇拜僵固的「偶像」之主題，最後呈現的竟然成了另一種僵固的「偶像」崇拜。這使人對卞和只能悲憫而無法崇敬；並且要覺得他所提到的「完美」或「神蹟」，不過是一種「甚愛必大費」[43]，「天下皆知美之為美，斯惡已」[44]。而在〈和氏璧〉最令人啼笑皆非的是，迥異於「傳統」的楚文王，他會主動的「使人問之」；「王乃使人理其璞，果得玉焉」，並且「遂命曰：和氏之璧」來彰顯卞和。在這個劇本裡，「和氏璧」，只是劇名，楚王只是「謝天，再奉之宗廟」了事，並未以名稱玉，近乎吞沒卞和的「發現」功績；而璧玉的最終發理，竟然還是依賴內線的人事關係，也就是昔日徒弟咼瑜先成了楚王的玉人，然後才得以成功。這種改編，反映的心態，究竟是「現代」的？還是「本土」的？

〈自烹〉，可能是張曉風「歷史劇」中最成功的一部。一方面是她能充分的利用《史記》，〈齊太公世家〉，〈管晏列傳〉等的相對豐富的資料，[45]賦予一個由興而亡的悲劇「動作」(action)，其中利用《史記》：「桓公與夫人蔡姬戲船中，蔡姬習水，蕩公。公懼，止之。不止。出船，怒，歸蔡姬」的記載與蔡姬無子的事實，不但使蔡姬參與了桓公所有墮落的行程，也使她作出了：「豎刁還沒有兒子，他閹了他自己，他殺的是他未來的兒子。易牙有兒子，他殺的是他當時的兒子。我們沒有兒子，可是我們也在殺，我們也在毀滅，我們殺的是我們無形的兒子。我們跟易牙一樣——我們烹了我們自己，最好最美的自己！我們多麼愚蠢！」的主題告白。而身為「先知」的管仲，亦只強調：「我懇求你們，你們這些活著的人，不要再傷害自己。上天造我們是由於好生之德，祂要我們好好活過這一生，並且有一天，跨過死亡進入永生」，除了提到「永生」之外，其實亦未違背他的「非人情，不可」的「傳統」主張，所以相形之下，較不易引起讀者或觀眾的抗阻。她塑造易牙之妻，使成為〈正義〉所引，桓公死前所見「踰垣入」的婦人，不但見證報應，而且表達永不止息的母愛；同時利用了弄臣優兒（〈李爾王〉身邊的弄臣？），以及合唱隊（〈伊狄帕斯王〉的合唱隊？）來作正言若反的評論與直道真相的陳述，都添增了戲劇內涵的豐盈，自然這個劇本也構思了燈光、特寫鏡頭，鼓聲與歌舞等等。

在〈自烹〉裡，以孩子為核心，以女性的角色：易牙妻、蔡姬，對他們思念關愛，來表現正常（也就是管仲所謂的「合人情」）的渴望與愛心；而讓易牙，刁豎，桓公等男性的不惜犧牲小孩來追求權力與貪慾，（編劇中故意忽略，齊桓公死後五子爭立的史實，讓我們產生桓公一如蔡姬，或易牙，為貪慾而「無子」的錯覺），視為是「自烹」的自我傷害的悲劇，反映的是張曉風的女性本位呢？還是一個處處記掛著：「子子孫孫永保用」[46]之「傳統」文化的繼承？自然這也是有其基督教根源的，所以張曉風以「像米蓋朗基羅的『哀慟聖母像』」來說明易牙妻。而有趣的是扮演「先知」角色管仲的轉化與啟悟，竟是「如果我和別人有什麼不同，那都是由於我曾被一份偉大的愛愛過。」；這自然是「生我者父母，知我者鮑子也」[47]的「現代」詮釋，自然也是一種通往：「神是愛」的解釋。這樣的對於「愛」——無條件的「偉大的愛」的信靠，依然是〈第三害〉的主題。

在〈第三害〉一劇，張曉風在周處的醒覺裡添加了，一方面是實存的慈母與少女蕙兒之女性的溫柔的愛；一方面透過同一演員兼飾陸清河與周處父親的幻象（形或聲）來代表父愛或智慧的指引，結果是周處的除三害的過程，就成了一種家族企業，強調了一個人的成長，原是透過家庭裡各種形式的「愛」之協力，所共同達成，最後以「陸夫子」（在人物說明，以陸清河的號介紹陸雲，但在本文中卻用陸夫子三字，正有意強調其師保的意涵）授以周父見贈的「天心劍」，以「為人之道在於善以己心去比擬天心」的方式，以去除「每一個人在深心裡貽養著第三害」為成已成人的事業。這個劇本，放在其他的劇本之後，自然仍可作基督教信仰的理解，但其實最具「傳統」精神。因為全劇的精神，幾乎可以用：「天命之謂性，率性之謂道，脩道之謂教」；「人心惟危，道心惟微，惟精惟一，允執厥中」；以至「存天理，去人欲」等思想來概括。同時將第一、二害的老虎、蒼蛟，不但擬人而且直指人心，尤其讓

（蒼蛟臨死的時候，仍然不甘心地叫了一句：「不去殺你們心裡的毒蛟而來殺我，有什麼英雄……。」

用的已是佛教「安禪制毒龍」[48]一樣的比喻。另外，陸夫子和周處論道，以掃落葉為喻，當周處說：「清河先生，灑掃之事可否由晚輩服務」，陸夫子的回答卻是：「唔——各人方寸之地，最好是還由各人自己經營吧！」；而周處最後的領悟則是：

「我知道我內心邪惡一日邪惡不除，我就仍是禍害。譬如落葉（指陸夫子剛才掃地之處），才掃又落，其實滿樹皆黃葉，人人卻只見地上的落葉，不見樹上的黃葉。

不但充滿禪語問達的機趣，而且針對著必須於「起心動念處」下功夫的理解，陸夫子的教誨，仍是「時時勤撫拭，勿使惹塵埃」[49]；自然寶劍為智慧的象徵，原也是佛教慣用的比喻；但是最有意思是，她讓陸清河說出了陸象山式的名言：「你的心是六經的註腳，六經是你的心的註腳」。或許「陸夫子」說得不錯：「聞道貴在求心安」：「心」，才是我們最後的可能認同。

五、海山天地的混聲合唱

汪其楣的寫作與戲劇生涯迂迴婉轉，一如她所喜歡的水流的意象，她曾在一篇題名為「流」的散文，歷數她的由小說而詩而散文的文類之間的尋索轉換與生命階段不同的體悟息息相關。即使她已投入劇場，獻身戲劇的研究、教學、表演、導演、編劇……，她仍然未曾忘記平面的寫作，她會去編寫童話，寫《海洋心情》，這種珍重生命而涉入世紀絕症AIDS課題的文學備忘錄等等。

中國文學系的基礎，參與了《現代文學》雜誌的編輯，汪其楣由於在美國受過學院「劇場」系所的完整教育，返臺之後，於教學工作之外，首先的努力是以「現代」劇場的表演理念評論「傳統」平劇的演出，並與梁秀娟女士合作，完成了平劇旦角的《手法身眼步》表演技藝的整理。在舞臺上，她於親自演出〈寒梅〉，並導演〈一口箱子〉的首演之後，汪其楣卻創辦「聾劇團」，成立「手語之家」，發明「手語歌」的表演形式，並編寫有關手語教學的著作；接著是推出「兒童劇場」，導演〈牽著春天的手〉的巡迴演出。在西洋戲劇方面則導演莎士比亞的〈仲夏夜之夢〉等，並參與雲門舞集，擔任舞臺監督等工作。因此，一方面是她的許多編劇，包括近期的〈記得香港〉與〈複製新娘〉等雖已演出，但仍未見劇本的出版；同時「聾劇團」的長期演出與「兒童劇場」等的演出腳本，雖也出自汪其楣之手，但也尚未看到平面紙本的流通；另一方面則是由於她的多方嘗試與參預，使得汪其楣熟悉各種不同類型與傳承的演出型態，正如她的熟悉各種方言與族群語言，使得她所編寫的劇本，尤其在為了實際的演出而創作之際，特別具有一種多音（甚至是多語）複旨的型態，在語言的部分尚易掌握；但演出的型態，若非熟知各種表演的狀況，對其效果與反應，未免終隔一層。事實上其創作的精神與風格，可以說是，繼續了〈孫飛虎搶親〉所首先提出的構想之更具體更徹底的實現。

汪其楣與黃建業合著的〈天堂旅館〉，顯然是參照沙特（Jean-Paul Sartre）的名劇〈無路可出〉（No Exit），卻反其道而行之的作品。在沙特的劇中，「地獄」的特質，正是沒有出口，無法離開的三角關係，永遠有一位不懷好意的第三者監視著，彼此既無法完全交融，亦無法遮掩或忘懷自己的罪過與恥辱，更無權威或他人可以寬恕而得以超脫或消解。因而，劇中的角色，終於領悟而喊出了：「地獄是他人！」（Hell is others!）異於基督教的死後雖有地獄、煉獄、與天堂之別，但是終究沒有「轉世」之事，靈魂或許可以離開煉獄而提昇，但終究並不歸返人世；〈天堂旅館〉的基本構想卻是「天堂」並非永遠不離開的最後的歸宿，否則它不也一樣是「沒有出口」？因此「天堂」只該是「旅館」，它正和有進無出的「地獄」相反，它的特質正是：既可以來亦可以去，是可以自由進出，卻在進出之間得以憩息的處所。這部原來被指定為「女人的戲」，雖然汪其楣強調創作時：「它超越女性情懷，試圖闡述的是『人性』的情懷」[50]，但是女性特有的溫柔慈愛與「女性姊妹淘」情誼，仍然是這個以「人之『既』死，其言也善」為主軸的劇本，所以溫馨感人的精神所寄。

〈天堂旅館〉的戲劇性掙扎，並不在於死後邂逅的四位女性之間，反而是在四人面對自己已然結束之人生的「有生之樂」與「虛生之憂」的牽牽掛掛與檢討反省之際，其中正有「動心忍性，增益其所不能」的效用。同時四人在「樂莫樂兮新相知」的近乎「秉燭夜談」或「山中一夕談」的互相傾訴之際，因為面對的都是「新知」，因而得以不被界定，而可以重新自我定義；並且他們的前生，不論是生活美滿卻車禍死亡，或是因喪夫喪子而自殺追隨，或者精明能幹，多彩多姿，卻得肺癌過世，或未獲母愛，與朋友夜遊，竟遇流氓械鬥，意外受害，其實在經歷了生死之際，都得面對的正是：「我這一生到底是怎麼回事？」的「存在意義」的詢問，他們的交談與傾訴，因此就有一種遭遇心理困擾時的團體治療的作用與效果。（這種治療作用，一樣延伸及於其觀眾與讀者）。

這裡汪其楣等並不必須借用永恆的天啟來超越死生之際的荒謬，相反的他們採用了一種「卑之無甚高論」的「道在百姓日用之間」的立場，以為只要人生有情，「方留戀處」，即使「蘭舟催發」，亦已不算空無，不再荒謬；雖然或許不免「執手相看淚眼，竟無語凝噎」的悲傷[51]；因此只要能夠遣悲懷，「今後但記恩，莫記怨」[52]，也就一樣的能夠了生死，而「赤條條來去無牽掛」[53]的走上「來世，我還要」[54]的另一段人生的旅程。〈天堂旅館〉結束在年長的三人，在各自提出要自我改進的人生片斷後，「毫無遺憾的往前——」。我們可以看到了中國「傳統」的人生態度，在這一部其實是詢問人類的生存意義的劇作，發揮了解答與中和的作用。但更有意思的是，雖然劇中強調「天堂旅館」已有四五百萬年的死者前來停留，但是劇中的四個角色，卻都只是當代「臺北人」，她們或者有哥哥讀工專，或者到忠孝東路去做頭髮，或許在日本東京談生意時有一段異國之戀，或許抗戰時曾在武漢附近逃難：終究這只是個「本土」的「天堂」。在這個劇本裡，問題提出的方式或許是西方「現代」的；但解答的態度則是「傳統」的；根據的則是當代的「本土」經驗。

但是像〈天堂旅館〉這樣以「列傳」為主的編劇形式，終於在汪其楣往後的劇作中發展為「通古今之變」的「史記」的形式，自〈人間孤兒〉起，包括，〈大地之子〉，〈人間孤兒一九九二枝葉版〉，〈海山傳說・環〉，以至〈記得香港〉，〈複製新娘〉等都可以說具有這種「史記」形式，雖然〈記得香港〉與〈複製新娘〉還利用家族世代相續的敘事，而同時更具有一種「大河」戲劇的意味。

班固一家在撰寫《漢書》之際，顯然不但有體例可循，而且因為題材本身既已自具「大一統」帝國的完整連續的特質，因而他們並不像司馬遷，得在「網羅天下放佚舊聞，略考其行事」之餘，還得為如何「綜其終始，稽其成敗興壞之紀」為寫作的形式傷腦筋。因為他所生存的固然已是統一的大「漢」帝國，但在這之前，東亞大陸上存在的其實是許多泰半各不相屬，自成斷續，變化不已的民族、文化、社會、國家……，於是他同時採取了：十表，十二本紀，八書，三十世家，七十列傳，凡百三十篇的多管其下的敘述方式來掌握這原本就是多源多變的多元現象，同時又寄寓他個人藉「通古今之變」，以「究天人之際」的「一家之言」。因此，《史記》在材料上，（甚至許多敘事文字上），都是前有所本的，司馬遷的工作是採擇綜輯，而整理出一個有意義的整體。當汪其楣以臺灣的處境與歷史為其題材，而尋求以戲劇的方式，在舞臺上加以呈現時，她所面臨的挑戰，其實是司馬遷式的；她的解決也是司馬遷式的。她並未採取許多歷史小說，藉某些特定人物或家族為中心，（香港並沒有多族群，多重殖民的問題，因而她在〈記得香港〉，因取材於施叔青的小說詮釋，基本上是採取的這種辨法），甚至以固定的場景地點[55]，來作歷史與社會變遷的敘述，尤其當以「文化」的反思與批判為其關切的重點時，眾多的切面的雜然並陳，不但檢討了也反映了臺灣在文化上的七拼八湊，未能也無法整合為單一整體的處境；同時達成的正是詩意的，或者就是「組詩」[56]式的表現形式，它有一個總括全局的「序詩」，也有一個寄意深遠的「終曲」，但其間的各首詩作的關連，與其說是事件發展上的連續，不如說是一種反覆申說的「定向疊景」[57]，汪其楣的以臺灣為主體的劇作都或多或少，採取的是這種模式，但這同時也是中國戲劇的由隻曲而套曲，由套曲而成折，成劇的構成模式；也是在舞臺上容許以折子戲的型態來呈現的「傳統」模式。汪其楣的這些劇作，往往以「合唱」來結束，或許並非偶然，而是要使「現代」劇場向我們「傳統」的戲「曲」精神回歸的努力。

〈人間孤兒〉，在這幾部主題相連的劇作，似乎最強烈的感受到這種無法整合的文化認同的危機。〈楔子〉裡首先出現的是，構想來自《亞細亞孤兒》雲梯書院的，十二塾童在誦讀代表「傳統」的〈三字經〉；但接著出現四位以鑼鼓拍板兼國劇架勢評話臺灣「本土」被屢次開發、殖民之歷史的一群；但接著一位「代表西方文化與文明成就」，其實強調的只是「現代」性的「身著白色網球裝少女」以翻洋裝書舔霜淇淋的方式，歷述西方在近代文明和現代文明的成就：三者交錯，反映的是臺灣的歷史文化處境，但最後歸結於連橫〈臺灣通史序〉之「婆娑之洋，美麗之島，我先王先民之景命，實式憑之」，則反映了作者的認同。

全劇正文分為二十八段，往往或以歌曲起興，或以動作象徵作結。它們各為表現臺灣生命力與風情的：第一段「飛颺的青春」；第十四段「客家山歌」，「中場休息　搬演偶戲」，第十七「車鼓陣」，第十九段「夕陽．球」，第二十段「臺中臺中」，第二十四段「女工的故事」，第二十七段「李天．葉美惠」；反映臺灣地理環境與遭受破壞污染的第二段「臺灣河川」，第九「愛河．淡水河」，第十段「古老的故事」，第十一段「幽幽基隆河」，第十五段「臺灣面積」；批判外來風尚與庸俗文化流行（文化侵略與污染？）的：第三段「迪斯可．洋煙」，第四段「兒童美語」，第五段「新宿族」，第六段「白人傳教士」，第十二段「惜別的海岸．蘭嶼行腳」，第十八段「玩具槍打老師」，第二十六段「文化公車」；診斷社會病態心理的：第十三段「診斷書」，第十六段「舉抗議牌」，第二十二段「吸食污染」，第二十三段「過客」，第二十五段「爆炸沒關係」；日本統治與傳統文化的無力感的：第七段「竹簍隊」，第八段「雨夜花．閹雞」，第二十一段「林秋田」；以及以垃圾分類清理寄意總結的第二十八段「婆娑之洋，美麗之島」。初看似乎繽紛繁雜，其實不但在表現形式上有其整體性的統一，即使在內容上亦有其主題的貫穿與連繫，只是以賦格的方式反覆出現而已。在劇中刻意的以國、臺、客、英語併切發音，並且儘量的涵活了可以代表「本土」的社會心聲與文化傳承的各種流行歌、民歌、民俗劇藝與劇種等，正是有意在「現代」舞臺上向我們的「百戲」與「雜劇」的「傳統」回歸，以重建我們在文化上之「傳統」認同的努力。終場的垃圾清理，不僅是消除污染：「其實，人們藉著自我反省，可以不讓生命墮落，河川也是一樣」；其中更有類似姚一葦先生〈大樹神傳奇〉的寓意在。

污染與生命的成長或墮落，仍是汪其楣在兩年後推出的〈大地之子〉巡迴臺灣各地演出之際的編劇重點。由於在各地演出，因此作為楔子之用的〈臺灣飛行〉，有北部、中南部、東海岸等的版本，但是重點皆在提供一個全球環境污染的預警，以及世界中的臺灣之空中鳥瞰的圖像，於是臺灣就不只是蕞爾小島，而臺灣的人民也一樣是「大地之子」了。反映的正是臺灣在經濟奇蹟之後，「放眼世界」的自信與自豪。全劇借用西西〈肥土鎮的故事〉之寓言，作為反省科技與經濟交相為用的社會發展所引發之諸多問題的框架，但是填充呈現的其實是光復後生長一代人的成長體驗：〈童年肥土鎮〉，〈遠足的心〉，〈肥土鎮廟會〉是聯考前的美好回憶，〈成長的慘綠〉是以聯考為關卡的艱辛之「成年儀式」，自我因此而轉化定位；而幾乎是同步發生的是〈肥土膨脹〉的臺灣經濟起飛與社會轉型；因而到了〈一九九九〉的十年之後的世紀末預言[58]，他們正由「學童」的一代變成了「師長」一代，但兩代之間早有代溝，環境與社會之污染已達臨界點，於是一切的基礎動搖，「肥土鎮」發生大地震[59]畢業二十年的同學們奔回家鄉，在垮掉的學校重聚，在祖父祖母評論「現在的人就是心內沒神明，世界才會被搞價亂糟糟」聲中，大家唱起當年遠足所學的〈阮若打開心內的門窗〉：「阮若打開心內的門，就會看見故鄉的田園」；「阮若打開心內的窗，就會看見青春的夢」，作為重建故鄉，創造明天的動力。這裡很清楚：「現代」化所帶來的污染與破壞，由劇中調查全球污染飛行船在劇前劇後的出現，暗示科技的部分，就交由更進步的「後現代」科技處理；但是對於人心的污染與人性的墜落，代表「傳統」的祖父母教我們回歸：「抬頭三尺有神明」或「神明在心內啦」之虔敬戒慎的生活態度；

而戰後一代的主角們則相信大家一起成長的共同經驗與情誼，相信大家同具的對於「本土」故鄉的關愛與青春的夢想。

〈大地之子〉，雖然以花可久為敘事的觀點人物，但基本只是方便串連幾條相關的線索，基本上仍是以她的同班同學的「列傳」，為其表現的主體與重點，因而比起〈人間孤兒〉更容易聚焦，也令一般的觀眾更容易掌握與接受，因此汪其楣在一九九二年的〈枝葉版〉，也採取相同的「列傳」的手法來表現臺灣光復後的社會變遷。〈枝葉版〉將原來〈人間孤兒〉的「辭無詮次」的「組詩」形式，改變成有「書」，有「表」，有「本紀」，有「世家」或「列傳」的「史記」形式，前半關於「本土」文化淵源與傳承的「書」的部分，也就是全劇，由原住民：泰雅族，布農族，卑南族等的歌舞，以「在很久很久以前」的標題開始，然後是漢族的「人之初，性本善」；環境關懷的部分則縮減為作楔子用的「島嶼地形」；而接著則以接近「表」的形式，由「列強環伺」到「皇民化•閹雞」敘述了臺灣與世界的直到光復的歷史，仍然保留了林獻堂與梁啟超見面的「本是同根，今成異國」和「閹雞」的演出型態，但已經不再提及連橫的〈臺灣通史序〉，因為本劇的重點已經由文化的認同，轉為臺灣內部所經歷的社會變遷，所以全劇的主體反而轉移為「家庭故事」以降，包括「掃墓」，「行業變遷」，「代工」，「戲臺上下」，「民間債篇」，「錢熱熱錢」，「周處古今」等社會現象，採取近乎「世家」或「列傳」的方式來表現。自然批判仍是有的，例如「錢熱熱錢」的諷刺金錢遊戲和金錢崇拜；或者「周處古今」的反諷黑道猖獗；但主要還是在描繪二或三代人胼手胝足，克勤克儉，終於締造出「本土」之富裕社會的經過，汪其楣把這一份成就，歸功於社會大半平凡卻辛勤努力的民眾。但

〈枝葉版〉，最有意思的地方卻在汪其楣以「假如有未來」表達了臺灣是否如九七之前香港一般的走向空洞化的疑慮；而以「種樹的人」，陸正的父親陸晉德先生在其子遇害後，化悲痛為大愛，開始為臺灣種樹，代表臺灣的希望。在這個以世代承續為中心的戲劇中，不但由原住民的歌舞儀式開始，事實上在「家庭故事」亦有一位泰雅族奶奶織布，象徵族群文化傳遞的故事，而在眾多的「世家」故事中，其實族群的瞭解與融合，也同時是併列合傳的主題之一。

臺灣有沒有一種文化的主體性？或者只是一個小拼盤，充斥著許多地方部族或外部移入的文化切片？汪其楣以「圓形劇場」的形式，所編成的〈海山傳說・環〉，企圖將眾多並未意識到臺灣之整體性的，各別部族的神話、歌舞整合為一個相關的整體，（或者至少有其主題貫串的單一作品）。由阿美族的〈凱旋舞〉開場，開始了老人對小孩子講述的「從神的世界到人的世界」的故事。故事包括阿美、雅美、排灣、鄒、魯凱、布農等族群的神話與傳說，由創生神話開始，而各種技藝等自神、魔取得，而和異族或異類之間的交往，而特異的婚嫁，婚姻生活，而以布農族和黑矮人的接觸分合作為最後的故事。其中的線索很清楚：人雖是神裔，卻一方面必須向神、魔、異類取得智慧與技藝，因此需要異類的友誼；一方面男女為了優生，需要與異族或異家通婚，而兩家與兩族之間往往有文化差異，但未嘗不是幸福的契機，於是友誼與婚嫁，終於成為族群共存與融合的基礎。全劇結束在〈我的家鄉在Naluwan〉的「團結起來，相親相愛，因為我們都是一家人，永遠都是一家人」的歌舞中，不論對臺灣的主體性或地球村的人類處境，都是足資思考的原住民的智慧吧！

這個劇本或許是當代劇場最具「本土」認同的劇作，而其中饒有趣味的是「釣魚奇譚」一段中，先是表現雅美人對於釣不到魚或釣到異物時的族群「傳統」上視為不祥想法的反覆表現，但卻在釣起「現代」的異物，「一隻長大的雨鞋」，「把雨鞋倒過來看，結果有水及幾朵塑膠花倒出來，嚇一跳」，卻福至心靈的想：「哦，不過大概可以帶回家去裝水喝」。從這樣的靈機一動，汪其楣是在提醒我們，我們努力超越自己的「傳統」，而要對異文化加以認識與應用之際，是不是就像這樣開始的呢？[60]

六、兩岸三邊的迷惘徬徨

賴聲川所執導的新編戲劇中，大半都是採取了荷蘭阿姆斯特丹工作劇團（Amsterdam Werkteater）的「集體即興創作方法」的編劇方式，因而有許多的演出即使演完之後，仍然沒有劇本，劇本反而是到了要出版《賴聲川：劇場》時，才根劇錄影重新筆記整理，但是不論其創作方式為何，只要出現平面文本，我們就可以脫離特殊的演出，而作一般的文學閱讀，唯一我們必須記住的只是它的作者，並非一個人而是一群人，其中反映的情感與關懷，可能是團體中的某一個人，也可以是大家所分享的，但只要不特別訴諸作者心理，而是就作品論作品時，其實並無差別。與賴聲川一起即興創作的團體，包括國立藝術學院戲劇系學生，蘭陵劇坊，表演工作坊等，並且其中成員亦迭有更換，所以真正的連繫仍是賴聲川，往後的討論我們只稱賴聲川等，就不再另行辨別。

賴聲川依據其「集體即興創作方法」，往往先提供一個「現代」，也就是不必具有單一情節之完整發展的形式框架，例如〈我們都是這樣長大的〉，戲劇系的學生，（同時也是演員），被要求「用任何方式表現出他們生命中重要的經驗」，然後經過「探索、重塑、編輯、組合，這些零零碎碎的、關於八〇年代初期在臺灣成長的故事或畫面，成了一個形」[61]，但這個形正是十五個段落所組成的拼貼畫。〈摘星〉也是十五段智能不足兒童的經驗切面。至於〈變奏巴哈〉則受羅伯・威爾森的影響：「演員、物體以極緩慢的速度上下、左右穿過舞臺，機械化反覆的姿勢、動作，片片段段的語言拋擲在時空座標當中」，賴聲川要做的是「一齣賦格結構的戲，主旋律一再重現、多旋律同時並進，許多敘事的線、許多意象的點，會在舞臺上交會、又錯身而過；世界就像一首巴哈的平均律」，但是「提供了生活的切片，以自身的形象充填了這部作品的血肉」[62]，則是戲劇系的學生／演員們。〈田園生活〉則參照了好萊塢電影〈後窗〉的編劇，而作公寓中四家人家生活的拼湊與窺探。〈圓環物語〉雖然故意牽扯到臺北的圓環夜市，（其實除了一個角色因研究大稻埕的興衰，而常到圓環附近，全劇與圓環其實無關），它所真正效法的反而是Arthur Schnitzler的名劇Dance of Love的結構方式，只是由十場縮減為七場而已。

在這些以片斷，平行，並列的「現代」結構中，被填入的往往是「本土」的當代生活經驗，（〈圓環物語〉中的男女關係，到底是出於模仿的結構上的需要——即每一角色必須輪流和另二角色演對手戲，因此必然得是外遇、不忠、舊愛新歡難分難捨？[63]還是反映了當前臺北人的生活型態？自然是可有爭議的），因而，從這些片段「內容」上我們直接間接的可以視為是對於「本土」文化的一種體認、反映或批判。這些劇作，加上以文藝科系的大學生之青年文化為題材的〈過客〉，（仍由國立藝術學院戲劇系學生即興創作〉，我們大致可以看出賴聲川等，對於臺灣社會、文化的浮光掠影的初步印象。除了〈摘星〉為蘭坊劇坊演員直接接觸「智障兒童中心」的院童所形成的集體創作，因而充分顯示了社會服務潮流下，對殘障與弱勢的關懷，以及對智障兒童的「純真專注」的同情共鳴，（〈純真專注，原是兒童的特質，只是一般的兒童在太早太多的考試壓力與媒體資訊泛濫中汩沒了，因而反而在智障兒童身上得到凸顯，該劇因而頗多「反者道之動；弱者道之用」[64]，引人返樸歸真的啟示〉；基本上這些劇作反映的「本土」社會現象，主要是聯考、家教、離婚、養女、破產、分手、色情行業（〈我們都是這樣長大的〉），外遇、車禍、父女衝突、科員官腔、算命、靈異、對生前死後的懸念（〈變奏巴哈〉），聯考壓力、環保社運、癌症的陰影、工作取向、婚姻危機、女性墮胎、男性結紮、聚賭打牌、道士驅鬼、經濟犯罪、流氓討債、兇殺報復、移民美國（〈田園生活〉）等：反映的主要是家庭危機，一方面是世代價值觀的日漸差異，尤其聯考與婚嫁所構成的兩代衝突；一方面兩性皆具自主與事業心理，因而造成的家庭緊張與婚姻壓力，同時也爆發在身體的處理與症狀上，形成惡性循環；但最有意思的是，不斷出現算命、驅鬼、靈異等場景，似乎只見以「法術」為主的民俗信仰，反而不見具有靈修、開悟等集體或個人精神提昇的宗教活動。整體而言，呈現出來的其實是一幅蠻孤寂蒼涼的圖象，連上頂樓去看看哈雷慧星，都成了所謂現代「田園生活」的最後救贖。

至於〈訪客〉一劇所反映的文藝科系大學生的青年文化，更無法教人樂觀，他們並未顯示社會菁英的精緻宏偉品味，反而完全沈溺在：武俠世界[65]，流行歌曲，和其實並無真正體會與瞭解的，以性冷感／性無能作為外遇與離婚理由的通俗劇情（婚姻在這裡被化約為性需要的滿足而已），以及分屍案之類的社會新聞，或者藉性自覺為名，大玩戀愛遊戲，而該劇的整個焦點，竟然是這些聯考勝利者的都會學生，卻不知如何面對同年紀的從鄉下來的聯考失敗者，因為前者雖善空想；但後者卻具行動的決心，甚至日常生活的工作能力。因而在一段過訪的日子之後，紛紛潰敗。無法保存他們的自我形象與認同，顯示的正是成長過程中和生活現實的疏離。

戀愛遊戲，性需求的追逐，因而外遇，不忠，逃避責任，繼續成為〈圓環物語〉的主題，有意思的是它的遍在於各種行業、階層與對象，連標題所寄的「圓環」的種種的追懷，亦不過是在此出生的日本孩童，重返尋根，結果在酒家喝得爛醉，帶了酒女上旅社：

> 經過幾番風雨之情，他突然發現這個酒家女原來就是他童年的玩伴。二人彼此訕笑一番，下了樓，在圓環附近找了一個位子，叫了一碗清粥小菜，蚵仔麵線。

似乎正是嘲諷所謂「本土」的文化風情，不過是理當對童稚的純真，發出「莎喲娜拉／再見」的告子所謂「性也」的「食色」淵藪而已。至於〈回首是彼岸〉的主角，不能解決生活困局，卻以寫作武俠小說，沈迷在其主角雲俠一再嘗試，終於離開孤島，登上大陸，求取《乾坤大法》之全貌，所表現的則是另一半人的故事了。因而沈迷、逃避於遠離現實與真實之虛幻想像，流連於欠缺精神高度與靈性深度的通俗文化的，豈止是聯考壓力下長大的青年子；不正是還有我們主要的「文化工業」嗎!?

賴聲川等之劇作的另外嘗試就是擷取「傳統」京劇、武術，以及相聲的表演方式，而注入當代的經驗與感受。在〈西遊記〉，〈暗戀桃花源〉與〈回頭是彼岸〉的演出之際，他們部分的使用了京劇與武術的肢體特技，來和寫實的演出，形成一種古今對照的效果，因而使得「傳統」的作功或武功成為一種動作符碼，而為「現代」的劇場所利用。但是他們的「相聲」系列：〈那一夜，我們說相聲〉，〈這一夜，誰來說相聲？〉，〈臺灣怪譚〉，〈又一夜，他們說相聲〉，雖然大受歡迎，除了添加了佈景，燈光，配樂，以及較大的走步空間等舞臺效果之外，其「戲劇張力」與「美感效應」基本上仍是「傳統相聲」的，所以〈那一夜，我們說相聲〉，於一九八五年三月首演，「錄音帶四月問世，一時成為全臺灣有聲出版品銷售之冠」[66]，光只「錄音帶」即可滿足「聽眾」，正可見其美感焦點之所在；其意義一如電視歌仔戲與電視布袋戲，可以視為是「傳統」劇種或技藝的「現代」化或順應當前演出環境的改良，但恐怕不算「現代」劇場的利用「傳統」，所以它們得一再在標題上注明「說相聲」。至於〈臺灣怪譚〉，雖然是說明了這是「給一個演員演出的獨腳戲」，但基本上它只是利用了當代方便的錄影設備，以一人分飾李發與李發影像二角，事實上仍是兩個角色的對口相聲。因而，它們的出現，並不真正代表「現代」劇場的拓展或回歸，反而只是反映了「表演工作坊」的一些演員的多才多藝而已；正如一個演員既可以演電影，演電視，演舞臺劇，還可以當歌星，編劇，寫小說……

這些作品的大受歡迎，正因利用了相聲的「古今多少事，盡付笑談中」，以「談笑風生」的態度與方式來處理題材事物的藝術特質，這種特質在政治社會充滿禁忌的年代裡，只敢碰觸一些雞毛蒜皮的身邊瑣事，以及利用其說學逗唱的功夫，抒發一點對於舊京往日風情的一點懷念，因而在兩岸分隔日久之餘，不免沒落。「表演工作坊」掌握了政治解嚴前後，社會禁忌日漸解除以至百無禁忌的契機，以說笑話的方式來碰觸集體潛在的隱痛，因為抒發也紓解了一些長久鬱積的壓力，遂而大受歡迎。

〈那一夜，我們說相聲〉，由諷刺建中、北一女學生的聰明不通世故（紓緩許多經歷聯考而沒那麼成功者的鬱結？）開始，段子一「臺北之戀」（臺北、一九八五），由諷刺文藝青年的愛情神話，引向歷史意識；段子二「電視與我」（臺北、一九六二），追敘電視出現對臺北，尤其是眷村生活的衝擊：段子三「防空記」（重慶、一九四三），敘述重慶大轟炸；段子四「記性與忘性」（北京、一九二五），追述八國聯軍，五四，與孫中山先生逝世：段子五「終點站」（北京、一九〇〇），描述直隸大地震：非常明顯的表露了，以日漸被「本土」淡忘的，中國近代史上的苦難作為臺灣社會之歷史記憶與認同的企圖。

〈那一夜，誰來說相聲？〉，依然不改其「眷村本位」的，以兩岸分隔到返鄉探親、經濟合作，以及虛擬的統一談判為其題材，一方面顯示了強烈的「國家！國家！沒有國，哪有家！」的國家認同的焦慮；一方面也在「離航」與「難民之旅」的對照中，反映了升斗小民的命運操諸人手，並沒有決定自己的文化認同的自由，兩岸人民皆是活在統治者之「語言的藝術」的操控中，因而易地而處，其實亦可以本無差別。這種文化認同的焦慮，在〈臺灣怪譚〉，一方面表現在李發的人格分裂，一方面則反映在阿達的見鬼，以及因為想通了：「如果『臨時』變成『永恆』會怎樣？」問題的豁然病癒上，因為「分了就分了，是什麼就是什麼，不要虛偽！」；「我愛臺灣。好怪。怎麼會愛？」，「但話說回來，……這是我家！家規自定！」

〈又一夜，他們說相聲〉，則以「子虛」的情境解構，在臺灣被官方宣揚的儒家思想，以「老子」的行事，反映了被一些民間知識份子實行的道家處世；但卻強調大家真正繼承的「傳統」，其實是算命風水等旁門左道的陰陽家信仰！

饒有意味的是「現代」性，在這一系列「相聲」中出的姿態，在〈那一夜〉中是以電視、轟炸、洋鎗洋炮的方式；在〈這一夜〉，以逃難的輪船（後來代表中共路線）、露天電影的損壞（扭曲了「國家」）、以下放的火車（通往假大空的上下欺騙）、探親歸來臺北，全家在看的電視；到了〈又一夜〉，則以斷水斷電甚至敲牆等市政措施的方式出現，起先是以中性的「工具」「器用」的型態；越來越反映為無可規避的措施的「合理性」的型態出現，不管我們的情感認同為何，它終於是越來越無法避免，而為一切的基礎，不管自覺或不自覺。

在《賴聲川：劇場》中，只有〈西遊記〉和〈先生，開個門！〉是演出前先寫好的劇本；而後者原是「中國旅程九八——一桌二椅」之劇長不得超過二十分鐘的邀請作品。因而〈西遊記〉是特別能夠反映賴聲川個人思維與匠心的作品，他的選擇重新詮釋《西遊記》，自然特別反映其自身的文化認同，它將戲劇以對位總譜的方式，讓故事分別以神話、近代史、當代三個層面，各以孫悟空、唐三藏、阿奘為主角，很顯然他的意圖，是以「從清末到現代，中國人接觸西方的旅程」來類比《西遊記》裡唐僧的赴西天取經，雖然多災多難，意在（或理當意在）救國救民，但他卻切割出「傳統」故事中，孫悟空求道到大鬧天空，以至被如來佛鎮壓在五指山一段「旅程」；正如他自近代重新「取經」的唐三藏身上切割出臺北的阿奘來。其實他用意似在指陳，阿裝的留美不過和孫悟空的求道以至大鬧天宮一樣，一方面是無限自由的追求，一方面是權力意志的自我膨脹，結果是阿奘由留學而學留，終於喪失美華的愛情，也喪失了自己的生命；一如孫悟空被禁錮在五指山中，直到他肯陪唐三藏取經，才能獲得自由。似乎他的態度要比白先勇在〈芝加哥之死〉的判處吳漢魂自殺的結局要嚴苛。吳漢魂是痛苦的發現博士學位不能代替愛情與親情，在他生命中的價值與意義，至少是因個人「自我」生存之意義喪失而死亡。但是賴聲川似乎不容許臺北的阿奘們可以為了追求自己的幸福而到西方去留學，非得成為中國集體的唐三藏的奴僕，否則永遠不得超生。

但是，賴聲川的近代史的「唐三藏」，其實充滿了迷惘，被穿各種服裝的人拉著走，一直到年老力衰，仍然不見「如來」，除了看到恍如如來五指蓋頂的核電廠爆炸。因此他的取經成功的保證，反而是訴諸《西遊記》九九歸元的「傳統」神話了。有趣的是唐三藏在西方的大採購，包括：船堅礮利，白話辭典，計算尺，「倫理、民主、科學」，和他所買不起的「錢」。取經用錢買，這恐怕已是「金錢萬能」的拜物思想，自容閎起中國人並未如此墮落；中國的「白話辭典」，孫中山、蔣介石諄諄告誡的「傳統」的「倫理」，也得向洋商購買，或許在反諷這位「唐三藏」者不過只是個買辦？不論這部戲劇，如何因其演出形式而被讚譽為「一部狂想的『後現代』歌劇，充滿著原型意象和古老的象徵」[67]，但它並未通過「現代性」的最起碼要求。

賴聲川在〈西遊記〉對西方的「現代」文化，採取了可以利用但是必須回歸「傳統」（中學為體，西學為用？）的立場，他強調〈西遊記〉的結構，「像是一幅藏傳佛法的曼達拉圖」，但是三重故事仍然「直線」進行，除了接近李維史陀（Claude Levi-Strauss）處理神話敘述的結構分析的手法

68，我們並沒有看到什麼神祕的含義。因此，他在處理〈回首是彼岸〉的三角關係時，就安排讓認同於「傳統」（撰寫武俠小說）的主角石之行，終於和在美國買地的妻子（孫悟空或阿奘？）鬧翻，而使她默默離開；同時也被從事「本土」報導寫作的情婦陳明月離棄，卻和大陸來探親的假姊姊石宇紅達成了默契，而終於完成他派遣其武俠人物雲俠，登上往彼岸尋求明月山莊的路途。彼岸的「明月山莊」？或者此岸「陳明月」的家？真是既令人徬徨，又令人迷惘；但是美國那塊地上的妻子（光耀西方世界的「現代」）海倫[69]呢？她雖然赴美，卻仍未離異呢！

賴聲川等人，最負盛名的劇作〈暗戀桃花源〉，利用了同臺排戲，以最自然的方式，併合了「悲」「喜」的表演方式，「傳統」與「近代」；「象徵」與「寫實」的演出，其實仍在互補的兩個三角關係打轉，重疊而述說的正是二而一，一而二的兩劇的男主角的心理困境，〈桃花源〉部分的老陶，在武陵妻子被奪，只能任由妻子春花和袁老闆有他們「延綿不絕的子孫，手牽著手　肩並著肩」；來到了桃花源，亦已見到了由相同演員飾演白衣人夫婦，一樣的敘述「我們的祖先……有個偉大的抱負！他們領帶我們到這美麗的田園，讓我們這些延綿不絕的子孫，手牽著手，肩並著肩……」，因為他的無能，或者別人的先入為主，他始終無法當家作主，延綿子孫……，這是心理層面以「傳統」夫為妻綱轉喻為君為臣綱，來明說的一面，因此不免兩地皆非歸宿的徬徨，老陶最後的又重返桃花源，其實是出以無奈。但在〈暗戀〉裡，令主角江濱柳刻骨銘心的是他一九四八在上海和雲之凡的戀情，這份戀情和「一個新的秩序，一個新的中國就要來了！」的期望，是結合為一的，但事與願違。因而在現實上他已經有了一位臺灣「本土」的江太太，並且生了小孩。但在情感的寄託上始終「暗戀」著繫連在東北、昆明、上海等經歷的雲之凡，終於在登報尋找後相見，但彼此人事已非，即使不完全情隨事遷，所能夠的終究只是重行緊緊握手，以誌思念而已。這份思念或許生死不渝，但卻是不能也不願讓實際上照顧他的江太太獲知的私祕戀情，因而只能「暗戀」。明居世外「桃花源」；「暗戀」世上雲之凡——這就是劇中主角們的心靈上的終身隱痛與最終認同。真是「此情可待成追憶，只是當時已惘然」！有趣的是「傳統」上嚮往桃花源的劉子驥在這裡卻成了一個「負心漢」，因為他一心一意嚮往桃花源，沒有即使到了桃花源，仍然認同於南陽，或「外人」的歷史與世界。

賴聲川等的近期劇作，政治諷刺的成分越來越高，主要以香港為背景，以分裂自我寫兩岸的交往，焦點或已逸出來本文「文化認同」的論點之外，茲不贅述。

七、結語

在戰後蓬勃發展的臺灣文學裡，劇本的寫作相對的稀少，但即使如此，透過預想舞臺上下的立即共鳴的特質，我們的戲劇／文學家們，仍然對我們的社會提供了重要服務，他們透過了劇作，要我們反省我們的文化處境，社會狀況，價值歸趨，心靈的認同，以及大家如何可以「一同走走看」的途徑，或許就像〈暗戀桃花源〉的結局那樣，一方面是：

〔江手緩緩伸向空中，江太太望著江的手，默默拉住他，江把頭倚在江太太的懷裡。〕

我們只有互相扶持，彼此倚靠的生活；一方面則是：

〔《桃花源》的大山水布景仍然明亮、優美的掛著，散發出神祕的力量。〕

我們也期盼大家所生聚歌哭的土地，可以繼續保持「美哉輪焉！美哉奐焉！」，而得以長久的「聚國族於斯！」[70]並且讓我們這些讀者（或觀眾）也像劇中的護士一樣，在最後上場：

〔門開，護士上，站門口觀看這生命中的小片段。〕

而深感自念吧！終究，這裡所反映、所表現的正是我們的社會、我們的處境！

註釋

1 姚先生的劇作，發表於《現代文學》者有六部，《文學季刊》兩部，《文學雙月刊》一部，《聯合文學》三部，中國時報〈人間副刊〉兩部，詳見《X小姐．重新開始》〈附錄：姚一葦創作年表〉。

2 見張寶琴等編《四十年來的中國文學》，頁一四六，聯合文學出版社，一九九五年六月，臺北。該文中筆者論述了一般所謂五十年代到七十年代之間的「現代文學」的特質，雖然以為並不一定要等同於西方的Modernism。

3 見仝上註，頁九〇。

4 見張曉風〈序曲〉，《曉風戲劇集》，頁九，道聲出版社，臺北，一九七六。

5 在〈重新開始〉第二幕中，丁大衛明說：「我想臺北今天一定下很大的雨」，強調男女主角分別由美日歸臺，因遇雨受阻而重逢。兩幕時間明訂為一九九三年與二〇〇五年。

6 劇中的女主角強調自己成了「一個娼妓，一個人盡可夫的娼妓」，但其身份應是所謂交際花。

7 引句俱見王實甫《西廂記》第五本〈張君瑞慶團圓〉第四折。

8 在〈孫飛虎搶親〉，除了孫飛虎，鄭恆保持原名，〈西廂記〉的三個主要角色都被改名了：張君瑞改名張君鋭，崔鶯鶯，依元稹的「雙文」之稱，改名崔雙紋，紅娘則稱阿紅。

9 見《紅樓夢》第五回，為「太虛幻境」前之聯語。

10 以上引句除「相看兩不厭」為借用李白詩來形容外，俱見〈來自鳳凰鎮的人〉。

11 一種近似的心態，也反映在姚先生在一次比較文學會議上，認為元雜劇〈竇娥冤〉裡竇娥對其婆婆的情感，「不可能是真實」的認定上。

12 見白居易〈長恨歌〉。

13 「代罪羔羊」的觀念固然源出猶太、基督教；但一個有趣的巧合是齊宣王不忍牛之觳觫釁鐘，他的處置，竟也是「以羊易之」。

14 現代上的『』，為筆者所加。

15 見《莊子・齊物論》。

16 見張九齡〈感遇〉詩。

17 引句俱見《傅青主》〈自序〉

18 此劇的以負鼓盲翁的唱辭作結，顯然是受孔尚任《桃花扇》一劇的影響。
19 該劇特別標明「時間：現代」。
20 見吳偉業〈圓圓曲〉，此處乃斷章取義。
21 該劇發表於一九九三年。
22 見其《龍坡雜文・序》，洪範書店，臺北，一九八八。
23 這裡並不是指述該劇為具「後現代」風格的作品，而是指以「後現代」的社會現象為表現與批判之題材的作品。
24 以上引句與引詞俱見〈重新開始・後記〉。
25 以上引句，俱見〈「桃花源記」的再思——張曉風訪問記〉，原載《幼獅月刊》，引自《曉風戲劇集》。
26 這主要集中在改編自〈桃花源記〉的〈武陵人〉一劇，《曉風戲劇集》中所附〈武陵人各界評論索引〉就列有四十項之多。
27 見《論語・陽貨》。
28 見漢樂府〈長行歌〉。
29 見《莊子、知北遊》，其上尚有：「天地有大美而不言，四時有明法而不議，萬物有成理而不說」，立意與子曰：「予欲無言」一段近似，而理路的說明更清晰。
30 張曉風顯然並沒有應用到〈桃花源詩〉的部分，她的詮釋立場顯得格外與〈桃花源詩〉扞格。
31 以上引句見仝註25。
32 參見聶光炎〈「武陵人」舞臺設計的觀念和過程〉，收入《曉風戲劇集》。
33 是以陶淵明〈桃花源詩〉既云：「怡然有餘樂，于何勞智慧」；復述：「奇蹤隱五百，一朝敞神界。淳薄既異源，旋復還幽蔽」。

34 引句見其〈登樓賦〉。

35 立於水中，口渴而不得飲，一如被火焚燒，都是典型的「地獄」受苦想像。

36 見其〈武陵人與布萊克精神〉，原刊《中國時報》，收入《曉風戲劇集》。

37 「武陵人」，雖典出〈桃花源記〉，在記中除了藉此點出「桃花源」之所在以外 一直未再提起，所以漁人既出，只云「及郡下」；因為在記中漁人並沒有「認同」的焦慮與問題，他並沒有戰亂或苦難要逃避；同時他的「詣太守」，也可反映出他是忠於官家的人。

38 秦正是中國成為大一統「帝國」的開始，歷經漢魏晉，到了太元八年淝水戰後，南北對峙局勢已成，大一統「帝國」的意識正面臨考驗。

39 見《老子》四十章。

40 按基督教教義，未曾接受福音感召的人，就仍停留在「罪人」的狀態，並不一定要作惡，張三李四一家，以及黃道真。咼瑜等都屬這種狀態。

41 見《晉書・周處傳》。

42 事見《韓非子・和氏》。

43 見《老子》四十章。

44 見《老子》二章。

45 還包括它們的注，如顏師古注等所引述的材料，與其他幾個劇本相較，可資利用的材料實在多得多了。

46 這是許多銅器銘文的結語。

47 見《史記・管晏列傳》。

48 見王維詩〈過香積寺〉。

49 此為神秀偈語，見《六祖壇經‧行由品》。

50 見陳蓮涓的訪談記錄〈試問生命飛向未來，人生如旅再次啟程〉。收入《天堂旅館》。

51 以上引句俱見柳永詞〈雨霖鈴〉「寒蟬淒切」。

52 見《今古奇觀》〈宋金郎團圓破氈笠〉，女主角宜春規勸宋金郎語。

53 此處正用《紅樓夢》中寶玉的引申義。

54 見夐虹詩〈死〉，原收於《金蛹》，現見《夐虹詩集》，大地出版社，汪其楣曾以該詩作為表演詮釋的題材。

55 例如老舍的〈茶館〉。

56 例如，阮籍的〈詠懷〉詩；陶淵明〈讀山海經〉，杜甫的〈秋興〉等。

57 此為顏元叔生生為了解釋中國古典詩中，往往只以景象語句的並列，而未在語法上作因果關連上的說明，所提出的說明用語。此處擴大既說明「組詩」的首與首，也指劇中的段與段的關連。

58 該劇在一九八九年五月十三日初演，並在五月二十七日前，以巡迴的方式共計演出了十二場。

59 一九九九年臺灣發生大地震，此事純屬巧合。

60 〈記得香港〉與〈複製新娘〉雖然演出是按劇本排演，但是劇本尚未出版流通，此處暫不討論。

61 見賴聲川〈關於一個「失傳」的劇本〉，為《賴聲川：劇場》自序一。

62 見閻鴻亞〈世界是一首巴哈的音樂〉，收入《賴聲川：劇場》，為該劇之後記。

63 因此，一九五三年依Dance of Love該劇所拍攝的電影，曾以不道德的理由在美國遭禁，因最高法院的駁回才得上映。

64 見《老子》四十章。

65 當今傳播武俠世界的，其實不僅是小說，更重要的是電視與電影。

66 見〈賴聲川年表〉，收入《賴聲川：劇場》。

67 見聶光炎〈設計賴聲川的戲〉所引美國《新聞周刊》（*Newsweek*）的評語。『』為筆者所加。

68 參見其“The Structural Study of Myth”。

69 奪回被誘居特洛伊的海倫，不正是《伊里亞德》中希臘聯軍出征的目的嗎？

70 引句見《禮記・檀公》，此為晉獻文子成室，張老的頌禱語。

臺灣「現代主義」小說序論

一、前言：「現代主義」與「現代性」

在文明生活上對所謂「現代性」（modernity），以及在文藝表現上對所謂的「現代主義」（Modernism）辨析日益清晰的今日，或許我們不會立即的將兩者劃上等號；但在臺灣的文藝發展史上，不論首倡的是創作者或評論者，在五、六〇年代，使用的皆是「現代」一詞——「現代派」、「現代小說」、「現代文學」、「現代藝術」、「現代畫」、「現代音樂」、「現代劇場」……等等——，而非「現代主義」。因為一方面「主義」在國共內戰的背景下，另有專屬的意涵，不容輕易泛用；另一方面則是只有模糊籠統的「現代」的感覺，尚無清晰明確的綱領，似乎也就談不上所謂的「主義」。

影響所及是大家把「現代主義」藝術的提倡，視為是以「現代性」為核心之社會改造——「現代化」（modernization）的一環，以為兩者皆是成為「現代人」所必備的精神以至物質的特質。因而在臺灣的「現代小說」中往往或者刻意反映涵具「現代性」的經驗內涵，或者專注於採取「現代主義」的美學形式與修辭策略。

小說的寫作上首倡「現代」之旨趣的，可能是刊載於一九五六年十月《文學雜誌》一卷二期，夏濟安的〈評彭歌的《落月》兼論現代小說〉。夏先生在此文中，一方面提倡「美國小說家亨利・詹姆士的『一個觀點』的辦法」，以「法國普盧斯特，英國吳爾芙夫人，愛爾蘭喬哀思，美國福克納」等人為典範的心理小說，強調「把握住故事中人物生活裡面最重要的一剎那的」「悟」等內心的「動作」，「運用『聯想』作用」，「以一連串心理的景象展示於讀者之前」等「意識流的方法」，卻又提議「有意模仿音樂的作曲法」，「講究節奏，講究旋律的進行，講究主題的反覆呼應與發展」，「接近樂曲的結構」，並要求「把注意力轉移到象徵上去」，經營「貫串全書意象（image——就是心目中所看見圖畫），將「明喻假如改為暗喻，再從靜態變為動態，也許可以寫得更好」。

他一方面主張「用『主觀的現實』來代替『客觀的現實』」，以為「外界的事實，固然是現實；內心的情感和印象，也是現實」，「小說家即使把心思多用在外界事物的準確性上，假如他在別的方面，如人物性格的把握、文字技巧、小說結構、哲學意義等有所不逮，仍舊寫不出第一流的小說」；另一方面以為：「二十世紀小說是有意模仿詩的技巧的。我所謂「詩」，主要的指的是象徵主義的詩」，他強調：「象徵主義是現代藝術的一大潮流」，「象徵主義詩人也有情感要表達，但他更重要的任務，卻是創造一幅圖畫。他儘量避免抽象的字眼，多講具體東西」，「詩人可以製造更生動的印象」；「詩的意義也因此更為豐富」。

他同時認為：「溫情主義（Sentimentalism）限制小說家的想像力，使他陷於自我陶醉的幻境，而忽略了人生的真實」；他重視「狂亂的不合理的」，卻「往往又是生命中最重要的事實」之「熱情」，以為「避熱情而不寫，或者把熱情寫成溫情，只好說是在人生的外表上摸索，怎麼能夠『發掘生命的奧祕』呢？」同樣的，則是他對「描寫罪惡」，「描寫善惡的鬥爭」作為寫作題材的肯定：「經不起考驗的善，還不足以稱為善」。

雖然夏濟安的重點在於指出自然主義之外，對當時而言，小說寫作的可能方式與可取法的對象，這些主張自可視為是對「現代小說」之寫作形態的一種提綱挈領的表述。尤其出以對彭歌《落月》之寫法的商榷，更具有一種金針度人的規範意義，且是對此規範如何應用作了絕佳示範。雖然言簡意賅，點到為止，但對本當就具慧根的寫作者而言，卻已是指出向上一路，足堪踐履與追求了。其後我們漸漸就可以在《文學雜誌》、《現代文學》、甚至《文學季刊》等刊物上看到這種類型的小說如雨後春筍的陸續出現。

但是更具「前衛」意涵的主張，則見於一九六〇年三月五日《現代文學》創刊之際的〈發刊詞〉：

> 我們感於舊有的藝術形式和風格不足以表現我們作為現代人的藝術情感。所以，我們決定試驗，摸索和創造新的藝術形式和風格。

> 我們尊重傳統，但我們不必模仿傳統或激烈的廢除傳統。不過為了需要，我們可能做一些「破壞的建設工作」（Constructive Destruction）

這兩段關鍵性的引句裡，首先強調「我們作為現代人」的自覺，這可視為是對於「現代性」的擁抱與認同。但接著轉入「藝術情感」就進入了「現代主義」在藝術形式與風格上求試驗、創新的主張。（Constructive Destruction）用習見的中文應該譯作「建設性的破壞」，但不知是有意還是無意，卻譯成了「破壞的建設工作」，似乎強調的是由「出新」的創作（這是一種建設工作），來達成「推陳」的效果（對傳統的慣性而言是一種「破壞」）。因而臺灣的「現代主義」的要旨就在於「試驗，摸索和創造新的藝術形式和風格」，而非「橫的移植」或僅止對西洋「現代主義」作品的模仿了。

這些主張自然不必是專對小說立論的，但詩的方面一九五六年一月十五日紀弦發起的「現代派」已然成立，並在同年二月的《現代詩》季刊上已刊出了「現代派的信條」。劇本的創作，本來就「行人稀少」，「獨木難成林」，因而影響不大；至於強調「現代」風格的散文，則往往只是現代詩人的副業。因而所謂：「試驗，摸索和創造新的藝術形式和風格」結果就成了專對小說而言的宣示了。並且很快的就有了成果，一九六二年十一月白先勇、王文興編選了一部包括十一位作者，三十四篇作品的《現代小說選》，作為現代文學叢書第一種（事實上也是僅有的一種）。

王文興先生在該書的〈序〉文中，對於「現代小說」，以與傳統和流行絕裂的姿態，作了一種排除法式的界定：

何為現代小說：概括而言，凡不屬以上所列各類小說者，即為現代小說。

「以上所列」云云，指的文前以語帶嘲諷，所稱「近年來臺灣的小說可謂蓬勃競盛」，「其流派與種類之多亦佔世界第一，計有武俠小說、言情小說、怪異小說、動物小說、副刊小說、文藝小說、新潮小說。」這種分類本身就是不倫不類，尤其提到「動物小說」，可能就是對於「色情小說」的諧謔代稱，因而這種界定，就頗有一種憤世嫉俗的反諷意味。但其實強調的是一種對藝術之獨創與寫作之真誠的堅持。他還是以誇張與反論的修辭，對於「這些現代小說」，作了三點的歸納：

第一點使人嘖嘖稱奇的地方是，它們竟是用中文寫的，而且其文筆未必見遜於其他各類小說裡的中文。

第二點使人稱怪的是，他們描寫的竟是中國人，取的是中國背景，採的是中國故事。

第三點使人驚異的是，他們畢竟有些「非國粹」的地方，……所謂的不同並非缺乏「國粹」，而是多了一樣「現代」這箇東西，是「現代」使你不安，使你不悅，它和你的農業社會脫了節，它的坦白無隱使你不願正視，它吵得你無法繼續你那充滿綺夢的睡眠。

這三點中的前兩點強調的是它們仍是「中國」的文學；第三點則凸顯它們對於「現代」的擁抱，這可能是和農業社會脫節的「現代性」；也可能是某種「現代主義」的「前衛」風格，「它的坦白無隱使你不願正視」，「使你不安，使你不悅」，使你必須清醒面對某種世界的「真實」。

王文興先生在「中文」、「文筆」上的強調，顯然和大半的作者，除了朱西甯和蔡文甫，皆為臺大外文系的系友有關，所以提到：「他們推崇的固是勞倫斯，漢明威，大學裡所讀的固是外國語，然則上帝並沒有規定凡選外文的中國人應遭忘記本國語的懲罰」；但或許也與夏濟安先生的主張：「這一剎那的描寫，對於作者的文字技巧，該是一種考驗，一種挑戰。每個偉大的小說家，幾乎都曾有過幾節超越散文而接近詩的描寫」有關。因而「慎選……妥切的字眼，句法的安排上應……（場景）進行的節奏，下合……（人物內在）的心跳，運用明喻暗喻各種修辭技巧」[1]，就成了這些「小說」寫作的特點了。

這種「接近詩的描寫」之「小說」寫作策略的成功，到了一九六七年四月已經有足夠的佳作，可以供葉維廉先生撰述其對臺灣「現代小說」具經典意義之著名詮釋的〈現代中國小說的結構〉論文。該文聲稱：「中國的現代小說（過去十年間的小說）都先後在衝破文字的因襲性能而進入空間的表現（同時呈露）及節奏的雕塑」[2]，提出了「這種以語言結構模擬內心世界的結構所強調的『動速』，起碼有兩種節奏。第一種我們可以稱之為『映象的節奏』（指視覺意象），第二種我們可以稱為『心象的節奏』（指思路的節奏）」[3]，因而對於「現代小說」的批評，主張：

首先，我們必需要認識作者用何種語言的結構（映象的節奏？心象的節奏？等等）去克服或調和何種主題的結構，然後再看其間是否達到了平衡及飽和。換言之，我們必須先把握作者的中心

> 意識形態（譬如有些人重主題的結構不重語言的結構新創，有人重音樂性而不重主題的複雜性），然後注意作者達成這個意識形態的過程。

這樣一個批評基點的提出，固然與新批評的注重作品的形構有關，其實也正是這些「現代小說」作者們的用心之所在，因為情節的高潮起伏，人物的性格刻劃，場景的安排，對話的描寫等等，也就是傳統「小說藝術」的重心已然位移，即使未必都可稱之為「抒情小說」（Lyrical novel）。

一個值得玩味的問題是：當中國（這些作者的主要經驗其實是臺灣，因而也就是臺灣），尚未充分「現代」化，也就是泰半還在「農業社會」之際，如何「取的是中國背景，採的是中國故事」，描寫的是中國人而能得出「現代」這個令人不安不悅的東西？其實它們所表現的必然就是，傳統社會面對「現代性」的衝撞，所形成的緊張或脫序。由於本文乃是綜合性的「序論」，雖不敢忽略作者們在「現代主義」美學策略的匠心，終究不能採行葉維廉先生的批評基點；反而要從如何直寫側寫或涉及「現代性」之衝擊與接受的角度來考察這些小說作品。

二、火車來了！／歸去？

Peter F. Drucker在其《下一個社會》（*Managing in The Next Society Beyond The Information Revolution*）中，以回顧性的眼光提到：「一八二九年鐵路出現，永遠地改變了人類的經濟、社會與政治」[4]鐵路

與火車確實是「現代性」的一個重要指標，孫文為中國所籌畫的「實業計劃」，其重點除了港口，就是鐵路。朱西甯作為一個傾向「現代化」的小說，很敏銳的掌握這一條劃分了「傳統」與「現代」的線索，在〈鐵漿〉裡為鄉土社會的意氣畫下了一個悲壯的句點。小說裡描寫築路所帶給小鎮鄉土人物的恐懼：

築鐵路的那幾年，小鎮上人心惶惶亂亂的。人們絕望的準備迎受一項不能想像的大災難。……一個巨大的怪物要闖來了，哪吒的風火輪只在唱本裡唱唱，閒書裡說說，火車就要往這裡開來，沒有誰見過。傳說裡，多高多大多長呀，一條大黑龍，冒煙又冒火，吼著滾著，拉直線不轉彎的，專攝小孩子的小魂魄，房屋要震塌，坟裡的祖宗也得翻個身。傳說是朝廷讓洋人打敗仗，就得聽任洋人用這個來收拾老百姓。

鎮民雖百般反對、長跪陳情，終歸無效。但是小說的戲劇性，卻在另以上一代就有夙仇，孟沈兩家爭官鹽轉包作為對位的處理。終於在孟昭有拚命包定鹽槽，喝下高熱鐵漿的時刻，火車來了：

人們似乎都被這高熱的岩漿澆到了，驚懼的狂叫著。人們似乎聽見孟昭有最後一聲的尖叫，幾乎像耳鳴一樣的貼在耳朵的鼓膜上，許久許久不散。然而那是火車的汽笛在長鳴，長長的，響亮的一聲。

小說的敘事者強調：「火車，就此不分晝夜的騷擾這個小鎮。它自管來了，自管去了，吼呀，叫呀，強制著人們認命的習慣它」，「火車帶給人們不需要也不重要的新東西；傳信局在鎮上蓋房屋，外鄉人到來推銷洋油、報紙和洋鹼。火車強要人們知道一天幾點鐘，一個鐘點多少分」，到第三年，「鎮上開始使用煤油燈，洋胰子。人們要得算定了幾點幾分趕火車。要說人們對它還有多麼大的不快意，那該是只興人等它，不興它等人。」敘述雖然簡單，卻足以顯示「現代性」對於鎮民的制約。

但是真正的悲劇性的逆轉，卻見於「鹽槽抓在孟家的手裡」，「頭一年年底一結帳，淨賺七千六百兩。孟憲貴置地又蓋樓，討進媳婦又納了丫環，鴉片煙跟著也抽上癮」；「到第三年，鹽商的鹽包裝上火車了，經過小鎮不落站。這一年淨賠一頃多田」。二十年後成了無家可歸的鴉片煙鬼孟憲貴死在東嶽廟裡，由地方湊合一口薄棺停放在鐵道旁深深的雪地，等著化雪埋入亂葬崗，或許就被野狗齦了。

朱西甯這篇發表在《現代文學》第九期的小說，先後被選入現文同仁所重新編選的《現代小說選》與《現代文學小說選集》，採取乃是現代小說常見的雙重時空對比的策略，地點表面沒變，其實反而加強了由「鄉土」到「現代」的無形鉅變。〈鐵漿〉在現在時間，只描寫孟憲貴如何被發現只留下煙槍死去，與地方人士幫他裝上薄棺，等著雪化埋葬的過程。而過去時間則回溯到修築鐵路直至通車的前後。

孟憲貴是鎮上唯一嚮往坐火車的人，他與鎮董就讀京師大學堂的三兒子「洋狀元」是小鎮唯二，在通車半年內乘坐了火車的人。但他並沒有像「洋狀元」剪掉辮子，迎向廣大已被「現代性」改變的外界。雖然乘坐了火車，反而只是又回到了小鎮「鄉土」人家的富貴習性：娶媳婦、納丫環、抽鴉片。他的死於代表「鄉土」信仰的「東嶽廟」而棺木又因冰雪封凍被棄置於代表「現代性」的鐵道旁，正令我們不知他是死於抽鴉片上癮而成了「鴉片煙鬼子」；還是因為辦鹽槽的家業在火車通車後，如洋狀元所預言的：「鐵路一通你歪想還能把鹽槽辦下去，有你傾家蕩產的一天！」。鹽商捨停經小鎮而利用火車直達都會，看似輕描淡寫，正反映了「現代」交通之便利，反使城鄉距離加大，資源全往大都會集中，結果就造成了鄉土社會在經濟上的難以維持，因而開始了廣大民眾的「離散」，飄流向各大都會的過程。

在這種「離散」過程中，「鄉土」社會的基本價值與爭強鬥狠的「意氣」，也就是促使孟昭有去拚命喝鐵漿的真正理由：

「我那個不爭氣的老爺子，捱我咒上一輩子了，我還再落到我兒子嘴巴裡嚼咕一輩子？」

「我姓孟的不能上輩子不如人，這輩子又捱人踩在腳底下！」

這裡一方面，由鬥爭的對手沈長發所喝的：「三十年前沈家爺爺就憑那把寶刀得天下」，是傳統社會的「視天下為莫大之產業，傳之子孫，受享無窮」，「為子孫創業」[5]的思想作祟；另一方面則是在兒子前面作「爭氣」的「父親」之必要，因為子女須得在鄉里「以父之名」為依憑的過他們的一輩子。

但這一切皆隨著火車通車，「現代性」的入侵，頓時成了，雖則「充滿聲音與憤怒，卻意義全無」的「白癡說的故事」了；朱西甯就以細膩描繪：「荒郊深夜裡，『野狗搶死人骨頭』的事件，無人理會（誰又在乎？）」的場景作結，來作畫龍點睛的寄意。這裡我們看到了「傳統」與「現代」的斷裂，其實反映就是一種進入了「不連續的時代」（The Age of Discontinuity）[6]的深沉知覺。

這種「算定了幾點幾分趕火車」，「現代性」的制約，不僅深刻的影響到人們的生活習慣，思維方式。甚至影響到了小說的敘事方式：

> 現在。我清醒於清晨六點零七分。　列車停在月臺的檐影下等待開行。……有三分鐘時間讓我和這座濱海的城市告別。……三分鐘後我不知道我眼瞳裡將睡進哪一塊土地上的哪一格天空。綠色的電鐘指針跳動一次。　一群男學生和一群女學生隨他們自己的笑聲從地道口昇上來。……嗚——嗚——列車初次鳴笛。　我彈開手中的煙蒂。　她卻在我牕口的風景中出現。這是現在。她從群花下降中昇起。　現在。……當列車開行前的最後一分鐘她只是我牕前的風景。……她走向車門。……
>
> 她出現在車廂入口。並且走過第一盞燈和第二盞燈。……列車再次鳴笛。

這是司馬中原發表於《現代文學》第四期上〈黎明列車〉的第二段，時空由大陸逃難時的荒郊夜晚，跳切入臺灣高雄車站清晨，男女主角同車相逢之際的描寫。這種近似「山從人面起，雲傍馬頭生」，唐詩的直寫視覺映象的手法。其實不僅是使用了電影美學的「蒙太奇」手法，根本就是模擬了「攝影機眼」（camera eye）的寫作。這一段正同時反映了「現代性」所特有的，一方面由火車開行所標示的以鐘錶「時間」對於集體同步行為的「理性」制約；一方面則是由「攝影機眼」所展示的認知世界的「機械觀點」。

由於深深意識受到鐘錶時間的制約，所以「現代」小說家們要透過意識的自由流動，出入於過去、未來的心靈時空，以掌握「現在」，理解「現在」；同時更要在「攝影機眼」的「機械觀點」之間與之外，以自我或人物的情意來扭轉種種外在自是自如的景物，為富涵象徵義蘊的內在心象：更嚴格的寫實模擬的手法與更細緻的象徵內涵的表現，往往就是這種風格的特徵：

> 無定向的風拂起她絲網下的長髮。 七盞燈全在亮著。 七塊方方的檸檬黃的牕光在軌外的卵石上閃逃。 車牕玻璃上面映有七盞燈的影子。 車廂的影子。我和她的影子。 一間不屬於這世界的寧靜的小室與列車同行。 她的側影緊貼著玻璃中的她的側影。 隨著車輪的跳動微顫如一對孿生的姐妹。 牕外灰色的原野上映著她的影子。她的影子中間流動著旋轉的原野的風景。

這一段接續的描寫，相當精確的捕捉了車外比燈下的車內晦暗時，牕玻璃所產生的鏡象作用，卻以影子來象徵記憶中的彼此與在曠野中的共處。由於火車的準時且不停的前進，又反用車輪的前行及顛簸來象徵時間的前行與其所帶來的變化。就此重新轉入了兩人的遠非「那些古典的重逢與浪漫的邂逅」，而是戰亂與「現代」世界中「離散」匆匆的「相逢不相識」之片斷，且未嘗沒有遐想冀望之回憶的重甦。而終於體認到了：「我們只是同車者。十年中間我們祇相共過三個夜晚以及這個黎明」，然後就在彼此相視：「我們互相交換無聲的一笑。她去了。」留給敘事者的卻是對於一己生命認同的徹悟：她擁有了她的愛情與婚姻。他則是為了保衛這片土地上的人們可以擁有他們的幸福與家園，而甘心戍守前線。

臺灣由於四面環海，乘坐鐵路就更有一種緊貼著本土的巡行，因而它反而可以象徵對臺灣土地的全面認同，當〈黎明列車〉的敘事者：

> 我撿起那花像我在風中撿起痛苦的遺忘。「晨安大地！」我把它擲出車牕。我默然目注著披滿朝陽的原野，一剎那，彷彿自己是一個帝王。喀隆喀隆喀隆……我知我將往何處！

這裡火車準點行駛與依站達停反映的一種有方向有目標可預期可籌劃的「現代」「理性」，以及其所馳入的晨光大地，正和兩人兩度邂逅的倉皇逃難與砲擊如雨中的「沒有名字的黑夜的曠野上」：不但形成了今昔之比；更重要的是承平清明的「臺灣」與暴亂無名的「大陸」之間的強烈對照。敘事者透過此次的重逢，重溫了「無數聲音在閃光的火柱中歌唱：生存生存生存！死亡死亡死亡！」出生入死的經歷，而達到了對於「臺灣」這塊島嶼的土地——對於生長於大陸的人而言，他很特殊的稱之為「大地！」——的完全「認同」，因為要去戍衛它而覺得自己如「帝王」一樣的擁有它與它成為一體，因而找到了自己生命的方向。

「火車」自此在臺灣現代小說中往往成為在「現代化」了的「臺灣」中尋找土地與自我「認同」的途徑與媒介。因為鐵路在四面環海的臺灣，雖連繫了城鄉與南北，凸顯了兩者的差距，甚至矛盾，但人們卻無法乘坐火車而離開臺灣，頂多只是社會升遷中的一條「進城」與「歸鄉」的雙向路程，因而反而成了城鄉人物在逐步現代化以至後現代的社會中，尋求一己「認同」之掙扎與實現的場域。

黃春明〈看海的日子〉裡，妓女白梅因為回去參加養父的忌日，在火車上受到昔日嫖客的調戲而深感落寞；因為遇到了已婚生子的妓女同伴鶯鶯夫妻和他們的小嬰兒而想起她需要一個孩子。因而在火車上，下了決定不結婚卻要借種生子，以單親媽媽的身份開始她的新生：

> 想到這裡她坐不住了，她站了起來又不想走動。所以又坐了下來，而那完全是另一種不是她坐過的新的姿勢，很溫和且嚴肅的那種樣子。……火車輪壓著鐵軌路的格答格答聲，就是那麼規律，那麼單調，那麼統一的一路麻醉著人的感覺。

在火車上能夠找到自己可以「溫和且嚴肅」的坐下的位置，顯然象徵著在廣大的社會裡，得到一個可以令人尊重的身份。

她終於在受孕之後，攜帶了她十四年來「到全省各地方去幹活」的積蓄與見識，回到了坑底的生母之家，恢復原名梅子，開始了她幫助老家與故鄉的新生。但是黃春明顯然不滿足於「梅子」只被狹小的故里，被人們接納與讚美。特地在產後又安排她携帶新生的嬰孩坐火車，前往與小孩的父親相遇的漁港。在車上因為人們的同時讓坐，且又親切與和善的對待下，她體會到：

> 曾經一直使她與廣大人群隔絕的那張裹住她的半絕緣體，已經不存在了，現在她所看見的世界，並不是透過令她窒息的牢籠的格窗了。而她本身就是這廣大的世界的一份子。梅子十分珍惜的慢慢的落到那個空位，當她的身體接觸到坐椅的刹那，一股溫暖升上心頭。

非常明顯的黃春明是想要以火車中的同車關係來象徵「這廣大的世界」中的位列。但是白梅作忌返鄉之時並非沒有座位，直到她被鄰座的舊識騷擾之前，她是安適的在酣睡的。所謂「讓坐」（小說中用的是「讓位」一辭）之類的事情，亦只有在沒有「對號」的班車方才可能，未必就是廣大「現代」社會之的特質，（「對號入座」反而更具「現代性」）。加上昔日嫖客的偶然同座且加以調戲，恐怕機率很小，（嫖客也未必樂於在公眾場合暴露他的「嫖妓」經歷）。這些都使得小說的詮釋企圖受損而未必具有很強的說服力。但有趣的是黃春明不但以火車繫連城鄉，而讓白梅的以身為妓女而受辱，使梅子的因抱嬰而受讓，榮辱與其命運的轉機都發生在火車上。乘坐火車原也算是一種現代人的「追尋神話」之歷程或象徵嗎？

因為火車作為一種開放的公共空間，才使得許多「相逢不相識」的人們有了接觸，甚至對話而達到更深之自我認識的可能。〈莎喲娜拉．再見〉中敘事者黃君心不甘情不願的帶了七位日本顧客前往自己的故鄉礁溪去嫖妓，去程坐汽車只能自己應對；回程坐火車，終於可以利用「在這七個日本人和一位中國的年輕人之間，搭了一座偽橋」，以擔任通譯兩邊欺騙兼責備的方式，平復了自己的屈辱感，而「心裡還禁不住沾沾自喜」，表達的只是這位一再被日本主顧們叫作：「本省人」之黃君強烈的「中國」認同與反日情結。同時也解決了他因放棄故鄉的教職而來臺北公司就職，因而得違背一己信念，陷入得替日本人「拉皮條」的困境，終究就是得面對一己人生在城鄉之間所作選擇的意義。

但是一旦認真的檢視所選擇的城、鄉，出現的竟是一種令人啼笑皆非的困境：一方面臺北固然是個國際性的更大的世界，同時也是一個「出山泉水濁」，得面對洋人作出種種見利忘義，令人不堪之事的世界；但故鄉也未必真是「在山泉水清」的純樸小鎮，既是溫泉鄉也是豔名四播的溫柔鄉，因而他的恥辱竟是發生於他的無法不帶領所厭惡的昔日殖民者「返鄉」之行上，於是指斥了殖民者舊日的惡行，似乎也就可以安心的離鄉了。

陳映真的〈夜行貨車〉讓同在外資公司工作男主角在抗議完了洋主管的辱華言辭而辭職，並要帶女主角遠離開林肯車洋主管的性騷擾，且結束其與開福特「跑天下」上司的一段情等等種種的糾葛而成婚，他一方面說：「跟我回鄉下去……」，一方面：

> 他忽而想起那一列通過平交道的貨車。黑色的、強大的、長長的夜行貨車。轟隆轟隆地開向南方的他的故鄉的貨車。

似乎火車正象徵了「歸鄉」之路與「歸鄉」的生活；但「貨車」的貨物來自何方？而南方的「鄉下」拿什麼來交換？這是「夢想」？（一如前次兩人「乘坐夜車回到南部的鄉下」，女主角喁喁說及：「一片白色的、一望無垠的沙漠」的夜夢？）還是可能實現的「現實」？但在臺灣的現代小說裡，火車總是給人帶來希望的。

三、遠方（有過）的戰爭

西方文學上的「現代主義」運動發生於第一次世界大戰之後，其受世界大戰的影響，自無需贅言。臺灣或中國就「現代」化的程度而言，自然趕不上歐美，而有極大的落差。但是捲入第二次世界大戰，以及戰後接續發生的國共內戰、韓戰，以至越戰皆在臺灣周邊發生，使得戰爭的陰影也蒙上臺灣的土地與人民的心靈。尚未完全「現代」化的社會，人們的習性也許仍然保持了許多的鄉土習氣與傳統價值，但是蒙受的卻是「現代」武器的轟炸與殺戮，不論是否準備好了，他們所必須忍受的仍是一種「現代」化的死亡，如〈黎明列車〉所描寫的：

> 江在那邊。　船在江上。　隔著五月的水霧與砲火的閃光無數人的眼睛裡只看見灰白船舷所垂下的方格形的攀登網。　雨在落。　炮在響。　時間給我們一分鐘的生存和一分鐘的死亡。　在炮火沒有停歇之前我們只有把自己的身體收藏在數百輛廢戰車的方陣裡呼吸我們必須要呼吸的騰

> 起於祖國大地上的灼熱的硝煙。她突然在桃紅色的火柱中出現。她高舉著雙手的影子打一盤旋又打一盤旋。閃光再亮時她在彈坑中做夢。她說她曾夢見這世界上所有好看的顏色。她沒有死而一個艦上的水兵死了。他伏身在槍座上。勾著頭。彷彿凝望霧中的海水。

這種死亡的痛苦，往往不下於孟昭有的喝鐵漿；雖然事與願違，但孟昭有至少自己知道他是為甚麼而死的，但在「現代」戰爭中，大量的人卻必須面對或遭受到全無意義的死亡或傷殘。「全無意義」於是成為懸在進入了「現代」之廿世紀，不管生活是否「現代」化，人人頭上的一把「命運」之劍。自然參與了某些「歷史」所注目的戰役，例如「臺兒莊之役」，或許可以使人，像白先勇《臺北人》〈歲除〉裡的賴鳴升將自己：「胸膛右邊赫然印著一個碗口大，殷紅發亮的圓疤，整個乳房被剜掉了，塌下去成了一個坑塘」的舊創，當作勳章。但能夠具體敘述的經歷：

> 王銘章就是我們的團長。天亮的時候，我騎著馬跟在他後頭巡察，只看見火光一爆，他的頭便沒了，他身子還直板板坐在馬上，雙手抓住馬韁在跑呢。我眼睛還來不及眨，自己也挨轟下了馬來，我那匹走馬炸得肚皮開了花，馬腸子裹得我一身。

卻只有恐怖與荒謬，顯現不出什麼英雄主義。至於等而下之，無名的交戰，如《臺北人》的另一篇〈一把青〉裡，空軍的飛官「郭軫在徐州出了事，飛機和人都跌得粉碎」，除了他的新婚妻子朱青得面對這種悲慘的後果：

朱青聽了我的話，突然顫巍巍地掙扎著坐了起來，朝我點了兩下頭，冷笑道：「他知道什麼？他跌得粉身碎骨那裡還有知覺？他倒好，轟地一下便沒了——我也死了，可是我卻還有知覺呢。」

由於無關大局宏旨，除了親友故舊，往往也就不為人所重視或注目。因而在戰爭中慘遭命運之撻伐，如何在「還有知覺」中繼續存活，反而是一種不再是英雄的「英雄」（「另類英雄」？）的行逕。

王文興的〈龍天樓〉或許是以「象徵方式」對於國共內戰中種種令人恐怖與戰慄的情境，以及一些當年曾是抗日英雄的各級軍官，如何由潰敗而紛紛經歷了各種匪夷所思的情境，以「另類英雄」的姿態「逃奔來臺灣」之頗具「史詩」（「另類史詩」？）氣派的作品。他們各自忍受了不同的遭遇與苦難，但是活過來了，而且如安史之亂中杜甫的投奔行在的，來到了他們所效忠的中央政府播遷的臺灣。雖然早已淪落為下層的平民，但他們仍然群聚於「龍天樓」為昔日的長官祝壽，這正象徵他們雖飽受摧殘，但仍然保有昔日的「忠義」，雖然早已不再有任何用武之地，剩下的真只如樓中的題字：「故舊天涯三杯酒；遠地望鄉第一樓」，只剩下「望鄉」之思與「故舊」之情了。

這部完成於一九六五年的中篇，後來重編為《十五篇小說》的壓卷之作[7]，若只從題材看，恰好呼應了一些學者所指稱代表前一個時期的：「反共懷鄉」小說。所以，王文興在《龍天樓・後記》特別強調：「〈龍天樓〉是篇象徵性作品，不能以寫實主義的立場去衡量牠」：

我的目標是把〈龍天樓〉寫成一篇與中國文化相關的小說，因此牠不是鄉土寫實，而是借象徵的方式和華夏文化產生關連。牠是一篇懷鄉（nostalgic）小說，「文化」上的「懷鄉」。這種主調我透露在文體，結構，及人物塑造中。我說「透露」，也就等於是說我運用的方式是象徵方式。

透過「象徵的方式」，小說所指涉的就不再僅是「歷史事實」，反而是普遍「人類命運」的信念：因為小說中人物所遭遇的暴虐悲慘而令人戰慄的情境，是近似Joseph Conrad，*Heart of Darkness*中Kurtz在臨終所呼喊的：「那恐怖！那恐怖！」（"The horror! The horror!"），其實是充滿了「現代」的特徵與性質的。

但是這些「倖存者」的「另類英雄」人物，卻依據華夏文化，採取了「將以有為」之信念，忍辱負重，含辛茹苦的生存下來，雖然後來或許只落得苟且偷生之可憐復可笑的境地而已（如被閹了的關師長，突然在宴席中像小學生一樣，尖嘴哨道：「喲呵——」起來，然後在大家的要求下，「用他那高細的喉音」唱起了〈汾河灣〉中王寶釧別子的一段曲文來）。但終究他們所抱持的是「天地之大德曰生」的生命哲學：

「舜卿，舜卿，」老者低低在喚著他的別號，「你受了很多苦，但是你忍過來了，這是很輝煌的勝利了，你應當繼續勇敢的挺下去。是的，不論多苦，也要撐下去，活下去，活著——就是我們人在世間上的目的。」

「我也這麼想，」關師長滴著淚說，「活下去，就是人的目的。……每次在絕望邊緣的時候，都驀然發現生比死要崇高得多，便是最低下的生，像牛馬一樣的生，也應當保存它，放棄是德行不足的表現……」

用以對抗深具「現代性」技術所啟動的「殺戮戰傷」與工具理性思維下所進行的組織性的「大屠殺」，但是仔細思量未嘗不可視為就是「天地不仁，以萬物為芻狗」[8]之人類命運的當代表現，其所成就的或許就是一種「另類的英雄主義」。而且只有與西洋文學的古典與現代傳統對照方才凸顯其「另類」，因而也就顯現為一種「另類的現代主義」吧！

白先勇《臺北人》中的各篇，主要的人物皆因國共內戰而淪落或遷移臺北，但除了〈一把青〉以外，皆是跳過內戰的描寫，只透過現在的情境，穿插類似或相關之大陸回憶的追述，以兩者間的對比或映照來形成，不僅是星移物換的滄桑感，更重要的是無可銜接的斷裂感，就在這種經由似曾相識片段鱗爪的跳切轉換，平行交錯，基本上是一種似斷實連的「現代主義」慣用的敘事結構中，產生了近乎「神韻」詩學[9]的更為驚心動魄的沉痛與深悟。

但是王文興的〈龍天樓〉卻用集體宴聚，各自追述的方式，把他們在內戰中的遭遇，也就是其生命中的「斷裂」過程，一一作了交代，既是慘痛的告白，也是尋索其經歷之意義與重塑自我之認同，一種集體療傷止痛的過程。正如〈龍天樓〉敘述的皆是起自太原城破，終於來到臺灣的歷程，雖然大半的軍官都經歷了煉獄般或更加恐怖的試煉，但昔日的袍澤的相濡以沫，無疑使他們能夠「卻還有知覺」的生活下去。《臺北人》的許多人物，由於跟著政府播遷，他們的境況或許大不如前，但仍無礙於其「直把杭州當汴州」，在集體的自我麻醉中度日，只有〈花橋榮記〉才記錄了一些陷入「孤絕」情境之流亡者的悲慘下場：「李半城」在公園上吊，秦癲子發瘋，淹死水溝。主角盧先生也在與未婚妻重聚的希望破滅後，「心臟麻痺」而死。這也該是戰爭的間接後果吧！

第二次世界大戰，因為盟軍的跳島戰略，沒有選擇在此登陸作戰，臺灣算是倖免淪為戰場。但仍有不少臺灣人以日本兵身份，被派往南洋等地作戰。戰死的就不說了。其中倖存者的「戰爭」經歷，雖然同為「敗戰」之軍，即使返回的是自己的「故鄉」，但「故鄉」已經改旗易幟的「光復」了。自然戰爭中所作的一切既無功勞，甚或苦勞可言，反而都要蒙上一層「罪惡」的陰影。因而在「現代」小說中特別容易往「孤絕」情境的方向作處理。尤其這些倖存者所忍受的「非人」經驗，並不為社會所關注與接納，又往往因為沒有同類伙伴的支持，因而他們的命運可能在內心更是痛楚。

陳映真〈鄉村的教師〉中，主角吳錦翔自南洋戰地歸來，先是欣喜於「太平了。」復因中國陷入內戰時局不穩而失望，終因：

> 吳錦翔吃過人肉人心的故事，立刻傳遍了山村。從此以後，吳錦翔到處遇見異樣的眼色。學生們談論著；婦女們在他背後竊竊耳語；課堂上的學童都用死屍一般的眼睛盯著他。他不住地冒著

汗。……

……南方的記憶；袍澤的血和屍體，以及（煮人心時）心肌的叮叮咚咚的聲音，不住地在他的幻覺中盤旋起來，而且越來越尖銳了。……不到一個半月的時光，根福嫂發現她的兒子竟死在床上。左右伸張的瘦手下，都流著一大灘的血。割破靜脈的傷口，倒是十分乾淨的。……無血液的白蠟一般的臉上，都顯著一種不可思議的深深懷疑的顏色。

吳錦翔在戰爭的「邊際情境」中跨越了正常人道的倫理界限，這種恐怖的經驗，無法在戰後的並未真正「太平」的時局中消除，他承受不了村民的懷疑拒斥與內心的痛苦譴責，終於無法「還有知覺」的，為戰爭中未必自願的行為，承擔沉重的「罪惡」感而生存下去。另一種承擔戰爭的「非人」之罪苦經驗的方式，就是喪失「知覺」的以「發瘋」的型態活下去。

黃春明〈甘庚伯的黃昏〉，寫光復二十五六年後，甘庚伯仍得照料他的從南洋參戰回來，卻已是瘋了的獨子阿興：「嗯——，我們把一個好好的人交給他們，他們卻把一個人，折磨成這個模樣才還給我們！」雖然長年照料他，但甘庚伯對於阿興所經歷的折磨與其內心的痛苦，卻無所知也無法想像：

老庚伯伸出左手，抓緊阿興那濃密烏黑的長髮，把深埋在雙膝間的臉孔，拉了出來扭向自己。然而，當他們父子的目光相觸的剎那，老庚伯教阿興那清秀的眉目，和那蒼白而帶有高雅的受難

> 的臉孔，大大的吃了一驚，使得內心那股緊壓，越發高漲了起來。……他觸及到，一對清澈透底的，有如無任何雜念的稚童的瞳眸時，一陣冷震的微波，蕭然滑過脊髓。突然令老庚伯感到，自己萎縮得變成渺小的微粒，而掉落到那清澈瞳眸的深潭，叫他覺得他的心靈已經接近到什麼似的，腦子裡一時也沒有任何意象，只是心裡那麼無助而虔誠又焦灼的直喊：「天哪！天哪！」

對於溫馴，卻往往「瘋得沒穿衫沒穿褲」，偶然「跑出來」，卻總是遭到孩子們以投擲石塊等「凌遲」的四十六歲兒子，明知孩子本能的反抗被關，為了保護他還是得更加堅牢的圈住他：

> 村子裡的每一個人，都清清楚楚的聽到老庚伯掄著鐵鎚，將長長的五寸釘，一下一下清脆的鎚擊下去的聲音。使釘子深深地埋入刺竹筒，牢牢地釘在關阿興的圈子的橫梗上。時而還可以聽到日本兵吼著喊立正與稍息的口令，夾雜在鎚擊的聲音裡面，叫這晚的晚風，吹進人的心坎，特別覺得帶有一點寒勁。

阿興以其「瘋」來彰顯他的繼續被禁錮在「日本兵」的訓練與恐怖的參戰經驗；但是甘庚伯的照顧則是另外一種的禁錮，「村子裡的每一個人」其實也參加了這個禁錮，阿興的吼叫正是大家所無法真正壓抑、禁制、或遺忘的昔日的夢魘：他們曾被日本兵統治，曾經得充當日本兵，為日本的侵略而戰……全無選擇的餘地，即使已經過去了四分之一個世紀。阿興作為當時被選中的羔羊，老庚伯所錘釘的雖然只是「圈子」，但未嘗不是一種「十字架」！

戰爭，即使是遠方的，是過去的，但一樣使得每一個人都分嘗了罪苦。

四、失「根」（或「心」）的蘭花

戰爭雖然結束了，但它的影響，除了立即的打擊，可能慢慢的發酵，終至掏空一個人的心靈，成為致命的痼疾。白先勇〈謫仙記〉中的李彤，在號稱「四強」的女伴中自稱「中國」，由於長得美又是富貴家的獨生女，在麻省威士禮女子大學就讀之初，出盡風頭，但內戰爆發，父母皆在渡海來臺時死於船難。雖然在醫院度過了初期的生命危機，沉默到畢業，但從此卻痛飲狂舞，豪賭兼不斷的換工作和男友，結果「在威尼斯遊河跳水自殺了」。

她的朋友們在紐約都有很好的工作與家庭，但是除了「打打牌鬧鬧」，其實生活上都沒有什麼更高的目標和寄託，李彤的死，突然暴露了她們生活的空虛，於是她們或者開始豪賭，或者如敘事者的妻子，在他們開車回家的途中，不但在雪地裡感覺「悶得很，我要吹吹風」，終至：

> 我發覺慧芬在我旁邊哭泣起來了。我側過頭去看她，她僵挺挺的坐著，臉朝著前方一動也不動，睜著一雙眼，空茫失神的直視著，淚水一條條從她眼裡淌了出來，她沒有去揩拭，任其一滴滴掉落到她的胸前。我從來沒有看見慧芬這樣灰白這樣憔悴過。……她坐在我身旁的這一刻，我

卻感到有一股極深沉又極空洞的悲哀，從她哭泣聲裡，一陣陣向我侵襲過來。

這「一股極深沉而又極空洞的悲哀」，現實上這自然是一種失去自小一起長大好友的悲哀；象徵上則亦是清晰意識到了他們自內戰之後，終於失去了自小擁有的對「中國」之認同的悲哀。因為這個「中國」不僅是土地人民，更重要的是一種生活方式、價值體系、社會結構，以及一己家族在其中的位列。因為這場內戰起於共產「革命」，已經不是爭哪批人坐江山而已，更重要的是原有社會秩序與文化價值的徹底連根拔起。從此他們在精神上，就是再無「故鄉」可歸的永遠的「異鄉人」了。

李彤的放浪形骸，近乎自暴自棄的玩世不恭，其實是因她最具強烈的「中國」認同，（以至她以此自稱），因而她終究無法達到「但使主人能醉客，不知何處是他鄉」，像其他的三位朋友，藉著美英蘇等「外國」比擬，象徵性的暗示了她們的可以以（「中國」以外的）「外國人」自居，而能在紐約平安過日子。李彤是四人中，唯一被不斷吐出「故國之思」的「銀蜘蛛」附身的人，因而種種不安與煩躁皆是一種掙扎。終究她也漸漸無法忍受「永遠放逐」的命運，而像屈原一樣的投水死了。她的死亡，就像她所寄的比薩斜塔的照片一樣，打破了她們內心透過壓抑所達成的平衡，在被喚醒的故國之思中，各自體認到了一己其實亦是被「永遠放逐」的命運。

陳映真〈第一件差事〉中的胡心保，三十六歲，在一個洋行當經理，有美麗柔順的妻子，兩個可愛的小孩，以及一個家世顯赫，經濟獨立，並且不拘束、影響他家庭生活的情婦，但是竟然自殺身亡。據他最後數日的言行，似乎仍然肇因於十八年前內戰方熾時，逃難來臺過程中所親歷往事的影響：

「……他說：儘管妻兒的笑語盈耳，我的心卻肅靜得很，只聽見過去的人和事物，在裡邊兒嘩嘩地流著。他說。」

「……他說：我們就像被剪除的樹枝，躺在地上。或者由於體內的水份未乾，或者因為露水的緣故，也許還會若無其事地怒張著枝葉罷。然而北風一吹，太陽一照，終於都要枯萎的。他說。」

這篇小說裡，胡心保無法忘懷過去，因而產生的「失根」之慟，竟然經歷過了一倍的生命時間仍然發生作用。使他「忽然不曉得怎麼過來的，又將怎麼過下去」，好像在航海中突然失去了方向與動力。因為執迷於過去，他並沒有真正活在「現在」：他因為許香長得像童年的玩伴抱月，並且家中也有果園而娶她為妻，一直稱她「抱月」卻又對她們的性情不同失望。他與生活中的一切，正如他對情婦的告白，基本上是「一種欺罔的關係」，真的成了「假作真時真亦假；無為有處有還無」。他除了「家人寶寶貝貝地送我出來，我又歷盡浩劫而不死，莫非有什麼意義罷」之外，因為沒有真實的生活在「現在」，欠缺對於當前生活世界的真正關心，其實並沒有任何真誠的生活意義之信念，終至驀然回首而發現：「昨天我還在拼命的趕路，今天你卻一下子看不見前面的東西，彷彿誰用橡皮什麼的把一切都給抹掉了」。

這裡反映的正是生命經驗的「斷裂」與因此而產生的欠缺任何真實情意關連的自我「孤絕」感；因而遂無能力面對生命底層中必然包涵的「虛無」，以及可能因此而產生的「無意義」感：「活著也未必比死了好過；死了也未必比活著幸福」。一旦認真的質問起：「人為什麼能一天天過，卻不曉得幹嗎活著」？這一類存在本質的問題時，若不能找到一己生命價值之信仰依據，其中的一個可能，就是走上自盡的絕路。因而，這裡的自絕就不僅是「失根」之慟所致，而正如他的名字「胡心保」所反諷而顯示的，更是來自他的未能保有其「心」的「哀莫大於『心』死」，一種自我存在意義感的徹底失落。

這種自我存在意義感之失落的「失心」狀態，主要來自生命的「斷裂」與陷入了「孤絕」的生存型態。但它並不必然只發生在內戰或戰爭所造成的流離處境。「現代性」的特質之一，更是世界性一致的科技知識，全球性的經貿網絡，以及經濟先進的富裕國家與國際性大都會對於廣大周邊的磁吸作用，因而就造成了或因求學，或因覓職而形成的普泛的「離散」（Diaspora）現象。但「離散」的開始，既是生命的轉機，也是生命的危機。若未能在新居地重建起生命的網絡與自我的精神認同，「離散」正是自陷生命於「斷裂」與「孤絕」的狀態，尤其在人潮不斷的國際大都會人們更容易以「物化」的態度，只以「表象」對待彼此，因而就很容易形成了群眾中的孤寂。假如再斷絕了與故鄉的情感連繫，遂如斷線的風箏，只有隨風飄墜的命運。

白先勇〈芝加哥之死〉的主角吳漢魂，可以算是六〇年代刻苦留學的代表。他在芝大半工半讀的攻讀英國文學，念了兩年碩士，四年博士，以全無生活，只有打工與攻讀的方式，終於得到了學位；但卻錯過了與母親生前最後的一面，並且犧牲了與他曉得真正愛他的女友之間的情感，女友終於嫁人。在參加完畢業典禮之後，他發現自己生存在一個完全陌生的大都會。因而開始了黃昏的遊蕩街頭以至一夜的酒、色「啟蒙」之後出來，他發覺「芝加哥是個埃及古墓，把幾百萬活人與死人都關閉在內，一同消蝕，一同腐爛」，但他不想回臺北，更不想回六年來寓居的地下室，因而設想自己「凌晨死於芝加哥，密歇根湖」。

白先勇將主角命名為「吳漢魂」，卻又使他只是為了學位，工具性的苦讀英國文學經典，終至為他所領會的僅只麥克佩斯裡的一句：「生命是痴人編成的故事，充滿了聲音與憤怒，裡面卻是虛無一片。」使他猶如邯鄲學步不成而失其故步，中、西（英）文化俱失，並未真正得其經典的滋潤，反致所有的認同與依憑皆無，是否真的「投湖而死」還在其次，顯示的正是「失根」而至「失心」，只剩「虛無一片」的悲哀。

這種「失心」的精神荒漠，還可見於王文興出以寓言手法的〈最快樂的事〉。在這篇近乎極短篇的小說裡，主角「這個年青人」經歷了平生第一次的性經驗醒來，卻深深覺得失望："but how loathsome and ugly it was!"，加上他垂視樓下的街，窗外一切皆「冰冷，空洞」，「停留在痲痺的狀態」，一成不變：「同樣的街，天空，建築，已經看了兩個月」，等同於被關在「監獄」裡，或人間的「地獄」，他絕望於：「這已經是最快樂的事，再沒有其他快樂的事」，因而「在是日下午自殺」。

王文興在極短的篇幅裡，暗示了一種文化與空間認同的危機。主角用英文來表達他的厭惡，事實上反映的正是他對周圍以中文來表達的生活世界的不認同。「天空灰濛，分不出遠近」，它們無遠弗屆的一成不變，令他感覺痲痺。他受困於其中「無路可出」（No Exit）[10]，彷彿身處於精神上的「地獄」中，一切冰冷、空洞，全無「快樂」可言，自殺似乎就是唯一可以擺脫困境或獲致自由的途徑。

這個「監牢」般的中文世界，我們固然不必以臺灣的戒嚴體制或中共的集權統治來指實，或者更藉魯迅以黑房間為喻的傳統社會來作索隱。但很顯然，「中文」不是這年輕人表達其內心之最真實感受的語言，暗示的正是他對廣大的英語世界的認同與嚮往。但這種嚮往被「他們」所阻止或禁止，所以雖無腳鐐手銬，周遭口操中文的雖是鄉人（或國人），但他卻陷入了「孤絕」的處境：他是唯一沒有變成犀牛，又得生活在犀牛群中的最後的「個人」嗎？[11]

或者他只是被錯誤的執念：「人活著就只是要追求快樂」所誤導的年輕人，「最快樂的事」竟然如此醜陋與可厭，而且「再沒有其他快樂的事」，於是自然沒有活下去的必要。不論何者，他只是「離開床上的女子，向一扇掩閉的窗戶走過去」，自顧自的只思索他一己的未曾實現的「快樂」；但他可曾關心一下和他一起作「最快樂的事」的床上的女子，或她的感受？不論以那種理由「在是日下午自殺」，「這年輕人」，都反映了對於居住地域的疏離（另外一種「失根」？）與生命陷入孤絕狀態的「心死」。

「失根」導致的「心死」，可能使人尋求「死亡」；但是「失根」導致的「失心」，亦可能如所謂：「失心瘋」一詞所顯示的，使人「瘋狂」。白先勇〈我們看菊花去〉中的姐姐因「在外國念書」的「孤絕」經驗而導致精神的異常：

「弟——我怕，一個人在漆黑的宿舍裡頭，我溜了出來，後來——後來跌到溝裡去，又給他們抓了回去，他們把我關到一個小房間裡，說我是瘋子，我說我不是瘋子，他們不信，他們要關我，我怕極了，……」

如何處置精神異常的人，正是另一個「現代性」的問題：關入醫院接受專業治療（雖然未必就都痊癒）；或者只是關住他，任他（或她）自生自滅。二者被視為是「文明」或「不文明」（也是「現代」與「鄉土」）的區分。〈我們看菊花去〉中的姐姐說：「我天天吵著要回來，回家——我說家裡不會關我的——」但終究由家人安排了關進了醫院。這是「現代」的愛心的表現，雖然在執行中，帶給親人無限的感傷。

王禎和的〈素蘭要出嫁〉小說中，素蘭先因大專聯考壓力而精神異常；到臺北住院後近乎痊癒，婚後卻又瘋病復發而飽受苛虐，被鎖在後院小木屋，棍棒交加，污穢纏身，傷痕累累；再由娘家送往臺北住院。素蘭的娘家為支付昂貴龐大到臺北住院的醫療費用，全家皆作了重大的犧牲與付出。甘庚伯沒有那種經濟能力，只能自己照顧阿興，但也不免得要關他。素蘭的丈夫則缺少足夠的愛心，除了關她，不免如凌遲阿興的野孩子一般，採取了苛虐的手段。

從吳漢魂、姐姐到素蘭，非常顯然的現代社會的以升學考試與學位為目標的教育，由於整個過程的工具理性傾向，並且每個人皆得孤獨的自行奮鬥所構成的壓力，（考試是純然個人的面對與眾人的競爭；學位亦僅只頒給個人而非家族或群體），其追求若是太過勉強，往往會陷個人於深沉的「孤絕」狀態，而導致精神的不堪負荷，以至崩潰。因此，「現代」教育顯然與培育健全的身心的理想相左，反而潛藏著使人「異化」的因素；或者竟是一種「異化」的過程與表現。雖然我們亦不能全盤否定了它的訓練專業人才的成就與提供社會升遷的貢獻。但現代小說的關心，卻在其「異化」摧殘人性的狀態與後果。

施叔青的〈倒放的天梯〉卻讓現代的精神醫學直接面對現代人所可能遭遇的存在的困境。人類的開發日漸伸向偏遠的蠻荒地區，於是初期的開發者往往得孤絕的面對原始的自然，而開發的工作其實是一種扭曲自然的人工造作，因而往往亦得以扭曲自己的狀態來工作。進入荒野與扭曲自己的工作都使人陷入「孤絕」與「異化」的狀態。除非心志足夠堅強，難免會有崩潰的時候。

〈倒放的天梯〉中潘地霖是個棄家出走的流浪漢，雖然加入東部山區新開公路橋樑的油漆團隊，卻被視為圈外人而為同伴所惡意挑激，得孤單的「以皮帶自腰間將自己憑空掛吊橋底下」的方式，（一種「失根」的形態？），虛懸的在三日內完成，跨在海拔兩千公尺兩山腰的一百二十公尺長吊橋的油漆工作。他雖然完成工作，「一俟他回到地面，卻擁抱同僚痛哭流涕，接著週身猛烈顫抖，竟日不已」，並衍生各種病癥。

他被護送回家時已神智不清，其妻認為遭鬼魘附身，先請乩童驅鬼無效，（「鄉土」的處理方式），後送S精神病院仍無起色，（「現代」的處理方式），因此轉入一所經常以「外國醫學界最新報導的病例」為討論會的精神醫院。（「現代性」就是「西方性」？所以得參照「外國的病例」來治療？）但小說的主體卻是一位參與潘地霖病情討論的年輕實習醫師的「狂」想，分為「一則神話」與「潘地霖的獨白」兩部分：前則以「盤庚帶著他的子民遷徙」來象徵開發的經歷，並構設了潘地霖接受挑激，而以「他感到他的這一生彷彿就是為這一刻而活」的心情，自己應承了上去漆橋的工作。

（通過嚴峻的工作挑戰來贏得一己的身份與認同？）

後則以潘地霖的口吻，敘述孤獨漆橋三日的心路歷程，第一日由於同伴皆已先行離去，在只等他三日的壓力下趕工，他自覺如與太陽競走的夸父。第二日在陰霾中，他「置身吊橋的中央，人整個懸空，前、後、上、下全然一無憑靠的擺盪不定」，感覺被無數的鐵索包圍，如被蜘蛛網罩住，「欲攫獲我，以致吞食我……」。同時油漆流了他一臉，使他「顫抖於再也難以辨識自己的恐怖」。第三日他開始感覺視線內的風景失去輪廓，「一切變得空洞而且茫然無邊，我開始失去重量的感覺了」。因而體認到了：「終究，我是個被人線牽的傀儡，擺盪於深淵之上，一無依歸」，「我動彈不得，我祇不過是徒勞地做著掙扎的動作……」。

潘地霖的「瘋狂」就現實層面而言，自然是個少見而突出的例子；但未嘗不可視為是「現代」生活的普遍象徵。人類所從事的「現代性」世界的開發，初看亦像盤庚和他的子民在追求更適宜、美好的生活。投入這種廣義的「開發」的工作，亦似夸父族人的追逐陽光所象徵的光明世界。

但人若脫離了家庭，全心全意的只以「工作」來證明一己的存在價值時，由於「現代」社會的流動離散的特質，這些工作並沒有真正穩固的根基，可以積累、成長為向上攀登的天梯，達至個人精神成就與價值確立的表徵，其實他只是懸空的黏著於「現代」社會所形成的「工作」的蜘蛛網，然後被攫獲、吞食，直到以油漆（面具）代替真面目，完全喪失了真正的「自己」，成為「被人線牽的傀儡，擺盪於深淵，一無依歸」：最奇妙的是還可不覺得恐怖，不會發瘋。因為這並不是真正發瘋的潘地霖的故事，而是那個年輕實習醫師借象為喻的「狂想」。

或許「失根」的蘭花，在「失心」之後，一樣的可以開放，而且開放得很美麗。繪畫在紙絹上之後，蘭花總像蘭花，有根沒根終究只是寄意而已！

五、禁忌的遊戲。／不再？

「性」（Sex），由於是人類自古以來創生新生命的必經的途徑，因此既因其牽連到生、死命運的神祕性質而被視為「神聖」；復因關涉到家族的形成與血緣的純粹和倫輩之序列，而衍生出種種的「禁忌」。在傳統以家族為中心的社會，所謂的「倫理」有一大半其實皆與「性」禁忌有關，因而有「男女授受不親，禮也」的說法。

但在「現代」社會，一方面是科學對於人類種種生理現象探究，所形成的對「性」現象的除魅化，突然「神祕」與「神聖」盡失；另一方面逐漸以功能性的「個人」之組合為社會運作的基礎，家族的重要性降低後，「性」亦慢慢漸被視為只是「個人」操控其自身肉體的私事，非復社會公共道德之所寄託。尤其避孕技術的進步更使「性」與「生育」之事脫鉤。但在這種新舊觀念的轉折中，仍然充滿了掙扎，因而為現代小說家們所關注，選為寫作的題材。但我們探索他們在這方面的表現時，卻不能不考慮當時官方文藝政策，不論就公開的反黃，直接的查禁，以及保守文藝界人士的指責與舉發等等的影響。

因此，在現代小說發展的初期，婚姻以外的「性」或者「性」的描寫自然都是「禁忌」，處理的方式不外乎：一、判處犯禁者極刑，因具「警世」之作用，而可以被接受。二、省略「性」行為的描寫，或者採取間接暗示的描寫。三、至少要在題目上，或敘事的口吻上要和「罪惡」感或「墮落」甚至「醜陋」的現象連結。〈最快樂的事〉中的處理就很典型，小說從「性」行為結束醒來寫起，同時要主角感覺「醜陋」和「厭惡」，雖然導入了存在意義的詢問，彷彿避開了「罪惡」感的直接描述，但作者仍然判了主角「這年輕人」，死刑：「在是日下午自殺」。

〈芝加哥之死〉的吳漢魂，若未在畢業日的黃昏進城，在酒吧喝酒被蘿娜帶回公寓發生「性」行為（自然其描寫是省略，小說並且在此留了一段空白的空間），在此之前他已發現：「蘿娜露在白褻衣外的肩胛上，皮膚皺得像塊浮在牛奶面上的乳翳」，揪下火紅的假髮，「卻是一片稀疏亞麻色的真髮」；在此之後，又讓他再次想到「蘿娜背上的皺紋」，而接著聯想到的更是「母親的屍體」，假如沒有這場「醜陋」，甚至充滿「罪惡」感的「性」接觸，我們實在沒有辦法接受，原在寫履歷準備求職的吳漢魂，會突然想投密歇根湖而死。白先勇更是在題目上直接判他死刑：「之死」。

〈芝加哥之死〉中吳漢魂是否自殺身亡，小說中仍然懸疑。終究吳漢魂還是單身男人，並且和陌生人發生一夜情「性」行為的地點，乃是在遙遠的芝加哥，（姑不論其是否因其混亂，原就惡名昭彰了），可算是遠方異俗的「寫實」，不致破壞祖國的善良風俗。但若是身為妻子與母親，如白先勇〈黑虹〉的耿素裳因吵架與厭煩而離家出走，在臺北到處遊蕩，受到各種聲色的刺激與誘惑，末了還和陌生人上了旅社。那麼除了證明她只是一個迷途而失足的女人，並非令人髮指的「淫婦」，雖則其情可憫，但為了洗清她的「罪」，（或者「罪惡」的證據：「一股男人髮油的濃香」），只有安排她走入碧潭，在吊橋下滅頂。作者還惟恐不足以遮掩（或批判）她的罪行，特地以「一匹老牛拖著一輛糞車」，走過吊橋來作結束。

但不論男名「漢魂」，女名「素裳」原具多少漢族或傳統文化的精神與美德，芝加哥原即是有名的國際大都會，姑且不論；但即使是臺北也逐漸充斥了「現代」資本主義文明影響下的情慾消費與肆無忌憚的追逐：

她看見那個黑人一把摟住那個女人的細腰，連拖帶擁，走向黑貓吧去，黑衣女人吃吃的笑著，尖聲怪叫：

「Oh! naughty, you, naughty!」

貓嘴巴一樣的圓門張開了，現出一個大黑洞來，一黑一紅兩團影子直向黑洞裡投了進去。一陣搖滾樂狂叫著從裡面溜了出來，一個女人的聲音沙啞的唬著：

「Hold me tight to-night......」

耿素裳猛然感到一陣昏眩，面頰上給紅鐵烙了一下似的，熱得發燙。

都會環境中充斥的情慾消費與追逐的氛圍，無疑對於貞潔自守的傳統文化構成挑戰，因而使得這些「漢魂」失魂落魄；「素裳」被薰染成五顏六色：「......綠的、紫的、紅的，上面也有貓眼睛，下面也有貓眼睛，一亮、一滅、東眨一下、西眨一下......」，無法自持，終至墮落；（或者換另一個文化角度說，走向了性解放、或性自由了。）因而這些小說的要點並不在「禁忌」的肯定；反而是對「禁忌」的衝撞。

陳映真〈我的弟弟康雄〉中康雄自殺身死之後，他的姊姊發現他並非如他們父親所說的是「死於上世紀的虛無者的狂想和嗜死」，而是因為和客寓的主婦相戀而失去了他的童貞，乃是「死在一個哀傷負罪的心靈裡」：「我的弟弟終於不能赦免他自己罷。初生態的肉慾和愛情，以及安那琪、天主或基督都是他的謀殺者」。這裡自然也牽涉到天主教的「性」道德。姊姊作為對這一對理想主義父子的反動，捨棄了窮畫家的愛情，而嫁入了一個非常富裕，又是有名望的虔誠的宗教家庭，而滿足於做彌撒時坐在最前排的階級位置與膏粱的生活。

這篇小說非常微妙的呈現了另一種「禮教吃人」的情境，即使這個「禮教」的根源不再是中華文化，而是基督教、天主教。它的「道德」迫害了真具理想性而有深切道德感的「誠信者」（The True Believer），使他們受困於在「真愛」與「貞潔」的悲劇性矛盾，卻方便了抹殺真情的富貴利達之追求者。在強調了由性禁忌所構成的「貞潔」之道德的同時，卻質疑了這種「道德」之內裡的空虛。

犧牲一己的情慾生命，以換取近乎買賣，「婚姻」所提供的榮華富貴，亦見於白先勇的〈遊園驚夢〉。二十出頭，擅唱〈遊園驚夢〉的清唱姑娘藍田玉，被權傾南京，已然年邁的錢鵬志將軍，為著能得她在身邊，唱幾句「崑腔」以娛晚年，娶為填房夫人。雖然得到了錢鵬志的疼愛，享盡榮華，她也珍惜身份，潔身自愛，直到與錢將軍的隨從參謀發生了「只活過一次」的情愛關係。白先勇利用了佛洛依德《夢的解析》所提出的濃縮變形等觀念，經由借喻的手法，以處理「夢」的方式來處理，錢鵬志死後在臺落寞的錢夫人，對於她的春風一度的「回憶」，或許這是有意的對「意識流」的模擬。但「回憶」終究與「夢」不同，假如這裡有所謂「超我」（superego）的檢查過濾程序，這個「超我」未必就是專屬錢夫人的，反而是反映了寫作當時，臺灣政教社會的接受尺度。〈遊園驚夢〉中錢夫人、隨從參謀在中山陵前的白樺林馳馬的一段就成了現代小說中關於「性」描寫的經典。但是白先勇，仍然不忘以讓錢夫人在唱完〈驚夢〉首曲的〈山坡羊〉，沒等到男主角柳夢梅上場的戲，就嗓子啞掉，（以示懲戒？），來作為此篇的高潮。

受到佛洛依德的影響，「性」的啟蒙，也漸成「現代」小說的題材。王文興〈母親〉中的母親以內在獨白的方式，惦念她的小男孩貓耳，並表示對新搬來吳小姐之不屑打招呼，因為她是離婚的女人。但貓耳卻在吳小姐家得到了「性」的啟蒙：

> 電風扇吹開了通往臥室的綠布花簾。吳小姐在臥室。站在床的前面，她伸手剝掉上衣，褪下裙子。不久，她全身裸露，站立在臥室的中央。她潔白完美地站立著。他覺得從未見過甚麼比她更白。一分鐘後她換好了衣服。她用一柄像刺蝟似的刷子，刷著頭髮移步出來。她腳上換了一雙繡著金鳳的拖鞋。吳小姐打開一盒巧克力糖請他。

正如「吳小姐打開一盒巧克力糖請他」，讓貓耳品嘗「口慾」的甜美；電風扇吹開了臥室的門簾，也讓貓耳初嘗了「女性」，（因而也就是「性」）的甜美。但是也暗示了現在的貓耳所完全不能瞭解的危險與傷害：「她用一柄像刺蝟似的刷子，刷著頭髮移步出來。 她腳上換了一雙繡著金鳳的拖鞋」，儘管她是美麗與親切的，終究她還是「離婚」了，這正暗示了婚姻所具的更大的複雜性，不純是她的美好的女性與母性素質，即可成功的，其間自有許多的磨擦與痛苦，嚮往與失落。全篇像是抒情詩般的使用著慢鏡頭，動作渾然，含蓄而優美，許多幽微的涵意，盡在彷彿無邪的不言中。

白先勇〈寂寞的十七歲〉中的「性」啟蒙經驗則充滿了惶惑。在學校受盡挫折的楊雲峰先是受到女同學的色誘：「突然間，她推開我，把裙子卸了丟在地上，赤著兩條腿子，站在我面前。」他倉黃逃走。又因寫信向她道歉，成為班上的笑柄而逃學，終於在新公園與一位同性戀者發生了初次的性體驗：「他把我的兩隻手捧了起來，突然放到嘴邊用力親起來，我沒有料到他會這樣子。我沒想到男人跟男人也可以來這一套。」他只知道自己做了「壞事」，擔心自己「臉上就刻下一條『墮落之痕』」，他回家對鏡自照，「一陣寒氣從心底裡透了出來」：充滿了深沉的罪惡感；也一心只想逃避：「我聽見樓梯發響，是媽媽的腳步聲。我把被窩蒙住頭，摟緊了枕頭」。

漸漸隨著臺灣日益「現代」化，觀念風氣轉趨「開放」，現代小說的表現亦有著同步的變化。「性」或「性意識」不再被視為「禁忌」，反而轉成為一種「成長」的象徵。王文興〈踐約〉中大學教授家中的一子一女，皆各以其不同的方式，但皆在同儕的邀約下，走上了這種「成長」。

哥哥林邵泉在大學期間和「一群小部分的同學」，「就跟一般底道德律一樣」的堅守「童貞」的誡律，又集體在畢業以後，一起以喪失「童貞」，經由初度的「性經驗」去獲得身心的「成長」：「他底眼睛，似乎比前更澄明，更漂亮了」，「他底動作，顯示得比從前緩慢持穩，彷彿他底四肢比從前沉重了些」。小說對於他在採取行動前，有著三頁長「他欣賞女性底美」的描述，顯然是夾雜著觀察與慾望的投射，隱隱含藏著「性意識」與「性幻想」，其實是在此之前少見的「性癖好」的「告白」。其間又穿插著遇到產生「性衝動」時，以背誦英文的〈主禱文〉來自我壓抑的有趣的景象，似乎仍然把「性」視為是temptation和evil。

當他在小說結束時：

> 他底手指，掏進了皮箱底夾袋，取出來一個小盒子。那是一隻衛生套底空盒，盒上寫得有英文字。他把它拿在手中，看了一會，便揮手扔向凌亂底衣堆。

顯然他已經藉「現代」科技的「衛生」（保險），擺脫了傳統宗教的「禁忌」。有趣的是「禁忌」或「衛生」都是透過英文來表達與標示，顯現的正都是西方（現代）文明的產物。（這不也正是一種全盤西化的「現代」教育的結果嗎？）

還在讀女中的妹妹林洵，並沒有如林邵泉所希望的停格在「小妹妹」的狀態，她亦受了朋友底煽誘，借了朋友底舞衣，「一件大敞領底上裝，一條榴火紅底疊裙」，「參加了她生平第一次底舞會」，因著「性意識」的醒覺和初嘗與異性的接觸而「跌落在夢境裡」。這篇小說對「性」的歡悅的態度，正與〈最快樂的事〉截然相反。

「現代」小說裡的這種「性」不再被視為是「禁忌」的現象，亦可由寫為了犯「性」的「禁忌」

而自殺〈我的弟弟康雄〉的陳映真，後來則寫出輪轉於詩人于舟、存在主義者胖子老莫、新實證論者羅大頭諸情人，再先嫁任職美國機械公司的留美工程碩士喬治・H・D・周，隨即離婚再嫁軍火公司主持研究計構的物理學博士的〈唐倩的喜劇〉，不但皆提及他們的床笫之事，並且令唐倩發現：「知識分子的性生活裡的那種令人恐怖和焦燥不安的非人化的性質，無不是由於深在他們的心靈中的某一種無能和去勢的懼怖感所產生的。」甚至藉「性」嘲諷了知識分子的「無能」。

白先勇〈謫仙怨〉中的黃鳳儀留學紐約，遭遇男友背叛，念不成學位，終至成了吧女，但她並未像〈芝加哥之死〉的吳漢魂的因為對無愛之「性」的厭惡與罪孽感而想死，反而體會到了：「湮沒在這個成千萬人的大城中，我覺得得到了真正的自由：一種獨來獨往，無人理會的自由」，因而得以微妙的投入她所扮演的新角色。同時一反〈寂寞的十七歲〉表現的對於同性間「性」行為的罪疚與惶惑的感覺；白先勇先在〈滿天裡亮晶晶的星星〉裡讓新公園裡的男同性戀團體狂野的自稱：「我們是祭春教！」，而敘寫其「教主」在男同性戀圈子內外淪落的故事。後來又以男同性戀圈子為其題材背景，寫出了他的長篇名著《孽子》，雖然頗具成長小說的形式，但其實是以「無愧」，甚至「自然」的態度，描寫了男同性戀圈子裡的情慾「現實」與「神話」。

到了王禎和的長篇小說《美人圖》中婚姻外的男女，甚至同性間的「性」行為，幾乎就是日常生活中的「常態」。而另一個長篇《玫瑰玫瑰我愛你》中色情行業，竟然成了國際戰爭與政治經濟的一部分。包括了教師、牧師、醫師、律師等知識分子都來共襄盛舉，一起參與將土娼作國際化之改造的大業，真是「春城無處不飛花」了。「性」因此就具有國際資本主義的投資、生產與消費的意涵；它成了「事業」，怎能還是「禁忌」呢！

六、倫理序位的「大風吹」

經由對孫文思想的闡揚，在蔣中正的大力提倡下，臺灣曾有一度以教「孝」（隱含著教「忠」）等形式強調傳統文化的「倫理」。雖然不便再明目張膽的提倡「三綱五常」，但這種「倫理」其實就是一種以家族為名，以父權為實，作為其基礎核心，加以擴大解釋，所形成之上下優先序位的堅信與固守。（終身職的總統因此成了全國的大家長，理當受到全民的愛戴。）這自然與「現代性」的思維，不論是「科學」與「民主」，或資本不斷運轉、技術不斷創新之現代市場經濟，皆有其內在的差異與矛盾。

臺灣的「現代」小說家們未必立意顛覆傳統的「倫理」序位與體系，當他們真誠的面對逐漸「現代化」了的日常生活，他們遂遭遇到了時代所蘊釀的「大風吹」情境，透過他的感受與反省，終究在他們的小說中反映了，現實上早已形成的「倫理」序位的滑動、變易甚至顛倒。

七等生的〈我愛黑眼珠〉，在發表時引發了不少的爭議。這些爭議的底層其是傳統的「親疏有別」，具有固定「名分」的倫理關係是否足以規範我們「循名責實」的永遠不顧身處的特殊情境加以信守；例如夫妻「離散」數十年，生死未卜，能否重新相會皆未可知，雙方是否仍有「守貞」或「慎獨」的義務，而不可對別人發生任何的「情感」，（即使只是同情）。也就是「綱常」倫理，可否因

「情境」而鬆動，特別在彼此並無不可移除「血緣」關係的「夫妻」間；以及雖然仍是困難重重，但在高度「流動」與「離散」的「現代」社會，是否某種「情境」倫理，或許是一種更加適宜的立身處世的準則。

小說的主角李龍第在城裡與妻子走失之後，遇到一場突如其來的水災，他的第一個思維的結論竟是：「人的存在便是在現在中自己與環境的關係，在這樣的境況中，我能首先辨識自己，選擇自己和愛我自己嗎？」顯然是一種極端簡化，以自己為中心的「存在」思維。但他還是拯救了一名虛弱的陌生女子上屋頂避難，因她昏迷而摟抱著她。同時開始以照顧這位生病的女子為「我現在的責任」，因而拒絕承認他與出現在對面屋脊妻子的任何關係。因為他以為：「我必須選擇，我必須負起我做人的條件」，「我須負起一件使我感到存在的榮耀之責任」。

他為了與妻子之間，因水災所形成的「鴻溝」而自覺「不再是你具體的丈夫」，所以刻意加以漠視，甚至對於妻子的呼喚，以一種普遍化的命題：「人往往如此無恥，不斷地拿往事來欺詐現在。為什麼人在每一個現在中不能企求新的生活意義呢？」來在心中加以回絕。這種思維正是一種「不連續」，視每個時間點，皆斷裂成為一種「孤絕」而約略可以視為是獨立自足的情境，基本上正是那種萍水相逢，並且也不想發展出任何長遠關係的陌生人之間的應對行事。

有趣的是李龍第將這種斷絕的「情境」與暫時的「應對」絕對化，並且列為最大的優先，甚至不惜傷害至少他聲稱為「所愛的人」與「想念」的妻子，終至使她因想泅水過來而被水流沖走。為此他甚至分裂出另一重「副人格」，而自稱「亞茲別」，他抱著這位後來知道是在城裡做妓女的女人直到水退，送她去火車站，並把妻子的雨衣與原要買給妻子的鮮花送她作別。整個故事具有相當的複雜性，李龍第的人格分裂與蠢蠢欲動的男性自尊，（因為他是妻子工作來養活的），尤其值得玩味。

但是他把偶然邂逅的關係提昇到超越夫妻的倫常與情份之上，正是對於「親疏之別」的顛覆。當「流動」與「離散」成為現代雙薪工作夫妻常見的形態與處境時，我們亦不能說他們的故事，純屬水災似的偶發事件或個人特殊意理扭曲下的怪誕行為。這裡所隱藏的正是經常處於無法長期同居或共同生活下的夫妻或男女的典型困局。內戰固然會形成這種困局，但「現代」社會以全球為其經營規模的企業或知識體系，亦一樣的製造這種早已司空見慣的困局。

王禎和的〈嫁粧一牛車〉，若只看題目，頗似回歸「牛車時代」的鄉土小說，但以時代而論，雖然還在頂牛車運貨，卻未必那麼「前現代」，因為主角萬發的八分耳聾是逃空襲中，不得已找婦科醫生治療的結果。鹿港來的第二男主角姓簡底是個「成衣販子」，所以「生意似乎欣發得很」，經濟力一直優於趕牛車的主角萬發；女主角阿好亦會「套了一件龐寬得異常底洋裝」，「外國質料底」，「胸口有似鎖底裝飾品當中懸起，串在一條白鐵鍊上；小腹底部位也有這樣底裝飾」，這裡跟二次大戰，近代的專科化醫學，以及機器化生產，資本主義經營，甚至國際化的貨物流通與現代衣飾的跨國流行都有關連。

尤其刻意引用Henry James, *The Portrait of Lady*中的一段英文的引文，至少顯示作者或敘事者是以國際視野來看待這個事件，經濟、文化情況或許有別，但二男一女之類的糾葛共生，卻是全世界皆可能發生的困局，尤其既牽涉到男女情愛，又關連到經濟社會壓力，亨利・詹姆士的小說世界中亦所在多有。若再注意其行文語言的嬉笑嘲諷，例如去林姓底醫院謀職，「羞上來，阿好肚內二氧化炭越是平平仄仄，仄平平得不可收拾，詩興大發相似。工作自然也給屁丟了！」，同時用了二氧化炭的化學術語與律詩的格律來形容阿好放屁，原來用的就不是鄉土語言，諷刺的更未必只是阿好而已。

因而這居住在墳場附近的一家子加上一個外鄉人，自然都是社會的邊緣人，並且不斷的因女主角的外遇而受到嘲笑鄙夷。但當萬發因牛車撞死小孩的事故入獄。阿好並沒有訴請離婚，反而以由姓簡底頂一臺牛車給萬發，而且每週一次送瓶啤酒著他晚間到料理店享用，而達成了三人同居的協議。正如小說中所說的：「總是七天裡送一次酒，從不多一回，姓簡底保健知識也相當有一些底哩！」這種安排幾乎就是每週休假一日，「現代」的工作「理性」的表現。自然這亦是對於一夫一妻或夫為妻綱之傳統倫範的顛覆。非婚男女長期同居而一起養家活口的境遇，亦見於王禎和的〈來春姨悲秋〉等篇，婚姻與人倫都受到質疑。

黃春明的〈兒子的大玩偶〉，從題目看就已經很顛覆了。〈鐵漿〉裡的孟昭有雖說拚死為的自然是掙家業給兒子，但心中掙扎的還是對不爭氣父親的恨意，他要強爺勝祖。雖然執迷得近乎悲壯，終究還是父權文化的產物。不再以「父親」為認同的對象，或者以「父執」輩的價值信念為規範，正是這篇小說內容的「現代」性之所在。在小說中，對於主角坤樹而言，「父親」是缺席的；但有一位父輩價值的代理人：「大伯父」。對大伯父而言，坤樹作Sandwich man的工作，是「人不像人，鬼不像鬼」，是令親族蒙羞，「像什麼鬼樣子」的「現世」。但就坤樹夫婦而言，這是一份「小孩子不要打掉了」，使得他們得以擁有兒子阿龍之意義重大的工作。

坤樹為自己發明出這項工作的靈感，竟是在教會門口所看的巡迴電影。自然這是一部遠方異國的電影。他亦是向新開的電影院老闆作的提議。他的「把上演的消息帶到每一個人的面前」的工作，使他「從天亮到夜晚，小鎮裡的大街小巷，那得走上幾十趟，每天同樣的繞圈子」，而且他還得準時：

看看人家的鐘，也快三點十五分了。他得趕到火車站和那一班從北來的旅客沖到照面；這都是和老闆事先訂的約，例如在工廠下班，中學放學等等都得去和人潮沖個照面。

電影、廣告、時鐘、火車、工廠、學校、人潮……雖然是個「小鎮」，但卻已是「現代」化了的世界，並不就是傳統意義下的「鄉土社會」[12]。（若硬要稱呼這篇為「鄉土」小說，這裡的「鄉土」應是另有取義。）坤樹的自創新業，其實可以算是「小鎮」進一步「現代」化的過程之一，因為他提供的就是「資訊」。

坤樹在這份工作中所作的裝扮：臉上塗白粉、貼小鬍子、戴頂端有羽毛的圓筒高帽，十九世紀歐洲軍官模樣的衣服，面無表情，木偶般走路的姿態，使得街童們一直對工作中的他保持興趣，至於永遠只看到上了粧坤樹的兒子阿龍，更是：「他喜歡你這般打扮作鬼臉，那還用說，你是他的大玩偶」。坤樹顯然認同於「我是阿龍的大玩偶」的角色。當他將因為電影院改用三輪車宣傳，而不需再作上述打扮，想抱阿龍卻惹得阿龍大哭想要掙脫，達到了小說的高潮：他「取出粉塊，深深望著鏡子，慢慢的把臉塗抹起來」。在小說因姚一葦先生的建議而修改之前，它最原始的版本，是結束在回應妻子的詢問：

「我，」因為抑制著什麼的原因，坤樹的話有點顫然：「我要阿龍，認出我……」

非常明顯的強調出他作為「兒子的大玩偶」的「自我」認同。這種認同正好是老萊子綵衣娛親的逆反。生命的意義與價值，不再是由一個人的父母，反而是由他（或她）的子女，來賦予，這種奇妙的逆轉現象，不但見於〈兒子的大玩偶〉；也見於〈看海的日子〉。反映的不僅是黃春明個人的情懷，事實上也正是整個社會、時代在科技與知識不斷推陳出新所影響下，逐漸習慣於朝「未來」而非朝「過去」觀看的結果。加上整個社會階層的升遷，現代知識與學校教育幾乎就是必要條件，父母漸漸只能提供生養的經濟支援，未必就具有指導的能力，對於像梅子或坤樹這種社會底層的人們，孩子反而是生命中僅有的希望與意義。是以坤樹「看到每一個中學生的書包，漲得鼓鼓的，心裡由衷的敬佩。」而不免興發了以下感想：

（我們有三代人沒讀過書了。阿龍總不至於吧！就怕他不長進。聽說註冊需要很多錢哪！他們真是幸運的一群！）

由於知識與教育在社會升遷上的重要性，因而白先勇《孽子》中的李青，因在學校發生淫猥行為被勒令退學，失去了進一步保送軍校的機會，就使得從前在大陸當過團長的老父，要拿起昔日的自衛手槍，悲憤的將他逐出家門。王文興《家變》中的范曄，則因日漸成長，所受的教育與知識視野漸漸高過父親，因而對父親由崇拜而漸至鄙夷，終至惡顏相待，致使他離家出走。雖然經過懺悔的尋索，但終究沒有結果，也就安之若素了。

故事繁簡有異，但「父親」真正的功能，終究除了支付生活費與學費之外，只是陪伴「兒子」成長的過程有用，長大了之後就不需要的「大玩偶」。這裡老子的「功成身退，天之道」的道家智慧，反而要比五世同堂的儒家理想，更切合時代的現實。「大風吹」的遊戲，正亦反映了類似的智慧。

七、結論：一些「形式」上的特徵

臺灣的「現代主義」小說，興起在世界大戰與內戰之後，恰逢臺灣自覺的努力尋求「現代」化之際，一方面政治社會的大震盪已經逐漸塵埃落定；一方面社會的進一步工業化、國際化、經貿化正如火如荼的加速的進行中，（這就是通常稱之為「經濟起飛」的現象）：這都導至傳統的信念與價值體系，從基礎上動搖，但又有相當的承平與餘裕，或者痛定思痛，或者展望未來，可以說是一個整頓盤點，基本價值重估的年代，小說家們也參與了這個大反思的行列，對「現代」性之逐步加深的社會現象作了反映和評估。但特殊的是他們所採取的並非五四以降的「寫實主義」形式，而是一種融合了中西文學傳統的特殊的「現代主義」形式。

臺灣的「現代主義」小說，在寫作技巧，文體形式上的一些特點，自夏濟安、葉維廉、歐陽子[13]諸先生以降皆有許多的闡發，這裡只補充幾點顯而易見的觀察：首先是「敘事」之際的「文字」表現往往重於「情節」構作的因果關連。小說家們並不再意圖呈示人類命運的內在因果。小說家與讀者一樣對於人類在「現代」世界的命運，深覺迷惘與茫然。這一方面跟他們寫作這些作品時其實都很年輕有關；另一方面則是人類知識的增進與累積已經繁富、爆發到：許多問題，只有少數長期研究的專家方能有置喙的餘地。因而小說家已經欠缺足夠的能力與知識來深入而正確的反映世界。因而寫作也越來越變得專業化，語言世界的構設或優美感性的文字表現方面的考量也就漸漸多於對世界內在因果的探求。

這使得「現代」小說家在寫作策略上向廣義的抒情詩人偏斜，因為外在世界的因果固然不明；但是發生在周圍人們身上的事件與結果，卻依然衝擊著我們的心靈，引發出種種的感受：而那種衝擊與那些感受，至少對我們而言，是絕對的「真實」。例如：王文興〈欠缺〉中的主角，不論是在十一歲那年；或者日後追述初戀的他，未必就能完全掌握此一由「愛上」到「失戀」事件的意義，他只是坐在屋頂上望著曾是他所私慕卻捲款逃離婦人的裁縫店，思潮起伏：

暮靄已漸漸的合上了同安街，人家的煙囪頂已繚起了淡白的炊煙，我發覺眼前的景緻漸漸地模糊了，原來我的眼中盛滿了盈盈的淚水。

啊，少年，也許那時我悲傷的不純是一個女人的失望我，而是因為感悲於發現生命中有一種甚

> 麼存在欺騙了我，而且長久的欺騙我，發現的悲傷和忿怒使我不能自已。
>
> 自那一天以後，彷彿我多懂了一些甚麼，我新曉得了生活中攙雜有「欠缺」這回事，同時曉得以後還需面對更多「欠缺」的來臨。

其實「欺騙」除了「欠缺」真實，與生活中攙雜有「欠缺」，根本是完全不同層次的兩回事，他所迷戀的婦人有「一張美麗而慈善的臉」卻是一個倒會捲逃的人，此一事實並不必然得出「生活中攙雜有『欠缺』」，因為這個婦人即使保有全部的美德，但卻突然的在他的生活中消失，例如搬家或死亡，亦一樣的可以使他感覺「欠缺」，因而這裡所陳述的只是一種「對我為真」的主觀性或個人性的「信念」，雖然具有此種「信念」的人，亦可以把它當「真理」來信守。

因而透過個體經驗的描摹，抒發這種「對我為真」的「主觀的真理」，反而是「現代」主義小說家的真正工作。是以這種主體性真理的抒發闡明與優美感人靈巧生動的文字表現，終於是一切文學家，不論是詩人或是小說家，都所擅長優為的技藝了；自然也是我們肯認為文藝作家或作品的基本界定了。因而古典的「文」與「筆」或者說「抒情文類」與「敘事文類」的文體區分的界限就消泯或模糊了，像〈黎明列車〉或〈母親〉之類的作品，我們幾乎難以區分到底是：詩？散文詩？散文？小說？電影劇本？許多形式上的試驗，其實就是在此基礎上，作文類的跨越與併合罷了。

「主觀的真實」，正如唐人崔護的題詩：「去年今日此門中，桃花人面相映紅；人面不知何處去？桃花依舊笑春風！」其中的不言自喻的惆悵與寓意，正來自今昔的對比，同一個地點，同一個節候時日，甚至同一種景象：門中桃花盛開，但伊人眇然不復可見。只有透過平行並列，然後方能知道有所「欠缺」，而經由這種「欠缺」，無盡的失落與懷思方始滋生……。

但這種「平行並列」事實上只發生在我們內在的記憶所形成的心理空間，詩意的書寫可以因其簡約精鍊而達到這種「空間性」的對比表現。但真正的「空間性」其實根源於我們經由記憶所形成的經驗的深層結構，現在經歷的屬於「表層結構」的種種經驗與現象，就因其與此一深層結構關聯，方才產生現象與現象，經驗與經驗的「平行並列」，而在迴還映照中同時獲得了意義。猶如：「昔我往矣，楊柳依依」的記憶，必得「今我來思，雨雪霏霏」的遭遇而其義忽顯；「今我來思，雨雪霏霏」原只是「眼前景」，但貼入「昔我往矣，楊柳依依」[14]的記憶中，則征戍的辛酸意涵不言盡出。

臺灣的「現代主義」小說，大抵都透過「眼前景」的「現在」時間中的相對簡單的事件，而喚起更為長遠複雜相關近似的「過去」事件之記憶的浮現，而終於在兩者的平行並列中，作者讓人物或我們窺見經驗的完整意義或象徵性的全貌，因而得以了悟其「個人的真理」或採行更為深入真諦的得體行為。但這些小說人物，他們所信靠的「個人真理」卻常是暴虐的，他們或因無法解決其理想與現實的矛盾，慾望與德操的衝突，或者以自甘墮落的方式求存或倖存；或者只有陷入瘋狂或清醒卻走向了自殘之途，不論何者反映的都是一種深切的道德危機。

當他們是瘋狂或者自殘時，他們往往無法擔負起敘事者的任務，但許多小說又仍採第一人稱敘事，結果就是由一些「置身事外」（一樣面對相同時代處境，卻以某種「置身事外」的態度，來觀看主角所面對的處境），因而針對主角的「個人的真實與抉擇」而言，他們往往是不可靠的敘事者。但當身為故事主角的他們，得以勝任敘事者時，他們往往不是倖存者，即是自甘墮落或轉而採取以道德或人生的「低標」而生存，這也未必就是作者所要完全贊同的真義，因而他們大抵也都是不可靠的敘事者。一群不可靠的敘事者所敘述的人物與故事，我們所面對的又是一種怎麼樣的「世界」，怎麼樣的「小說」呢？

因而臺灣的現代主義小說，往往表現的正是一個深沉的道德質疑：在這充滿「暴戾」與「衝突」，「離散」與「斷裂」的「現代」世界，完整的「善」還是可能的嗎？人類真能一無「欠缺」與「遺憾」的生存嗎？或是我們終究都會「曉得以後還需要面對更多『欠缺』的來臨」；而能夠以優美的文字與意象來表達它們，或思索它們，就是我們唯一的救贖？

註釋

1 夏氏的相關引句，見〈評彭歌的「落月」兼論現代小說〉，《夏濟安選集》，頁四五，臺北志文出版社，一九七一。

2 見葉維廉《中國現代小說的風貌》，頁四，臺北晨鐘出版社，一九七〇。

3 見仝上註，頁一五。

4 見劉真如譯《下一個社會》，頁二五—二九，臺北商周出版社，二〇〇二。

5 以上二引句，見黃宗羲《明夷待訪錄‧原君》，黃氏原以此詮釋「帝王」思想的根源，但其實是遍及封建社會各級階層的「家族」本位，也就是所謂「世家」的思想。

6 取自Peter F. Drucker, 1968的書名，該書有兩種中譯，另有譯為「斷絕的時代」者，此處採用的是張心漪的譯名。

7 該篇亦曾與〈海濱聖母節〉等六篇，以《龍天樓》為名，由文星書店收入文星叢刊，二五九，於一九六七單行出版。

8 見《老子》第五章。

9 以「雲中露一爪一鱗」見「神龍」之「屈伸變化」的神韻詩學，請參見趙執信《談龍錄》中所錄王漁洋等人的討論。

10 此處借用沙特的劇本之中英譯名，該劇以一中產階層人家的客廳為場景，但卻以此代表「地獄」。

11 此處借用尤尼斯可名劇《犀牛》之寓意。

12 參考費孝通《鄉土中國》。

13 參見歐陽子：《王謝堂前的燕子》，臺北爾雅出版社，一九七六。

14 引句見《詩經．小雅．采薇》。

參・專論

情慾與流離
——論白先勇小說的戲劇張力

一、引言

即使不是一個佛洛依德學派，人們也都知道「情慾」在人類生活中的重要性。因為這恰好是人們可以自證自知的經驗，甚至是先驗的，知識。事實上正因為它太重要，對人的影響太強烈，每個文化都要設法加以控制，因而發展出種種的禮教之防的設計。其中之一，是「存而不論」，以「忌諱」的方式，避免談到它，或者假裝它並不存在，或者即使存在，也並不重要。在意它或者竟是耽溺它的人，只證明了他（或她；尤其是她）的人格的卑下，近於「禽獸」，甚至「禽獸不如」。因此，白娘子必然是蛇，〈任氏傳〉的任氏當然是狐；崔鶯鶯在遭負心漢始亂終棄之餘，還要被對方說成「妖孽」。

六〇年代崛起的「現代」小說家們，在反映他們迥異於傳統的「現代性」之一，就是並非寫作「色情小說」，但卻以極為嚴肅的態度來面對人類的「情慾」現象。王文興的〈母親〉，寫小孩貓耳在窺視鄰居吳小姐的裸體中得到性愛的啟蒙；《寒流》，寫十三歲的孩子黃國華，不惜以裸露在寒流中來對抗裸女畫所喚醒的性衝動。[1]陳映真則在〈我的弟弟康雄〉[2]中，將情慾與罪惡感連結，成了康雄自殺的緣由；在《唐倩的喜劇》[3]中，嘲諷所有當時流行的哲學都抵擋不住女性的誘惑，甚至只成了上牀的媒介。王禎和的〈嫁妝一牛車〉[4]，則以情慾為主軸，在迹近黑色喜劇的嘲弄中，建構起萬發、阿好和姓簡底兩男一女的尷尬共生關係。即使是女性作家的歐陽子，也在〈魔女〉[5]中透過倩如和媽媽的糾葛，宣佈了相夫教子賢妻良母神話的破滅，而要凸顯女性情慾自我的一面。對於「情慾」現象的持續的關注，更是白先勇小說的一貫特色。

但在白先勇小說中，「情慾」往往與「流離」的情境糾結，形成了一種難解難分的關連，成為一種互證互補的戲劇性張力。這裡所謂的「流離」情境：一方面如《辭海》所謂：「謂轉徙離散不得所也」，強調的既是「轉徙」的「流」與「離散」的「離」所造成的處境；因而也就是「不得所也」，隱含的「失所」的心情。另一方面與「現代性」相關的，則是世界大戰以及戰後新局勢所導致的全球性的人員流動。這剛好也是前述所謂「現代」作家們所關切的大題目：王文興寫了〈龍天樓〉[6]，很沈重的讓一群山西的抗日英雄在臺中重聚，歷述他們各自在國共內戰中浩劫餘生的往事。陳映真則在〈第一件差事〉[7]中，追敘了自殺的主角胡心保逃難流亡來臺的心路歷程；在〈鄉村的教師〉[8]中，以在婆羅洲作戰時吃過人心的主角吳錦翔之自殺，喻示了戰爭與戰後經驗的斷裂，無法銜接。黃春明亦在〈甘庚伯的黃昏〉[9]，藉甘庚伯每日仍得面對他那前往南洋參戰倖還，但卻發瘋了的兒子，阿興的各種狂態，喻示大戰的傷害，並未因戰爭結束而停息。

戰爭，以及因戰爭所造成的大量人口的「流離」，是人類歷史古已有之的常見現象。但便捷的陸海空交通科技的發展，促使不但全球商旅或遷徙成為常事；其實也是世界大戰所以產生的科技基礎：就在這一點而言，世界大戰與其後續戰事所造成的「流離」，就反映了「現代」的特殊癥候。

當然另外的「現代」性的「流離」癥候，還包括：海外留學或「學留」成為常態，多國公司與全球商務和金融之下所產生的人員「離散」現象；以及日益都市化所形成的大量鄉村人口的往都市流動，並且在此流動中飽嘗失根的滋味。因而，所謂「鄉土」的作品，如黃春明的〈兩個油漆匠〉[10]，其實反映的反而是這種「現代」性的城鄉「流離」。白先勇的主要系列作品或名為「紐約客」，或稱為「臺北人」；甚至以留美學成學生之自殺為題材的小說，都要定位為〈芝加哥之死〉，再加上〈香港——一九六〇〉[11]；白先勇小說的「現在」場景，始終不脫離臺北、上海、香港、紐約、芝加哥等大都會或其外圍的郊區，其實都不是偶然的。撇開自傳因素，它們共同涵蘊的深層文化意涵正是：這皆反映的是典型的「現代」經驗。

就在這種「現代」性的「流離」處境中，「情慾」對於一般不能有什麼大作為的大都會小市民而言，就具有了他們生命中舉足輕重的意義，因為這往往是他們所唯一能夠體驗或掌握的真實。終究他們對於必然導致他們自身或他人「流離」的外在環境，大抵皆沒有太大的掌控或抵抗的能力。因此，他們或者壓抑自身的「情慾」以配合「流離」的情境；或者在「情慾」上，以小小的放縱、墮落與自我的崩潰或隕滅來報復他們的「流離」情境。另外則是，或者基於同病相憐的情懷，對於身旁經過的「流離」難友，施以或深或淺的同情，以至或大或小的援助，以作為一種或有益或無益的反擊。「因為必然／因為命運是絕對的跋扈」[12]：誰又能真正舉螳臂而阻擋「現代」世界的「流離」巨輪？

二、「謫仙」的主題

白先勇的短篇小說，最早曾先後於民國五十六年及五十七年，各以《謫仙記》與《遊園驚夢》的書名，結集單行出版。當然書名取自集中一篇的篇名，是當時具「現代」傾向小說家的共同作法。但是很少有像白先勇的這兩個書名，在其象徵意涵的層次上，那麼對於其他各篇的主題與形式，具有一種全面的涵蓋性的。[13]雖然白先勇在五十八年的《現代文學》三十七期上又發表了〈謫仙怨〉，因而「謫仙」[14]在白先勇的小說中可能具有較為具體的「去國淪落」的特殊意涵，但其中由「謫」所喻示的「流離」命運，再加於原本是遊戲逍遙，自在自由的「仙」之上，就不但具有了「流水落花春去也，天上人間」[15]之沉淪的象徵意蘊；而且更是喻示了，由「少年不識愁滋味，愛上層樓，愛上層樓，為賦新詞強說愁」到「而今識盡愁滋味，欲說還休，欲說還休，卻道天涼好個秋」[16]的心理轉化。因此在白先勇的小說中，「謫仙」不但有歷經生離死別的「記」；而且還要有欲說還休，顧左右言他的「怨」。

我們仔細的審視白先勇的短篇小說，幾乎見不到那一篇的結局，是其主人公由較低劣的處境昇揚到較高優的處境。本來〈芝加哥之死〉中的吳漢魂，由六年苦學而終於獲得博士學位，應該是一種上昇的「喜劇」情境，白先勇竟然替他安排的是投水而死的結局。相同的，沒有必然卻導致投水而死的結局，還有〈謫仙記〉的李彤、〈黑虹〉的耿素棠，與〈那片血一般紅的杜鵑花〉的王雄，另外〈青春〉中的老畫家沒有溺死在海裡，卻乾斃在海濱的岩石上。故事結局是死亡的，還有〈金大奶奶〉裡金大奶奶的飲藥自殺，〈玉卿嫂〉中玉卿嫂與慶生的強迫殉情，〈花橋榮記〉不但描寫一群廣西老鄉的各別死於非命，而且主角盧先生也終於因「心臟痲痺」而死。牽涉到死亡與喪事的則有〈月夢〉，〈小陽春〉，〈永遠的尹雪豔〉，〈一把青〉，〈梁父吟〉，〈國葬〉等篇，憶及死者而充滿傷逝情懷的則有〈思舊賦〉，〈孤戀花〉，〈秋思〉，〈冬夜〉等篇。同樣屢見不鮮的是發瘋的狀態或瘋掉了的結局：〈孤戀花〉的娟娟在不堪凌虐下殺死柯老雄後「完全瘋掉了」，〈我們看菊花去〉中的姐姐，以及〈思舊賦〉中的少爺，則早已處於發瘋的狀態。這種不斷的出現死亡或瘋狂的景象與結局，正反映了白先勇所構設的其實是一個「悲情」的小說世界。

因而，他的「謫仙」並不襯托「高逸」[17]；強調的反而是慘烈的沉淪。但是李白作為「謫仙」的形象，他最後「著宮錦袍，遊采石江中，傲然自得，旁若無人，因醉入水中捉月而死」[18]以及「世俗多言李白在當塗采石，因醉泛舟於江，見月影俯而取之，遂溺死，故其地有捉月臺」[19]的傳說，卻一再的成為白先勇小說人物之終局命運的原型：「月」的美夢，後來不但在驚醒之餘成了泡「影」，往往也導致了相關人物在其追求之餘，徒然步向「流離」的命運，甚或走向沈淪與死亡。在《謫仙記》裡，李彤一如柳宗元〈李赤傳〉裡的李赤，不但名字上影射李白，而且她和同伴就讀且畢業於威士禮的種種風光，卻在內戰之後，只剩下了痛飲、狂舞、豪賭的行徑（現代版的「痛飲狂歌空度日，飛揚跋扈為誰雄」[20]？），一直未能接受平凡的婚姻機會，卻男伴不斷掉換，終於以「在威尼斯遊河跳水自殺了」，而結束了她的一事無成，除了「打開她的公寓，幾櫃子的衣服」以外，一無所有的一生。

在《謫仙怨》裡，黃鳳儀舉債出國留學，來到「年青人的**天堂**」的美國，「**湮沒**在（紐約）這個成千萬人的大城中」，「覺得得到了真正的自由：一種獨來獨往，無人理會的自由」（神仙的逍遙？），但事實上她的「捉月」美夢，卻因男友一時衝動和人發生性關係，而導致她不但婚姻學業兩頭落空，竟然淪為以諢號「蒙古公主」販賣色情的酒吧女郎。（成了〈遊仙窟〉裡的「神仙」？）而〈黑虹〉中離家出走的耿素棠，「需要的是真正的愛撫，那種使得她顫抖流淚的愛撫」，卻在與陌生人的一夜外遇之後，沾染了自覺必須洗掉的氣味，於是她步入碧潭的水裡，在吊橋之下：

> 她看見霧裡漸漸現出了一拱黑色的虹來，好低好低，正正跨在她頭上一樣，她將手伸出水面，想去撈住它，潭水慢慢冒過了她的頭頂……

刻畫的正是另一種「撈月而死」的結局。這裡一拱黑虹的意象，自然是一彎明月的變形。

此外，透過「水」、「月」來象徵「情慾」、「夢想」與「死亡」的關連，亦見於〈月夢〉中：主角吳鐘英與少年靜思，在湧翠湖月圓之夜，因携手投入湖中游泳而激引並發生了同性的情愛行為，但也因此導致靜思感染肺炎死去。這一段驚心動魄的經歷，遂成為吳鐘英即使在成為醫師之後仍然不斷尋覓，且以大理石立像來永遠追憶，而又永遠無法獲得實現的夢想：

> 吳醫師朝著水池那邊走了過去，乳白的水霧飄到了他的臉上來。在霧氣中，他恍恍惚惚看到那座秀美的石像，往外伸出手，好像要去捕捉那個快要鑽進雲霧裡去的大月亮。

兩篇中一再出現的：「潭水面上，低低的壓著一層灰霧」、「霧裡」；「水霧」、「霧氣」、「雲霧裡」，顯然都是一種「影」的暗示。「霧裡看花」遂與「水中撈月」成為互補的母題，共同象徵的正是「假作真時真亦假，無為有處有還無」[21]的虛妄與迷執；因而也正是將「謫仙」「捉月」的主題，轉向了「癡男怨女，可憐風月債難酬」，人類所無法勘破的「孽海情天」[22]的方向。白先勇後來將他的長篇小說命名為「孽子」，也自有其深遠的根由。

他所要書寫的正是「堪歎古今情不盡」的「現代」型態。這種型態的特質，正反映在古今不易的風月之情，卻又和「現代」世界裡所顯現的另一種「厚地高天」與山長水遠，也就是在國際政經情勢下所形成的各別時空與生活世界的截然不同，卻又並存而錯綜交織於人們的生活現實與心靈意識裡，因此也就往往形成一種若非「流離」，即為「離散」的根本處境，交磨相切糾葛難分。因而只要具任何有關遠方的「夢想」，即使未曾「流離」，亦可以「感斯人言，是夕始覺有遷謫意」[23]。

因此，在〈那晚的月光〉裡，「那晚的月色太清亮了，像一片陰藍的湖水」所引發的「情慾」，並沒有導致「死亡」，卻造成了新生命的太早孕育。主角李飛雲，只好放棄他的出國，到M. I. T.唸理論物理，成為一個大科學家的「夢想」，辜負了他的鵬程萬里：「飛雲」的命名（本性？初衷？）。當他在畢業考之後，和準備出國的同學們遊完校園，並在餐聚中，憶起昔日高談的志趣，在悵然若失之餘回來，亦只有安慰下個月即將臨盆，已呈蠟黃浮腫的同居女友余燕翼說：「別難過啦，……我們等會兒一同去看新生的鴛鴦夢」，勉強接受「落花人獨立，微雨燕雙飛」[24]的命運與現實。

在這些作品裡，我們正看到「情慾」在現代世界裡的弔詭處境，一方面開闊寬廣的國際流動的空間，不但使「流離」格外遙遠，而且使得「離散」成為一種渴望與誘惑；另一方面則是現代都市的高度流動，龍蛇雜處，任何陌生人之間，亦可激發出立即而短暫，一拍即合的「情慾」。結論似乎正是李飛雲，在知悉好友「陳錫麟和黃靜娟好了兩年，黃靜娟到了美國就和陳錫麟疏遠了」，以至「漸漸淡淡下來了」之餘的感慨：「人真靠不住，」或許這正是白先勇小說中的戲劇性焦點：人類的脆弱，不論是生理上、情性上、或命運、處境上的，通過了「情慾」的窄門，所有的「仙」，都註定了要「謫」遷！

三、「遊園驚夢」的敘事結構

「遊園驚夢」這個篇名，不但在全部《臺北人》完成前，被選為短篇小說集的書名；並且事實上，在《臺北人》出版[25]後十一年，當喬志高編、白先勇和 Patia Yasin 合譯的英譯本出版時，仍採 *Wandering in the Garden, Waking from a Dream* 作為這個小說集的書名。喬志高在編者序上強調：「〈遊園驚夢〉在許多方面都是白先勇風格的最佳代表」；「(《牡丹亭》) 這一段戲文加上錢夫人內在意識裡對往事的追憶，加上她對自己目前處境的感受交織而成的高潮，也便是所有《臺北人》故事的共同主題」[26]

正如《臺北人》一書的創作構想多少有受到喬埃斯《都柏林人》影響的痕迹；白先勇〈遊園驚夢〉的自湯顯祖《牡丹亭》取得祕響旁通之畫龍點睛的效果，亦多少近似喬埃斯《尤利西斯》的取徑於荷馬史詩《奧德賽》，雖然更有寫實背景的說服力，因為主角錢夫人原是擅唱「遊園」「驚夢」的名角；小說中亦正在進行「遊園」「驚夢」的清唱。但透過「遊園」「驚夢」之清唱所映照出來的古典／現代、過去／現在的相互對比下的情何以堪的今昔之感，一如《臺北人》書前引述的劉禹錫〈烏衣巷〉一詩，不僅是《臺北人》系列中各篇的共同主題；其實湯顯祖筆下的「遊園」與「驚夢」之組合、對比與逆轉，根本就可以說是《紅樓夢》[27]，以至於白先勇絕大部分小說中詩意結構的原型。

「遊園」「驚夢」原為《牡丹亭》的第十齣〈驚夢〉的兩段，但「由於在舞臺上演出時太長，便分為兩段，前段（『遊園』）專演杜麗娘和侍女春香遊後花園時載歌載舞的情況，後段（『驚夢』）專演麗娘入睡時與書生柳夢梅在夢中的歡樂時光」[28]，以至它的驟然驚醒。當第十齣的〈驚夢〉被分為兩段，而各以「遊園」和「驚夢」專稱時[29]，其實更凸顯了杜麗娘在其間所經歷的經驗轉換：由「一生兒愛好是天然」，天真的賞花尋春，到「情慾」自我的完全醒覺與初度體驗。因此，前者是以天真未鑿的心情來探索這個「姹紫嫣紅開遍」的花花世界；後者則是在「沒亂裏春情難遣」中，體驗到了「如花美眷，似水流年」的幸福，卻又遭遇「雨香雲片，纔到夢兒邊，無奈高堂，喚醒紗窗睡不便」：個人「情慾」的一簾幽夢，被代表社會現實與倫範教誡的「高堂」所驚破。並且埋下了後來「尋夢」未成，傷情「死亡」的根由。

是以，這裡所反映的不僅是令人「悲欣交集」世界的兩面性。事實上它正包涵了由一個花團錦簇，多彩多姿的可遊可觀之處所的發現與經歷；並且亦因此而引發了「情慾」的需求與體驗，卻又在「美夢成真」的時刻，立即殘酷的以社會現實或惡劣命運，禁抑它的實現，踐踏它的滿足，因而遂使世界頓時淪為一個充滿了折磨與苦難的泣涕之谷。[30]它不但包涵一種「繁華有憔悴，堂上生荊杞」[31]的盛衰興敗處境的轉換，而當「原來是姹紫嫣紅開遍」的喜悅，剎那間卻換成了「似這般都付與斷井頹垣！」的「驚」歎，滋生的正是一種「遷延，這衷懷那處言？」的無可言說的悲哀，以及「淹煎，潑殘生，除問天！」[32]，往後的無窮折磨與傷痛。因而興發述說的正是「此恨綿綿無絕期」[33]的哀傷。

因而「遊園驚夢」作為一種敘事結構，往往包涵了一種「遊」觀的記敘與「驚」異的行動：自然這正是典型的「發現」與「急轉」的情節設計。但是白先勇小說敘述偏向於「抒情」趣味，正是建立在「遊園」式的充滿感官刺激的景觀：人、事、物的遊觀與描繪，然而這些描繪並不因果性的與「驚夢」的結局構成關連。反而像傳統詩學所謂的「興」：

> 觸物以起情，謂之興，物動情也。[34]

> 興之為義，是詩家大半得力處：無端說一件鳥獸草木，不明指天時，而天時恍在其中；不顯言地境，而地境宛在其中；且不實說人事，而人事已隱約流露其中，故有興而詩之神理全具也。[35]

它的功能正近於「由色生情，傳情入色」[36]中的物「色」的描寫；因而形成的是一種「情景交融」的相互引生的情意表現。

但是有一點和李重華的說法有別的是，白先勇作為一個「現代」小說家的特質，正在於他的有意「顯言地境」，無論它們是臺北、是紐約、是上海、是桂林⋯⋯。正如劉禹錫〈烏衣巷〉[37]詩中，「朱雀橋」、「烏衣巷」不但都是真實的景點，事實上更是歷史興衰，人物「流離」或「離散」的見證。沒有了「烏衣巷」的王謝高堂的「舊時」記憶，又如何標示出「飛入尋常百姓家」的「堂前燕」的「離散」或「流離」？

他的對於這些景點的細筆描繪，自然我們也可以採取像《東京夢華錄》、《夢梁錄》、《陶庵夢憶》、《西湖夢尋》一類，企圖筆補造化，重「夢」繁華的作品，視為是一種彌補：

> 出京南來，避地江左，情緒牢落，漸入桑榆，暗想當年，節物風流，人情和美，但成悵恨。[38]

之憶往懷舊的心緒來加以理解。

但是白先勇小說細筆描摹的並不只是「舊時王謝堂前」所在的都城；其實更重要的還是「流離」或「離散」之後所居住的臺北、紐約（它們一樣繁華，未必就是只有「尋常百姓家」！）等現代都市。而這些景象，一方面頗似無端說及的「橋邊野草花」等的鳥獸草木，並且總是有意的讓「巷口」映照在「夕陽斜」之類的天時中，正是「不實說人事，而人事已隱約流露其中」之興義與詩情的表現，就像〈思舊賦〉的結束在：

一陣冬日的暮風掠過去，滿院子裡那些蕪蔓的蒿草都蕭蕭瑟瑟抖響起來，把順恩嫂那件寬大的黑外衣吹得飄起，覆蓋到胖男人的身上。羅伯娘泞立在草叢中，她合起了雙手，抱在她的大肚子上，覷起眼睛，仰面往那暮雲沉沉的天空望去，寒風把她那一頭白蔴般的粗髮吹得統統飛張起來。

即使未讀前文，亦能感受到一種殘年老病，破敗沒落的蕭颯悲涼，幾乎就是無語問蒼天的浩蕩憤悶氣概。

另一方面，正如「遊園」所喻示的其實更是一種探尋、觀覽、發現的歷程。作為避地臺灣或美國的第二代，白先勇在小說中不僅表現了對於「流離」或「離散」前之舊地的眷戀和懷念，其實更表現了對於「流離」或「離散」之後的新地的好奇、尋索，甚至有意加以銘印的心情。像〈上摩天樓去〉，不但一開頭就是：

天色凝斂，西邊有一大抹絳色的彤雲，玫寶欠著身子從計程車窗探望出去，紐約曼赫登上的大廈，重重疊疊，像一大群矗立不動，穿載深紫盔甲的巨人，吃力的頂著漸漸下降的蒼穹。

主角之觀望的描寫；而且在對遊觀之中的她略作描寫之後，就是：

在百老匯道上飛馳著，玫寶還有點不相信自己身在其境。一路上玫寶都看見穿著大紅大綠的波多黎哥人，七橫八豎的靠在地下道的欄杆上，密密麻麻的報攤，水果攤，精品食物鋪（Delicatessen），一個緊挨一個，看得玫寶目不暇接。百老匯這條道名，玫寶聽來太熟，太親切，玫寶此刻覺得不是離家，竟是歸家一般，……

描寫的正是一種目眩神迷，以至樂不思蜀的「遊園」心情，這樣的追求「良辰美景；賞心樂事」的心緒，一直持續到她上了皇家大廈，看不到期待的景象，才因發現：「這座一百〇二層的摩天樓，變成了一棵巨大的聖誕樹，……她自己卻變成吊在樹上那個孤零零的洋娃娃」，而「驚夢」到竟是身處「奈何天」！

因而不只是「紐約客」、「臺北人」等系列，甚至連《孽子》中都不斷迹近有意展露的，充滿了對於臺北、紐約等地的風情景觀的細膩描寫，而小說中的人物就在這種新鮮的「遊園」式的背景中，或者體驗了「情慾」的驟得驟失，或者重溫或察識了「流離」或「離散」的經驗真諦，而從「美夢」或「舊夢」中驚醒。

〈金大奶奶〉中容哥兒隨順嫂「遊園」式的去虹橋的豪門金家遊玩，卻「驚夢」在新、舊金大奶奶的生死新故交替，首次見識了「情慾」與「死亡」之間的致命的吸引力。〈玉卿嫂〉中容哥兒暢遊的是演桂戲的戲園子——高陞戲院，與由他家「後園子那道門出去最近」，玉卿嫂為慶生買下的房子。但他無心的帶慶生去戲院看戲的結果，竟是意外導致情海生波，而「驚夢」在玉卿嫂與慶生的強迫殉情，初度的體驗到了「情慾」與「死亡」的糾葛。因此，這兩篇都有「啟蒙小說」的性質，而容哥兒其實是以近似「春香」的角度去經歷「遊園」以至「驚夢」的過程的。

〈上摩天樓去〉自然也是「啟蒙小說」，但是玫寶在得知姐姐玫倫即將結婚之後，自行前往夜上皇家大廈，卻是像「春香」被「杜麗娘」屏棄在她的春夢之外，只有獨自「遊園」而竟自己「驚夢」了。而〈我們看菊花去〉裡，身為弟弟的敘述者：「我」，為了帶姐姐到臺大醫院「神經科」（精神科？）住院，竟謊稱要帶她去新公園看菊花展覽，結果是姐姐在一陣恐慌與哄騙後，被關進鐵柵門內，還伸出手來放聲哭了起來：「你說帶我來看菊花的，怎麼——弟——」小說就結束在敘述者的獨自在新公園看菊花，遲遲不歸：則成了杜麗娘「驚夢」而春香「遊園」的格局。自然看花「遊園」的弟弟，亦一樣的感受姐姐「驚夢」的淒楚，一如《牡丹亭》中春香對杜麗娘的無限關懷與同情。

當然，〈謫仙記〉的李彤、〈黑虹〉的耿素棠、〈芝加哥之死〉的吳漢魂都像杜麗娘的不但經歷了「遊園驚夢」的過程，而且「尋夢」不成，終於步向了「死亡」。〈月夢〉之中則是吳鐘英和靜思首先經歷了「遊園驚夢」的過程，而卻導致靜思的「死亡」；遂如杜麗娘透過「寫真」：「堪愁夭，精神出現留與後人標」[39]，並等待日後柳夢梅的「拾畫」、「玩真」，在歷經「幽媾」、「冥誓」等曲折情節，而還魂「回生」；吳鍾英亦為靜思立像，相信：「我老想著他，不斷的念著他，他就會回來的了。」，但是他在虹橋療養院重新遇到酷似靜思的少年病患，卻因為無法救活他而再度「驚夢」。

〈火島之行〉中林剛帶三個中西部女孩子去火島，雖然季節由春轉夏，仍然是個典型的「春香」式的「遊園」，卻在杜娜娜（現代的「杜麗娘」？）的挑逗戲弄下，差一點被巨浪捲下淹死，而親身體驗了「驚夢」，雖然大家都因疲累而未再理會林剛的邀約，但他心中迴響的仍是「春天來到了曼赫登」的歌聲。這些小說中所經歷的「遊園」，雖因時空有別，而各有其獨特地域的感官內涵，但所發生的「驚夢」，卻都是「情慾」與「死亡」的糾葛：也就是在這一點上，我們可視白先勇小說為「遊園驚夢」主題結構的反覆變奏。

〈謫仙怨〉的黃鳳儀，一如〈上摩天樓去〉的玫寶，在紐約「驚夢」；但意味深長的卻是使她了悟母親在臺北的「自貶身份，到舅媽家去受罪」，不過是「始終未能忘情」於「在上海是過慣了好日子」，必須如此才能「暫時忘憂，回到從前的日子裡去」，竟是在紐約近郊 Westchester：

我走過一幢花園別墅時，突然站住了腳。那是一幢很華麗的樓房，花園非常大，園裡有一個白鐵花棚，棚架上爬滿了葡萄。園門敞開著，我竟忘情的走了進去，踱到了那個花棚下面。……

在納悶自己的著迷中，憶起上海的故居與五歲時往事，以及最重要的：「媽媽，連我對從前的日子，尚且會迷戀，又何況你呢？」，因而也是她借貸留美之「美夢」的真諦，而在「驚夢」又「存了心要賺錢給你（母親）用」之餘，自己也走向了「虛榮，沒有志氣」的人生道路。花園或「遊園」，始終都不是人物淪落或墮落的必要條件，但卻一直是他們「驚夢」的場所。

類似的主題與情境亦見於〈秋思〉，華夫人為了應付麻將搭子萬夫人的請求，進入了自己的「花園」，摘取名貴的「一捧雪」菊花，卻發現有許多花苞殘爛了，因而「驚夢」的憶起往日在南京城，夫婿亡故前臥病的慘狀；以及和凱旋歸來的將軍夫婿如花美眷般的「遊園」：

他挽著她，他的披風吹得飄了起來，他的指揮刀，掛在他的腰際，錚錚鏘鏘，閃亮的，一雙帶白銅刺的馬靴踏得混響，挽著她一同走進了園子裡，他擎著一杯白蘭地，敬到她唇邊，滿面笑容的低聲喚道：芸香——滿園子裡那百多株盛開的「一捧雪」，都在他身後招翻得像一頃白浪奔騰的雪海一般。……

在這段「遊園」的敘述，除了披風、指揮刀、帶白銅刺的馬靴，以及一杯白蘭地，提醒我們那是已經進入了「現代」世界的特殊時空之外，整個的描寫似乎刻意在營造一個，設若「驚夢」而「死亡」的不是「杜麗娘」；而竟是能戰能守的「柳夢梅」，則「想幽夢誰邊，和春光暗流轉」，隨著時光的永恆流轉，倖存的「杜麗娘」，又是如何的面對「遷延，這衷懷那處言？」的情境呢？小說就結束在華夫人只交待老花匠說：「你去把那些菊花修剪一下，有好些已經殘掉了。」的「卻道天涼好個秋」中。

因而，白先勇的《臺北人》各篇不但都採取「遊園」一般的過訪、觀覽的敘述角度；雖然，在「驚夢」之餘，亦凸顯了小說中主角們所經驗的各種命運變化；但這些小說的敘述性質，其實並不著重在情節的因果關連；反而更接近一如：「昔我往矣，楊柳依依；今我來思，雨雪霏霏」[40]，經由意象與對比所經營出來「抒情」詩境。

作為一種「抒情小說」的寫作，「遷延」與「淹煎」正是白先勇小說中主要人物或敘事者的基本情懷。這裡反映的乃是大戰之後，許多「臺北人」與「紐約客」的「流離成鄙賤」[41]，或一切「青春」不再人物「朝為媚少年，夕暮成老醜」[42]的淪落處境。〈謫仙記〉裡特別寫到李彤最後一次在敘述者家中的疲態：

> 紗廊裡的光線黯淡，只點著一盞昏黃的吊燈。李彤半仰著面，頭卻差不多歪跌到右肩上來了。她的兩隻手掛在扶手上，幾根修長的手指好像脫了節一般，十分軟疲的懸著。她那一襲絳紅的長裙，差不多拖跌到地上，在燈光下，顏色陳暗，好像裹著一張褪了色的舊絨毯似的。她的頭髮似乎留長了許多，覆過她的左面，大綹大綹的堆在胸前，插在她髮上的那枚大蜘蛛，一團銀光十分生猛的伏在她的腮上。我從來沒有看到李彤這樣疲憊過，……

接著李彤把出國時母親給她當陪嫁的大鑽戒稱為「石頭」，而送給了敘述者的被她讚為：「長大了也是個美人兒」的五歲大女孩，正已經是一副：「潑殘生，除問天」的姿態，終於在再度驚鴻一瞥，失諸交臂不久，傳來她的死訊。留給她的友人，正是另一種「遷延，這衷懷那處言」：「我從來沒有看見慧芬這樣灰白這樣憔悴過」；「我卻感到有一股極深沉而又極空洞的悲哀，從她哭泣聲裡，一陣陣向我侵襲過來」，遂使敘述者發現：「我沒有想到紐約市最熱鬧的一條街道，在星期日的清晨，也會變得這麼空蕩，這麼寂寥起來」。

因而白先勇筆下的這些「流離」且「驚夢」的人物，當他們在「感傷亂離，追懷悲憤」[43]之餘，或者無法面對「生命中不可承受之輕」而在「淹煎」裡瘋癲或死亡；或者即使可以理智地堅強擔荷，但面對著「遷延」的處境，「人生幾何時？懷憂終年歲！」的感懷，往往也就成了「常恐復捐廢」[44]之餘，人物的基本心緒。

四、居「家」與遊「園」的辯證

不論是《牡丹亭》裡南安府衙的後花園；或者是《紅樓夢》裡的大觀園，雖然規模龐大，內涵豐美，但它們仍都是刻意經營，屬於官宦之家的私祕空間，也就是所謂「賞心樂事誰家院？」的「家院」，因而只是引逗個人的幽夢祕會或大家族姑姨表親間小兒女之浪漫情懷的，屬於才子佳人文學的「傳統」場域。但作為一位「現代」小說家，白先勇充分的掌握「原來有座大花園，花明柳綠，好耍子哩」[45]或「因春去的忙，後花園要把春愁漾」[46]，「園」與日常生活住「家」的根本差異；掌握其足以代表一種供人遊蕩、嬉戲、觀覽，與因而喚醒、牽動、映現人們種種「情慾」的空間特質。

這種特質原本正與人們以遊蕩、觀覽的態度，去面對反映「現代」商業文明之本質，充滿各類商品展示與聚集諸多人員，並且永遠在快速流動與不斷變化的「現代」都市，在基本經驗型態上是一致的。尤其在世俗化、陌生化、交易化的傾向下，「現代」都市更成了公開的「情慾」追逐的淵藪：不但原屬特種行業的酒吧、酒家、舞廳、旅社、賭場……有此特質；連具有其他屬性的公共空間，如：學校、公園、戲院、海灘、餐廳、旅館……，以至個人居住的私祕空間，都可以轉化為「情慾」的「驚夢」之所。

除了〈秋思〉的華夫人仍然「遊」的是自己的「花園」外，白先勇就在小說裡讓「園」轉換為可以充分反映「現代」經驗的公共或個人空間的型態出現，但整個經驗的基礎形式仍是「遊」：它可以是〈我們看菊花去〉裡的公園與醫院，〈寂寞的十七歲〉裡的學校與公園、〈滿天裡亮晶晶的星星〉裡同性戀者聚集的公園。公園和醫院的緊鄰並置，並且其中的「菊花展覽」雖然種類繁多：「紫衣、飛仙、醉月、大白菊……」，但一切都是任意、偶然、和暫時的聚集，正充分反映「現代」都市的輻輳和流動的特質，同樣的形塑了「現代」都市人之「遊觀」經驗的偶然與任意性質，因而送姐姐上醫院，也就繼以弟弟前往公園看菊花展覽，不但展覽是臨時性的，絕非公園的本來設計；弟弟的看菊花也是臨時起意，為了排遣一時偶發的行動，但：

唔，好香，我湊近那朵沾滿了露水的大白菊猛吸了一口，一縷冷香，浸涼浸涼的，聞了心裡頭舒服多了，外面下雨了，……

我們的感官經驗，並沒有因為經歷對象的暫時或偶然的出現，而減少了它的色香味觸的內容；與此相對的反而是人們內心的執念或情意，所以接下去的反映就是：「我心中想：要是——要是姐姐……」。

這就構成白先勇小說在「遊園驚夢」書寫型態下，美學策略的兩面性：一方面是「現代」都會因輻輳且流動而形成的格外頻繁雜多的感官刺激；一方面是人物內心堅持的執念與情意。前者是「遊」，行進不定而且經歷的表象事物不斷轉化；後者是「夢」，明明身處於時光的流轉中，但在「驚」醒破滅之前，卻要在心中固執堅守，因為它們原是「家」的懸念與「情慾」的嚮往，也就是個人情感的最終「認同」。

我們並不清楚〈我們看菊花去〉中的姐姐是如何精神失常的，只知道那是始於「還在外國唸書」，曾經因害怕「一個人在漆黑的宿舍裡頭」而「溜了出來」，竟然被當作「瘋子」，「關到一個小房間裡」。她「天天吵著要回來，回家」，她相信：「家裡不會關我的——」。但整篇小說卻在描寫爸爸、媽媽、弟弟的合謀要將姐姐送到臺大醫院「神經科」（精神科）住院／關起來。這裡的姐姐正是受到雙重的「現代」性情境而一再的步向離「家」而「流離」的命運。首先是在精神鍛鍊上還沒有準備好面對「文化震盪」（culture shock），就被送到外國唸書；其次是正如家中院子裡的扶桑、杜鵑「本來就寒傖」，不比公園裡的「菊花展覽」，在「現代」的專業分工下，「家」也因為醫療空間的專業化：醫院／科／病房，而喪失了對於病重「家人」的醫療照顧與庇護居住的能力，因而再度被送進「有一扇大鐵柵，和監獄裡的一樣」的病房鎖了起來。「家」的無力保護它的成員不要步向「離散」或「流離」的命運，正是白先勇作為一個「現代」作家所要表現的重要主題。

〈我們看菊花去〉的姐弟「離散」，並不牽涉「情慾」；但是〈上摩天樓去〉的玫倫、玫寶雖因「姐兒倆幼年喪母」，姐姐對妹妹幾乎像母親一樣的寵慣，但姐姐到美國留學，「闊別了兩年」在前，而重逢之後，玫寶不但發現自己的身軀比姐姐「好像要大上一倍似的」，已經無法「撲到姐姐身上」了。而姐姐不但事業的志趣改變，並且有了即將訂婚的對象。姐姐的率先成熟的「情慾」，改變了「家」的組成關係。雖然玫寶為了證明自己可以「站得穩腳」而獨上摩天樓去，卻仍是：

「姐姐——」玫寶突然悶聲叫道，她肥碩的身軀緊抵住冰冷的鐵欄杆，兩隻圓禿白胖的小手憤怒的將欄杆上的積雪掃落到高樓下面去。

一如前篇分隔姐弟的「鐵柵」般，玫寶終得面對著分隔姐妹「冰冷的鐵欄杆」，也勢必與姐姐走向各自「離散」的命運。而這一聲「姐姐——」，正如〈我們看菊花去〉中的那一聲「弟——」，其實都是她們在「遊園」之初所始料未及的，對於再也回不去的原生之「家」的絕望的呼喚。

〈寂寞的十七歲〉中進了後青春期的敘述者，雖然仍未忘情於孩童時代：

從小我心中就只有媽媽一個人。那時小弟還沒有出世，我是媽媽的么兒，我那時長得好玩，雪白滾圓，媽媽抱著我親著我照了好多照片，我都當寶貝似的把那些照片夾在日記本裡。天天早上，我鑽到媽媽被窩裡，和她一起吃「芙蓉蛋」，我頂愛那個玩意兒，她一面餵我，一面聽我瞎編故事。

但他終究已經進入了得面對，在一個以學歷決定身份之「現代」社會中，所無法迴避的社會壓力——升學與學校壓力的年紀。雖然，不幸的他是「家」中唯一的黑羊，在學校也被孤立；但「情慾」的本能，並未停止它該有的成長。於是在大考自習期間，先被早熟開放的女同學唐愛麗親嘴色誘，慌亂逃回。後又在大考日，因致歉信函受到公開嘲笑而逃出學校，「在植物園和新公園兩地方逛」，然後又在父親的責打之後離「家」閒逛，又步上了他的「遊園」之行：「沿著新公園兜了兩個大圈子」，「一面走一面數鐵欄杆那些柱子」；看到人影在親嘴，又被搭訕而終於初度經驗了：「我沒想到男人跟男人也可以來這一套。」他相信自己做了壞事，會有「墮落之痕」，面目一定全非。但使他「厭煩得不想活了」，卻並非這次「驚夢」裡的「情慾」經驗，反而是「想到第二天的結業式，想到爸爸的話，想到唐愛麗及南光（中學）那些人」。小說就結束在：「無奈高堂喚醒」的「媽媽就要上來了，她一定要來逼我去參加結業式」，「我聽見媽媽的腳步聲。我把被窩蒙住頭，摟緊了枕頭」。

不論是在「校園」裡的異性「情慾」經驗或「公園」裡的同性「情慾」經驗，正都是使他先從「學校」（公共的社會關係），又打算自「家」庭（個人的歸屬認同），「流離」出來的關鍵，但他不論受到父母的何種責備，卻始終保持為自己的幽情祕「夢」保密，其實這正有著他對一己之「情慾」自我的祕密認同。而這亦是他的原生之「家」，他的父母所不願去認知，不願去關心的「真實」；在我們過於單面的教育與文化下，所一向忽略或漠視的「真實」。他的保密雖然只換來父親的「你還是個人哪」與「無恥」的責備；但這正是他所最後「摟緊了」的「枕頭」。

居住在一個「現代」都市裡，除了具華夫人的那種身份，一般人未必自己即可擁有一個可「遊」

的大花「園」，但是一但步出了具有原生血緣關係的「家」，以及具有給予身份或社會關係網絡的公共場域，例如：「學校」、「公司」……，人們其實就進入了彼此以「遊」蕩的陌生人互相觀視、邂逅、交接的巨型賣場或遊樂「園」。因而既無需「後日有姻緣之分」，更不待「花神束髮冠紅衣插花上」以前來相助，而使得杜麗娘才能在春「夢」中遇見「這生素昧平生，何因到此」的柳夢梅。[47]

在「現代」都會裡，人們處處逢遇的大抵都是「素昧平生」的陌路人，而公共憩息的公園及咖啡館、酒吧等等，更是異性或同性因「情慾」而互相搭訕的場所。於是：「生笑介」、「旦作含笑不行」、「生作牽衣介」、「旦低問」、「生低答」、「旦作羞」、「生前抱」、「旦推介」、「生強抱旦下」[48]之類的歷程，遂不必只發生在天地共鑑的生死「夢」寐之中，而可以只是「春夢一場」式的隨時發生在都會的任何場所，都會事實上還提供了種種的方便。

〈寂寞的十七歲〉中楊雲峰一次幾乎在「學校」教室；一次則在「新公園」的草地上發生了性行為。〈黑虹〉中的耿素棠則經歷了中山北路一連串的B—A—R，甚至眼見了一個黑人「伸出一隻毛茸茸的手臂來」，「一把撈住」，「像水蛇」，「那個女人的細腰，連拖帶擁，走向黑貓吧去，黑衣女人吃吃的笑著，尖聲怪叫……」；最後卻在碧潭吊橋，「猛然搖了幾下橋上的鐵欄杆」和一個只說了一聲「怎麼樣，一個人嗎？」的陌生男人上了旅社。

楊雲峰面對唐愛麗的卸裙色誘倉黃而逃，但是卻在新公園和一個向他借火的男人發生了性關係：我們自然可以用楊雲峰顯然有同性戀的傾向來加以解釋。因為白先勇不必等到《孽子》，或《臺北人》中的〈滿天裡亮晶晶的星星〉，在早期的小說，如：〈月夢〉、〈青春〉、甚至〈玉卿嫂〉都有此類的表現。但是另一個可能的涵意卻是：「學校」終是給予他身份的社會規約的空間，（《孽子》的主角李青就因在學校化學實驗室內發生淫猥行為為校警當場捕獲而遭勒令退學），沒有足夠的膽量，未必如「公園」般適於「遊園」「試夢」；但更重要的可能正因唐愛麗是沒有發生感情卻又熟識的同學，性「慾」無法不牽扯到愛「情」的成分。「公園」裡遇到的不但是「陌生人」，而且在小說的敘述中始終保持是「陌生人」，正如耿素棠跟他上旅社的男人，不但是而且一直在敘述中始終是「陌生人」。

離開了血緣身份的「家」和社會網絡的「學校」之類的空間，走在「現代」都會的街道，當人們以「陌生人」的身份相互觀視，他們其實就在這樣的「陌生化」中達到了一種，猶如俄國形式主義者所論述的，「美感」的觀賞；因而也就進入了一種類似尋春賞花的「遊園」心態，這種心態正是「沒亂裏春情難遣，驀地裏懷人幽怨」：「情慾」醒覺萌生的基礎。在《牡丹亭》中〈驚夢〉之際，柳夢梅對於杜麗娘而言，正是完全而始終是個「陌生人」。在「陌生人」與「陌生人」之間，他們就回歸而化約為純粹而原始的「男人」和「女人」，因而就可以沒有情感困擾和倫理義務的，逕自滋生「情慾」並且身體力行了。事實上，「情慾」是亙古的人類本性，白先勇所掌握的「現代」，正是大都會所提供的隨時可發生於陌生人之間的種種的誘惑與方便。

在「現代」都市中，當逸出日常的社會網絡，離開「家」門就可能是「遊園」的心路歷程，不但見於〈寂寞的十七歲〉、見於〈黑虹〉、見於〈芝加哥之死〉、甚至見於〈香港—一九六〇〉，並且多少隱含在〈悶雷〉與〈小陽春〉中。〈香港—一九六〇〉似乎是篇接近電影以定鏡頭拍攝出來的單一場景的作品。那麼它還有「遊園」的情景與心境嗎？事實上，它的場景正好近似〈黑虹〉裡所有意省略的耿素棠進入了「旅社」：「恍恍惚惚記得剛才醒來的時候，看見窗外那塊旅社的洋鐵招牌，正在發著慘白的亮光」的那一段。〈黑虹〉有意的藉耿素棠的遊蕩，描繪了黃昏入夜：臺北的中山北路、圓環、植物園、碧潭的各種夜景來勾喚起她的各種情緒與回憶，正如〈寂寞的十七歲〉裡楊雲峰敘述的現在時間是即將清晨，而且是在「家」裡的自己的房間內，但他的回憶卻穿梭在家裡、學校、以及他在各處街道、公園的遊蕩和「豔遇」，還有關於父母家人的各種過去的經歷。

〈香港——一九六〇〉雖然只以灣仔的一間閣樓頂為場景，但對離開了山頂翠峰園公寓住「家」的余麗卿而言，整個左鄰右舍以至窗外窗下反映進來的灣仔夜市的聲色情景，卻絕似人間俗豔的「姹紫嫣紅」的「遊園」景觀。而余麗卿雖為李師長夫人，但師長已被砍頭，她則改名王麗卿小姐，摒絕舊日的社會網絡，事實上就心理上已無「家」可歸，而「俯臥在她身旁的男人」，雖然知道他「是個躲在灣仔閣樓頂的吸毒犯」，並且會對她說：「我們命中註定滾在一堆了」，但基本上他們仍然是一種借彼此的肉體取暖，「陌生人」對「陌生人」的原始的「男人」和「女人」的關係，也就是一種純粹的「情慾」關係，正如他們所拍攝可以「瞧瞧我們赤裸的身體」的合照。用他的說法是：「像亞當和夏娃」，「讓我們的身體緊緊的偎在一塊，享受這一刻千金難換的樂趣。」

白先勇在小說中對灣仔夜市的描寫，因為出自以靜觀動，顯然比同時描寫黃昏入夜，各種「情慾」蠢蠢欲動〈黑虹〉中的臺北景象，或〈芝加哥之死〉的芝加哥景象，〈上摩天樓去〉的紐約景象，要更集中更生動，更令人「驚」心動魄；尤其搭配上了香港的「三十年來，首次大旱」，以及大量難民湧入，治安大亂等等背景，一方面暗示了杌隉不安的時局，因而還得再度「流離」的處境，余麗卿的妹妹勸她：「姐姐，趁早離開這裡。買張飛機票飛到悉尼去。」一方面也說明了她的：「我早就死去了」的心死，不純粹是個人「情慾」的因素，而是無力再作「無家別」[49]的困頓。因而這裡的「遊園」「驚夢」，就有著〈謫仙記〉的淒厲之聲：「是的，她想道，香港快要乾掉了，於是他便說道：來吧，罪人，讓我握住你的手，一同沉入地獄門內。」

如同「翠峰園不是一個人呆得住的地方。上面太冷清了」，〈芝加哥之死〉的吳漢魂在得到了學位之後，也無法忍受密密麻麻書本所產生的腐屍味，「奪門衝出了他這間地下室」的一人之「家」，而開始了他的「遊園」之行。〈小陽春〉中樊教授的「家」，雖然不是一個人居住，但卻也不是一個「家」人可以安居之所。但〈小陽春〉的「遊園」，卻一如〈那晚的月光〉，始於「校園」，在「高樓的鐘聲」裡，樊教授想起二十歲時的他，曾被視為「是個最有希望的青年數學家」，以及當時「我要創造一個最高的抽象觀念！」：「樊氏定理」的「偉大的夢」；然後他在校門口的噴水池「驚夢」，「看到了自己的影子」，想起為了自己的「夢想」而忽略小女兒麗麗，以及麗麗的被燒死在大門鎖著的家裡，因此，「他前半生的一切都完了」。他歸咎於「去教堂祈禱」的妻子素琴，心中懷著：「我一定要懲罰她！」，「我要她一輩子良心不得安寧」等念頭，他回到了他所居住的「家」。

他的妻子卻更進一步投身宗教，企求「通過窄門，進入天國，在那裡我就會得到補償了——」，早匆匆出門了。「家」中只剩下女傭阿嬌，她看到充滿「情慾」意涵的電影廣告：「禁男地帶」、「心酸酸」，想到了自己受到性騷擾的經驗。當她決定要出門去看電影時，內心獨白裡一直想著：「（素琴）她有意避開我。……悄悄的打開門，閃著身子溜出去」；「先生，（阿嬌）她扭著屁股，歪著頭說。她也要出去了。她們都溜走了。……」；「可是阿嬌卻扭動著腰肢，打開門要出去了。她也要走了、她也要走了、要走了、要走了——」的樊教授，卻：

「不要離開我！」樊教授突然大聲喊了出來。搖搖晃晃走過去，抓住了阿嬌胖的手臂，一臉扭曲著。

這真的是「一臉扭曲」的「驚夢」，屬於一個五十歲「心中有一種說不出的欠缺之感」的中年人，在秋天十月的「小陽春」。青年白先勇似乎在宣稱：或許抽象的理論，或來世的天國，都比不上「情慾」，更是一個「家」的基礎。這位「樊」籬自限的數學教授，若能自省他的沉迷於一己的偉大夢想，其實正是逼迫他的妻子逃往宗教，一如他的疏離了小女兒的主要原因，因而他們夫妻該更深切的互相關切，互相寬恕，互相慰勉，那麼喪女之慟，未嘗不是一種重建「家」園的契機。他顯然遠遠不如〈那晚的月光〉中的李飛雲，李飛雲雖然失望與惆悵，終究還是能在「鴛鴦夢」裡看到了「新生」。但樊教授隱隱約約的在阿嬌的身上感受到「性感」與「情慾」，而企求阿嬌「不要離開我！」，不要自行外出「遊園」、「尋夢」，真的只成了「一臉扭曲」的自擾擾人，只是落實了他終究在人情世故僅是個庸人。但白先勇真的意在寫作一個「庸人自擾」的故事嗎？還是出於他對「情慾」主題的持續的關注？

但〈悶雷〉卻絕對是個以「情慾」為主題的作品，有趣的是它竟然始於十六歲養子馬仔，在知道了自己的身世之後決定「離家」；要在臺北這個都會「遊園」、「尋夢」。正如麗麗的「死亡」，導致樊教授和妻子素琴夫妻之間關係的破裂，馬仔否定了他與福生嫂、馬福生的血親關係而「離家」，亦正使得福生嫂與馬福生的夫妻關係，只剩下了「情慾」的一面。但是正如素琴之不復能在「情慾」上吸引樊教授，除了歸咎與宗教狂熱等因素，〈小陽春〉亦透過與阿嬌之「性感」對比，甚至用阿嬌的視點，指出：「她頭上披著黑頭巾，一臉佈滿了皺紋，皺得眉眼都分不清了，真像我們阿婆家裡那頭缺了牙的母山羊」，素琴意外的早衰（五十歲不到的年紀！其實大可跟〈秋思〉的華夫人，甚至金大班、尹雪豔相比較）一般；馬福生原本就除了是個「老實人」外，絕非屬於「她要（的）那些體體面面的小伙子」，那種足以引發她的「情慾」的男人，這位「年紀，卻要比福生嫂大上一大把」的丈夫，在他的拜把兄弟劉英搬來住以後，更顯得「一無是處」，「看不上眼」。

小說就以這「一個三十出頭的女人」，所重新給喚醒的「情慾」：兒子的一句「你只喜歡英叔一個人罷了！」，在她的心坎上發酵，因此也陷入了痛苦的掙扎。當她生日當天，「馬福生竟說夜裡要到同事家去下象棋，不回來吃晚飯」，（馬福生自己的「遊園」？），留下福生嫂和記得她的生日的劉英對酌，在兩人的「情慾」高漲，瀕臨出軌之際，福生嫂跑進了房間，將自己鎖住；竟意外的引起劉英的羞慚而連夜搬走。第二天晚上，當馬福生回來，說起馬仔去辦公室看他，但是「他不要回來看你」；然後他又要自己出去吃飯，「吃了再去，再去下幾盤棋」之際，福生嫂的「悶雷」終於爆發了：「滾！滾！滾！你們全**替我**滾出去！」。「**替我**滾出去！」她的憤怒正來自她自己亦一樣的有著「遊園」的渴望，但是她卻將自己鎖在「家」中，鎖在「空房」裡，「悶雷」並沒有喚來「情慾」的春雨。

這篇仍然是以居「家」與「遊園」相辯證，但是正與〈小陽春〉的一男三女相反，而是一女三男，且一樣的同時牽扯到「親情」與「情慾」的作品，似乎更清楚的勾勒了白先勇小說「情慾」世界的幾項規則，即：第一、人們可以離「家」，在「遊園」、「尋夢」或「驚夢」之際，以無名（使用藝名或假名仍是無名）的男人或女人的身份，追求或享有「情慾」的分外滿足；一但具有倫常或精神上等熟識的關係，（劉英是馬福生的拜弟，稱福生嫂為：「二嫂」），就屬於廣義的「家」人，因而「亂倫」或「不倫」是禁止的，即使他們並沒有真正的血緣關係。

〈小陽春〉中的阿嬌只稱樊教授為「先生」，因此樊教授還可以「搖搖晃晃走過去」，抓住了她的胖手臂。但白先勇仍以「一臉扭曲」作結。《孽子》中，俞浩由於和李青同是四川人，又和他分享武俠小說的共同嗜好，情份上近於「家」人，因此當同床夜話之餘，李青在睡夢間：「我感到俞先生的手摟到我的肩上」，他不但驚醒過來，以陡然顫抖的聲音：「俞先生——真的對不起——」婉拒，而且「頃刻間我不禁失聲痛哭起來」，「把心肝肚肺都哭得嘔了出來似的」。正因李青對俞浩有「家」人的依慕，所以就不可能同時是「情慾」對象的結合。同樣的，李青與小玉、吳敏、老鼠雖然沒有特別強調，其實一直保持著近於「家」人的友誼；因而彼此之間也就沒有任何「情慾」的瓜葛。

這或多或少也解釋了，白先勇的「情慾」描述都必須採取「遊園」「驚夢」的方式。〈遊園驚夢〉中錢夫人和錢將軍的隨從參謀所經歷「可是我只活過那麼一次」的「情慾」經驗，必須發生在騎馬出遊荒郊野外的白樺林裡，因為它不可發生在「家」裡，而且這位隨從參謀在小說中，亦是「無名」的；（宴會中的「程參謀」至少還有姓，這位「情慾」經驗的男主角竟然連姓也沒有提及：不正是必須不提的嗎？）

其次，不論是透過對馬福生的負面描寫或對劉英的正面刻畫，或者透過素琴與阿嬌的對比，白先勇小說中的「情慾」一方面始終是和健康、活力、體面與美等等的「青春」崇拜息息相關。另一方面則與追求者感覺逐漸老去，而「心中窩著一腔莫名的委曲」如樊教授想到：「這種感覺是一個五十多歲白了頭髮還在教初等微積分的教授所特有的」；或者如「自從嫁給馬福生後，福生嫂愈來愈覺得自己不像個女人」，又被馬仔搶白了一頓出走，「竟是滿肚子裝著委曲」，正如〈黑虹〉中耿素棠自覺受了丈夫與孩子的委曲而出走的心情一般。

因而福生嫂「這天第一次感到這麼需要一個**真正的男人**給他一點愛撫」，猶如〈遊園驚夢〉中錢夫人的需要「我只**活過**一次」，以及像〈青春〉中老畫家的「想去捉捕一些已經失去幾十年了的東西」：「他要變得年青，至少在這一天」。這種「醉入花叢宿」[50]「尋夢」的渴望，白先勇或者不讓他們得逞，如〈悶雷〉、〈小陽春〉；或者得逞了卻必須付出慘重的代價，如〈遊園驚夢〉中錢夫人這位「名角」，卻嗓子「啞掉了」，如〈黑虹〉中耿素棠的為了滌淨而淹沒；或者如〈金大奶奶〉和〈玉卿嫂〉中的金大奶奶、玉卿嫂，她們必須在更年輕的對手出現時慘遭背棄的命運，甚至竟以身殉。而或者最悲慘的應是〈青春〉中的老畫家，他不但抓不住「赤裸的Adonis!」，讓他「跳入水中，往海灣外游去」了；還得徒然「手裡緊抓著一個晒得枯白的死螃蟹」，「乾斃在岩石上」。

當《孽子》中的盛公，「把三四十年代那一顆顆熠熠紅星的興亡史，娓娓道來」，卻終結於「喟然嘆道」：「青春就是本錢，孩子們！你們要好好的珍惜哪！」這段初看似是老生常談的話語，不但是深沉的「物既老而悲傷」[51]的感喟，更是道盡了「感性文化」，以及白先勇小說之「情慾世界」的鐵律。白先勇在〈滿天裡亮晶晶的星星〉裡提出了一種「青春崇拜」的形式，即所謂：「我們是祭春教！」：

山地人在第一場春雨來臨的時節，少男都赤裸了身子，跑到雨裡去跳祭春舞。

但喪失了可以「去跳祭春舞」之本錢的人，其命運往往正是：「他們把他推到井裡去，還要往下砸石頭呢」，這正是青年白先勇「情慾」主題小說中的基本現實，於是〈金大奶奶〉裡金大奶奶一旦被視為是『老太婆』，她就註定了得在原是她自己的「家」中被凌辱至死，只因「才三十歲出頭」，「孤伶一個人守寡」的她，被「還是一個二十來歲的小伙子」的金大先生，引發了她的「情慾」，而竟走向了「遊園」之路。

五、「流離」中的「情」與「慾」

白先勇小說所掌握了的「現代」性特質，除了「都會」經驗的高度流動、繁複、密集之外；其實正在高速、便捷的交通工具，幾篇「紐約客」的小說，都特別描繪汽車之中的場景，〈謫仙記〉中敘述者最後一次看見李彤是：

> 李彤坐在那輛金色敞車的右前座，她轉身向後，朝著我們張開雙手亂招一陣。她頭上繫了一塊黑色的大頭巾，被風吹起半天高。那輛金色車子像一丸流星，一眨眼，便把她的身影牽走了。

而他們夫妻得知李彤的死訊後竟夜豪賭，卻在「當車子開到百老匯上」，妻子慧芬方才「睜著一雙眼睛，空茫失神的直視著，淚水一條條從她眼裡淌了出來」，感受到極為深沉而空洞的悲哀。這種生離死別俱在高速流動的車輪上，正是「現代」的「流離」人生的象徵。〈火島之行〉、〈上摩天樓去〉等，也都有一半的「觀覽」或「抒情」經驗是坐在汽車之內。〈上摩天樓去〉中亦提到了從臺北飛到美國的搭乘飛機，以至在東京轉機的經驗。

但是最具「現代」性「流離」命運象徵的可能是〈一把青〉中前後男主角的空軍飛行員生涯。其中凸顯「現代」性的浪漫，既有：

> 郭軫是騎了他那輛十分招搖的新摩托車來的。……郭軫把朱青扶上了後車座，幫她繫上她那塊黑絲頭巾，然後跳上車，輕快的發動了火，向我得意洋洋的揮了揮手，倏地一下，便把朱青帶走了。朱青偎在郭軫身後，頭上那塊絲巾吹得高高揚起。

更有：「他在練機的時候，竟然飛到金陵女中的上空，在那兒打轉子，惹得那些女學生都從課室裡伸頭出來看熱鬧」的輕狂風姿。但是他們的「流離」也是空前的：「偉成和郭軫他們一去便了無踪跡。」

忽而聽見他們調到華北，忽而又來信飛到華中去了，幾個月來一次也沒回過家」，結果更是：「郭軫在徐州出了事，飛機和人都跌得粉碎」。

在這種高度「流離」的命運下，男女的「情慾」關係，頓時在久暫之間，顯得怪異起來：

像你後頭那個周太太吧，她已經嫁了四次了。她現在這個丈夫和她前頭那三個原來都是一個小隊裡的人。一個死了託一個，這麼輪下來的。還有你對過那個徐太太，她先生原是他小叔，徐家兄弟都是十三大隊裡的。哥哥歿了，弟弟頂替。原有的幾個孩子，又是叔叔又是爸爸，好久還叫不清楚呢。

突然人的自體性模糊，只成了輪換映照，可以彼此頂替的影像。朱青在郭軫死後來臺，一樣的繼續尋求相同的影像，她的生活仍是在「空軍的小夥子」裡打轉，不但已經學會了抵禦「流離」的心理防衛機制：「打牌」，而且幾乎是以「打牌」的心態來處理，原本是：

朱青聽了我的話，突然顫巍巍地掙扎著坐了起來，朝我點了兩下頭，冷笑道：「他知道什麼？他跌得粉身碎骨那裡還有知覺？他倒好，轟地一下便沒了——我也死了，可是我卻還有知覺呢。」朱青說著，面上似哭似笑的扭曲起來，非常難看。

的悲慟處境。因此可以：「看著還是異樣的年輕爽朗，全不像個三十來歲的婦人，大概她的雙頰豐腴了，肌膚也緊滑了，歲月在她的臉上好像刻不下痕跡來了似的」，毫髮無損，無需開導的承擔這種「流離」命運中的生離死別。

〈一把青〉中白光所唱，又由朱青所仿唱的〈東山一把青〉流行歌中的：「東山哪，一把青。西山哪，一把青」，正反映了這種脫離了個人自體性之堅持的「情慾」態度，（因為不論是「東山」或「西山」皆無差別，反正都是「一把青」！），因此又化約回歸為只是原始的男人與女人的關係：「郎有心來姐有心，郎呀，咱倆兒好成親哪——」，真正重要的反而只是「燕婉及良時」[52]：「噯呀噯噯呀，採花兒要趁早哪——」的把握「青春」、享受「情慾」。〈東山一把青〉的文辭自然比不上〈遊園〉〈驚夢〉典雅，但作為「流離」中的「情慾」告白，也是某種「現代」生活的行動準則，倒是清楚而明白的，也就是以「年年歲歲花相似」來取代了「歲歲年年人不同」[53]。

事實上，〈一把青〉可以視為是〈遊園驚夢〉之古今對照的反命題，不僅皆以「演唱」為女主角的專業與心情的表白；〈一把青〉的騎乘「新摩托車」可以與〈遊園驚夢〉的：「夫人。我來扶你上馬」的白馬、黑馬相映襯。而錢夫人的：「我只活過一次」，亦與朱青的：「我也死了，可是我卻還有知覺呢」，因而演變為「愛吃『童子雞』，專喜歡空軍裡的小夥子」的，要活過一次又一次，互相映照。「情」與「慾」在這種「流離」的處境中，以「似而非是」的方式既分且合。

類似的「情」與「慾」的分合，以另一種型態，表現在〈那片血一般紅的杜鵑花〉裡王雄的因麗兒的類似「小妹子」，而「移情」：「總是想出百般的花樣，來討麗兒的歡心」，但在麗兒上中學後，他的討好被拒絕，而中止了兩人的親密情誼之餘，他所潛隱在「移情」背後的「性慾」，終於在喜妹的撩撥和挑釁中發洩為對喜妹的侵犯與強暴，因而投海自盡。

這似乎是白先勇小說一再宣示的「情慾」邏輯：當所專「情」的對象，因生離死別的「流離」情境而無法復合，或者「移情」於類似的對象，表現他或她的關愛：〈孤戀花〉的敘述者——五月花酒家的「總司令」女經理，因「不知怎的，看著娟娟那副形相，我突然想起五寶來」，因而她將五寶遺物的那對翠鐲賣了，買了金華街的小公寓，和娟娟同住，以實現她和五寶兩人所許下的心願：「日後攢夠了錢，我們買一棟房子住在一塊兒，成一個**家**」。這裡「我便對她生出了一股母性的疼憐來」之「情」的成分，顯然要遠大於「慾」的成分。因為她們原本都是從事色情行業，而飽受男性狎客的蹂躪。

但是，一旦絕望於與所專「情」的對象，卻又無法「移情」，就淪墮於純粹的「慾」的恣縱。〈花橋榮記〉中的盧先生一旦攢了十五年，要以「十根金條」的代價去接他的未婚妻偷渡香港的希望，因受騙而破滅，竟「也這麼胡搞起來」，「姘上了阿春！那個洗衣婆」。而在「慾」的世界裡，「燕婉之求，得此戚施！」[54]的心有不甘；以及媚少年的美色，永遠勝過「青春」已逝人物的老醜。幾乎是白先勇小說「情慾」主題的鐵律。盧先生終於也在類似「五十大幾了，還唱扇子生」的老態畢露中，慘遭阿春的背叛與撕打，甚至被咬掉了左耳垂，顯得更加醜陋不堪。因而性情大變，在「心臟麻痹」中鬱鬱以終。

然而，這些「情慾」的困境或怪異的表現，其實未必只是個人「遊園」的追求而遭致「驚夢」的命運。〈遊園驚夢〉中錢夫人的淪落，其實一點不關她「長錯了一根骨頭」，或遇到了「前世冤孽」的「情慾」出軌之驚心動魄經驗的影響，事實上相關的只是她嫁作填房的丈夫，當年炙手可熱的錢鵬志將軍，已然亡故。因此她就只能坐計程車，而非「官家的黑色小轎車」赴宴，也因此只能與「幾位票友客人」一般的，等待主人竇夫人自己的小轎車送她。

當然，面對宴會情景的似而非是，其實只是勾起她「夜深忽夢少年事，夢啼妝淚紅闌干」的「情慾」往事；未必攸關她的「暮去朝來顏色故，門前冷落鞍馬稀」[55]的「流離」命運。反映的反而是「我只活過那麼一次」的「情慾」經驗，雖經顛沛「流離」，歷劫而不忘：「天荒地變心雖折，若比傷春意未多」[56]。《臺北人》中的各篇，以至「紐約客」中的〈謫仙記〉或〈香港—一九六〇〉等，自然都盡在不言中的包涵了內戰失敗所導致的顛沛「流離」，但「流離」之中、之餘，誠如朱青所說的：「可是我卻還有知覺呢」，因而還有「情」與「慾」得安排得面對。〈永遠的尹雪豔〉一篇，其實只如〈謫仙怨〉中鳳儀所發現的：「連我對從前的日子，尚且會迷戀，又何況你呢？」，寫的只是一群「在上海是過慣好日子」的五陵年少的「對那段好日子，始終未能忘情」。歐陽子女士以為：「尹雪豔是死神，是致人命的妖魔」[57]，自然是有見之言。但視之為即使身處「流離」境地，亦仍「永遠」無法忘卻無法磨滅，只有死而後已的「情慾」，也未嘗不可。「情慾」引致「流離」，引致生命的消耗，甚至「死亡」，原是白先勇小說中一再出現的母題。

六、結語：傳統與現代的糾葛

白先勇作為一個「現代」小說家，其實是最早專注於「現代」大都會生活與經驗特質之掌握與描繪的人，紐約、芝加哥和臺北、上海、香港之對比與刻畫，在他的筆下不但舉足輕重，甚至鉅力萬鈞，不僅表現了地域的特色，其實也反映了這些國際都會在當時，就「現代化」的觀點，發展的階段與狀態。白先勇《臺北人》一書中所具體反映的臺北，自然只具都會芻形，各方面都遠遠落後於紐約、上海，甚至香港，所以其中的老少人物，或者懷念上海；或者嚮往美國。

〈冬夜〉中余嶔磊、余俊彥父子對在美任教的吳柱國的歆羨之情，豈止是溢於言表。但是作為「現代」都會之生存經驗，在基本結構或本質上，這些背景都市所提供的經驗型態，實在有它們的近似之處：〈黑虹〉中耿素棠的臺北之遊與〈芝加哥之死〉中吳漢魂的芝加哥之遊，甚至〈香港——一九六〇〉中余麗卿的香港灣仔之遊，雖然環境有差，物色有別，但經驗的結構其實並無二致，總是顯得「情慾」泛濫，而且紛雜動蕩「流離」不止。

當喬志高強調：「〈遊園驚夢〉……既充溢著現代創作精神，又深深植根於傳統的中國生活與文化」，我們純粹從「物質文化」的層次，即可隨著悠揚的笛韻曲音，優遊於錢夫人與她丈夫的隨從參謀並轡跑馬，而曲終人散之際，看到的卻是「頭一輛開進來的，便是賴夫人那架黑色嶄新的林肯」。其實它所反映的，不僅是個人貧富貴賤的興衰，更是中國在逐漸「現代化」過程的文明發展的不同階段。但是〈遊園驚夢〉可能是白先勇小說中，僅有引述應用傳統文本進入其中情節的唯一作品，因為當時所進行的原來就是「曲會」的活動；此外，就是《臺北人》之前劉禹錫〈烏衣巷〉的題辭了。

白先勇小說中所描寫的生活景象，其實一方面扣緊民國之後的歷史回憶，如：武昌起義、五四學潮、臺兒莊大捷、抗戰勝利、以及撤退來臺；一方面則充分反映當時臺北、紐約、香港、芝加哥……等都會的景觀，因而展現的正是「現代化」初期以至充分「現代化」之後的各種生活型態的光譜；所謂的「傳統的中國生活」並不明顯或多見。因為只是寫作不同年紀或身份的「現代」人或「當代」人的各自參與或擁有的「歷史」記憶，以及這些「歷史」事件，如何的影響到個人的命運，如何引領他們走上「流離」之途，他們又如何得在「流離」之中，設法安頓「永遠」必須面對的人性與「情慾」的真實。

但是白先勇既無意也未嘗寫作所謂的「歷史」小說，他始終寫作的是以當代生活為主體的「現代」小說。若隱若現的，他只是在處理面對這種逐步國際化、流離化的「現代」生活處境，人們當如何自處，又如何相待，因而也是一種適當的倫理態度之尋索的課題。在「紐約客」系列裡，他或正寫或側筆討論海外華人的「中國」認同：〈安樂鄉的一日〉的戲劇焦點就在於依萍和偉成夫婦，以及他們的女兒寶莉，在生活文化和自我認同上的堅持或否定是否為「中國人」或願不願意「變成美國人」，小說的結尾停格在英文的Winston的香煙廣告：「Winston tastes good, / Like a cigarette should!」雖不免滿涵諷刺意味，但它的教訓很顯然，不但得嫁雞隨雞，而且入境隨俗，還得居美是美！背負著「中國」名號的李彤，與竟然名為「吳漢魂」，在履歷上首先寫著的就是「中國人」的仁兄，皆如認同於楚國：「受命不遷，生南國兮」[58]的屈原，在放逐之餘，投水身亡了。雖然作者筆下涵蘊著無限同情，但恐怕亦自有警示的作用。（智者不為！或不當為！）「將車子加足了馬力，在Time Square的四十二街上快駛起來」，或許是更好的選擇。

如同在湯顯祖《牡丹亭》的〈驚夢〉中，除了杜麗娘與柳夢梅的繾綣情事之外，其實自有個性又忠心耿耿的春香之伴同「遊園」，以及雖然慈愛但卻是觀點正統之高堂的「驚夢」，仍是兩樣重要的戲劇因素，甚至是一樣重要的倫理情懷一般，或許中國傳統的這種「份為主婢，情同姊妹」[59]的主僕、朋友關係；或者既養又教有愛有誡的「母女」，以至「父子」等同性乃至異性間的親子牽絆，才是白先勇小說中最常見也是最重要的「中國文化」；或者說「傳統」文化的因素與表現。

《臺北人》中有好幾篇作品，其基本的情懷，抒發的亦正是這樣的「倫理」之情：〈遊園驚夢〉中和錢夫人的外遇一樣重要的，是錢夫人與竇夫人等之間的「姊妹」友于之情。〈梁父吟〉中樸園、仲默、孟養等人的同學和桃園三結義的關係；〈冬夜〉裡的余嶔磊、吳柱國、賈宜生的同學和同志關係——白先勇沒有完全忘記「情慾」的因素，各自都安排了一場因同志而締結婚姻，因此又添加了楊蘊秀和雅馨兩個女性——都是他們所以俯仰今昔的情感基調。而情勢雖易而長官下屬（介於君臣、兄弟）的情義依舊的表現，則見於〈歲除〉與〈國葬〉。〈一把青〉中敘述者與朱青（由朱青稱敘述者為「師娘」可見）以及〈金大班的最後一夜〉的金大班與朱鳳，則是一種近乎師徒與準母女的關係。就是這些「傳統」的情義關係與表現，使得以「現代」場景為描寫重點的白先勇小說，仍然充滿了「中國文化」的色彩，有時候甚至使人忘卻或忽略了它的「現代」特性。

白先勇的長篇力作《孽子》，一方面透過王夔龍的紐約經驗；一方面透過小玉跳船到東京的經歷；加上了主角李青[60]在被逐出「家」門後，在大臺北區到處「流離」與「遊歷」的過程，充分描繪了一個滿涵「現代」感覺性質的當代都會的世相圖。尤其對於大臺北區的各種隨著李青「遊園」路線所作的描繪，不但生動，充滿了感官知覺的內涵，而且繁複變化，充分的顯現臺北這一都會的多面風貌，其豐富精彩比起整部的《臺北人》在這方面的表現，只怕有過之而無不及。

但整個小說的心理歷程，卻是始於李青因「情慾」的出軌，而被逐出代表其正常社會網絡的「學校」，而進一步被父親將他自「家」庭放逐。因此開始了他的加入，以新公園為據點的同性戀者所謂：「在我們的王國裡」的「遊園」歷程。

他一方面懷抱著對已故弟弟——弟娃的思念，一方面思索也因「情慾」的理由自動離家的母親，與曾在抗戰立功獲二等寶鼎勳章，卻又在內戰被俘，失去軍職，落得只靠在信用合作社任掛名顧問的父親，四口家人之間的種種因緣。但漸漸和師傅楊教頭，以及小玉、吳敏、老鼠等人，因互相關懷而逐步形成另外一種近似「家」的關係，尤其在新公園因發生兇殺事件，圈內人集體被捕，後經傅崇山老爺子將他們保出去。因而楊金海教頭在眾人的協助下，成立了「安樂鄉」酒館之後，更具「家」的規模：「情慾」與「工作」俱有安頓。

這段期間李青尋母、遇母、並在母親亡故火化後，偷偷將骨灰送回「家」給父親。同時，因親歷龍子和阿鳳的傳奇，以及參與了小玉、吳敏、老鼠等人的原生家庭與種種的事故；尤其在侍候傅老爺子之後，親聆傅崇山與傅衛父子的悲劇：傅衛的因同性戀不能見容於軍隊，又得不到父親的諒解，而「用手槍結束了他自己的生命」。傅崇山在傷心了無生趣，形同槁木死灰之餘，又因遇見阿鳳逐漸瞭解同性戀是「血裡頭帶來」，他們「血裡就帶著野性」，其「情慾」並不能自已，因而在阿鳳橫死後，發下宏願伸手去援救這類的孩子；也透過傅老爺子的闡釋，逐漸瞭解面對這類孩子，身為「父親」的痛苦。

在傅老爺子去世，安樂鄉的中途之「家」被迫關門，雖然他們仍得重返新公園「遊園」，但李青與上述「兄弟」，卻已各自逐漸成長，找到各自的安身的工作與處所，重建了他們與社會的正常網絡。雖然李青終究並沒有回父親的「家」，但小說卻在李青亦能提供一個「家」，庇護並且指引一個，像九個月前的他一樣，離家流浪的十四五歲的孩子羅平結束。

他沒有在大年夜隨著整票圈內人去參加盛公的「派對」，反映的正是他雖然莫名就裡的闖入了臺北的玻璃圈，但他終於在「黑暗王國裡龍子和阿鳳」的傳奇裡，找到認同並尋回了「自我」，因而昇華了「情慾」中的「情」的成分為一片寬廣的「情」天，（而前往參加「派對」的一群，則不免仍在「慾」海沉浮），因而結束了他「青春鳥的行旅」，終於成年，而真正擁有了自己的「家」。

《孽子》雖在題辭上說是：「寫給那一群，在最深最深的黑夜裡，獨自徬徨街頭，無所依歸的孩子們」，其實掌握的仍是一般人的成長結構：隨著「情慾」自我的醒覺，人們必須逐漸脫離對父母的依順，走出「家」門，在外「流離」，並透過師傅的引導、同輩的互相支援，經歷智慧老人的啟迪，瞭解永恆的生命神話，然後真正尋獲「自我」，以及「自我」的人生道路，終於能夠自立成「家」。在這本特殊的「成長」小說中，就白先勇的作品而言，反而罕見的不是結束在「悲情」，而是充滿了自信與希望的，在口令中奔跑前進：「一二　一二　一二　一二」，甚至這些口令都是逐漸上揚的排列。

在這本小說裡，終於白先勇不僅是使用「驚夢」、「遊園」的敘事結構；並且還掌握了湯顯祖的〈牡丹亭〉，原名〈還魂記〉，原來意在抒寫「但是相思莫相負」只要「情真」，「牡丹亭上三生路」亦可「果而回生定配」，「還魂」的神聖喜劇之精神，因而在面對「阿鳳，那個野鳳凰，那個不死鳥的那一則古老的神話」的重述中，敘述者的主角李青，達到了：「頭一次那種恐懼、困惑都沒有了」的寧靜與徹悟。

白先勇小說以他生香活色的靈巧妙筆，似乎一再的述說著：背負著永遠不死從血裡帶來的「情慾」，在五光十色、萬紫千紅充滿各式各樣的感官刺激，卻又變動不居、流蕩不已的「現代」都會中生活，「那些青春鳥」，甚至一般的人們，幾乎總在也總得走向「離散」以至「流離」的「行旅」之路；然而由「家」所推擴出來的「傳統」人倫溫情，仍是基本的安頓與救贖；當然還有古老的「傳統」神話與智慧，（那倒不一定限於「中國」的），永遠在重覆敘說中的神話與傳奇……

註釋

1 兩篇小說，後皆收入王文興《十五篇小說》，洪範書店，臺北，一九七九年初版。
2 收入陳映真《山路》，遠景出版公司，臺北，一九八四年初版。
3 收入陳映真《第一件差事》，遠景出版公司，臺北，一九七五年初版。

4 收入《嫁妝一牛車》，金字塔出版社，臺北，一九六九年初版。
5 收入《秋葉》，晨鐘出版社，臺北，一九七一年初版。
6 見仝註1。
7 見仝註3。
8 見仝註2。
9 收入黃春明《鑼》，皇冠文學出版公司，臺北，一九八五年初版。
10 見仝上註。
11 兩篇俱收入白先勇《寂寞的十七篇》，遠景出版社，臺北，一九七六年初版。
12 引句見敻虹詩〈詩末〉，《敻虹詩集》，頁一三二，新理想出版社，一九七六年。
13 作為參照：王文興的短篇小說，先輯為《龍天樓》；後輯為《玩具手槍》，最後則定為《十五篇小說》，正因其中沒有任何一篇的篇名，可以具有那麼大的涵蓋性。
14 「謫仙」一語，雖然往往溯源至賀知章稱李白為「謫仙人」一事，白先勇的〈謫仙記〉顯然亦有類似的影射；但「謫仙」此一觀念卻盛行於唐人傳奇，如〈紅線傳〉，與章回小說，如《水滸傳》、《西遊記》、《儒林外史》、《紅樓夢》、《鏡花緣》等書的神話結構中，白先勇在具寫實情境的小說中以此名篇，顯然正取其意涵的象徵作用。
15 引句見南唐後主李煜詞〈浪淘沙〉「簾外雨潺潺」。
16 見辛棄疾詞〈醜奴兒〉。
17 唐孟棨〈本事詩〉記賀監稱李白：「謫仙」一事，卻將李白故事列於「高逸」第三。
18 見五代王定保《唐摭言》。
19 見宋洪邁《容齋隨筆》。

20 見杜甫〈贈李白〉其前二句：「秋來相顧尚飄蓬，未就丹砂愧葛洪」，前句映照「流離」的處境；後句反襯「謫仙」的本質。
21 見《紅樓夢》第五回，為太虛幻境石牌上的對聯。
22 見同上註，為宮門上的橫書與聯語的下聯，其上聯為：「厚地高天，堪歎古今情不盡」。
23 見白居易《琵琶行》序。
24 見晏幾道詞〈臨江仙〉：「夢後樓臺高鎖」
25 《臺北人》，民國六十年，由晨鐘出版社出版
26 引句見黃碧端譯，喬志高著〈世界性的口語〉，《臺北人》，頁二八三—四，爾雅出版社，一九八三年新版。
27 《紅樓夢》自可視為是以大觀園之興廢為中心的「遊園驚夢」故事，但最直接相關的莫過二十三回「牡丹亭豔曲警芳心」中林黛玉所感動的正是「遊園」「驚夢」的曲文。
28 見羅錦堂《明清傳奇選註》，頁一四七，聯經出版事業公司，臺北，一九八二年初版。
29 《牡丹亭》的臺本中，將第十齣分為「遊園」與「驚夢」，最早見於《審音鑑古錄》，此書據郭亮的考證，應當刊於乾隆（一七三六）之後。
30 這個歷程近於《紅樓夢》第一回空空道人的「因空見色，由色生情，傳情入色，自色悟空」，只是不當取佛教的空觀，而當取離恨天，灌愁海的情觀之理解。
31 見阮籍〈詠懷詩〉之三〈嘉樹下成蹊〉。
32 以上引句俱見《牡丹亭》第十齣〈驚夢〉，除「一生兒……」一句外，俱為白先勇〈遊園驚夢〉所引用。
33 見白居易〈長恨歌〉。
34 見明代楊慎〈升菴詩話〉引李仲蒙語。

35 見清代李重華〈貞一齋詩說〉。
36 見《紅樓夢》首回云：「空空道人因空見色，由色生情，傳情入色，自色悟空，遂改名情僧」，白先勇未有佛教的空觀信仰，故其美學策略更近《牡丹亭》。
37 該詩原文為：「朱雀橋邊野草花，烏衣巷口夕陽斜；舊時王謝堂前燕，飛入尋常百姓家。」
38 見宋孟元老《東京夢華錄・序》。
39 見《牡丹亭》第十四齣〈寫真〉。
40 見《詩經・小雅・采薇》。
41 見蔡琰〈悲憤詩〉。
42 見阮籍〈詠懷詩〉。
43 見《後漢書・列女傳・董祀妻》為說明蔡琰作詩二首之心情，後世遂以「悲憤」名其篇。
44 上三引句為緊接「流離成鄙賤」之後，〈悲憤詩〉的結語。
45 見《牡丹亭》第七齣〈閨塾〉，為春香語。
46 見《牡丹亭》第九齣〈肅苑〉，為春香解釋杜麗娘「遊園」的動機。
47 引句見《牡丹亭》第十齣〈驚夢〉。
48 見同上註，為〈驚夢〉演出時「作科」的指示。
49 參見杜甫詩〈無家別〉：「近行止一身，遠去終轉迷；家鄉既盪盡，遠近理亦齊。」
50 見韋莊詞〈菩薩蠻〉「如今卻憶江南樂」。
51 見歐陽修〈秋聲賦〉。
52 見傳蘇武詩〈結髮為夫妻〉。

53 此處借用劉希夷名句，指出「情慾」的「採花」者，可以不計較對象的「人不同」。

54 見《詩經・邶風・新臺》。

55 以上詩句，俱見白居易〈琵琶行〉。

56 見李商隱詩〈曲江〉。

57 見所著《王謝堂前的燕子》，頁四二，臺北爾雅出版社，民國六十五年四月初版。

57 以上詩句，俱見白居易〈琵琶行〉。

57 見李商隱〈曲江〉詩。

57 見所著《王謝堂前的燕子》，頁四二，臺北爾雅出版社，民國六十五年四月初版。

58 見《楚辭・九章・橘頌》。

59 更明顯的範例可能是《白蛇傳》中的白蛇、青蛇。

60 李青的命名，如同李彤，自是「謫仙」李白名稱的變形擬仿。

《孽子》的「臺北人」傳奇

中國小說，假如我們以唐人傳奇與宋人話本為範例，可以區分為「傳奇」與「寫實」兩大風格，那麼白先勇絕對是一位「傳奇」作家，即使他的小說在歷史、社會背景環境的描寫上，都有「寫實」的精確性。因為他作品中的主要人物都具有「倜儻非常之人稱焉」的性格，而他的文字亦皆具有「綜輯辭采」、「錯比文華」的鮮麗生動的特色。這種以華麗之筆，寫非常之人，配合上精確的歷史背景，就往往提昇了他所描寫的人物與故事，使它們成了替該一時代之巨龍，點畫出其奇絕精神之「眼睛」的典型性與象徵性，當然《臺北人》就是這種風格的代表作。

《臺北人》中的〈滿天裡亮晶晶的星星〉一篇，不但已是以新公園荷花池畔的男同性戀「王國」（在該篇中稱為「祭春教」）為素材，事實上許多《孽子》中的題旨與形象皆已顯現；其實白先勇早期的男同性戀作品，如〈寂寞的十七歲〉、〈青春〉、〈月夢〉，甚至以離家出走的妻／母在臺北漫跡為情節的〈黑虹〉，在《孽子》裡也都有似曾相識的痕跡。也許我們可以說《孽子》其實是融合了早期作品的「情慾／流蕩論述」與《臺北人》中特別凸顯的「家國／亂離論述」，而為臺北的男同性戀世界定調立傳的作品，其中列述的正是「那些青春鳥的行旅」。小說中郭老的「青春鳥集」相片簿，其實正是本書的一個題綱，一如《紅樓夢》中的「金陵十二釵」冊頁。自然李青的被逐出家而至成長醒悟的歷程，亦如賈寶玉的由沉迷而至醒悟，終於離塵出家一樣，仍以一部成長小說的形式構作了《孽子》的敘事主軸。只是白先勇所撰述的終究是一部現代的《品花寶鑑》，而非一般性的《風月寶鑑》。

假如說李青是一個「孽子」，那麼沉迷於情慾而忽略了祖德天恩的賈寶玉亦正是這種「孽子」的原型。小說中具有這種彼此指涉相互補充的「孽子」，還有王夔龍與傅衛，隱隱的我們亦可看到另一種再生的「孽子」原型：哪吒。就小說的主軸情節而言，王夔龍與傅衛都具有比李青顯赫的家世，因而父子之間的糾葛就更具潛在的「家國論述」與「情慾論述」的衝撞勁力。而他們更都具有李青所沒有的痴情與專一；也就是近於林黛玉的專情的型態。因此傅衛殉情而死，而王夔龍則為了向阿鳳要回自己的心而殺死了他。（其實他們都各自反映了林黛玉部分的現實與夢境。）基本上李青作為「青春鳥」之一，反而是近於阿鳳，是屬於「這群在這個島上生長的野娃娃」，只有「血裡頭帶來的」「這股野勁兒」，「生下來就沒有那顆東西（專情的心）」，其實反是接近賈寶玉的泛愛，甚至是泛慾的型態。由於這些野娃娃的基本生存處境，事實上是「逐兔子」而居，近於娼妓的「遊牧民族」，因此一旦變得專情，就往往會落得猶如吳敏割腕自殺的下場；自然這裡更有擬似「父愛」之追尋的複雜的心理情結，因為這些恩客往往被稱為：「乾爹」。

李青的父親，雖然來臺後已經淪為只賴一個合作社閒顧問度日，畢竟在大陸當過團長，曾經參加「長沙大捷」獲二等寶鼎勳章，因而在李青考上高中時預演了勳章傳授儀式，希望他將來保送陸軍官校，就具有某種隱約的「家國論述」的芻型。但這種期望卻因李青在校發生「淫猥行為」勒令退學而落空，因此李青遂背上「孽子」的罪名，開始了他自己的男同性戀的「情慾論述」。父親的罵著「畜生」揮槍追逐，正有著李靖意圖揮鞭打碎哪吒金身情景的影涉。李青亦如哪吒在「蓮花池」畔化身再生，（由類似警幻仙姑的郭老定名為「小蒼鷹」），而開始走向他的「情慾自我」的追尋探險之旅。其中最重要的關卡是：受教顧於師父、尋獲母親、還骨父親、重建新的兄弟關係，以及為權威的父親形象所接納，與接受自身所屬族類的宿命……

正如李靖，李青的父親是個嚴厲而受苦的原父，而郭老、尤其是師傅楊教頭則如太乙真人，是不但領進門且提供種種教導，甚至「磨他野性」的既提供知識亦多加保護的師父。但是由於自身亦是男同性戀的圈內人，他們並不能完全避免圈內的沉淪與圈外的迫害。因而以一個懺悔的父親形象出現的傅崇山傅老爺子就成為拯救與接納的權威性慈父。通過身為圈外人，且當過副師長、官商經歷完整且與軍警關係良好的傅老爺子的救助，他們才能走出監禁，重新融入大社會，而在圈內圈外取得某種平衡。

李青重見母親，發現了：「我畢竟也是她這具滿載著罪孽，染了惡疾的身體的骨肉」，而亦步上她的後塵，背棄了父親具大敘述性質的「家國論述」，而以「逃亡、流浪、追尋」走上了他們各別私自的「情慾論述」之追求。現實情節上，李青自然未能如哪吒剔骨肉還父母，何況他的「罪孽」不過是如同母親一般的，無法在家國的大敘述下否定自己血肉之軀的情慾，（他和母親都有著「島上颱風地震一般」的「島上生長的野性」），因此他在血肉上認同於母親，但在將母親的骨灰送回家中給父親之際，固然是出於母親囑付，卻似乎亦有著剔骨還父的意涵，因而，「才真正嚐到了離家的淒涼」。

《孽子》所以是一部「臺北人」傳奇，不僅因為這些青春鳥們都是「島上生長」的，他們大都有一位「島上生長」情慾盈溢的母親，但卻又各自有一位來自大陸或日本的父親。因而他們特別具有一種族群融合過程中，因文化衝突所形成的「認同」的危機，他們行為上類似或親近母親，李青、小玉的母親與麗月姐其實是互涉互補的「母親」形象，但在自我身份的認同上其實仍是指向父親，或理想中的「父親」，即使他們是以斥逐、遺棄、監禁、亡故等原因，而在孩兒的生活中處於缺席的狀態。在沉溺於以情慾追逐為活動基調的生活，這種對於「原父」或「理想的父親」的追尋，就成為精神的唯一提昇與救贖之道。傅崇山由受苦的原父，而轉化為「理想的父親」（再畸形的孩子都以「天賜」來感激接納），最終與傅衛葬在一起，正是這種轉化的完成。同樣的李青母親的欲與弟娃並葬，亦標誌她即使追求情慾的自我，終究還是孩子的母親。愛護、照顧「弟娃」（吳敏、小玉……等人）間接的就成了母親所指示：應該實踐的自我拯救的道路。小說其實是結束在李青接納、照料一個與他同樣離家的新「弟娃」……

而男同性戀圈子的龍鳳生死愛慾的傳奇，其實不僅限於男同性戀，多情總被無情惱，在愛慾專泛之間，原就是「堪嘆古今情不盡，可憐風月債難償」的，這種永恆的糾結，就以龍子的一句話，道盡：「滿天滿天裡的星星……」。

葉維廉詩掠影

○

迎接你啊
或者還有拍動
或者還有
化作無形的肌理的
飛翔

〈界〉之六

詩人是長著想像翅膀的天使，他們的心靈總在精神的天空飛翔；讀者卻大多是平凡的人類，在地面上行走是他的本份，有時透過文字的線索，他們想自華麗卻又滑溜的詩句，去掌握詩人飛揚恣縱的神韻，不免就有在狂風中拉住躍躍欲昇，急於飛翔那巨大風箏的艱難，有時只有看著它越昇越高，終至放手任它消失於雲端。對於被推崇為「中國現代十大傑出詩人」，出版過中文詩集十六種，詩選集二種，英文詩集一種的葉維廉先生，在這麼短小的篇幅，以困於地上行步的閱讀，除了捕捉一點投射在地面的浮光掠影，我們又能有何奢望？以下真的就只是一些誤讀的記錄。

一

我們一再經歷
四聲對仗之巧、平仄音韻之妙
我們就可了解世界麼？

〈賦格〉

葉維廉先生是一位對於詩的寫作具有高度自覺，甚至是理論反省的現代詩人。不僅因為他同時是當代中國最重要的詩歌美學的詮釋者，其實即使在他的詩作中亦已顯示了這種深刻的反省。寫於一九六〇，〈賦格〉的這幾句話，從第一層表面看，似乎是在質疑自四聲八病提出，以至近體詩形成，中國詩歌走向律體形式後的整個美學傾向與意涵。詩人是耽溺於詩歌語言自身的秩序美感與格律聲調的巧妙運用；還是要透過詩歌來呈現世界的實相與真諦？詩人是否自我陶醉於聲律格調的形式的秩序感，因而自囚於某種簡單機巧的象牙塔，卻逃避了去面這繁複粗糙，甚至恐怖醜陋混亂無序的真實世界？「了解世界」，去呈現對於世界的真實了解，就成了葉維廉先生作為一名詩人的自我要求與期許。

這一段話，從表面看亦可以是一名現代詩人對於舊詩作者，（尤其迄今仍然以為講四聲平仄，對仗押韻才叫作「詩」的「詩」人或評論者），所提出的質疑；甚至是對他們已然生存在這達爾文主義之後的現代世界裡，卻仍然保持了如此天真無知之信念的嘲諷。有趣的是它本身，不但以分行的形式提出，兩個「我們」之間，正有著八個字的高度的差距。低首臣服於「四聲對仗之巧、平仄」之下的被動的「我們」，和真心渴望瞭解世界的主動的「我們」，有著或者我們可以說高低「八度」的距離。

其實作為現代詩人，葉維廉先生並不否定「音韻」，甚至追求「音樂」的表現形式。〈賦格〉，fugue本來就是取義於在西洋音樂之父巴哈所達至醇熟的複調音樂，以對位手法反覆變奏的遁走曲曲式。他的第一本詩集以《賦格》為名，接著同時作為詩集名稱的詩作〈愁渡〉，則分為五段，各以第一「曲」～第五「曲」為名，音樂形式仍是詩人構作其詩的參考，而《醒之邊緣》出版之際，更是首開風氣的附上了唱片。所以，詩人詮釋自己的詩作會說：「以〈賦格〉為例，個別意象的構成和傳統的關係很密切，但整體交響樂式的表達卻接近西洋的表達方法。」（〈與葉維廉談現代詩的傳統和語言〉）

二

求求你。
求求你。
求求求求求你你
求你。
還是自己的聲音，自己的，回響都像一柄刀，刺破我的穴道。我赤裸著，我的心膨脹著；啊好大，好大，終於被一捲黑旋風化作一株小花，又化作一隻呆立的鳥，又變作射鳥的獵手，槍開了，我落下，我落下，我落在火車站前……
一聲汽笛把S送回現實。

〈赤裸之窗〉

對於現代詩人而言，不管他是否自覺，他都得面對：「除去了音韻，詩與散文的分界，是不是只在作不作分行的排列？」這樣的問題。商禽是臺灣現代詩人中，往往是出以否定答案的人，他以段落整體意象情境來作戲劇性逆轉與對比來達到「思與境偕」，而創造出獨特的「言外之意」，「韻外之致」來。

葉維廉先生的策略，似乎是採取兩跨而並行。正如陶淵明的〈桃花源記〉與〈桃花源詩〉為互補，（後來作為詩序的〈記〉甚至比〈詩〉更膾炙人口；王勃的〈滕王閣詩〉〈滕王閣序〉亦有類似情形。）或者如姜白石詞的詞前小序亦如其詞，一樣雋永可讀。以是否能夠傳達出雋永有味的詩意經驗，足以作言外、象外的深入品味而引發豐盈超越的美感興趣，來作它的答案。特別在遊旅經歷的詩作，葉先生更是左右開弓，記敘題詠並行，倒也頗合東亞世界的傳統，（宋明以下的記遊之作如此，東瀛的芭蕉等人亦如此。）但前引的〈赤裸之窗〉則是另一個方向的例子。

佛洛依德自夢與自由聯想，開啟了解析揭現潛意識世界之門；於是我們的深沉經驗，一如表層的意識經驗，都可以成為我們詩意所照所顯的世界。完全分行並列，取消了一切解說說明的字眼，或許更貼近作夢或聯想經驗的實際，但不免語言道斷，令讀者驚惶。因此上引一段，我們可以看到詩人用了Roman Jakobson所謂的metonymy的敘述結構，不斷的依其鄰接而轉換其意象，但每個出現的意象卻需當作metaphor來解讀。

詩人卻惟恐驚嚇了讀者，還是努力勾勒了一些雖有實無的理路，留下了許多純是為了令人安心的言詮：「像」、「著」、「終於被」、「化作」、「又化作」、「又變作」，然後以「一聲汽笛把S送回現實」的終局來向讀者保證：以上所述僅是S的非現實的幻想，因此請勿以現實的理則來苛責，……

然而，這樣快速轉換的意象，不就是某種「遁走」的曲式？我們乘坐快速的車船飛機遊旅之際，「風景」是不是也一樣快速的「遁走」；而又由於我們的執念與注意，我們總又看到一個或一個以上的主題或旋律，在不同的部分重複演奏著？

三

> 邀我仰觀群星：花的雜感
> 與神話的企圖——
> 我們且看風景去
> 〈賦格〉

我想〈賦格〉是葉維廉詩第一階段的代表作，不僅是他以它為名來稱呼整本詩集，事實上不但整首詩的風格，即使是前引的三句亦已預示了葉維廉詩所反映的一種精神傾向。首先，一如他在最早發表的〈海裡一朵花〉已經提出了「淡藍的海裡一朵花開出來了／落寞裡我追尋一個遺失的靈魂」，「光前寰宇的璀璨已在夜的舒展裡窒死／朦朧的眼睛裡彷彿閃過隕落的星星」；而在他稱為「一首少年時代的歌」〈生日禮讚〉亦強調著：「愛，來，來伏在我這頓然萬有的胸前，來感覺我們就是山脈，大海，廣場，是群花盛放的地方，是沉思中一絲細得不能再細的清香。」而結束在：「沉落的夜，／初起的星，……」因此大至群星，其實是整個的天空／地平線的視界，以及細膩至一朵花的一絲細得不能再細的清香，都是詩人的銳感所要也所在捕捉與重組的美感經驗。但與此相對的卻是「神話的企圖」，如何轉化時代的沉重悲劇情境為永恆人性掙扎與昇揚之「神話」的企圖。

四

太陽如鐵如悲劇重重壓著我
以光線以空氣以間接的環境
我欲扭轉景物，我欲迫使
所有的情緒奔向表達之門
通至未經羅列的意象

〈夏之顯現〉

在這首詩裡，「太陽」很怪異的被直喻為「如鐵」、「如悲劇」而且「重重壓著」詩人的「我」，顯然用的是《左傳》上賈季所謂：「趙衰，冬日之日也；趙盾，夏日之日也」的比喻，也就是注文所指出的：「冬日可愛，夏日可畏」，象徵的正是酷烈殘暴的統治，其影響則及於「以光線以空氣以間接的環境」，壓迫往往不必直降其身，只要一些「鐵」腕的手段，憑藉一些指鹿為馬的伎倆，製造一些殺雞儆猴的「悲劇」，就可以改變了世界的景觀與氛圍，甚至只要「間接的環境」就可以形成壓迫。甚至「用它如字的手指懲罰我的雙目」，「撒播欲睡欲死的光之羅網／置我於無路可走的夏日」。

因而世界一方面呈現為「死之正午如弓弦緊扣／我不敢向擾亂的明鏡投射」；一方面則是「真實的故事只流傳於無記憶的人心中」，人們只有「注意活寶說話猶似啃嚙香瓜或龍吸水的氣勢或樹根盤結的哲學或以訛傳訛」。詩人只有「試手掩隻耳一放一放」來對抗，並以「我的視矚，木樁竹節的音響／刺破燃燒亮晶的大氣」；藉「扭轉景物」，以「未經羅列的意象」，將「我結節糾紛的思維」作「動的放射」，來作表達與救贖：「試握柳枝於手，如噴泉之向天」，（觀音的柳枝與淨瓶？）以真神話來對抗假「神話」：

年青人，躺下來看太陽爬過碧空
曲之直，黑暗之代以光
光之代以無所謂的色澤
是神話
年青人，夏之驕目燃燒如紅髮

以上所引數句指陳的正是顛倒黑白，混淆是非的假「神話」，但真實卻只是「紅髮」的赤焰。而詩人渴望的是以真實的「顯聖」，以水濟燃，以雲雨滋潤，來喚醒來救治這些被假「神話」所蠱惑而迷失的朝聖者：

在樹頂發光的海洋
我急欲舀一掬顯聖的水登城

洒向這群迷失的朝聖者
艱深如哲理數學的流雲
正等待著你我的介紹
空氣流過我的四肢
我流過你們

有意思的是傳統上往往象徵飄浮逍遙自由自在的「流雲」，卻在這艱困的年代，成了近乎企不可及的「艱深如哲理數學」，必須有人來教導「介紹」，方才得以認知體會，詩人企盼以自身的體驗為媒介，「空氣流過我的四肢」像陣陣清風，透過詩，「我流過你們」，成為眾人的喚醒、安慰甚至救贖。

雖然詩人具有如此宏願，似乎也相信詩的感喚的力量：「年青人，此時如果你等待詩／詩也就來了。」但卻不無疑問：

（一朵蓮花能盛世界多少貞潔？）

即使詩人或少數的「你我」可以如蓮花，出污泥於不染，在已被沾污充斥著塵濁的墮落世界中保持貞潔，但會不會是杯水車薪？「耶穌忽然哭哭啼啼走過來」，似乎救贖也可能僅是一場徒然悲傷的哀泣，那麼，是不是放棄對於真理的追求，對於真實的堅持？參與社會體制，不管它是多麼的邪惡，成為共犯結構的一部分？「年青人，我們為父母者不也很愉快嗎？

五

當星霜交換的時刻，我來告訴你們：
火焰橫流，將燒盡一切翠玉的城市
如車如馬的風煙拂過，木落門空
黃鼠再奔聚山巢……
　　我來告訴你們：
不要靠東風，縱使有燒船的妙算
拿好推背圖，熟唸燒餅歌和通書
勿近金面蛇形：黃鵠不來
天龍就爬不上殿柱……

〈致我的子孫們〉

「神話的企圖」，首先是對於迫在眉睫的浩劫，企圖有所表述與理解，它既訴諸戲劇性的象徵情景來呈現：「火焰橫流，將燒盡一切翠玉的城市……」；亦訴諸歷史記憶的綜合與重組，在前引的段落中就同時使用了赤壁之戰，孔明借東風、元末起事的預言、陳勝吳廣崛起，以至漢高祖斬白蛇興起等等的神話與傳說。有趣的是正如他以「翠玉」形容城市，而將「白蛇」轉化為「金面蛇形」，一方面藉著礦物化的意象來產生既珍異又現代的美感聯想，「金面蛇形」更是指向了「人面蛇身」等古老的始源神話。其實既是「君不見有人為後代子孫／追尋人類的原身嗎？」或「我來等你，帶你再見唐虞夏商周」（〈賦格〉）溯源的歷史意識；同時：

左顧右盼，等一隻蝴蝶
等一個無上的先知，等一個英豪
騎馬走過——

〈賦格〉

亦反映了詩人內心裡深沉的，對能夠啟示自由的先知（如夢見化蝶的莊周）；或拯救世界之危局的英豪（如馬上得天下，卻又懂得不可馬上治之的劉邦）之渴望與企盼。但不論如何理解詮釋，如何企盼渴望，「歷史，歷史永遠是青春的」（〈致我的子孫們〉），詩人所必須面對的仍是家國分裂，人民以至自我身處流離的事實。

六

當疲色的形體逼向車站
當燃燒的沉默毀去邊界
風的孩提
雲的孩提
你們可知道稻田怎樣被新穗所抓住
我怎樣被故事，河流怎樣被兩岸
兩岸怎樣被行人，行人怎樣被
龍舌蘭的太陽？
花朵破泥牆而出，我就舒伸
因為只剩下舒伸是神的，就舒伸
向十萬里，千萬里
十萬里千萬里的恐懼

〈仰望之歌〉

白日啊

為什麼你逼進我的體內
而釀造河流

就抓住那巍峨，而兩岸
就因我的身軀而分開
進入一個內裡進入一個中間
哪一個內裡哪一個中間？

白日啊，既然我飲不盡我自己
告訴我如何可以看進自己的眼中
如何可以不成河——
那一條，那一條不流的洶湧的河。

〈河想〉

「太陽」或者「白日」，「抓住」，「河流」，「兩岸」，以及消失的正常的空間感：「毀去邊界」；「哪一個內裡哪一個中間？」；「向十萬里，千萬里／十萬里千萬里的恐懼」，詩人一再的藉用這些意象，重組複述居處酷虐的亂世，分裂的家國與因之分裂的自我認同，以至步向「流離」，

（「河」的本質不就是「流」？）；終成「離散」，（「毀去邊界」，「就舒伸／向十萬里，千萬里」）的命運。

不論出於「仰望」或出以「想」：希望改變不了殘酷的事實。「花朵破泥牆而出，我就舒伸」，出奔流亡反而成了唯一的正義：「因為只剩下舒伸是神的」。同時，柔嫩的花朵卻足以穿破泥牆而出，逕自的開放，似又反映了冥冥中自有天理，萬物的生命力終究不可完全扼抑：

花開：何種湧動
使萬物可解？

〈花開的聲音〉

於是「神話的企圖」就由「流血的本質，時間的意義／天變、死亡、饑餓／一鞭鞭的驅逐」（〈我們忽略了許多事實〉），轉向了流離中，依然夫妻和合傳宗接代的「家族傳奇」（Family Romance）。

七

妻說：我們就開動吧
向東也好

向西也好

房舍的餘燼因風
如線軸的線默默的織入
記憶的衣衫裡
我們不是有海的搖籃嗎
任棠兒夢入舷邊的水聲裡
說著，妻的頭髮就把砰砰的戰火拋在後面

轟然，流沙突變為清鑑的湖以後
親愛的王啊，為什麼你還在水邊
哭你的侍從呢？
揹起你的城市，你侵入遠天的足音裡
不盡是你的城市嗎？
親愛的王啊，別憂傷
你在那裡，城市就在那裡

〈愁渡〉

城燬戰火、渡海流亡、諦創新生……，〈愁渡〉彷彿是一部迷你抒情版的現代*Aeneid*，雖然用詩人自己的說法是：「同樣的事件用五個不同的角度來看。」其實以敘事詩的常規而言，對話之際，每個角色原自有其不同的角度，雖然身處同樣的事件。但是要將它寫成抒情詩：「抒情詩一定要將感受的幅度呈露出來」，就有了「這五個不同的角度怎樣以同樣的風格出現」的問題。（〈與葉維廉談現代詩的傳統和語言〉）

以同樣的風格出現，既可視為詩人的無法融為角色，因而只是借用角色的角度，作多層次的複述而已；亦可視為終究這些人原是親密的家族，終究是會出以「家族類似」（family resemblance）的表現，何況敘說的既是同樣的事件，其中重複的因子，帶給讀者的自然是似曾相識的感受。

但是最能反映該詩之特質的，其實是涵融一貫，詩人的企圖擺脫那種因戰亂離鄉的流離哀傷；努力想以琴瑟靜好的鰜鰈情深與父子的血脈親情來貞定自己的內在掙扎與自我說服。所以訴諸遠古的神話形式，正是一種拉開距離，以更普遍的眼界來縱觀諦視，因而得以自我超拔的努力。

前述引句中，已成餘燼的故居只能織入記憶；王也失去了原有的侍從、城市，只能揹起自己的城市（對它的記憶、懷思與認同？）步向遠天，只有以「你在那裡，（你的？）城市就在那裡」的想法慰解。但真正的慰解，其實是家族血脈相連的親密與承明時日的回憶：「倚著窗臺／我們共聽血脈裡的潮湧」：

悠悠的楊花翻飛

在澄明的陽光裡
鴿子含著微雲而侵嶺路
那時你倚著窗臺一如你倚著裙子
（檀香幽幽的燒著）

而故事裡的妻子，（「那拾級而上的新娘」），成了呼喚棠兒的母親，「呼喚著什麼呢？」關於他是：「快快睡，別憂傷／他已有了緞紼的床」；關於棠兒是：「棠兒有了白馬的行程／快快睡，別驚醒」；而關於她則是：

松濤看護著妻子
青鳥般勤著母親
聽：
山根好一片雨
澗底飛百重雲

這樣的結尾，正如〈賦格〉的結束在：

良朋幽邈
搔首延佇
夜　洒下一陣爽神的雨

〈賦格〉的前兩句直引陶淵明的〈停雲〉詩，而末句則自所謂：「停雲靄靄，時雨濛濛」蛻化而出；〈愁渡〉的雲雨，一方面既有〈停雲〉詩的寓意：「停雲，思親友也」，同時也自王維：「山中一半雨，樹梢百重泉」的句法化出。似乎真有避秦而歸隱田園自然的意趣。一旦歸隱田園自然，則「不知有漢，無論魏晉」，遂在妻母的撫慰下，「但使主人能醉客，不知何處是他鄉」。而他鄉亦盡成觀光旅遊的勝景——我們且看風景去

八

究竟在土斷川分的
絕崖上，在睥睨梁欐的石城上
我們就可了解世界麼？
我們遊過
千花萬樹，遠水近灣

我們就可了解世界麼？

（〈賦格〉）

現代詩人所必須背負的「現代性」之一，就是傳統所謂的：「天下」，頓成亞細亞洲太平洋岸的「列國」之一而已。即使登上了泰山長城，遊遍了表裡山河、大江南北：「我們就可了解世界麼？」它們是「世界」的一部分，但並不就是「世界」。假如，「我們且看風景去」，原有某種無奈的意味。但在這種背景思維下，離開中國或兩岸，卻成了發現「世界」，認知「世界」之真理的起點。於是「我們且看風景去」就成了類似趙州和尚：「且喫茶去」，引向開悟，實踐開悟的，追求真理，向真理開放的意涵。

這兩段詩，同時指出了觀看「世界」的兩種方式，一是登上絕崖或城樓的定點鳥瞰，以垂直的高度打開視野；一是在千花萬樹，遠水近灣作水平的穿梭，雖不免以近景為主，卻因「遊過」的動態歷程，而有其因連續所形成的變化對照，形成一種動態旅程的韻律美感和積累發現的開悟效果。莊子講「逍遙遊」，似乎就是這兩種視點的綜合。由陶淵明而王維，莊子與道家美學也就呼之欲出了。葉維廉先生的成為當世最重要的遊旅詩人，（且讓我們看看他後來的一些創作的書名：《一個中國的海》、《歐羅巴的蘆笛》、《尋索：藝術與人生——印度、喀什米爾、尼泊爾、土耳其、愛琴海》、《山水的約定》、《紅葉的追尋》、《冰河的超越》），自有其生成變化的理則。

九

突然
自沉默亮起

山
光

被疾風吹皺了

（〈天興〉一）

夜沉得更深了
依著桂花的香息
把小巷走完
到了土地廟
在大榕樹的側面
當井沿那些女子洗衣的笑聲

早已潮退盡去
我提起腳
偷偷的走到井邊
用最迅速的手勢
從井中
打出一桶瀝瀝閃閃的星星

（〈深夜的訪客〉）

王維到底對葉維廉先生的詩作有多大的影響，其實很難說清楚，雖然在他的論著裡，我們可以看到他對王維自然詩作了最深刻的美學詮釋。這裡引的兩個詩例，原在顯示他的分別以定點觀照或迴遊體驗來捕捉山水田園情態的兩種範式。但是王維〈鳥鳴澗〉：「人閒桂花落，夜靜春山空。月出驚山鳥，時鳴春澗中」或者〈山居秋暝〉：「空山新雨後，天氣晚來秋。明月松間照，清泉石上流。竹喧歸浣女，蓮動下漁舟。隨意春芳歇，王孫自可留」；甚至〈竹里館〉的「深林人不知，明月來相照」或〈鹿柴〉的「返景入深林，復照青苔上」等詩句，卻不自覺的浮上心頭。王維似乎總在光影的變化中體會到大自然的律動，而在人禽的戲劇性變動中感受到宇宙的生機，尤其他偏愛人的由忙至閒，由動之靜的時刻，當此之際，他似乎最能感察萬物的生生不息的情態，大化流行的無盡天機。因而所描寫的山水自然的景象就往往深蘊道意與禪機。

〈天興〉的「突然／自沉默亮起」，我們在這戲劇性片刻，所看見或發現的其實是一個渾然整體的呈現，經由意識的逐步分辨，我們才知覺它同時是「山」也是「光」，而且是「被疾風吹皺了」，使我們在層層分辨中感受到一種對於真實步步逼進，認識體驗也越來越深入，彷彿靈光一閃的喜悅。首先，眼前的黑暗並非一無所有，它蘊藏著「山」；並且似乎是個悖論的，它亦蘊藏著「光」；而「沉默」與「山」並不靜止，它被「光」照出它的嶙峋，而亦在它的實體之上與之間的虛空之處，流動蘊釀著「疾風」，在一句「吹皺」中，正有著道氣本體與現象的動靜、剛柔、與虛實的交感共舞。

〈深夜的訪客〉，以「臺灣農村駐足」的經驗，重塑了一種近乎「人閒桂花落」與「竹喧歸浣女」的情境，卻不靜待「明月來相照」，以品味「明月松間照，清泉石上流」的清幽勝景，反而是近於水中撈月的，急速的前往井中汲星，既具童話趣味，也充分的顯現了現代人的一味進取的精神。（有趣的反諷與自嘲？）

十

鉸鍊戛戛
停住
又開始
停住。

洗碼頭工人的談論
沒入霧裡
熱烈的爭執
爆發
又沒入霧裡。

（〈醒之邊緣〉）

假如道家美學只能撰寫山水詩、田園詩，那麼它在現代世界所可能具有的意義就極其有限；充其量不過是一種思古幽情的迴光反照而已。前引的段落，是〈醒之邊緣〉一詩的開頭，寫停泊郵輪的碼頭清晨，這是很「現代」，「機械文明」的景觀或經驗。但它一樣的展現了一種「生命」的永恆而自然的韻律，詩人幾乎沒有什麼修飾，卻巧妙的利用了分行所形成的狀態與時序的區隔，配合上了句子的長短相間，從語調上、景象上捕捉了那份韻動的戲劇性，甚至在鉸鍊的拉動和洗碼頭工人談論爭執爆發的並列相提之際，還可以形成交互指涉，彷彿工人們的談論爭執爆發一樣是冥冥中（「沒入霧裡」）的鉸鍊所拉動；而所有的鉸鍊拉動亦未嘗不是一種談論、爭執、或爆發的狀態（「戛戛」的或輕或重或快或慢的摩擦聲）。

但這種意境，我們說它是得自《莊子・人間世》所謂：「若一志，無聽之以耳，而聽之以心；無聽之以心，而聽之以氣。聽止於耳，心止於符。氣也者，虛而待物者也。唯道集虛。虛者，心齋也。」的「心齋」狀態，似乎也不為過，它的意味是來自發現而非得自創造，所以是「醒之邊緣」。

十一

打開了一扇門
其他的門都消失了
長廊裡
蝙蝠依聲音飛翔
「來是你語
　去是我言」
打開了一扇門
其他的門都重現了
由是
再開始
打開另一扇門……

遠離自然，充斥人工，鋼筋水泥叢林中的現代生活，依然處處涵蘊著奧義，彰顯著「道」，道家的玄理，只等待著那種能夠「致虛極，守靜篤」的詩人，在「夫物芸芸」，「萬物並作，吾以觀復」中來體會，來捕捉，來顯現。（《老子・十六章》）

一排排一列列千門萬戶複雜的現代建築內部，不論是層層相對羅列著住宿房間的大飯店；或者部門處室比鄰相接僅留中間長廊的辦公大樓，往往就是我們進進出出最通常的經驗。站在四下無窗的長廊，有時陰暗幽靜如巖穴，似乎只適宜依自身所發的高頻無聲聲波感應的蝙蝠居處飛翔。日日夜夜生活在這樣的現代建築裡，每日每夜的活動，似乎就是只在其千門萬戶中進進出出，我們是不是「依聲音飛翔」的蝙蝠？來去出入成了最基本的「語」與「言」？

站在「長廊裡」，我們面對眼前眾多的門，眾多的選擇，眾多可能的話語。但是一旦作了選擇，話說出口：「打開了一扇門」，我們進了某一個門內的房間：「其他的門都消失了」，我們就喪失其他的選擇、其他話語的可能。這不正是老子所謂的：「常有，欲以觀其徼」？

但相對的「打開了一扇門」，由房間走出門外，放棄了某一選擇，閉上嘴結束了原先的話語，又重新具有了再作各種選擇，以至千萬種其他話語的可能性。這不正是老子所謂：「常無，欲以觀其妙」？「道」不正就在永遠的「有」、「無」、「來」、「去」；因此也就是永遠的「進」、「出」、「語」、「默」之間？（「長廊」作為「通道」，是不是也可視為是一種「道」的象徵？）所以說：「道可道，非常道；名可名，非常名」；說：「此兩者同出而異名，同謂之玄；玄之又玄，眾妙之門」。（《老子・首章》）

由是／再開始／打開另一扇門……

十二

電光一擊
天空
在密不透風的黑暗裡
裂碎片片。
童年
在暴雷炸響中
越過一切的變故。
憂患、傷情、愛欲
而在偌大的床上
坐起，

（〈驚馳〉第二首）

嘰嘰呀呀
好遠好遠
妹妹踏著水車

一桶桶的星
越過耳葉和鼓膜
傾倒在漠漠的天裡
玎玲玎玲的
驚起了一群紅玉的火鶴
自漫白漫綠的菖蒲

（〈漫漫的童話〉）

孟子說：「大人者不失其赤子之心」；老子說：「專氣致柔能嬰兒乎？」圓融的智慧與精神，總是接近童真，也是最能與童心交感共鳴。在〈驚馳〉中我們看到了超越了一切「變故。／憂患、傷情、愛欲」，一個人的本真，以「童年」的自我，在「床上」「坐起」。真是「暴雷」一樣的「驚醒」！「返樸歸真」就是這樣嗎？

但「童話」的世界卻是五彩繽紛的。它的「驚起」，不過是「一群紅玉的火鶴／自漫白漫綠的菖蒲」，因「水」、「星」飛濺而展翅翱翔。葉維廉先生是重要的詩人，卻又能夠認真的寫作童詩的童真詩人。

十三

極目的大空大寂裡
好一片閃煥的流麗

無人看見

高山上　峽谷裡
霜霜　雨雨
成熟了
淋漓欲滴的秋紅

（〈北海道層雲峽的秋天〉）

「我們且看風景去」，或許也是「向絕美朝聖」，更是對失去了的「美的感性」的追尋。《莊子・知北遊》所謂：「聖人者，原天地之美而達萬物之理」的主張，仍是這類看風景的典則。「極目的大空大寂裡／好一片閃爍的流麗」，兩句空間景觀的對比，其實亦同時是「萬古空寂」與「一朝風月」的時間上的對比。世間的一切璀璨華麗不過永恆空寂中一片短暫的閃爍，一種即將流逝的片刻的美麗。而且往往「無人看見」。

這一句「無人看見」也許像王維〈辛夷塢〉：「木末芙蓉花，山中發紅萼。澗戶寂無人，紛紛開且落」，強調的是「草木有本心，何求美人折」，自然生命的自在自是，自生自化；也就是萬物各有其成理，它們的生生滅滅與宇宙的終極奧義是融為一體的，既無需假借「人」的言說擬議，更不必「人」來觀看賞玩。

但是「無人看見」寫在這裡卻是詭論，寫作者的言說不正是它的否證？而且單獨一段，正是對「它」的言說自身與指涉事實的強調。（強調的是一種「興來每獨往，勝事空自知」的獨享獨賞的情境？還是眾人的視而不見，甚或是見而不覺其奧義與成理？）

而其要義或許正在其所呈現之「淋漓欲滴的秋紅」，正是不分「高山上」「峽谷裡」，一體皆因「霜霜　雨雨」，而「成熟了」。一如秋實的成熟是必須經過孕育、生長、以至成熟的漫長歷程。「紅於二月花」的「霜葉」，亦需「玉露凋傷」甚至飽經多次的「霜霜　雨雨」的捶鍊，彷彿「動心忍性」的歷程，才能達至如此圓滿紅豔的狀態，因而呈現的正是一種「成熟」的，酣暢「淋漓」，滋潤「欲滴」的美，一種必須自春經夏而到「秋」日才有可能的「紅」豔。

這是一種近乎人到中年才可能有的成熟、圓融與豐融之美嗎？

因而我們所追尋觀覽的只是「美」？或我們自身的「美的感性」？還是「此中」更「有真意」？雖然未必需要「辯」之以「言」，我們只要尋言觀象，尋象觀意，就好？

十四

詩的表現總是無盡意的。葉維廉先生的詩，越寫文字越平易，越寫形式越簡單，但大音希聲，大智若愚；這就是繁華落盡的真淳自顯嗎？

——我們且看風景去

防風林與絲杉
——論林亨泰與白萩詩中的臺灣意象

一、前言

生存環境，一方面限制了我們生活選擇的可能，一方面卻具體的成為我們生活經驗的各種內涵，而和我們投注的精神、情感與行動交織，難解難分之際，甚至成為我們「自我」的延伸，呈現為一個擴大了的「自我」之覺識，成為一己認同的群體「自我」的象徵。因而這種對於所生存之環境的意識與認同，既是個體的也是群體的；既具主觀性也具客觀性。因其為客觀的存在與群體共同經驗的對象，因而對此生存環境的認識，就成為可驗證可辯論的題材，這正是我們對於其歷史與地理特質的掌握[1]，所以成為一種公共論述的緣由；另一方面則是，認同終究是出於個人的抉擇、詮釋與無可爭議的個人情感的投注，因而它也往往呈現為個人私祕的領會，因而流漾出各人特殊情意之輝彩。當王粲對著荊州「華實蔽野，黍稷盈疇」的田野，發出「雖信美而非吾土兮，曾何足以少留！」的喟嘆之際[2]，我們所面對的正是自然風土的客觀存在與個人情意的主體認同之相關相繫的兩面性，它們可以是相輔相成的一致，也可以是相反相生的差異。因而呈現的正是主體心靈世界的無盡的繁豐，多彩多姿——文學與藝術正是為了掌握這種繁美而創構的多彩世界。

一位本土的現代詩人，對於他所「歌於斯，哭於斯」的鄉土——臺灣，會有什麼公共的認知或私密的領會？他如何透過現代詩的特殊形式來掌握與表現？是本篇所想探究的基本問題。因為篇幅所限，我們僅以林亨泰與白萩二人作為典型的範例來加以探討，希望獲得不僅是對於「臺灣」意象的認知，亦同時是一種現代詩的「詩學」上的瞭解。

二・由林木的圖象詩切入

當中文的新詩，放棄了固定的押韻與格律，而採分行的排列之際，它在形式上的表現力，自徐志摩〈康橋再會吧〉一詩，因格式排錯而得重排發表起[3]，無疑的越來越倚重書寫排印之際的視覺效果，因而作為新詩往「現代」發展的步驟，在六〇年代就一度興起了「圖象詩」的風潮。圖象詩在詩形上的經營，會不會有意或無意間反映了詩人對於他所生存之真實空間的感知與領受？當然像林亨泰的〈風景No.1〉，〈風景No.2〉這樣本身原即意在表現本土「風景」的詩作，自然是有意的反映了對臺灣的某種空間景觀的理解與感受。但是白萩的那首一樣膾炙人口的〈流浪者〉，和林亨泰的兩首〈風景〉一樣，都以植物在空間上的分佈為其寄意的重心，經由文字圖象化所形成的植物與空間的關係，轉而成為詩作象喻的內涵。並且更有意思的是它們的「題目」，都與此種空間關係，產生距離，形成張力。因為它們都要在「無風景處見風景」，「不流浪者見流浪」。我們是不是也可以在此，一樣的看出詩人無意中對其生存空間之領會的端倪？或許也更可以藉此探究詩人對其生存情境所寄之「臺灣」的思感與呈現的各種可能。這自然只是一個方便的切入點而已。

（一）〈風景〉的禮讚

風景No.1

農作物　的
旁邊　還有
農作物　的
旁邊　還有
農作物　的
旁邊　還有

陽光陽光晒長了耳朵
陽光陽光晒長了脖子

風景No.2

防風林 的
外邊 還有
防風林 的
外邊 還有
防風林 的
外邊 還有
然而海 以及波的羅列
然而海 以及波的羅列

林亨泰的這兩首〈風景〉，在題目上不用諸如「之一」或「之二」，甚至「1」或「2」的註記，而加上了「No.1」與「No.2」等字樣，不但深受西方影響的現代感全出，事實上更有著隱隱約約的「第一」與「第二」的價值判斷在其中；這種價值判斷正與他將原本未被認為是風景的景象，稱讚為「風景」是出於同一機軸，更深一層的探究，正可視為是一種對於「臺灣」的禮讚！

〈風景〉二詩的素材，明顯用的正是臺灣中南部，至少〈No.2〉是如他在更早期的詩作所題為「海線」之類似地域的景觀。〈No.1〉的主題，其實不外乎「黍稷盈疇」之意，但卻有意不確指，而逕稱為「農作物」，一方面正消減了它們的景象性；一方面則加強了它們係屬人工栽培的觀念意涵，因而正是指向了「農作」之活動本身，因而三次的並列，並且一直強調「旁邊　還有」，就呈示的不只是它們的眾多，而同時是「農作」的勤勉與辛勞與期待收穫之豐盛。這些對真實務農的人們而言，或許比任何風光是更喜悅更重要的「風景」吧！並且作為景觀的特殊性，正在它們曝曬在「亞熱帶」的「陽光」下。「陽光陽光曬長了」正以近乎童謠的口吻，敘述著中南臺灣漫長的日照；而所「曬長了」的竟是「耳朵」「脖子」，除了強調「傾耳」與「延頸」的期盼與等待的意涵，其實亦暗示了在陽光中長大的農作物群集所形成的風聲習習，如波如濤；以及因日益高長必須引頸才能一層層的望見。自然在「農作」之際，最能感受到陽光的曝曬的也正是「耳朵」與「脖子」，暗示的正是揮汗中種植與日曬裡收成，形成的正是一種「汗滴禾下土」之「粒粒皆辛苦」的強調與禮讚，以狀似童稚兒歌的敘述，描摹詠歎的正是臺灣在漫長日照下一年多次的收成；這既是自然之厚賜，亦是人民之勤勞的特殊景觀。誰能說這不是臺灣No.1的代表性好「風景」？所以，林亨泰在〈亞熱帶之一〉中要強調：「這兒的空氣／是甜的／花瓣上／沒有皺紋」；或者是〈亞熱帶〉中要感歎：「季節啊／沒有缺口／花瓣啊／沒有皺紋」視這種特殊的季節變化為「羅曼司的／秩序中」，幾乎以一種戀愛的心境來看待了。

〈風景No.2〉一直比較受到注目[4]，或許正因它更接近傳統的「風景」的觀念，正如孟浩然的「野曠天低樹，江清月近人」[5]，或杜甫的「無邊落木蕭蕭下，不盡長江滾滾來」[6]，水木並舉往往正是傳統寫景對句的景點所在。（事實上林亨泰的〈小溪〉，採取的亦是同一機杼）但化「江」為

「海」，而「樹」「木」則強調其為具有「防風」功能的「林」（其實往往只是田邊的一排樹），就突然顯現出臺灣作為海島的悲壯或宏偉來。因為所種植的一排又一排的「防風林」，其實是人們勉強要在強烈海風吹襲的沙岸地區經營出「農作物」來的人與自然的抗爭。但是走出「防風林」，眼前所見的，不正是比滾滾而來的長江，要更壯闊雄渾的「然而海　以及波的羅列」？它的重複正是反映了它們的「不盡」與綿延；與「防風林」的複疊，既形成永久的對峙與拉鋸，但不斷的強調「外邊　還有」之際，由在「林」中穿梭摸索，而突然見到「海」與「波」之羅列，亦更具有「坐對真成被花惱，出門一笑大江橫」[7]的豁然開朗，甚至「快哉此風！」猶如楚襄王披襟而當其雄風的爽暢情景。[8]因而這首詩就在它的圖象化的客觀呈示之際，其實隱涵了可遊可玩的主體歷覽經驗的潛能。而這一好「風景」，正又是林亨泰對臺灣之自然與人文交織所形成的貌似平凡，卻是滿涵深意之地理景觀的禮讚。

對林亨泰而言，有意義的不管是「旁邊」或「外邊」，但總是「還有」，「還有」，「還有」的眾多的「農作物」，「防風林」，因為它們雖然是人們的意志與作為的成果，它們畢竟是所作之「物」，是所造之「林」，是空間中客觀呈現的「風景」，所以他只強調它們集體的豐盈；他並沒有要將他們轉化為個人自我的主體性情與各別命運的象徵。但白萩卻使用了本該成林的絲杉中的「一株」來作「流浪者」命運的象徵，而要藉此來強調他的「孤獨」，「孤單」，以至「忘卻了他的名字」的自我迷失。因而，假如說林亨泰兩首〈風景〉中的植物分佈的空間關係，可以視為是地理景觀中的「臺灣」意象的話；白萩〈流浪者〉中的絲杉，雖然也是根植於「臺灣」的土地，但接近的反而只是自我投射或詮釋的生命心象。

（二）〈流浪者〉的「困」境

流浪者

望著遠方的雲的一株絲杉
望著雲的一株絲杉
一株絲杉
絲杉

在
地
平
線
上
一株絲杉
在
地
平
線
上

他的影子，細小。他的影子，細小
他已忘卻了他的名字。忘卻了他的名字。祇
站著。　　　　　　　　　　　　祇站著。孤獨
　　　地站著。站著。站著
　　　　　　　　　　站著
　　　向東方。
　　　　　　　　孤單的一株絲杉。

這首詩顯然是白萩的代表作之一，不但被眾多的評論者屢屢提起，[9]甚至白萩亦在其一篇論文中，自行加以解說：

第一節我首先描述著一個流浪者眺望的心情，從「音」感「量」感和「意義」上表現逐漸失望的情緒，我之重覆並且變化一個句子而不願敘述或比喻，因我相信，這種含蓄更能直接表現流浪者悲哀的情緒。然後第二節我退至一個角落來觀察他。我發覺他的孤單，他的寂寞和渺小，即使費盡千百句的比喻，遠不如這樣地利用空間的圖示，利用這直接的形象，更能使讀者置身於那曠大的寂寞和淒涼的經驗。然後我表現他流浪之久，而在第三節重覆的「站著」是表現其無可奈何。[10]

但是不論是白萩本人或這些肯定此詩的評論者們，始終都沒有解釋：白萩如何可以一棵深根植立於定點的「絲杉」來象喻居無定所的「流浪者」？這樣非常明顯的矛盾。就以上引白萩自己的解說而論，他亦顯然忽略了幾點：首先，當他將此詩題為〈流浪者〉，並且明白的在第三段用『他』的影子，細小」，整首詩的表現已建立在以「一株絲杉」來象喻「流浪者」的基本寫作策略上了，因而所有對「絲杉」的「敘述」其實都已是對「流浪者」的處境或心象的告白了，所以所謂：「不願敘述或比喻」或「即使費盡千百句的比喻，遠不如這樣地利用空間的圖示，利用這直接的形象」云云，其實根本就是在「比喻」與「敘述」。

其次，當我們接受了在「絲杉」的層次，（暫時忽略它作為「流浪者」的象喻），在本詩的第二節中，它呈現為一種「直接的形象」，「空間的圖示」；因而我們必須以「圖象詩」，也就是在文字的文法指義之外，詩句的排列圖形，亦具一種「祕響旁通」的表義示意作用，之方式來加以解讀；那麼事實上它無法阻止我們不以相同的觀點或方式來解讀第一節與第三節，尤其不論是第一節或第三節顯然都有刻意圖示化的排列。因而我們的合理閱讀是該像讀兩首〈風景〉一般，很自然的將全詩當作一個整體的「空間的圖示」？或者是將它切割成三個不連續的節段？

因而在第一節，我們只讀到「一個流浪者眺望的心情」，「從『音』感『量』感和『意義』」，因為句子在「絲杉」於相同位置重覆而其修飾則逐漸減少，以至於無，而得到「逐漸失望的情緒」之「表現」的領會？而不是一排由高而低彷彿種在山坡上的「絲杉」林的印象？同樣的，針對第三節，則要忽略其刻意將末句「孤單的一株絲杉」排在「在地平線上」所代表的地平線之下，三個「站著」

在地平線之上，三個在之下；兩個「影」皆在之上，除了第二個「影子」的「子」在之下；兩個「名字」，一個在之上，一個在之下。「向東方。」在之上；「孤獨」與「孤單」皆在之下；兩個「忘」皆在之上，除了第二個「忘卻」的「卻」字在之下[11]：我們是要認定它們的位置與安排只是偶然和任意的，是毫無意義，因而讀出的只是「表現他流浪之久」，「重覆的『站著』是表現其無可奈何」？還是要相信這樣的「空間圖示」更有另一種涵意？還是值得細加推敲？

讓我們相信文本的實存，甚於作者事過境遷的解說。也許我們該當體會本詩的第一、二節刻意的經營出一條齊底的「在地平線上」，到了第三節卻被穿透；同時第三節的前三行的齊頂的文句，它們的高度正與第一節最高的第一句平齊。因而第三節開頭兩行的兩個「他」與第三行的頭一個「站（「著」）」，顯然正反映了不論是「絲杉」或「他」所能「站」或到達的最高的高度。這是不是就是所「望著遠方的『雲』」的高度？還是遠遠超出了「雲」的高度？但是所重覆的第二個「他的影子」和「忘卻了他的名字」卻伸入了地平線之下，因而在地平線之下，另有兩個「祇」，一個「孤獨」，（按版本的不同另有一個「孤單」在地平線下；或在地平線上與「孤獨」對照），以及與地平線上相對等的三個「站著」和「一株絲杉」。

當我們不假外求的只從詩本身的指示來揣測：第三節的貫穿了地平線上下的疏落有致的「空間圖示」，似乎正象喻著「雲」與「影」的連接，（因而也是他所渴「望」而「忘卻」的「名字」，也就是他理想與現實的自我之對比與銜接），因而第三節除了「孤獨」之外，（當然採《蛾之死》的版本的話，我們可以計入「孤單」，視為與「孤獨」相對，因而也算重覆），所有的句子皆重覆，而呈現為地平線上延伸向地平線下的平行對比，而終句的「一株絲杉」正與第二節的「一株絲杉」在地平線上下形成對比與逆轉。全詩由最高的「望」起始，而結束在最低或至少是地平線下的「一株絲杉」，（「一株絲杉」在地下的投影？），始於最高點而終於最低點，（或低於一般水平），正是典型的「悲劇」情節的圖示，這首詩在「空間的圖示」上所表現的，或許還不只是「絲杉」或「流浪者」的「孤單」或「孤獨」而已。

因為一棵絲杉不論種到那裡它還是一棵「絲杉」，它除了定點樹立，生長繁茂以至繁殖，別無其他的可能。但是白萩所寫的「絲杉」卻具有「流浪者」的心態與性格，永遠在「望著遠方的雲」，「望著雲」，向日出的東方。因而在日照之下，和天光中的雲影相比，就不免覺得「他的影子，細小」；以致「忘卻了他的名字」。「人的名，樹的影」？樹而渴望自致於青「雲」之上，既渴望「雲」的飄流遊蕩，來去自如，又渴望「雲」的蔽日遮天，投影廣大；除了感覺自己永遠「祇站著」，「祇站著」，不論長得多高，還是「站著」，（所以三個「站著」立成一行，正反映了它的不同高度的成長階段），而因此深深感覺自己的不幸，以致在這種不幸感中迷失自己，「他已忘卻了他的名字」，（他忘卻了他是「一株絲杉」，他是一棵樹！），因而蒙受《莊子・養生主》所謂：「是遯天倍情，忘其所受，古者謂之遁天之刑」的痛苦；而且是「孤獨」，「孤單」的自覺痛苦，就是不可避免的了。

一株生長在臺灣本土的絲杉，為什麼總是「向東方」，「望著遠方的雲」而渴望成為一個「流浪者」？白萩在他的解說第二節時，強調「利用空間的圖示，利用這直接的形象，更能使讀者置身於那曠大的寂寞和淒涼的經驗」，他說對於流浪者：「我發覺他的孤單，他的寂寞和渺小」。說「流浪者」

孤單，寂寞，和淒涼，或許是對的，（但獨立蒼茫又未嘗不可是一種唯我獨尊的盼顧自雄？第二節的圖示，誰說就不能作「一柱擎天」，或「眾弦俱寂，我是唯一的高音」[12]式的解讀？）但是在第二節的圖示中，我們卻看不出「一株絲杉」的「渺小」，更感覺不出它所存空間的「曠大」，畢竟圖示中的兩邊的「在地平線」加上「杉」字本身才只有十一個字的寬度，而「一株絲杉」本身即具有四個字的高度，而第一行的「絲杉」即有十一字的高度，全詩最長的第三節第二行，則具十九字的高度。相對於只有十一寬的地平線，一株四字高的絲杉，假如他還想流浪的話，恐怕不是生存空間的「曠大」而是太過於狹小。當我們將全詩三節當作一個完整的圖示看，是不是第一節正是杉林所在的山坡，第二節則是一片狹小的平原或盆地，第三節則是雲影所籠罩的或是另一片山嶺，或者竟是海市蜃樓？詩人除了第二節，沒有刻意強調其空間圖示的意涵，但我們可不可以說，詩人在無意間還是將他對於臺灣作為一個多山少平地的海島的特殊的空間感，寫入了他的空間圖示中了。作為落地即生根於斯島的本土人士，他是一株不能或不願離此他去的絲杉；但作為一個望著遠方的雲的詩人，他嚮往「流浪」，因而白萩《天空象徵》書後的〈自語〉中如是作結：

我還要去流浪，在詩中流浪我的一生。我決不在一個定點安置自己，我的歷程就是我的目的。在地平線外空無一物，我還是要向它走去。

三、鄉土與都市的速寫

在臺灣這一海島的小小的地平線上，白萩所嚮往的是其外「空無一物」的自由開闊的廣大空間，所以「望著雲」，追逐「在無邊際的天空」[13]。林亨泰則在相同的地平線上，看到「農作物」，「防風林」，「陽光」，「海」，以及「波」的羅列，所形成的「風景」：或許這正是身居其中的本土詩人的兩種看臺灣的方法，看著它或者看過它。

林亨泰，對於臺灣的各種自然景觀和社會現象，不論是賞愛或批判，他的寫作策略幾乎都正眼觀看對象，然後以「賦筆」速寫，卻往往可以捕捉住景象的神韻。例如，他寫臺灣農家的〈農舍〉：

農舍

門
被打開著的
　正廳
　　神明
被打開著的
門

簡潔明快，卻一下子掌握了農家的純樸虔敬的特質，一方面是了無心機的兩扇門板大開；但張眼看去卻是供在正廳的神明。透露出米勒〈晚鐘〉一般的因虔信而具的安詳與信賴。寫中南部鄉下的〈黃昏〉，則是：「蚊子們　在香蕉林中　騷擾著」，生活的喜悅與困擾同時並存，但卻都盈溢著一樣的生命力，充滿了亞熱帶的風味；而「是什麼東西／被夾上了？／枝頭上有哭聲！」，則寫的是〈蟬鳴〉。寫擁擠嘈雜的小市鎮生活：「他的眼裡有許多砂粒，／他的額上有許多蒼蠅。／啊！他，誕生在這路旁，／因此，一切嘈雜都屬於他。」（〈誕生〉）寫乘坐火車上奔馳的感覺：「光把我的頭髮／捲成波形了　而在鐵路軌道上／我將割風而去」（〈出發〉）其實都不太使用複雜的比喻或象徵；就讓事物在直感的勾勒與剪接中，自然呈露出親切而深邃的意涵來。

林亨泰對臺灣風物的抒寫，大致包括了：自然的山水，如〈烏來瀑布〉、〈海線〉、〈小溪〉、〈有孤岩的風景〉等；以及季節和物產，如：〈山中百合〉、〈蝙蝠〉、〈鳳凰木〉、〈晚秋〉、〈覓〉、〈四月〉、〈賣瓜者的季節〉、〈夏〉、〈冬〉、〈渴〉、〈蟬鳴〉、〈鷺〉、〈炎日〉等。早年寫的〈烏來瀑布〉，如其前段的：「霧雨之中／打開胸膛即見一條白色的生命／歷史雖已造就塵世／此地依然深垂夢之薄薄紗帳／獨自呢喃著永恆之聲的／烏來瀑布啊！」不免微帶浪漫的感傷。但到了後期的〈有孤岩的風景〉，例如中間的這幾段：「太陽浴在起泡的風景中／不知所措地在那裡燃燒　季節把乾的鵝卵石／拋棄在無水的溪底　光與影猛烈地交錯／遂使夢幻滴下了汗珠」，不但筆力勁健，情景栩栩如在目前，甚至有咄咄逼人的氣勢，充份的勾勒出臺灣盛夏的炎威。而〈晚秋〉之以「雞，／縮著一腳在思索著。而又紅透了雞冠。　所以，秋已深了……」，借一隻雞的姿態，描寫臺灣並不明顯的秋天之到來，更是妙語解頤。林亨泰這些詩不但體物深切，而且大抵掌握臺灣日常景物，含蓄中實在蘊涵著一種肯定與賞愛的情懷。

這種鄉土之愛，在以鄉村或山中生活為素材的詩作，表現得尤其淋漓盡致。以烏來村為背景的《山的那邊》系列，充滿了對於山居生活的嚮往與對原住民朋友的溫柔情懷。描寫鄉村生活的，如〈村戲〉，〈鄉村〉，〈郊外〉，〈他〉等，其中〈鄉村〉的：「吸一口／粗的憂鬱／老牛／鼓著腮幫子／一直不停……」，不但掌握了水牛的習性，而且確能生動的象喻出昔日農村生活的艱辛與勤奮。而由〈郊外〉改寫成的〈日入而息〉：

日入而息

與工作等長的
太陽的時間
收拾在牛車上

杓柄與杓柄
在水肥桶裡
交叉著手

咯噔　嘩啦嘩啦
嘩啦　咯噔咯噔
穿過　黃昏
回來
了

雖然未必如呂興昌所以為的勝過王維的〈渭川田家〉[14]，但林亨泰的不避粗俗，描寫「杓柄與杓柄／在水肥桶裡／交叉著手」，而且強調其隨著牛車賦歸之際，發出「咯登　嘩啦嘩啦／嘩啦　咯登咯登」的聲音，確是寫活了五〇年代的臺灣農家情景。真可謂化臭腐為神來之筆了。

林亨泰對於臺灣都市的刻畫，主要的集中在商業生活，如〈商業大樓〉，〈上班族〉；交通擁擠、事故與其中顯現的人生或民性百態，如〈擁擠〉，〈流行〉，〈小汽車〉，〈騷音〉，〈車禍〉，〈事件〉，〈同座者〉，〈黃道吉日〉，但他的批評主要的指向自然與人心的飽受污染的病態發展，他在〈患砂眼的城市〉中，以圖象詩的方式，表現了臺灣城市之車擠塵揚的飽受囚困的日子，而以廣告牌上的美女也都蒙塵感染了砂眼，來作象徵性的特寫，諷刺真是入木三分，因為美女廣告牌本身就是一種蒙蔽心靈的裝置；在另一層面，正一樣是巔倒飛揚的灰塵。他的直接指控則是針對臺灣政經中心的臺北，不但污染了臺灣美麗的自然環境，而且在政治上：「只為私慾大談民主／只為獨佔大談守法」，因此他強調它的種種作為其實是背棄了鄉土的精神與期待：「臺北還能算是臺灣嗎」，「臺北早已不是臺灣了」。在這裡我要對林亨泰近乎相機眼（camera eye）的速寫手法，舉〈事件〉為例：

事件

哥哥快速地急轉彎
突然緊急煞車——
毫無心理準備的妹妹
從後座被拋到一個高度
然後落了下來
先著地的是頭部

著地聲音並不大
巴答——那麼一點聲音
就像一個
空的紙盒從高處掉下來

她靜靜地躺在馬路上

像溫柔的一個夜晚裡
躺在家裡的床鋪上
像暖和的一個春天裡
躺在郊外的草坪上
像秘密的一個角落裡
躺在自己的遐思上
她靜靜地躺在馬路上

流血不多的耳根後面
幾根細髮粘貼在地上
安詳的表情
因為來不及痛苦？
事情實在來得太快了
哥哥大約二十五歲
妹妹可能是二十歲
這發生在一個禮拜前
現在我又路過這裡——

在找不到血跡的那片地上
又是許多機車快速地駛過

對於這種臺灣常見的共乘機車所發生的悲劇，詩人以冷靜得近乎慢動作影象，對事件始末作了非常細膩的描述，全詩的張力完全凝聚在「她靜靜地躺在馬路上」和詩人所形容的「像」躺在「家裡的床舖」，「郊外的草坪」，「自己的遐思」上，種種人生的舒美靜好，其「安詳的表情」竟是這一切美好之可能的結束。但詩人更深的感慨，則是在這快速馳逐的世界裡，個人的悲劇，甚至生死的種種終究只是個人自作自受的疏離「事件」，不但無聲無臭，而且對於他人或社會皆是毫無意義，全無影響：「現在我又路過這裡——／在找不到血跡的那片地上／又是許多機車快速地駛過」，或許就是反抗這種對於他人與自我生命與命運的疏離，詩人才提筆寫詩的吧！

林亨泰也寫了不少針對威權統治的政治諷諭詩，如〈力量〉，〈安全〉，〈主權的更替〉，〈美國紀行〉，〈敬告迴旋夢裡的人民〉，〈跨不過的歷史〉，〈一黨制〉，〈國會變奏曲〉，〈賴皮狗〉，〈選舉〉，〈宮廷政治〉等等，但主要的批判，都不如前引〈臺北〉一詩中的兩句精警，茲不細論了。

四、物象與寓言的寄託

當一個詩人刻意「看過」他所生活的本土時，他事實上仍然感受本土生活的種種，而這些感受仍然是他創作的基礎，只是他未必以「賦」筆直接描寫其外觀的形形色色，或者藉此起「興」，以抒發他的生存感受。在將得自生活空間的種種刺激加以融會消化而回應以詩歌之際，他的另一種修辭策略的選擇是直接以「比」喻，傳達心象，抒發情意。這在傳統詩學裡，就是所謂的「寄託」，最常見的手法則為「詠物」與「寓言」。

白萩早期的詩作偏向「詠物」的手法；自《天空象徵》起，則創造了〈阿火世界〉，在《香頌》裡更構設了〈新美街〉，形成了兩個主要的「寓言」系列。因而在白萩的詩中，我們可以強烈的感受到白萩作為一個臺灣居民的種種苦悶、憤懣、渴望、嚮往等等的情懷，卻未必容易找到經由具空間存在性質事物所呈現的臺灣意象。因為作為比喻之喻依，或寓託的物象，它們可以非常普遍，如：花、鳥、樹、貓、薔薇、落葉等；亦可以是臺灣本土所不具有的，如空中的雁群，沙漠中的仙人掌等。

自然白萩詩中偶或亦提及一些臺灣的場地與風物。前者如在〈臨照〉一詩的結束在：「且登臨赤崁樓／與歷史為伍／看落日漠然運作／讓夕暉與陰影分割臉部／領略家國的興衰」；或在〈暗夜事件〉中提到「在西門路口／貓兒正要過街」，「貓兒走著斑馬線過街」；或如：〈畫象〉中提到了臺北的夜生活：「揮揮手／心裡說聲再見／『中山北路直開九段』／管他歸在何處　祇感到水銀燈／一根一根又一根／車子是奔向未知的深夜」。或許白萩最具有時空實感的作品是底下的這首名為〈廣場〉的政治諷刺詩：

廣場

所有的群眾一哄而散了
　　　　　　回到床上
去擁護有體香的女人

而銅像猶在堅持他的主義
對著無人的廣場
振臂高呼

只有風
頑皮地踢著葉子嘻嘻哈哈
在擦拭那些足跡

這首〈廣場〉的寫作背景自然是戒嚴時期，類似國慶一類的在秋日的集會，群眾雖被召集聚會，但真正擁護的終究是「有體香的女人」；主義則有銅像堅持，一切遊行與口號，其實只是風中的落葉，不留下任何的痕跡，令人對這種徒具形式的政治表態，啼笑接非。它所反映的正是白萩由〈阿火世界〉的憤懣轉入〈新美街〉的平和之後的幽默感。

白萩在早期的詩作〈水菓攤前〉，倒是提到了臺灣常見的一些水果：「西瓜、香蕉、蕃茄、白梨、龍眼、橘子、石榴和鳳梨……」，但他立即用它們「象徵各種人性」，各自轉成為「大騙子、肺病鬼、脫褲子的明星、女人大腿間的白臭虫」，詩並不成功；但卻反映了白萩寧可使用喻象的寓託，而不重實象敘寫的風格取向。白萩所最常用的物象，主要是：樹，落葉，草，路，花（薔薇，蓮，白蓮，曇花，牽牛花，向日葵），鳥，（雁，金絲雀，鷺鷥，鸚鵡），火雞，蛾，蛹等，我們僅以較具本土認同的幾個物象：樹，路，鳥兒，鷺鷥，野草，曇花等略加討論。白萩在《風的薔薇》，《天空象徵》，與《詩廣場》中各有一篇題為〈樹〉的詩作，和我們的論旨最直接相關的是《風的薔薇》中的這一首：

樹

我們站著站著站著如一支入土的
椿釘，固執而不動搖
噢，老天，這是我們的土地，我們的墓穴
即使把我們踢成一個旋錘
無止境的驅迫
這是我們的土地，我們的墓穴
把我們處刑成為一柄火把

燒爛每一個呼喊的毛細孔
仍以頑抗的爪，緊緊的攫住
這立身之點
這是我們的土地，我們的墓穴

在這首詩裡，樹的「站著站著站著」有了新的意義，雖然沒有使用「根」的意象，而用的是「如一支入土的／椿釘，固執而不動搖」；詩人終於說出了他對土地的認同：「噢，老天，這是我們的土地，我們的墓穴」；因而在強調，對「這立身之點」，欲以「頑抗的爪，緊緊攫住」，因為這是他的生死與共的土地。全詩雖未直接提到，但「入土的椿釘」，「頑抗的爪」已經使得「根」的意象呼之欲出，他終於也在〈路有千條樹有千根〉一詩中，坦然的提到了「源生的根」。但正如該詩中所謂：「路有千條條條在呼喚著我／樹有千根根根在呼喚著我」，這兩種呼喚其實是具有不能相容的矛盾的。這也就是上面所討論過的〈流浪者〉一詩所潛藏的矛盾。這種矛盾，同時以「路」，「地平線」；或者以「雲」，「鳥」，「天空」，來與「樹」作對比，表出。在〈欄〉一詩中，雖然似乎採取的是日常市鎮的場景，經營的還是「路」與「樹」之間的矛盾：

欄

路從眼中，一直走入地平線

萬年的孤寂透明地盤踞在路間
你在那一邊，唉
突然關閉的櫥窗隔阻了蒼蠅的撫觸
在玻璃上焦急的繞走

於是我背過身來
卻聽到你以落葉滾動在路上的清響……

這裡因為選擇了作一株落地生根的「樹」，因而無法上路逐「地平線長久在遠處退縮地引逗著我們」（〈雁〉）的焦灼，同時以被關閉於櫥窗的蒼蠅，「在玻璃上焦急的繞走」和「聽到你以落葉滾動在路上的清響」來表達。這種不安與掙扎，終於在《天空象徵》中的〈樹〉，化成了「這世界只剩下你在守候／比死更為爛透的是那些葉子／終必追著風吹向虛無」的牢騷。

但是在這首詩中，同樣重要的是：「比你的眼更遠的是鳥的飛翔／終必消失在空中才甘心／這世界祇剩下你在守候」的告白。一如白萩在〈鳥兒〉詩中所說的：「鳥兒老在尋找著天空／在那兒，我們一定遺失了什麼／被土地所禁錮的樹林／狂厲地舉手哭嚎」：相對於「樹」，「鳥」代表著自由超越與對於未知的追尋。因而，一般常見，特別具有臺灣鄉土象徵的〈鷺鷥〉，在白萩的筆下，就成了：

鷺鷥

一顆星闖進黃昏裡
放哨，還見你
悠哉悠哉
獨自飛著你的天空

有時
順風一瀉
有時
逆流鼓翼
有時
對夕陽說一句
無關痛癢的輓詞
有時
落在大地
將頭伸進時間的水流
測度地球的冷暖

這隻鷺鷥幾乎成了忘懷得失（「有時／對夕陽說一句／無關痛癢的輓詞」），超越時空（「有時／落在大地／將頭伸進時間的水流／測度地球的冷暖」），絕對自由之精神的化身。與其說反映了臺灣的鄉土田園景象，無寧是更接近於莊周，「獨與天地精神往來而不敖倪於萬物，不譴是非，以與世俗處」[15]的意境。因為，「還見你／悠哉悠哉／獨自飛著你的天空」，詩人所發現的是深合「逍遙遊」妙義，「獨自飛著自己的天空」的鷺鷥；掌握的重點正是鷺鷥或飛或立，或飲或啄姿態的安詳與悠閒。可謂與王維寫鷺：「漠漠水田飛白鷺，陰陰夏木轉黃鸝」（〈積雨輞川莊作〉），「跳波自相濺，白鷺驚復下」取象的重點一致。當然，到了《香頌》的「新美街」系列裡，也可以代表融洽無間的鶼鰈情深：「我走到窗口靠近你／無語地與世界的沉默交談／有陰影從大地升上來／而天空仍是彩霞重重／且看並飛的鷺鷥／在八月的涼風中逍遙」（〈夕陽無語〉）。

在白萩詩中，另一組重要的相對意象是草與花：「我們祇是一株野草。／注定沒有花朵，不能收結果實／白白的活過這一生／淪入歷史的深淵沒有一絲作為」（〈野草〉），這是「野草」，也是「阿火世界」；但〈盛開的花〉則是：「蓓蕾將頭深入這世界之內／赤裸的生即時的死／任鮮血恣意的流」，正是熾熱壯烈的生命型態：「無盡的等待無盡的孕育／前來祇為經歷一次死」。這既是「遂見血，慘紅；／無望地流下」的〈風的薔薇〉；亦是〈曇花〉的雖然以「峭壁突然站起來將我的喊聲踢回／擊碎盛開的心房而萎跪下來成為／飄搖的花枝」，在我們的驚呼中隕落，但卻所以能夠達成「以一百萬年的生命在一分鐘死去／死去使滿天的繁星不停在夜空發亮！」因為在黑暗的時代，雖經歷了沉重的壓迫而始終堅持不屈：「我們以炮彈的沉默怒視著前面的戰雲／厚重的天空壓著地平線成為緊閉的嘴／孤獨地站著不讓倒去／而黑暗之後不能窺見世界的面目」，長久的隱忍蓄積，終於「二十四時／爆亮的火柴燒破了夜的黑幕／我們以照明彈在空間燃燒著自己的生命／吐放著白焰祇為自由的喜悅！」花朵的自然開放，竟然成了照亮世界，實現自由之壯烈犧牲的生命象徵，我們當然可以嗅到其中所具的戰鬥氣息。

同樣激烈的是〈阿火世界〉的寓言，首先在〈歷史〉一詩：「阿火在屠牛／碰碰／一擊又一擊／利斧對著腦門」，但在別人的驚呼中，「於是阿火將錶丟入血槽／不用聽／也不用看」。整個系列中不斷出現戰爭和死亡的陰影：「血流不止的／春　遠地有砲聲」（〈春〉），在〈世界的一滴〉中一方面阿火與阿蘭「聽著遠方的砲響」，不顧「戰爭在前方／墳墓在前頭」，「暫時成為：一」的在雨中結合成「雨滴」，但「祇是可憐的一滴／滴入湖面／不咚／也不響」，他們生存於「這僅是世界的一點／一點中的世界」的卑微裡；而這種卑微，則進一步在〈形象〉中，藉「阿火走著，無人／出現」，因「無人來證明」：「我是一個人」，而成為「一條蛆蟲的阿火走著」，甚至遇到相濡以沫的伴侶，亦竟驚呼：「啊，妻啊，妻啊／你是一條蛆」，強調在高壓統治與戰爭歲月中人命的卑賤。因而在出現了「『放田水啊』／天空寫著／砲花／戰鬥機」的第一首〈天空〉裡，「一株稻草的阿火／在風裡搖頭：／『天空不是老爹／天空已不是老爹』」，因現代戰爭的侵入世世代代仰望的天空，而感歎「舉頭三尺有神明」傳統信仰的崩潰。而到了第二首的〈天空〉：

天空

天空必有母親般溫柔的胸脯。
那樣廣延，可以感到鮮血的溫暖，
隨時保持著慰撫的姿態。
而阿火躺在撕碎的花朵般的戰壕
為槍所擊傷。雙眼垂死的望著天空
充滿成為生命的懊恨

不自願的被出生
不自願的被死亡

然後他艱難地舉槍朝著天空
將天空射殺。

被驅趕進入一場不知所以的戰爭「為槍所擊傷」，「充滿成為生命的懊恨」，深感「天地不仁」的阿火，竟然戲劇性的「然後他艱難地舉槍朝著天空／將天空射殺」，這種近乎荒謬的舉動，其實是一種至為沉痛的抗議，抗議不具意義不能自主而任人擺佈，以至必須為外來的統治者毫無價值地犧牲之個人以及集體的命運，不論是阿火或白萩都看不出支持或決定這種恐佈宿命的「天空」，有何存在或必須尊敬的理由。在此白萩提昇阿火到達了一個自覺荒謬的存在英雄的高度，所以即使只是姿態，他也必須「反抗」[16]而「將天空射殺」。其實籲求的只是平凡卑微如阿Q一般的臺灣鄉民阿火，也一樣有被老天眷顧的權利！

同樣，仍然卑微，但已搬遷到市鎮的〈新美街〉寓言系列，白萩讓說話者的我，繼續在承平的時日，「管他外面是大雨／我們是與雨中的雨滴」，不斷的追求，「暫時成為：一」，而不管銅像和它的主義，認真的「去擁護有體香的女人」，因為「嗩吶和葬列／從黎明中回來／世界已消失了一人／新美街仍然要醒來／從事生活」，「燒一束香寫一首輓歌／給今日沒有回來的一人／而抬頭便見／酒樓的屋頂飄著汽球廣告／說：瘋邪死罷」：政治的威權不再，但都市生活中，「客棧的野雞喔喔啼叫／從雌體中拔出／便陷進男人的孤獨」（〈一人〉），許多的個人卻迷失在商業主義的酒色徵逐，因為廣告的不只是感冒請用「風邪斯吧」；而是人生沒有更高的目標與意義，還是「瘋邪死罷」，這或許也算是另一種陣亡吧！當然，「新美街」的生活，所以是「新美」，其實正因它不是孤獨的一人，而是屬於《香頌》的恩愛夫妻，雖然仍只是一對平常的小人物：

新美街

陽光晒著檸檬枝

在這小小的新美街

生活是辛酸的
讓我們做愛
給酸澀的一生加一點兒甜味

短短一小截的路
沒有遠方亦無地平線
活成一段盲腸
是世界的累贅

我們是一對小人物
他日，將成為兒子畢業典禮上的羞恥
活得雖不光榮
但願平靜

生活是辛酸的
至少我們還有做愛的自由
兒子呀，不要窺探

至少給我們片刻的自由
來世再為你做市長大人
現在
陽光正晒著吾家的檸檬枝……

在這裡白萩還是回到了樹的比喻，或許是「陽光正晒著吾家的檸檬枝」，或許只是「一枝苦梨」，偶而羨慕「隔鄰卻開著蜜桃」，但在「狠狠的一斧」之後，「哎，苦梨還是乖乖結一輩子的苦梨」（〈苦梨〉），詩人終於在「我們隨著新美街醒來／當然地生活／當然地做愛」，體認「在這所謂偉大的世界／我們只是小小的螞蟻／吃人家遺留的餅屑／做無足輕重的短夢／一天活一些又死掉一些／既不會增多／也不會減得太少」（〈既不珍惜也不浪費〉）中，找到了安份守己的「道在百姓日用之間」。

五、結語：存在與美麗

白萩或許沒有刻意的去描繪臺灣的地理風物，但他卻反映了作為一個臺灣人的貫連在歷史處境與日常生活的感受，也許仍屬於「新美街」系列，而「寫于退出聯合國之夜」的〈總之〉，是他對整體臺灣之處境的最明白的詮釋：

總之
總之一切所為只是風
你怔住，一粒沙似的
奔波在無常裡

現在
午夜的新美街已入定
唯獨你對著詩箋
自審

越南照樣被戰火燒灼
國聯聯合國又如何
東巴還是在屠殺
雞鳴了又如何
仍是不新鮮的老太陽一個
於是你在黎明前寫下一行：

自我存在才是存在

這自然仍是「看過」的說法，由臺灣而越南而東巴，而風與沙的「無常」與老太陽恆在的象喻，但「自我存在才是存在」仍是臺灣存在與存在之理的最好寫照。

但是始終「看著」臺灣的林亨泰，當他有機會看到整體而寫下〈臺灣〉一詩：

臺灣

以綠色畫上陸界的
臺灣，啊，美麗島
住下了六十年後
第一次離開了妳
從雲上俯看，更能證明
臺灣，啊，你是美麗的

以白浪鑲嵌岸邊的
臺灣，啊，美麗島
離開了一陣子後

又回到了妳身邊
從機場走出，竟然發現
臺灣，啊，你是髒亂的

他看到了臺灣自然的美麗，也看到了人為了髒亂。這裡有感慨，也有思維。

因此，我以為由觀見象，由象生情，因情諭理的「見者之言」與由感生情，因情造象，以象顯義的「感者之思」，都是思索臺灣意象的重要方式，林亨泰與白萩，這兩位詩人不但在他們的創作手法，修辭策略，各自給了我們很好的示範；而且出於對臺灣地理景觀，歷史處境，與社會生活的熱烈關愛與深切投入，他們不僅在他們的本土認同中反映了臺灣的自然與社會的種種風貌，也達到了個人心靈最為幽微，精神最為高明的境域，因而當他們為臺灣發聲之際，他們充分顯現了臺灣自省自反的良知，確實無愧為本土的重要詩人。

本文中所引述的詩作，俱見以下諸集：

甲·林亨泰部分：
林亨泰原著，呂興昌編訂：《林亨泰全集》，彰化縣立文化中心，彰化，一九九八。
乙·白萩部分：
1.《蛾之死》，藍星詩社，臺北，一九五八。

2.《風的薔薇》，笠詩社，豐原，一九六五。
3.《天空象徵》，田園出版有限公司，一九六九。
4.《白萩詩選》，三民書局，臺北，一九七一。
5.《詩廣場》，熱點文化事業出版有限公司，一九八四。
6.《香頌》，石頭出版股份有限公司，一九九一。
7.《觀測意象》，臺中市立文化中心，臺中，一九九一。

註釋

1 這裡所謂的「歷史」指的是一切群體性的政治、社會、文化樣態與其演變；「地理」亦指的一切客觀可見的自然與人文景觀；以及對此景觀之深層意涵的瞭解。
2 見王粲〈登樓賦〉。
3 見一九二三年三月十二日《時事新報・學燈》第五卷三冊九號與三月二十五日第五卷三冊二十號。
4 選本往往選No.2而非No.1；在早年的《歐洲雜誌》中更有一篇筆名江萌的作者，為它作了結構主義式的論析。
5 見〈宿建德江〉。
6 見〈登高〉。
7 見黃庭堅〈王充道送水仙花五十枝，欣然會心，為之作詠〉。
8 事見宋玉〈風賦〉，亦可參閱蘇轍〈黃州快哉亭記〉，尤其該記形容江水「至於赤壁之下，波流浸灌，與海相若」

云云，而此處所面對的正是物真態實的「海」！

9 參見何聃生編〈孤岩的存在——白萩作品評論集〉，熱點文化事業出版公司，臺中，一九八四。

10 見〈由詩的繪畫性談起〉，收入《觀測意象》，臺中市立文化中心，臺中，一九九一。

11 此處對第三節位置的描述，是依據〈由詩的繪畫性談起〉中所引的版本《蛾之死》中的版本排法略有不同，主要的差異是最後的一句，「孤單」在地平線上。

12 見夐虹詩：〈我已經走向你了〉，《金蛹》，純文學出版社，臺北，一九六八。

13 參見白萩詩：〈雁〉，《天空象徵》田園出版社，臺北，一九六九。

14 此為兩人私下討論的意見，呂興昌的提醒，使我更加注意此詩，特此誌謝。

15 見《莊子・天下》。

16 參見Albert Camus: *The Rebel*,Translated by Anthony Bower, Penguin Books,Reprinted 1969。該書中的rebellion，此處引述其義，依劉俊餘譯：《反抗者》，仍用「反抗」一辭。

肆・簡論

百年光華
——為臺大紀念臺靜農先生百歲冥誕系列活動而作

「熱血呵！／願你的波濤——／比太平洋的水還要狂怒些！
寶刀呵！／願你的清輝，／比月球還要明亮些！」

臺先生初試鳴聲，在上海《民國日報・覺悟》發表這首「寶刀」的時間是民國十一年一月，正是五四新文藝與新文化運動初發軔，風起雲湧的時刻。那年他二十一歲，已經署名靜農。那年春天他認識王魯彥，後來一起加入「明天社」，九月入北大，正式改成了這個大家所熟悉的名字。

臺先生生於一九〇二年十一月二十三日，卒於一九九〇年十一月九日，一生橫跨二十世紀的絕大部分。以一九四六年十月渡海抵臺任教於臺大為分界，他的人生恰好平分為大陸與臺灣兩個時期。他以北方人而客居這個炎方海島，以臺大宿舍為家，對海上氣候頗有未適之感，因此起初以「歇腳盦」名其書齋，後以：「然憂樂歌哭於斯者四十餘年，能說不是家嗎？」，改稱「龍坡丈室」，但不管名稱如何，對好幾代的藝文人士而言，那個書齋始終是至為溫馨光明的所在。然而曲終人去，只留下薪盡火傳的無盡思慕……

臺先生中年以後即以善書著稱，雖「不願人知。然大學友生請者無不應，時或有自喜者，亦分贈諸少年」，因此手澤頗多留存於弟子間。臺先生的諸多手稿資料與珍藏書信等，雖前曾部分借予中研院文哲所影印出版《輯存遺稿》與《珍藏書札（一）》，但整批已由家屬捐贈臺大圖書館特藏組珍藏，目前正完成初步整理。適逢臺先生百歲誕辰，臺大圖書館與文學院中文系決定：1. 以館藏手稿資料配合門弟子、友人私藏臺先生書畫，舉辦「手稿書畫展」；2. 以〈臺靜農先生的風範〉為主題，舉辦「紀念座談會」；3. 以臺先生所專擅的詩、小說、楚辭、文學史、小說研究等相關領域，舉辦「紀念學術研討會」，以表景仰追懷之思。以上活動皆假臺大圖書館地下一樓，於十一月二十三日上午九時揭幕後，接續舉行，展覽則持續至本年年底。

在參預臺先生手稿資料整理的這些日子裡，每當想到原來是歌詠〈寶刀〉這樣一位充滿熱血的青年，差不多就在我初識臺老師的年紀，來到了北大。真不知他初次會見了，寫出像〈三弦〉：

「旁邊有一段低低的土牆，／擋住了個彈三弦的人，／卻不能隔斷那三弦鼓盪的聲浪。」

這種詩句的沈尹默；還有寫出像〈教我如何不想她〉：

「月光戀愛著海洋，／海洋戀愛著月光。／啊！／這般蜜也似的銀夜，／教我如何不想她？」

這種詩句的劉半農等教授們，會是何等光景？

雖然比較更著名的是臺先生的受知於魯迅，與魯迅、李霽野等人同組未名社。臺先生編輯了《關於魯迅及其著作》，成為魯迅專論的首部著作；同時與他的頗近魯迅風格的小說集《地之子》，《建塔者》皆在未名社初版。（由臺大收藏的稿費單可知，前二書後曾續由開明書店印行）魯迅編《新文學大系‧小說二集》時，選入了臺先生的小說四篇，可見其器重。魯迅逝世後，臺先生編魯迅的書信集，收錄了魯迅給他的書信四十三封。並且應「文協」之邀，在重慶魯迅逝世二週年的紀念大會上作了〈魯迅先生的一生〉的專題報告。

雖然那時臺先生已是三十七歲的壯年了，但他發揮的仍是魯迅所謂：「真的猛士，敢於直面慘澹的人生，敢於正視淋漓的鮮血。這是怎樣的哀痛者和幸福者？」的勇猛精神，而以魯迅〈自題小像〉一絕的末句：「我以我血薦軒轅！」，意譯為：「拿我的赤血獻給中華民族！」作為全文的中心。依舊是個熱血人物！

看著臺先生早年雄姿英發，猛志常在的照片，也難怪他會被誤解為打算製作炸彈，暗殺軍閥的危險人物，甚至三度入獄，牢獄之災各為五十多天、十多天與半年，雖然最後皆以無罪釋放，但也足夠臺先生寫出深情款款的〈獄中見落花〉與有著：「我們悵然地別了，／從此將深深地守著孤寂！／這幽禁使我們忘卻春天，／春天呵，我們將永遠別離！」詩句的〈獄中草〉，這又是何等的柔情萬千！

臺先生一生的奇遇甚多。他就讀北大研究所時，兼在張競生主持的「風俗調查會」當事務員，難怪他一生對古今風俗皆具濃厚興趣，並且也成了他許多散文的題材與內容。手稿中有完整的《兩漢社會史》、《漢代奴隸制度史徵》、《兩漢樂舞考》等以毛筆小篆，一札一札分類抄錄的史料、原稿、抄正稿。這顯然是抗戰時任職國立編譯館時的工作。信札中亦有在北大時的導師陳垣，諄諄提示他分類整理史料之重要的函件。他來臺後主持《百種詩話類編》也就其來有自了。

他亦應由周作人主持，常惠任事務員的「歌謠研究會」之請，回鄉輯錄歌謠二千餘首，分期發表在《歌謠周刊》。信札中亦有胡適來臺後，偶見該刊，主動代借，要他整理出版的兩封來函。後來遂有《淮南民歌》一書的出版。

北伐克服濟南後，為了怕北京文物遭到毀壞，北大研究所國學門導師沈兼士、陳垣、馬衡、劉半農等人組織了「文物維護會」，臺先生、常惠、莊尚嚴等人亦參加。而臺先生初入杏壇，前往中法大學任教是劉半農的汲引，轉任輔仁大學教職時陳垣是校長，劉半農是教務長，沈兼士是文學院長。他們正都是他在北大研究所的業師。臺先生在輔仁，後來亦兼陳垣校長秘書。特藏中正有一封陳垣校長出具的證明函，證明臺先生在輔仁任教的履歷，這不但是臺先生所存的最早的證書，亦多少可見臺先生因逮捕被迫離開輔仁之後的阢隉與倉皇了。

當莊尚嚴任「古物保管會」秘書時，曾發起成立「圓臺印社」，請馬衡與王福庵為導師，常惠、魏建功與臺先生皆參加了。遂使臺先生「陸續的也奏刀了四十來年」，甚至溥心畬亦來求印，而以「鐵筆古雅，損益臣斯之璽，追琢妾趙之章。筆非五色，煥滄海之龍文；石不一拳，化崑山之片玉。……靡深仰止。」等語稱謝。信札中亦存有「愛好此道」，「卻沒有動過刀」的莊尚嚴，就臺先生拓印在大風堂箋的十三方刻印，直接品評的一函：或於印旁畫二至五圈不等，或以墨筆勾改，直言「未妥」。或讚以「自然平正中有奇氣」，或規以「求其中和不可太過」，「起落筆忌木屑燕尾狀」……，充分顯現兩人的藝境造詣與深厚相知的友誼。

臺先生先在魯迅家中結識許壽裳，後兩人皆任教女子文理學院。臺先生與范文瀾遭逮捕時，蔡元培、許壽裳、沈兼士皆奔走營救。無罪釋放後，經胡適介紹，臺先生前往廈門大學任教，後又轉往青島，任教山東大學。特藏中臺先生自廈大以後的聘書齊全。雖因抗戰而轉徙，似較從容。在山大時，臺先生與老舍成為好友。當時老舍剛出版《牛天賜傳》，正在連載《駱駝祥子》，兩人年歲相近，又皆善飲，遂成莫逆。後皆避難四川，因「文協」而又時相往還。

七七事變前，臺先生由青島去北平，在來今雨軒為李霽野證婚時，偶遇張大千，「晤談甚歡，並約至其寓觀其所藏」，遂成一生知友。事變後，臺先生不但親見日軍佔領北京城，並且在平津鐵路通車南下時，受魏建功之託，代向胡適轉達，留守北大者的困境，並請示未來行止。魏建功後來入川任教西南聯大。沈尹默入蜀，曾見臺先生「偶擬王覺斯體勢」，而誡以王書「爛熟傷雅」。沈兼士與英千里在北平組織「炎社」，從事地下抗日活動，後英千里被捕，沈兼士則「脫身虎口還」，來到重慶，臺先生則有〈寄兼士師重慶〉一詩，既感佩其「慷慨魯連恥，栖遑墨子胼」，又痛慨「擁兵五十萬，將軍棄甲先」，「俛仰悲道喪，人謀豈關天」的時局。

因此，臺先生對於亦曾受業，且曾於九一八後日人猖狂之際，發表〈投筆〉一文，並在苦雨齋親聆其：「我是等著投筆呢！」話語，周作人的變節，格外無法諒解。因此寫了〈老人的胡鬧〉、〈讀知堂老人的〔瓜豆集〕〉等來批評他，文中不僅義正辭嚴，其實更充滿了「悵惘的意緒」。

特藏中包括有臺家以布票製成的「難民證」，霍邱縣給臺先生自衛隊政戰部副主任的任令，編譯館、女師院的聘書，還有黏貼了抗戰期間發表的文章的剪報本，（這些文章一九九一年曾由陳子善・秦賢次編輯，以《我與老舍與酒》書名在臺出版），只由紙質即可見證抗戰時期一般生活的變化。

這段期間臺先生的憂國與生活，除了見於〈白沙草〉舊詩的寫作，還見於《亡明講史》一書的寫作，特藏除了有《講史》的原稿、抄正稿；還有一束蜀中所書〈白沙草〉詩作的詩箋。我們特別商借了林文月教授所藏，臺先生晚年書贈的詩作長卷，一併展出。臺先生亦於此時從胡小石處，得見倪元璐書法影本，又見張大千所贈真蹟，「喜其格調生新，為之心折」，來臺之後終於發展出融化倪體的特殊個人風格。特藏中亦有臺先生抄錄沈尹默「執筆五字法」及胡小石論書等文字，可見臺先生是於此時期，方始留心書藝。

這段期間臺先生的另一個奇遇是結識陳獨秀，成為陳氏的忘年之交。特藏中有陳氏信函一百餘封，以及「茲贈靜農兄以為紀念」的〈陳獨秀手書自傳〉等，已見其《珍藏書札（一）》影印流傳。

臺先生來臺初期，正當時局動盪，又加以中文系主任，首任許壽裳遇害宵小之手；次任喬大壯「阮醉屈沉」，自盡於蘇州；臺先生臨時受命主持中文系，不但奠定了中文系兼容並蓄，活潑開放的學風，並且在中文學界建立標竿，形成穩定的力量，甚受學生與藝文界人士之愛戴與崇敬。林文月編《臺靜農先生紀念文集》與陳子善編《回憶臺靜農》皆可為印證。

臺先生來臺後的個人學術研究成果，方面甚廣，曾擇其要者二十五篇出版為《靜農論文集》。特藏中亦仍有尚未出版的《中國文學史》一書的原稿、抄正稿；將與其他手稿一併展出。

臺先生的書藝亦在歷史博物館展出後，備受推崇，臺港日本皆有專集多種印行。其水墨畫作亦先後有《墨戲》、《逸興》等集出版。

而臺先生追憶平生所見與友人文字，淡逸雋永，後來編入《龍坡雜文》流傳，不僅膾炙人口，而且直是一部當代的《世說新語》。舊詩則編為《龍坡草》，收入《臺靜農詩集》。我絕愛其詠〈畫梅〉的「為憐冰雪盈懷抱，來寫荒山絕世姿」與〈老去〉的「無窮天地無窮感，坐對斜陽看浮雲」。

特藏展出的零墨當中，亦有許多臺先生自製聯語的原稿，其中我覺得最見臺先生性情的是下面幾則：

「理解明通常自遣；情由艱苦察其安。」

「坐擁書畫非無福；靜閱滄桑亦有情。」

「人生得一知己足矣；斯世當以同胞視之。」

哎！典型不遠，盍興來乎！

我所不知道的林文月先生

——為「林文月教授手稿資料展」而作

林文月先生上次返臺請吃飯的時候，齊邦媛老師突然問我：「慶明，你叫林先生：『老師！』，你上過她的什麼課呢？」面對滿座的真正上過課，或由她指導過論文的「正牌」學生，我只有老實的回答：「我沒有正式上過林老師的課，但林老師是我童年時的文學啟蒙『老師』，我後來決心第一志願讀中文系，也多少受到她的影響！」

我是被父母戲稱為：「吾家的文學少年」而度過幸福童年的，當時最得意的事情，是遍買又遍讀了東方出版社與啟明書局的所有的兒童與青少年文學作品。日漸成長而開始往所謂世界名著泛濫之後，就漸漸的忘記了自己在當時閱讀的是哪些書籍。但在那廢寢忘食、神魂顛倒的歲月裡，很怪異的竟然只有一位編寫者的名字：「林文月」，深印於我童稚的心靈。林先生一定沒有想到她在二十幾歲時改寫的文學名著與偉人傳記，竟然啟發了我一生的文學興趣與鑑賞品味……

就在整理林文月先生的捐贈以作展出的準備之際，我發現了我所以會只記得林先生名字的緣由：

她所改寫的文學作品，原來竟是我青少年代最喜愛的《基督山恩仇記》與《小婦人》；《茶花女》雖然不是我的最愛，但那淒美哀感的境遇與愛情，確亦強烈的震撼了我的天真心性。而三本傳記：《聖女貞德》、《南丁格爾》、《居禮夫人》，她們三人，對我而言，更都是神聖的存在。父親的醫學背景與對科學研究的興趣，使他一直崇拜居禮夫人與南丁格爾，無疑亦影響了我對她們的感覺。但對宗教與神祕精神經驗的好奇，卻更使我對聖女貞德著迷。這些作品與人物，後來我自然都反覆的讀了中譯或英譯的更完整的版本，甚至都看過改編和拍攝的電影；但基本的印象，卻是早已奠定，規範了我的價值取向和處世態度！我不禁要反過來想：會去編譯、改寫這些作品與傳記的林先生，在她的選擇中，又反映了何種性情？何種胸襟？（這是以前所沒有想過的！）

中學時代，有三本書決定了我走向就讀中文系之路，一是初二讀了林語堂的《生活的藝術》，一是高一讀了梁啟超的《飲冰室文集》；還有就是高二時讀了夏濟安主編林文月等著的《詩與詩人》。前兩本書使我親近中華文化與傳統思想；但後者卻直接引領我走向中國文學的研究與評論。林先生的五篇論文在知人論世的詮釋裡所反映的洞明世事，鍊達人情，尤其使我嚮往。我還記得我還拿了這本書上的這些文章，向經常出入我們家的一位父親的年輕同事說：「你不覺得能有這樣的見解，能寫這樣的文章，其實是很捧的事？這就是我想做的！」

我還記得那本書的素樸的封面：白底上除了黑字的書名，編、著者之外，就是一小塊黑痕般的漢代畫像磚的圖案。林文月先生是我當時的典範人物，但除了白紙黑字，我對她沒有印象。當時的書後並不附著者的相片，那是文星叢刊之後才有的習慣。面對著提供展出的，林文月先生大約是她在編寫撰著我所耽讀的那些故事與論文年代的，一張她站在臺大講臺上講課的照片；我在當時真的「不知道」她是這樣的「先生」！是聖女貞德的神祕熱情＋居禮夫人的聰慧專注＋南丁格爾的溫柔慈悲……？我不禁想起，那已是我自己已然教書多年之後的一班中文系的畢業專刊上，同學們寫著他們對上課中老師們的印象。有人寫著：「坐在教室裡，看著講課中的林文月老師，覺得真是風華絕代！」自然我聽過林先生的學術演講，但卻是錯過了聽她講課的機會！她的授課風貌是我所不知道的，只有這張照片可以想像了……

真正「見到」林文月先生，是就讀了臺大中文系，進第四研究室找葉慶炳老師之際。不算寬敞的第四室，不但放置了「四部備要」的集部，而且是五位先生共用，當中靠著中庭窗戶的一張書桌，其實是鄭騫（因百）和葉嘉瑩（迦陵）兩位老師對向合用，當時鄭老師在國外，所以葉慶炳老師也用那張桌，由於門口有書櫃屏風遮蔽，右手邊的另一張較小也較隱蔽的書桌坐的是王保珍先生；林文月先生的座位，是左手邊靠牆的另一張小書桌，事實上是當著門口通路，林文月先生一直在那張小書桌，背門而坐，直到榮休為止。

這個研究室最熱鬧的時候是七位教授合用。在那裡還能夠讀書寫作，還真需要定靜功夫。那天我一進門，正好葉老師在，林先生正埋首寫作，被我驚擾而抬起頭來，葉老師就對我說：「柯慶明啊，這是我們系的才女，林文月先生！」我一方面驚異她的年輕；一方面脫口而出：「啊！我讀過您的好多文章！」然後囁嚅不知以繼……

由於幾門我最有心得課程的任課老師：大一葉慶炳老師的中文系「國文」，大二、大四葉嘉瑩老師的「詩選」、「杜甫詩」，大三、大四鄭騫老師的「蘇辛詞」、「元明戲劇」，都用第四室，而我一直有課後纏住老師繼續討論的習慣，所以我就成了進出第四室的常客。少不更事的我，一直沒有注意到這既妨礙了任課老師需要的休息；其實也干擾了其他先生的工作。每每在我固執己見，轉不過彎來時，（大概是已被干擾了的）在旁聽到談話的林先生，會突然用一兩句精要的話語，猶如撥雲見日的插入指點，於是我豁然而解，心悅誠服……

這些經驗加上早年的閱讀，始終使我認為林文月先生之所以為「才女」，就是其天生穎悟，聰慧特出的自然表現而已。但是在展出前檢視著她所珍藏，大三上鄭因百老師的「詞曲選」「陶謝詩」的課後整理心得的筆記。看著那用工整娟秀的筆迹，寫得滿滿三大本，不但記老師上課的要點，更將自己聽講的引申，閱讀的體會，一一記下，寫成完整的論述；突然覺得它們的珍貴不僅是鄭老師的紅筆批點，師弟兩人彼此激盪，相引相生的慧見巧思；而更在林先生的好學深思、專注用心。難怪一起檢視的淑香要讚歎：「這真的是臺大學生的模範！」

正如我有許多年，天經地義般的視臺靜農老師就是「智慧長者」；壓根兒也沒想過他也當有過徬徨少年時；即使畢業後留系當第三室助教起，不知不覺已是三十餘年，我想到的林文月先生一直是「老師」。看了她的筆記，知道了她作學生時的用功。看到了她這時期的照片，才發現她也有天真可愛，甚至頑皮的一面。尤其一張大一的半身照，被特藏組的夏麗月主任宣稱為「像電影明星一樣」的，流漾出一種如夢似幻的氣質，用夐虹的詩句：「在最美的夢中；最夢的美中」，恰是最好的形容。我才突然醒悟聖女貞德，也可以是美麗的，於是想起少女時期的殷格麗•褒曼所扮演的貞德，其實真是秀外慧中！林文月先生的碩士照亦給人類似的感覺……

我自己是臺大中文系最後選修學士畢業論文的人之一；因此我對林文月先生的學士論文手稿特別有興趣。（她的碩士論文，則已被印成「臺大文史叢刊」之一了！）但是有趣的是這份存稿是三手抄成的；有林先生的筆迹，亦有當時還是男友的郭豫倫先生的筆迹，還有妹妹林文仁的筆迹。真的是一份充滿了愛情與親情的手稿！

在畢業論文還是必修的時代，原本一定是交給成績股查存，若干年後銷毀。以鄭因百老師謹守規矩的個性，一定照辦如儀；但又愛惜學生的心血，才又由他們自行抄存。我那時因為已是只算兩學分的選修，加上早已超修了二十幾個學分，所以在原訂的七部分只完成了四部分，卻已連附錄近四十萬字，來不及完成下，就義無反顧的先去金門當兵了。因此，通達的臺老師就只給了成績，卻將原稿留到我返系任助教後，才交給我繼續修改，所以我反而不知道得自行抄存的故事。

八九萬字的論文，在只能一一手抄的年代，其實是苦工。淑香看了說：「這就像托爾斯泰夫人反覆為托爾斯泰抄謄《戰爭與和平》的手稿一般」；我說：「郭師丈贏得林老師佳人芳心，良有以也！我們的弟弟妹妹，大概也不會為我們這樣的抄稿子吧！」其間所蘊蓄的情意，自然也是我們所不知道的。

看著林文月先生的家庭照片：抱在母親的懷中，襁褓中的她仰天而望，若有所思，不知想的是什麼？她真的是像母親的！坐在並立在門口的外公外婆連雅堂夫婦的腳邊，稚齡的她卻回頭而望，她察覺了什麼？發現了什麼？她的原生家庭可真是人丁旺盛：有眾多的兄弟姊妹，不知是什麼滋味？她和郭先生所締結的核心小家庭，卻真的是一男一女兩個恰恰好。看著林老師和郭師丈充滿柔情蜜意，相依相偎的合照；讀著郭師丈所寫〈林文月的希望〉的短文中說：他們的一雙兒女，才是林先生的寶貝！想起林先生說起抱著女兒批改作業往事的情景，不禁莞爾……

一九六九年得國科會補助前往日本京都大學人文科學研究所任研修員，無疑是林文月先生一生事業的轉捩點：她因而寫出《京都一年》，走上了漫長的散文創作之路；她因此走向唐代對日本平安朝影響的比較文學研究，因而開始了《源氏物語》等日本古典文學的翻譯工作……從前我們總以為這是她小時候在上海日租界受的是日文教育的結果。看到展出的這時期她在京都寫給臺靜農老師的書信，才知道臺老師竟是背後的推手，連正倉院都是他託友人帶她去的！她和齊邦媛老師的要好，是我們所熟知的。但好到會鄭重其事發傳真函來談加州的天氣，則是我們所不知道的。這封沒有事，只是談天氣，卻隱隱約約的曲達了生活與心情的尺牘，其韻味絕似晚明小品而自有女性特殊的細膩，想是興會神來之筆！

回想當時大家以「道旁兒」鼓舞人家無休無止跑馬的姿態，慫恿林文月先生翻譯《源氏物語》，真的是說風涼話容易；幾曾想過千里蹞步一路走來的辛苦？六十六個月的沒有間斷的連載，這是多大黃金歲月的質押與投注！但林先生不但以其非凡的毅力做到了，而且做的那麼好！我是喜愛豐子愷的散文的，但卻覺得他的翻譯，情韻不對。他們在譯筆上的差異，使我真正體會到語言風格，正如美感情韻，不只有雅俗，亦是有男女的。林先生的情性近似，所以譯來格外傳神。

然後是二十二個月的《枕草子》，以及《和泉式部日記》，還有《伊勢物語》……我們只是饕客一般坐等享用，我什麼時候又知道調理大餐的句句，甚至字字皆辛苦？《源氏物語》後來因為重新頁頁修訂，而有一帖手稿留存；《伊勢物語》則因為郭師丈的提醒而有全部的手稿和插畫留存，真是幸事！近期以中日文撰寫的散文手稿亦得保留，還包括林先生撰寫《飲膳札記》所依據的菜單。

林文月先生擅於素描，這是我們早都知道的。我所不知道的是她亦長於工筆的仕女畫。用她所教的「陶謝詩」一課為喻，素描是她的陶淵明一面；仕女圖是她的謝靈運一面。她的散文亦時有陶令的疏朗韻致，而平安朝文學的譯筆則頗多謝客的緻密華美。我以前並不太相信一人而可以有冷筆熱筆之分，如林先生論楊衒之的撰寫《洛陽伽藍記》，我現在卻看到了文學與繪畫的一律。林文月先生在文藝美感的兩面性，則是我以前所不知道的……

林文月教授應邀將她的手稿留交臺大總圖特藏組典藏，她卻很慷慨的連同她的仕女畫、素描、個人與家族的照片，書籍的各種版本，連同連雅堂先生以墨筆題書的詩籤等珍貴的文物一起捐贈了。臺大總圖書館將在四月十二日上午九時半在五樓特藏資料展覽區剪綵開展，一直到六月三十日止。十二日開展後，十時起並將在總圖地下一樓邀請齊邦媛、方瑜、張淑香、陳明姿四位教授，以「談林文月教授與她的文學事業」為題舉行座談。另外亦將由柯慶明、何寄澎、朱秋而三位教授，分別於四月二十五日、五月九日、五月二十三日下午二時半在總圖以林文月教授的文學研究、散文創作、日本文學翻譯為題作三場演講。展出期間總圖多媒體中心亦將播放「人生採訪・當代作家映象林文月」錄影，歡迎各界人士參觀與參加！

千花萬樹之壯遊與哲思

——為葉維廉教授手稿資料展而作

我們遊過
千花萬樹，遠水近灣
我們就可以了解世界麼？
——〈賦格〉

在整理葉維廉先生手稿的日子裡，我不由自主的總是想起馮延巳的名句：「百草千花寒食路，香車繫在誰家樹？」當然我想到不是〈鵲踏枝〉原詞，面對情人「幾日行雲何處去？忘了歸來，不道春將暮！」之際的盼望、等待與尋覓。而是王國維《人間詞話》：「『終日馳車走，不見所問津』，詩人之憂世也。『百草千花寒食路，香車繫在誰家樹』似之。」的特殊的解讀。

葉先生的作品，一方面給我一種豐美到目不暇給的「百草千花」的感覺，或許用他自己的更精確的詞語，應該是「千花萬樹」！一方面卻也給我一種濃郁深沉的「詩人之憂世」的感受。他對現代文明所造成的畸形物化與政商權力宰制下人性失落的憂心；以及由此種種「現象」，所反激出來的「表現」的渴望：「太陽如鐵如悲劇重重壓著我／以光線以空氣以間接的環境／我欲扭轉景物，我欲迫使／所有的情緒奔向表達之門／通至未經羅列的意象」（夏之顯現），其實是充滿悲情的：「花朵破泥牆而出，我就舒伸／因為只剩下舒伸是神的，就舒伸／向十萬里，千萬里／十萬里千萬里的恐懼」（仰望之歌）。

但是這種「憂世」，卻是通向「寒食路」的追尋。寒食，由「朝朝寒食；夜夜元宵」的成語，可以略見其在傳統社會原是最為繁華盛大的歡欣節慶。但其更深的涵意，卻是「鑽燧改火」之前的一種儀式，一方面是人類暫停用「火」來破壞自然，以與自然重修舊好，恢復宇宙原始的和諧；一方面是以肅敬虔誠的心情來面對「薪盡火傳」，年歲世代的交替，念舊懷新，在沉思默念天人關係中，將我們的個體的生命意識融入宇宙整體的生命運行，而體驗到生命的「至福」！

因而在葉先生詩作中出現的，就漸漸不只是：「在變與不變之間／若即若離地／生命永遠是／日減一日的死亡／死亡永遠是／日加一日的新生」（馳行）或「永遠／開始／永遠／入／另一個到臨／的／另一個開始」（午夜的到臨）這樣的哲語；而更是出現了像：「我們要重新調整／呼吸的速度／緩慢、緩慢、再緩慢／至零／去感觸／冰河分釐的推進／一千條垂天的冰河／一萬里動猶未動隱隱的湧流」（冰河的超越）或「忘記語言／忘記詩／讓我們輕輕按著花的呼息／一步步／感出花的生／花的開／花的落」（哲學之道與櫻花之思）或者「就讓我們并肩在此岩岸／去靜觀／日出日落花開花謝……／或者／放一天無鉤的釣竿／在江邊／坐一個無所收穫的下午」（牛渚懷李白）的細語叮嚀了。

這種由憂世而超越而達到冥合自然，靜觀萬化的轉折，一如他在訪問記中所說的：「我從繁複轉向短句，因為我陷入深沉的憂時憂國的鬱結太久了。」這種鬱結，可以如：「走了，無字，無芽，無葉，無花／只有載不動的／千層萬噸的憂愁」（字的傳說）；或者是：「從黑暗中／撤出／一個破絮的網／頓時／把傷心欲絕的世界／無奈地網起」（流不住的航渡）。這種鬱結甚至損及健康，而留下「百年多病」的「人生」感懷：「一葉一葉的／病歷／如捨不得丟棄的記憶／堆滯在角落／積塵／褪色」（人生）。在這裡病歷不是一頁頁，而是「一葉一葉」自然是用的「洞庭波兮木葉下」或「山山黃葉飛」一類的隱喻，但是若是想起詩人的姓氏，是否另有弦外之音？

因而，以短句構成的詩作就充滿了靈視的頓悟與新生的喜悅，前者如：「雨霧裡／山影／緩緩的／一層一層的／被剪出」（剪出的山影）；後者如：「好一株／早梅／雲／湧動著／暗香的／溫暖」（梅意）。由「一葉一葉」的凋傷而至山影「一層一層」的剪出，詩人可正是觀照到宇宙生機的生生不息，無窮無盡？在「悠然見南山」之際，詩人體會到的可正是「白雲無盡時！」與「逝者如斯而未嘗往；盈虛者如彼而卒莫消長也」的「物與我皆無盡也」的造化「真意」？在嚴冬中預示早春，「暗香」和雲湧動，如何不是酷寒中的「溫暖」，令人歡欣令人鼓舞！

在寫詩約莫二十五年之後，詩人卻發現：「散文既可直敘易明亦可含蓄凝射，既可作美學的討論亦可作純粹境界的呈示」，既能「以親近親切的聲音」，「以直敘引帶讀者進行」，「也可以隨著情緒、意境逐漸濃縮，作重重指涉」，甚至「把意象壓縮，中間留下許多活動的空隙，任讀者進入遨遊」（《山水的約定》序）。葉先生遂開始了以「散文」為藝術表現的載體，發展出他的「詩文交錯的形式」，同時書寫生活經驗的多重多面之特殊風格。

因而追尋紅葉既可「真切地撫觸到霜葉的肌體」；亦可在觀看「似火的紅葉，濃洌，成熟，在晶光中發揮著它們凋零前的絕美」而感受「一種提昇、一種淨化」；更可沈思：「說紅葉只是美的化身」，「那麼我們追尋的已經不只是美的本身，而是我們失去了的，啊應該說被奪走、被扼殺、被埋葬了的對美的感性」（紅葉的追尋）。這種在斲喪之餘，對永恒天性的無盡追尋，就成了葉先生在近期寫作的動力與重心。而在「想想啊，你們要四四方方的生活呢，還是曲曲折折的自然呢？」（四四方方的生活曲曲折折的自然）的深切呼籲中，同時透過詩、散文、論述葉先生也就成了當代道家美學最重要最豐盛的代言人。

「為了活潑潑的自然和活潑潑的整體生命，自動、自發、自足的自然的生命，我寫詩。為了活潑潑的整體生命得以從方方正正的框限解放出來，我研究我寫論文。」

這一段話確乎是葉先生的真情告白，當然我們還可以加一句：「介於兩者之間，寫散文。」

葉維廉先生在我們初步統計下，已經出版了：中文詩集十六種，詩選集二種，英文詩集一種，散文集七種，中文評論集十種，英文論著專書二種，中詩英譯兼評論四種，西詩中譯兼評介一種，另外還有許多未集結出版的著作。今年八月大陸的安徽出版社亦將出版文集十冊，真的是千花萬樹，多彩多姿。

年來葉先生陸續捐贈給臺大圖書館特藏組的手稿，計有：早年以藍菱為筆名所作手書詩冊（收詩二十九首），詩集《網一把星》、《樹媽媽》、《移向成熟的年齡》，〈紀元末重訪巴黎〉詩組與其他十五首個別詩作的手稿，另十首未發表或未寫定的詩稿，早期試驗草稿散頁三十四張，自製附詩聖誕卡四張；散文集《紅葉的追尋》，論著 *Ezra Pound's Cathay, Chinese Poetry: Major Modes & Genres*，以及譯詩兼評論集 *Modern Chinese Poetry: Twenty Poets from the Republic of China, Lyrics from Shelters* 及〈龐德《詩章》選譯〉等的原稿本；另外論文及序跋手稿十七篇，及未結集出版的《九位現代美國小說家簡介》的全部抽印本，以及《遊思日記》手書筆記十三本，以及致蕭乾等書信底稿或複寫本二十四函等。在特藏組覺得所藏手稿已經豐富到可充分反映葉先生的各個階段以及多種面向成就，因而決定舉辦特展之際，葉先生更慷慨借予各時期生活照一百九十九幀，亦已經特藏組掃入光碟加以典藏。

在參與特展的籌備之際，不但令我有先睹之快，更有許多莞爾會心的時刻：因為展櫃有限，我們還是去函請示優先展出的照片，結果葉維廉先生所選的，除了一張是和葉夫人尚是情侶時代的合照（應該是在溪頭拍的吧？）外，竟然選的全是全家福的合照，令我們想起他在《葉維廉自選集》與《歐羅巴的蘆笛》等書的題辭，都是給「慈美・蓁和灼」，不論在書中或專輯前所附的照片，總是有全家或家人的倩影。另外則是他泰半的書都是獻給葉夫人的，由簡短的「給慈美」到「給在艱辛歲月中持護我的慈美」、「給陪伴我數十年來穿越苦難與危機的慈美」、「給與我作藝術與人生尋索多年的伴侶慈美」，各種題辭不但反映了兩人的鶼鰈情深，使人不禁想到葉夫人不僅只是詩人的繆思，或許更當兼是守護天使吧！特藏組的女組員們都一致同意：葉先生真是愛家顧家的新新好男人！

我則是想起七〇年代有幸和他們全家同遊陽明山的往事：那是一次比較文學課程上的聚遊，同行的還有胡耀恒先生一家。葉家小孩的彬彬有禮和胡家小孩的跳躍奔馳，正好相映成趣。年輕的我們還不禁說起：這是不是也算中西文學或文化的比較？當時沒想到八○年代，我的另一半淑香奉派赴哈佛念比較文學學位時，竟然會和葉先生的女兒蓁重逢，而且上了同一班的日文課。兩人為課堂上的要求還拍攝了一卷以日語對談黑澤明執導電影〈七武士〉的錄影帶，供老師和同學們評比，好像堂上的風評是：「討論的內容深刻有餘，視覺上的跳躍靈動略嫌不足」，這真是東西文化觀點上的差異。蓁雖在美國長大，終究她的教養還是和淑香一樣，仍是中國的，太中國的吧！

葉維廉先生在早年以藍菱為筆名的詩冊首頁上，加了這幾句附筆：「這些軟弱的詩，當然不是後來的女詩人藍菱寫的」。其實對一個十七、八歲剛開始寫詩的少年來說，像：「褪色的陽光從暮靄的幕後隱沒／藍色的旋律裂成碎片代替溫馨／剛才的璀璨已在黑夜里死去／朦朧的眼睛彷佛亮起了隕落的星」（海里一朵花），這樣在「黃昏荔枝角海邊」即景所得的詩句，自有它的從容豐富與纏綿，只是正如「藍菱」的筆名，浪漫中帶點陰柔，在受現代主義洗禮過後，葉先生不免會嫌它們「軟弱」吧！

在葉先生所有的捐贈品中，我最寶愛的是他自一九八二年第二次大陸行起，到二○○○年旅居倫敦，前後旅遊歐洲、印度、土耳其、日本等地所逐日寫下的十三本，他稱為「遊思日記」的手記。雖然部分詩作或內容，已改寫成詩文交錯的形式發表，但是當日直接的印象與思維，旅途中種種有趣的瑣事和經歷，以至觀感的逐步累積和轉換，都是絕對的引人入勝。我們可以跟隨他們的旅程，看到早已飽讀萬卷書的葉先生，如何在行萬里路之際，細膩的感受各種眼前的事物景象，鍥而不舍的追探各大古今文明的精神底奧，沉思人類社會的當下與未來的出路：不但是萬里探索的壯遊，也是觀照千古的哲思。本本都是遊旅文學的精品，通觀綜覽之際，更是令人驚歎！葉先生肯將它們捐給母校，真是使人又感激又感動！

另一個使我感動的時刻，是讀到葉先生致成義信函上云：「這次你能來我家，雖然沒有機會帶你看很多地方，但你對我的友情使我很感動，我總覺得我們不必見面，十年、二十年、三十年不會改變，就這一點，我便高興得要死了。明年回來，我們可以多聚些。我想，你還是比較了解我的情懷，思想，對民族，文化和藝術。」真是得一知己，足慰平生！同函中，也提起他在一九七九在愛荷華大學「中國週末」和蕭乾見面長談之事：「Iowa之後，心裡有無限的激盪，我們為民族所能做的就是無奈而已嗎？蕭乾能推心置腹的談話，我很感動，但亦愁傷，他們真的能突破那枷鎖嗎？」那次長談不但開始了葉先生和蕭乾的魚雁往返，事實上就在那前後，葉先生也連絡上了他所心儀的卞之琳、辛笛、袁可嘉、艾青等三、四〇年代的詩人。葉先生所捐贈的信稿，正是一份文學史上六〇年代臺灣現代詩或現代主義文學與中國三、四〇年代文學間情義互動與精神相連的重要見證。

這裡有一個意外的插曲，整理時我彷彿記得成義，好像是戴天的本名，但葉先生正在大陸各地演講，只好以傳真詢問王文興老師，並且提到葉先生一九六〇年的一首詩〈夏之顯現〉上有「並致成義」的副題。王老師立即回傳云：「成義即戴天，戴天是筆名，成義是原名。『夏之顯現』一詩當年我非常喜歡，因此堅邀葉維廉入社。」這倒是關於「現代文學社」成立歷史中，尚未有人提及的一章。這也解釋了高白先勇、王文興、戴天他們那一班兩屆的葉先生，竟然成為「現代文學社」核心份子的緣由，不能不說是意外的收穫了！

這些手稿及葉先生的相關資料，臺大圖書館將於九月十九日上午九時在五樓特藏資料展覽區剪綵開展，一直到十二月三十一日止。十九日開展後，十時起並將在圖書館地下一樓國際會議廳，由廖咸浩教授主持，邀請葉維廉先生與陳義芝、焦桐兩位新世代詩人，座談：「詩與當代生活」。另外亦將由洪淑苓、廖炳惠、柯慶明三位教授，分別於十月三日、十月二十三日、十一月十一日下午二時半在圖書館國際會議廳以葉維廉先生：「詩中的童趣與自然」、他的「後現代轉折」與「對中國文學與文化的闡釋」為題作三場演講。展出期間圖書館多媒體中心將播放「現代詩情——葉維廉卷」；臺大出版中心書店亦將以特價展售葉教授的著作。歡迎各界人士參觀與參加！

啼笑皆是
——為王禎和先生手稿資料展而作

「……生命裡總也有甚至修伯特都會無聲以對底時候……」

總覺得對於王禎和的小說而言，亨利・詹姆斯《仕女圖》的這句話，就像劉禹錫的〈烏衣巷〉詩對於白先勇一樣，是一個定音定調的指標。尤其王禎和自己坦言：「尋找真實的聲音來呈現故事，一直是我努力的目標」。以真實的聲音來呈現無聲以對的情境，那會是「寂靜之歌」？還是「愛在心裡口難開」？而世故圓融的老子說：「大音希聲」。文建會與聯合文學主辦的「王禎和作品研討會」竟然以「人生歌王」為標題，真的令人拍案叫絕。

王禎和可能是唯一在小說裡附上歌譜的小說戲劇家，〈人生歌王〉原是以歌手為主角姑不論；〈兩隻兩虎〉、〈素蘭要出嫁〉、〈香格里拉〉篇名即是歌名，〈老鼠捧茶請人客〉亦是日本童謠的臺語諧擬版，〈大車拚〉原來題作〈要拚才會贏〉，後來卻以「火車快飛」的文字修改版來配歌；以原住民為主角的〈夏日〉，亦配了一支原住民歌曲：「拿魯彎多……」。〈美人圖〉其實不妨視作，像柴可夫斯基的一八一二序曲，書中所引的美國國歌與「誰都不能欺侮它」的愛國歌曲，兩歌交鋒爭勝的文字變奏。而〈玫瑰玫瑰我愛你〉，其實正可視全書的整體動作，就是在於這首主題歌（因此也是全書反諷的主題）的蒐尋與完成。

但這種表現方式，雖然王禎和用的更多，但卻不是他個人專擅；白先勇在〈一把青〉、〈金大班的最後一夜〉、〈孤戀花〉，以至〈遊園驚夢〉都用了相同的手法。這些歌曲都烙有它們流行的時代、文化，甚至社會階層，特殊族群的印記，因而可視為是某一特殊時空人群之生命情調的表徵。他們所要捕捉再現的正是一些行將消逝，不管是好是壞，種種過往昔日的生活風味。因為這終究是作者，（或者也是同時代的我們），所接觸過、經歷過，在這充滿變動糾葛與離散斷裂時代的人們與生活。（敢有歌吟動地哀VS.此時無聲勝有聲？）王禎和似乎更加警覺到連「音樂之聲」也會消失在風中，因此特別將簡譜也附上了？

至於篇首引詩：〈五月十三節〉引了杜甫〈宿府〉；〈那一年冬天〉引了朱敦儒〈朝中措〉，〈寂寞紅〉篇名及篇首，引了元稹〈行宮〉；〈快樂的人〉篇首雖未引詩，卻在篇中多處引古詩詞作為反諷的對比。從傳記的角度來理解，這或許反映了當時臺大外文系的學生，一樣的都受過很好的中國古典文學的薰陶。但從文化與美學的角度來看，引述了亨利．詹姆斯就將以本土為素材的作品與北美西歐的文化傳統掛了鉤；同樣的，古典詩詞的引用，亦在漢語文學的大傳統中尋到了定位。假如我們還要堅持王禎和是一位「鄉土」作家，那麼他至少是一位視野橫貫東西精神接續古今的「鄉土」作家。

其實王禎和的作品，描寫的不僅是花蓮等地的「鄉下」，正如〈小林來臺北〉篇名所顯示的，臺北，這種國際都會，或其他的「城市」，也是他刻劃的場域。城與鄉的彼此差異而又互相遭遇，國際與本土的相互吸引卻又糾纏交涉，這種「中心／邊陲」的預設，才是王禎和作品戲劇性的基本張力。

〈小林來臺北〉與〈美人圖〉固然是以鄉下人的眼光來批判臺北的「高等華人」，（有趣的是在〈美人圖〉第二章，安排來代表民族精神，堅持國家認同的批判者小鄺，竟是一位香港僑生，而且死於心臟病）。《玫瑰玫瑰我愛你》，則是國際戰爭與都會文化，以色情行業為媒介，延伸到了內山的花蓮，因而產生了種種「土娼洋化」過程的似是而非之奇觀妙事。（臺北當時以美軍與洋人為恩客的臺北色情行業，難道沒有類似的訓練過程？只是早已司空見慣，引不起任何文化震盪的波瀾。）因此土洋交涉，城鄉對決才是王禎和作品的重心。

當然，其間更有時代發展的軌跡：由〈嫁粧一牛車〉萬發的希冀一臺牛車；到〈大車拚〉小村莊村民的爭取公路班車。萬發以屈辱租妻給外來的鹿港仔方式獲得；村民則由「在臺北讀大學吃頭路」的阿英領導，以「愛拚才會贏」的精神，經集體乘公路班車上城，在自身團結加上外界的奧援，終於抗爭交涉成功。由無奈的悲情到喧鬧的嬉樂，反映的正是對於命運之自主信念的轉變。

鄉土作品的悲情，不論是〈嫁粧一牛車〉的萬發；或者是〈來春姨悲秋〉的來春姨，其實大多來自生活的困窘，（疾病往往是火上加油的嚴重打擊）；而街坊鄰居等對其不合倫常「婚姻」狀態的蜚長流短，則更是雪上加霜的痛楚來源。小林來臺北之後所看到的情慾泛濫之普遍，雖然王禎和起先不免要加以嚴詞斥罵，冷嘲熱諷，但卻未嘗不是一種可以丟棄鄉土倫範的一種解脫，到了〈大車拚〉幾乎可以全無顧忌的以嬉戲笑鬧視之，反映的是另一種更為寬容的倫理觀。

這種對於命運自主信念的轉變，以及更為寬容的倫理觀，亦見於〈素蘭要出嫁〉系列的作品。在最早的〈素蘭〉作品，素蘭因升學壓力、婚姻不幸而一再精神崩潰，沉重的醫療費用一再的拖累家人，雖然父母兄弟姊妹一再以犧牲的精神來共度難關，但素蘭卻創傷太深，無法痊癒。是部既批判社會欠缺必要的福利制度，卻又顯現家族雖在精神上團結，現實上則為走向離散的，既悲情又溫馨故事。

但接著改編為劇本〈青春小語〉（手稿），則寫的是以素蘭、小包的相戀：小包找妓女初試雲雨卻仍堅守童貞；但素蘭反在初次謀職時即遭下藥失身。因而初夜沒有落紅，遂引生許多誤會，終因小包發現真相而冰釋和好，可說是笑多於淚的故事。而小包實驗性事的經歷，後來又改寫成一篇充滿喜感而近於滑稽的小說，而以〈素蘭小姐要出嫁——終身大事〉篇名發表。

最後又統合了素蘭腦疾，影響全家的家計；痊癒後與小包相戀，以至初夜滋生誤會，回娘家病發，造成娘家二度陷入經濟困境；終至兩人誤會冰釋，娘家弟妹也因小包的協助而得以就學等情節，寫成了〈素蘭要出嫁〉的劇本（手稿），（該劇本又有略加修改而題為〈終身大事〉的手稿），在蒙太奇影業公司打印的〈素蘭要出嫁〉電影劇本上，王禎和除多大事刪改，更在末尾以鉛筆寫下了「隨風飄逝」，要觀眾們：「人生在世對事不要太認真」等字句，其後又題了四句：「故事結局真圓滿，夫妻共床百年長；都要真心來相愛，過去代誌何必論」。反映的正是克服種種遺憾，以真愛擁抱圓滿的人生態度。

王禎和一直遊走於小說與劇本（舞臺劇與電影）之間，〈嫁粧一牛車〉、〈美人圖〉、〈玫瑰玫瑰我愛你〉皆由小說改編而拍攝成電影，（〈美人圖〉第一章亦改編成舞臺劇〈小林來臺北〉）。〈來春姨悲秋〉也在小說之後改編成舞臺劇本〈春姨〉；而〈人生歌王〉則是先編了電影劇本，「後來覺得這還是有可為的小說素材，也就順手寫了個中篇」。王禎和在大一下以小說〈鬼・北風・人〉嶄露頭角；卻在大四時以劇本〈聖夜〉作為「畢業論文」。他的舞臺劇本〈望你早歸〉亦經耕莘實驗戲團在耕莘文教院演出。（其演出劇照亦在王夫人提供之列）

其實我們很難斷定那一種體類才是王禎和的最愛。雖然他在〈永恆的尋求〉中表示，想使「小說回復到往昔為時代作見證的崇高地位，以宣揚人之美德，提高人之情操」，但取法舉例卻提的多是劇作家John Synge、曹禺、荷馬史詩與電影的例子。他甚至在《香格里拉・自序》中表示：「每當我提筆寫小說，心中就油然浮起小津（安二郎）氏的一部部電影來」，事實上他更撰寫過七百餘篇專業當行的影評，並輯出四十篇精萃，以《從簡愛出發》書名單行出版。

王禎和由早年擔任《現代文學》的第二批編者，而成為《文學季刊》的重要作者，對於某些評論者而言，可能代表著美學立場的轉變。但若參照王禎和的〈遠景版後記〉，他的為《文學季刊》撰稿始於〈來春姨悲秋〉，是由於「姚一葦教授來信邀稿」。其實也正是原來主編《現代文學》的姚一葦、何欣先生們不再負責編務，《現文》又轉回早期以譯介而非創作為主的編輯方針；因而姚、何兩先生又和尉天驄先生等人創辦了《文學季刊》期間。

根據自述：他當時所關切的仍是張愛玲的「意識流」的處理，亨利・詹姆斯的小說觀點，後來更去了美國愛荷華大學的國際作家寫作班。（上愛荷華國際寫作班，也幾乎就是《現代文學》作家群的標準行程。）到了我執行《現文》編務的年代，指導我且負責集稿的卻仍是姚、何兩位先生。年輕識淺的我，自然沒有尉天驄先生的人脈與影響力，因此從來沒有和王禎和有任何直接的接觸，自然也就沒有稿子發表在《現文》，其實早期《現文》的班底，除了白先勇後來也鮮少賜稿。

那段期間，王禎和的作品亦一樣的發表在《作品》、《幼獅文藝》，一九七四年之後就轉往了幾家報紙。他當時的這些小說，則編成了《寂寞紅》與《三春記》兩個集子，應白先勇的邀約在其開辦的晨鐘出版社出版的。所以，尉天驄先生或陳映真等人或許經歷過由現代主義往鄉土文學方向的轉變；但是以花蓮人物為素材，卻是王禎和自其在《現文》上發表的作品，即是如此。或許如他屢次在訪談中表示的：「每寫一篇小說，我都面臨新的挑戰，無論如何不要重複以前」；「盡量朝『標新立異』、『前無古人』的目標跑去」，勇於實驗創新，才是王禎和真正的美學立場吧！

一九八二年九月我在臺大醫院外科開刀房外家屬等候室，和王禎和有了平生唯一的近距離接觸，據陪伴他的尉天驄先生告訴我，他在等待小孩作肝癌的手術，當時他自身亦已患鼻咽癌有一兩年了；我則是等候母親為癌症復發所作的第二次開刀。我們除了點頭示意，確實只能無聲以對。

在整理王禎和手稿資料之際，我特別查對了一下，他重要的長篇作品都發表在發病以後，這期間更包括他作品改編電影的拍攝；他在唯一的翻譯作品《英格麗褒曼自傳》前的序文，特別強調她的敬業：「雖然得了（乳癌）重症，但她仍然繼續演戲」，「反而工作得更加勤快」，「她就是這樣一個不向命運低頭的女人」。同時肯定的說：「她給世人留下來的一件件光輝燦爛的作品」，「她將隨著她的作品長留人間」，這會是他心目中的典範與夫子自道嗎？

王夫人所捐贈的書信，皆是他致也患癌症作家西西的去函，除了談文論藝，更是充滿了病友間的互勵互勉。我想在這最後的十年間他實在是發光發熱的，正像他的喜歡穿大紅衣服，（有照片為證）。他在丘彥明的訪問中說到：「也許我看的傷心事太多了，總希望：只要可能，讓人間多一點笑聲，就是小小的一響，也是好的呀！」因此讓我們不僅像朱天文寫在金馬獎典禮程序表上所說：「您的小說。我們全家都很喜歡」；讓我們也相信面對他小說中種種只有無言以對的情境，他會對我們這些不知如何反應的讀者說：「啼笑皆是！」

王禎和先生的手稿資料展，將於一月一日上午，在臺大圖書館開展，當天上午十點將在該館國際會議廳舉辦「關於王禎和的種種」座談，由王禎和的花中同學楊牧先生、大學同班鄭恆雄教授、創辦《現代文學》的王文興教授、愛荷華時期同住的王潤華教授與創辦《文學季刊》的尉天驄教授分別引言。

十月三日與九日，下午三點二十分起，臺大圖書館將於同一地點，分別播放〈嫁粧一牛車〉與〈玫瑰玫瑰我愛你〉影片。並在同一點，安排了三場專題演講：十月二十四日下午二時三十分，黃建業教授講：「文學與電影的因緣——從王禎和的〈嫁粧一牛車〉與〈玫瑰玫瑰我愛你〉講起」。十一月十九日下午三時三十分，鄭恆雄教授講：「談王禎和文體的發展」。十二月十九日上午十時，柯慶明教授講：「談王禎和的小說世界」。歡迎各界人士，自由參加。

經歷浩劫之後

——談高行健的小說作品

在高行健的小說作品裡，有四個時間的維度：解放前、解放後到文革前、文革及文革後，是具有關鍵性意義的。解放前，可以只是一張母親的照片；照片裡母親所穿的花絲絨的旗袍。為了那件旗袍，小說中的主人公，只好連母親的影像一起燒掉。整部《靈山》，雖然出以一種近乎民粹的追尋，其實在追尋的就是一個解放前的世界，它可以是原始的、蠻荒，以至於恐怖的，但無疑仍是深具無限生機而充滿神祕奧義的世界。但是「解放」正是一個「樸散為器」，以某一單面的意識型態支解這個豐盈的天地萬物的過程。在解放初期到文革之前，似乎在各別的小天地裡，仍是容許親情、友情、義氣、善意、理想以至夢幻得以滋長的世界。文革的浩劫，正是善意被全面否定，個人被驅逐到完全孤獨的內裡，而外在除了順從集體，用劉曉波的話就是：「共作惡」，無以求存的時期，至少在北京之類的大都市是如此。文革之後，隨著平反、改革、開放，似乎又回到了解放初期的歲月，只是增多了許多由西方重新輸入的新事物，鄧肯取代了林肯，成為新時代的先知。

事實上，高行健的小說作品（我所看到的），正都寫在屬於文革後的八〇年到九〇年代：《給我老爺買魚竿》寫於八〇到八六；《靈山》寫於八二到八九；《一個人的聖經》寫於九六到九八，但除了少部分掌握當下詩意與人情的作品，如〈海上〉、〈圓恩寺〉、〈抽筋〉等，對於文革以至解放前的回顧，也就是這種今昔之比，古今之變，始終都是他小說作品的戲劇性與詩意之所在。他在三本書中其實重複應用了一些相同的素材：河裡淹死的母親、來信說：「被拋棄了的我們這一代人」的女友，早年參加革命的表伯父、文革時庇護他的恩人……顯然都有其個人經歷的成分在。但是這種「自傳」成分，對於他要表現的主題，卻有絕對的重要性：因為這牽涉到這些作品是否可以作為一種「歷史的見證」，而不僅是「想像的遊戲」。雖然在今天，我們不僅承認「小說」的虛構性，其實更質疑「自傳」的真實性。

早在納粹的殘害猶太人之後，人們就已質疑起可不可能以文學或藝術來表現「浩劫」，文藝的美感功能或作用，會不會「美」化或軟化了「浩劫」的恐怖與邪惡，因而不知不覺中扭曲了它的嚴重與慘烈，以及更重要的它在人類命運上的深刻意涵，親身參與的經歷與其痛定思痛的反思，就有了它在「現實」上的重要性。在《給我老爺買魚竿》中，高行健似乎更在意追尋一種擺脫情節、側重語言、忽略性格、注重主觀心象投射之敘述的「新小說」表現，因而即使在反思「浩劫」之際，亦不免美感形象化或感傷化，前者如〈豆花〉中牽牛花上的水珠；後者如〈母親〉中對母親去世的自責。

重新面臨生死關頭的經驗，使得《靈山》的寫作具有詩意與美感之外的更加深沉的嚴肅性。它的政治或社會批判很明顯，解放，以及文革後的商品拜物教，使得自然環境（包括山川、熊貓、野人……），與歷史性的人文記憶與精神信仰皆遭嚴重破壞。但這本書，其實並不特別側重在社會政治批判；反而應該當作一本當代人撰寫的新的《西遊記》來看。主角的你、我、他加上了她的「靈山」之旅，一樣是尋求個人生命與人類命運之真諦的「取經」過程，八十一個片段像九九八十一難的過程。假如你、我、他未曾在靈山得見如來而取得真經；至少已經像井上靖《天平之甍》的日本留華學僧冒死費生的抄錄許多經卷下來（雖然在「浩劫」後已是剩卷殘經了），至於開悟了沒有，悟到那重境界，就看各人的造化與慧根了。（上帝是一隻一眼圓睜一眼眨巴的青蛙？）

正面觀照文革的「浩劫」經驗的是《一個人的聖經》，但是正如這本書的書名所顯示的，作者並不滿足於去再現或反思這一個「浩劫」經驗而已；就像《新約》聖經，主要的是以四福音書所記載的耶穌由受洗的天啟到上十字架受難的敘事為核心；然後成為千千萬萬基督徒的人生道路的真理與啟示。事實上作者是想藉此陳述；我想是他在《靈山》裡，所講不清楚的生命啟悟。雖然《靈山》中不斷的出現象徵性的惡夢經驗；主角也不斷的在追尋。但在「現實」上，沒有受過誘惑，沒有受過考驗的體悟，並不能成為真正的生命之道。

在《一個人的聖經》裡：文革，正是作者或者主角等人的十字架上的試煉。經由這一可怕的試煉，書中的主角「他」見證了，在早年的即使在解放後，依然存留於個人小天地裡的親情、友情、義氣、善意的並未完全慘遭扭曲或泯滅，事實上這也是「他」，加上足夠的機警，所以能夠在「浩劫」中倖存的根由。這些正是人性的永恆的「生命、真理與道路」。

因而在反思「文革」浩劫的文學作品中，這本書其實可與楊絳的《幹校六記》比美。但文革時，楊絳已經與錢鍾書有了半世情緣，並且已經是一個卓然而立的成熟人格，她的表現重點就是即使在那種恐怖而荒謬的年代，人性的無法完全邪惡，處處有善端隱現（文學的美善軟化了「浩劫」的恐怖？）。

可是高行健與書中的主角「他」，在經歷文革時，卻是還有參加紅衛兵資格的年輕人。他們不但是「我們這犧牲了的一代」，也是參與了迫害以至又被迫害的一代。並且那十年，正是他們要由單身而邁向婚姻，由學生而步向畢生事業的時刻。因此，情欲與終身的歸屬都成了那個艱難年代所必須面對的抉擇與困境。

小說中的「他」，由為了自保而參加造反派的紅衛兵，而下五七幹校，而在迫害將近時，脫逃下放山村，而在混亂中表錯情結婚，而在新婚不久婚姻破裂，甚至被妻子告發、目睹自己喜歡的女學生因被幹部強暴而淪為暗娼……，雖然最悲慘的命運，並未直接降臨己身，但由父母、與周遭人物的受難，加上制度與群眾迫害的陰影，以窒息性的漫天蓋地的壓力捲湧而來，不但這本小說；其實高行健小說的基本情調，除了少數的短篇，都是孤寂與哀傷的。因為親情、友情、義氣、善意或許可以滋潤或幫助你，但卻無法與你結合，締造一個共同的幸福。

就在這種背景下，高行健許多作品中的主要角色的人格都是分裂的，《靈山》的主角，分裂為你、我、他；《一個人的聖經》則為今昔的你、他，並且談到了面具與自我的問題；劇作《彼岸》則分裂為「人」與以「你」詮釋「人」的「影子」。雖然在《靈山》，甚至在《另一種美學》，高行健都對這種分裂作了詮釋。但是多重人格正是多半滋生於無法克服的外在壓力；而生存的社會制約越違反自然的人性，「面具」與「影子」的分裂與對立，越強烈而明顯。

高行健在《一個人的聖經》以國際遊民的「你」追憶文革期間的「他」，思考自由與尊嚴的意義，提出了「沒有主義」、「一個人的聖經」等理念；在那20段由「你」反思一切暴政起源的「這主」，如何以「主義」這塊石頭操縱犧牲人民的機制；在53段由「他」向毛澤東的屍身強調「一個人那怕再脆弱，可人的尊嚴不可以扼殺」；並以毛的話：「我身上有些虎氣，是為主，也有些猴氣，是為次」為毛定性，將「浩劫」的起因，直指毛澤東的戰略與陰影。

而書中一在出現性愛的場面，正都反映著情愛與家室的渴望與夢想的一再的被「浩劫」所剝奪；因而「當下即是」的性愛，就像《一九八四》般的成為補償與報復。該書中最深刻的部分是，遠離了中共統治的「你」，雖然一再獲得性愛，但一樣的難以經營愛情。（這是「浩劫」所造成的永久的創傷嗎？）甚至提到了女友茜爾薇之女友馬蒂娜的因為無人理解而自殺，加上了德籍猶太女友馬格麗特的個人與民族經歷，似乎強調的正是：「浩劫」並不是中國的特產，而是人類生存所必須面對的永遠的挑戰，或許這正是自由與人道的真諦吧！

小識〈《家變》小識〉[1]

陳器文教授的這篇大作，雖曰：「小識」，其實已是一篇照顧各面，很完整的「論」著。題目上兩度出現《家變》，更是顯得嚴陣以待，不敢掉以輕心。或許這種過於認真的態度，不免減損了我們閱讀這部「小說」的樂趣，也許我們更適宜用五柳先生「好讀書，不求甚解；每有會意，便欣然忘食」的審美態度來品味這部有趣的「小說」；頂多加一點點「奇文共欣賞；疑義相與疑」的喜悅。終究，我個人是相信Robert Frost所謂：詩，始於喜悅，終於智慧。王文興先生要我們以「每小時一千字上下，一天不超過二小時」的速度來閱讀，不過是要我們以讀「詩」的方式來玩味，不要只急著看「故事」，找「情節」，評「人物」；自然《家變》是一部「可以興，可以觀」的作品。

中文系出身的陳教授在追溯《家變》的接受史時，不免受到諸多評論者，以及王文興先生本人都是外文系出身此一事實的影響，因而忽略了王先生和這些外文系的評論者最大的不同是，他對中國古典文學的熟悉，假如我們習慣於中國古典的「叢殘小語」的筆記「小說」的傳統，清楚《陶庵夢憶》、《秋燈瑣憶》、《西青散記》、《板橋雜記》、《影梅庵憶語》、《香畹樓憶語》、以及人人都讀過的《浮生六記》的寫作方式與風格。那麼，我們可能就會覺得王先生還要加上由1到157的編號，未免太照顧當代的讀者了。因為震於「現代主義小說」的大名，於是「形式結構上依傍西方文類」，「兼具實驗性、前衛性及爭議性」，以至「拉伯萊體小說」，「意志與命運悲劇」等等觀念紛紛出籠，只因它似乎沒有遵循「寫實小說」的寫作成規，但是大家似乎都忘了，「寫實小說」的成規，反而是「泊來品」，志怪、傳奇、筆記、說話……才是我們的「小說」傳統，王文興先生對《家變》的解釋：「主要是寫生活的本質」，其實並沒有故弄玄虛，《陶庵》、《浮生》等作品，正是「寫生活的本質」。

因此陳教授的「論」「識」裡幾乎忽略了《家變》第一部，由1到103前後的「抒情」與「詩意」的段落與表現。若以這一部分而論，它們的「抒情筆記」的性質，其實要遠大於所謂的「心理小說」，更沒有所謂「扭曲式的實驗風格」，詩意的景致與文字，原是這類「詩話」「詞話」式筆記的寫作風格：

> 晨霧還迷濛著仄巷，隔著水汗淋漓的玻璃窗板，他聽得到巷口賣豆腐女人吟喚的唱聲：「豆腐哎……豆腐哎……」他每一天清早都聽到這個唱聲。（21）

> 一片綠得發光的稻海，風刮過像一群的羊背，近看則像圈圈旋渦！風把一片空其控奇的聲響傳來。一節小小黑色底火車出現，像把黑色的尺，精神抖擻的朝前徐動。它是幾隻全部關閉的車子組織而成，祇在最後一座的尾部開開，一個人立在那裡。火車逐漸消失林裡。天空留著一團亂紗似底黑煙。
>
> 河水閃閃地臥在一側。（68）

雨來以前可聽鵓鴣的鳴叫，是一圈復一圈圈底啼哭。（69）

像這樣的文字是否「難以消化」，以致「敘事角度」是否「故弄玄虛」，我想是受到預先瞭解，與閱讀期望所影響。

《家變》中描述范曄：在43他父親教他唱「熱血滔滔……」，「風在吼，馬在嘯……」，以至〈長城謠〉等愛國歌曲；在78他對舊體詩發生興趣，喜愛張繼〈楓橋夜泊〉，王維〈紅豆〉，與李白詩等；在152他正看著Stendhal的*The Charterhouse of Parma*，因而從西洋觀點，質疑中國的事實上已在逐漸消失的「晨昏定省」兩代同居的「孝」道。其實既反映了主人公感思的文化淵源，亦正強調了當時社會的文化衝突與變遷。他在110，無法接受一張紅紙黑字代表「祖先」的迷信；在83父親去尋他未獲，在所有的英文字母，由A至O都尋父未獲，正象微著兩代人漸行漸遠，不只是「倫理」的，更是「美感」的，其實156一般被認為是「逆倫」的父子衝突，基本上正是「美感」需求的差異，瞭解這一點，才能明白近100則的「詩意」片段並非閒筆墨。

而這種文化社會變遷所導致的兩代之間的漸行漸遠的現象與主題，其實在朱自清那篇膾炙人口的〈背影〉中已然拈出，該篇名作雖然往往被從孺慕的角度去解讀，其實是充滿了懺悔的情緒與語調，即使對自己無法認同父親種種作為一事懺悔，終於他所能憶想的只是漸行漸遠的「背影」。只是〈背影〉以一篇短短的「散文」寫得很含蓄；但《家變》以一部「小說」的長度，描繪范家四口，親子、夫妻性情，關係與命運的變化，寫得既細膩精微又清楚明白，所以就顯得既優美又強烈。七〇年代的讀者，未免只震驚於其中直指「真相」的強烈，而較少有足夠的心理餘裕去玩賞它的優美。因此，《家變》所具體而精細的寫出的，由傳統社會轉向現代社會的「代溝」（The Generation Gap），尤其在生活文化的整個感性以至理念的差異，其實是深具時代社會意義的。

假如我們因為王文興小說大多採取單一敘述者的敘事觀點，就以為是「小說中的角色不多，甚至加起來只有一個角色」，那就忽略了《家變》中所塑造的范父、范母、范曄，甚至二哥，雖然平凡，卻都是令人難忘懷的人物！更不必提到，〈黑衣〉、〈欠缺〉、〈玩具手鎗〉，以至〈龍天樓〉中的「人物」性格各個不同。

至於《家變》是否為「一簇音調混亂嘈雜的花朵」：我想只有西式花園才期待花木長成幾何圖形；幾曾有活色生香的自然花枝是開成左右平行兩兩對稱的？在中國文學的傳統中為「格律所縛不住」「拗折天下人嗓子」的正是流傳最廣的蘇東坡、湯顯祖的作品。

而《家變》其實是完全具有，甚至嚴格的遵循著美學原理。我且為《家變》的美學規律，加一註腳，那就是韓愈〈答李翊書〉所謂的：「惟陳言之務去，戛戛乎其難哉！」

註釋

1　陳器文，〈《家變》小識——論王文興《家變》〉見陳義芝主編，《臺灣文學經典研討會論文集》，頁七六—八六（臺北，聯經，一九九九），本文原為其研討會講評。

印刻版《狼》序

假如說一個作者的藝術創作，亦有可能像一個社會的經濟發展，會有所謂：「起飛」的現象，那麼自民國四十六年到民國五十二間，可以算是朱西甯先生短篇小說寫作的「起飛」期。民國五十二年十一月臺北文星書店出版了先生的短篇小說集《鐵漿》；同年的十二月高雄大業書店亦出版了先生的另一個短篇小說集《狼》。這兩個集子中收錄的正是這個「起飛」時期的作品，它們的寫作期間在這兩個集子的分佈其實是交叉的，篇次的編輯更是打破了編年的習慣，頗有以讀者閱讀效果而作的考量。

尤其《鐵漿》一集收羅了主要的以「鄉土中國」為場景的作品，（原來收了一篇以臺灣戰後為場景的〈迷失〉，到了三三書坊的版本，就換成了亦是「鄉土」小說的〈紅燈籠〉了），因而篇章之間的共同世界感與主題上的一貫與關連，就因相互增益而匯聚給讀者一種更加集中而乘積倍增的強烈印象。是以面世以來，《鐵漿》一書，通常總是比《狼》更要受到矚目。（類似的編輯效應我們也可以在白先勇的《臺北人》要比《謫仙記》或《寂寞十七歲》受到更大的注意看到。）雖然這些主題沒那麼集中的集子，往往更反映了作者創作視野的多面性，因而更能反映作者精神內涵的豐富性與成長探觸的歷程。

收羅在《狼》這一集子的作品，其實只有開頭的〈騾車上〉、〈小翠與大黑牛〉兩篇與壓卷的〈狼〉，算是以大陸農村為背景的「鄉土」小說；中間的六篇則有五篇是以臺灣戰後的小市鎮；而最長的中篇〈蛇屋〉則是以原住民聚居的山村為場景。因而這其實是一部很具臺灣戰後風味的小說集，但是以〈狼〉的篇名作為書名，而〈狼〉本身作為「鄉土」小說在藝術上的成功，往往亦遮蔽了這個集子中眾多作品的臺灣風情。

由於《狼》是以司馬中原先生所主編的「當代中國小說叢書」第一輯第1種的型態而出版的，〈同輯出版的還包括司馬先生自己的《靈語》和段彩華的《神井》〉，因而原書之前就附有一篇司馬中原先生所作的〈試論朱西甯〉之序論。這篇由一起切磋寫作的文藝知交與工作伙伴所撰寫的「試論」，迄今依然是瞭解朱西甯先生創作「起飛」期的成長歷程與藝術成就的最重要的「見證」與評論。它的涵蓋面其實遠遠超乎了《狼》與《鐵漿》的兩個集子。它討論了當時朱西甯先生在思想性的力求深刻與藝術性的力求靈動之間掙扎擺盪，終至找到平衡點，而進入優遊從容的「起飛」狀態的過程。就在兩本集子出版不久，朱西甯先生幾度在文藝座談的場合，強調小說素材必須如「蜜蜂釀蜜」轉化為不留痕跡的藝術表現之重要，可能就是當時閱歷有得，回首檢討的夫子自道。

司馬中原先生的「試論」中，除了顯示他們在小說藝術的深入講求細膩用心之外，其實是對他們被視為「鄉土文學」作者作了重要的辨白。因為他們早已充分意識到：「打破單線性文字的束縛，純然境界的浮現，超文字意象的凌空顯影，一些極端化的個體感受，生命原貌的裸托，已逝生活境界的召回……這些現代新銳文學藝術工作者所求取的零星建造」。其實在此之前，司馬中原先生已在《現代文學》雜誌第四期上發表了極具實驗性的〈黎明列車〉；朱西甯先生亦在《現代文學》雜誌第九期發表了〈鐵漿〉。〈鐵漿〉亦先後被選入《現代文學》雜誌同仁所編選的《現代小說選》與《現代文學小說選集》。他們在藝術風格的實驗與創新上與《現代文學》的作家群，確實是志同道合的。

但是他們卻另具優勢，一方面比較年長，親身的閱歷較豐；一方面留在軍中多年，所見所識都是連根拔起的鄉土人物，（所謂六十萬大軍的組成，泰半就是這些鄉土人物），因而熟悉中國鄉土社會，不僅是各地的生活方式，種種的風俗習慣，更重要的是對這些鄉土人物根深蒂固的思想意識與多樣生動的語言表現都有深刻的體會。在自覺的面向「現代化」之際，對依然積累凝固在生活週遭的鄉土文化，完全知道如何揚棄，如何揀擇，如何批判。他們其實默默的繼續了魯迅藉阿Q、祥林嫂、閏土等鄉土人物所作的檢討中國國民性與對鄉土文化加以批判檢視的工作。所以，司馬先生要強調朱西甯先生：「他的思想不僅新銳，更完整而超越，他已穿透現代，穿透從前」。

雖然朱西甯先生在〈一點心跡——「鐵漿」代序〉以「一面生滿綠銹的銅鏡」為喻，指出自己，「所追尋的，撲捉的，便又彷彿只是那一點點的銅綠了」，似乎嗜古成癡，但其實他所喜歡的卻是其中「也曾映照過多少相思、恩愛，多少愁怨，照過多少繁華和蒼涼……就那麼消散了」所留下的胭脂與淚的化石，猶然凝聚著人性表現的「一點點的永恆」。他對自己在藝術上的追求，作了最精要的告白：「一個古老的世界，一點點的永恆；依樣照出一個朦朧的現代和後世」。正是古今輝映，傳統與現代並觀的永恆的人性渴望與隨時變異的表現樣態之捕捉與呈現。

朱西甯先生後來在〈豈與夏蟲語冰？〉一文，回應學者以「反共懷鄉」作為他作品的定位時，還是以「鄉土小說也可以說是對舊時代的一種批評和破壞」的立場，承認了自己當時「取材鄉土較多」，因為「從美學上來說，時空的距離，往往構成一種事物本身的美感」，「同時因為（需得？）通過生命較長的醞釀而作藝術上的處理」，（這似乎形成一種藝術上饒有意味的挑戰）。因而間接同意這些作品亦不妨視為或稱為「鄉土小說」，他所在意的反而是「以取材的時空來為作家及其作品定位及定名分，且作取決的唯一依據」，卻「無視於思想表達的剖析，復無能於意境表露的解讀」的「極不合宜」。

這些作品確實訴諸一種具有時空距離的「世界感」來達成某種特殊的美學效果，但是這種「世界感」亦不僅只具有美學效果而已，其實亦因對該一特殊文化型態作具體的指涉，而亦形成對該文化的思索與批判。只是這種批判往往透過正反並陳而顯得複雜幽微，意味深遠，而難以簡單劃定立場。例如在〈騾車上〉我們雖然可以立即辨識出馬二爺的鄙吝貪婪冷漠自私，顯然是作者所要批判的對象，但老舅的豪爽熱情鍊達圓通，卻一樣是「鄉土文化」的產物，尤其是經由《隋唐演義》、《岳傳》等通俗小說所啟迪教化出來的典型。因而誰更具代表性，更是作者所想呈現的重點，就成了富饒趣味的問題了。

〈狼〉中歐二嬸的「借種求子」或許是某種鄉土社會才有的陋習，但獵狼的大轂轆卻也是同一個鄉土社會才產生的，具有在其中排難解紛能力之精幹通達的英雄人物。其所代表宣示的超越血緣的關懷，更是深具普世的價值。因而鄉土社會未必就是一團漆黑的宇宙，或密不通透的黑房子，只該加以批判與破壞，或全無可以取法或激賞的了。〈小翠與大黑牛〉自然是著墨於傳統社會「父母之命，媒妁之言」的婚姻，透顯出所婚非所愛的荒謬與憤懣。但有情人終成或終不成眷屬，可能是古今中外皆會發生，而且皆得面對的人性困境；機緣可能錯失，命運往往轉折，甚至情意亦可變化……，並不只限於某種文化與社會的體制使然。反過來說，則是未必每一個人都能遇到可以或彼此會發生戀愛的對象，所以「男有分，女有歸」的理想，落到現實，永遠都會是可歌可泣的文學題材。

因而未在預期中發生的情愛，未免會像〈蛇屋〉中的小綠蛇咬你一口，甚至自己也犧牲了。書中以臺灣為背景的作品中，〈生活線下〉、〈偶〉、〈蛇屋〉都或隱或顯的反映了，一如〈小翠與大黑牛〉所勾勒，面對撩人的情慾對象所產生的忐忑。〈生活線下〉蹬三輪車謀生的丁長發拾獲相當於月入的錢鈔，先被懷疑「獨個打野食去」，到了坐收頂金的莊五居處，遇到可能是私娼的細腰女子，不免心癢，終於在「拾金不昧」的決定下，一起忍住了；卻又平白無故的被騙去身份證，成為自己並不知道種種「性無能」疾病的登報鳴謝人。報上兩則文字的對照，諧謔的表達了情慾對於美德的嘲弄。

〈偶〉中已是三十四年鰥夫的瘸腳老裁縫，打佯前突然來了老顧客，替一對夫婦同來的妻子反覆量身，甚至剝下木製人偶身上的洋裝讓她試穿，結果女顧客身上的氣息，換衣時在簾後顯現的姿體，以及木偶的裸體都引發他的情慾。只好在夜裏摟抱木偶，咬著留有女性餘香的衣裳自慰。正如這殘廢老裁縫的自語：「我不要這樣健壯！我該老了！」情慾的誘惑與困擾，似乎只有血氣既衰的「老」，才能豁免，而所謂「守貞」的美德才能維持。

〈蛇屋〉中努力要塑造的道德英雄蕭旋，亦在面對十六歲原住民少女卡拉洛深夜來訪時「無來由的，他感覺著自己有些兒慾念在隱約的湧動」，「他忽然覺得慾念的本身，並不是想置人於死地的那種大惡——儘管結局多半是那樣的不幸。慾念本身似乎和愛也是那麼接近」，雖然在具體的行為上坦蕩無缺，但他終究還是招惹了象徵異族情慾的小綠蛇，必須以自衛手槍迸散拇指，才能保住一命。

這篇企圖證明新的統治族群，在道德上遠遠高於日本殖民者的中篇力作，雖然竭盡所能的保住了主角蕭旋人格的正直完整，但是三個代表軍、警、教的「咱們都是大陸人」必須三人互相幫撮的情勢下，他終究無法避免成為一如傳說中的日本警員，犯下強暴原住民少女成孕的劉警員之共犯結構。因而對原住民而言，「平地人」的統治，其實亦未見比「日本人」進步，雖然原住民的歌聲由『撒庫拉』（日本民謠〈櫻花〉），改成了：「祖國！祖國！」，而「祖國」卻是存在於統治族群新近失去的大陸上。這篇小說中的「見」與「不見」重疊；「言說」與「呈現」分歧，在後殖民論述盛行的今日讀來，格外意味深長。

〈祖父農莊〉雖然是近於「耕者有其田」之政令宣導的作品，但是它所反映的不安與痛楚，似乎大於說服。它沒有訴諸像〈騾車上〉以馬絕後的鄙吝貪婪來批判地主，或像〈生活線下〉中，莊五以頂出「抽到顧問團這個肥窩，坐在家裡不動，一個月淨落一千塊」的坐收丁長發頂金的剝削：指出「天下就有不靠腦子，不靠手腳，只靠運氣過活的人，而且比他丁長發活得安逸多了，體面多了」的不公不平，來作說理。相反的，它指出祖父的財產裏面，「沒有夾著別人的一滴血，別人的一滴汗。別人用一滴血汗換來的，我用十滴血汗才換來。」，因而接著一句輕描淡寫的：「我錯了嗎？」其實是擲地有聲的質疑。

小說必須要藉改寫「原罪」的「神話」：亞當夏娃將創世主賜給人類的伊甸園，「以一顆善惡果子的低價賣給了撒旦。從此，土地含有了買賣的意義，且是屬於可（詛）咒的魔鬼的買賣……。」來辯解，宣告經由買賣得來的土地所有權，在本質上是邪惡的。我們就可以知道，即使在為「國家的制度」辯護，朱西甯先生顯然亦無法在日常經驗裡找到讓人明白：「我的私產為什麼要送出去……」的強而有力的說理；何況送出去還要成為他人的「私產」！剩下的唯一說詞就成了：「我只管國家有沒有，不管國家對不對。國家的制度我總要比誰都搶先遵行」，對國家一如對神明旨意的無條件服從了。真的可以說是：「正言若反」，作者原意為何，就惟賴讀者自行解讀了。

活在當代，不僅是田產，連出賣勞力與技藝，都受限於國家規制所影響下的商業機制，〈生活線下〉點出即使踏三輪車亦因工會規定的營業區位之抽籤方式，以及因為區位的好壞直接影響工作機會的多寡，因而遂使莊五有剝削丁長發的機會。同樣的〈大布袋戲〉中全縣布袋戲比賽的錦旗，亦直接影響到是否「逢上大拜拜，到處爭著請」的商機，終於使得布袋戲師傅王財火先是花錢買肥皂賄賂觀眾，後又受到混混阿年哥的欺騙，再付錢由他去收買評判老爺，自然是阿年哥獨吞了。

許多剝削者或詐欺者正都寄生在種種特殊的社會體制中，朱西甯先生筆下的社會現實，還真是令人感覺無奈。因為一旦觸及當代現實，似乎只有遵循某種寫實主義的典範，制度與商機都像恢恢天網，令人沒有抵抗或掙脫的餘地。因此，反而不如「鄉土世界」，在歷史的想像中尚可容許具俠義精神的拯救者存在，因而「鄉土小說」往往更有振奮人心的豪勇表現或困境迎刃而解的暢快場面。〈大布袋戲〉中關老爺的寶刀竟被蔡陽的鬍鬚糾纏住而跳到不知何處，無法完遂他的過五關斬六將的大業，象徵的可就是：當今真是一個傳統的英雄無可用武的時代？

朱西甯先生在〈鐵漿〉中刻劃了火車來臨，因而也就代表的鄉土意氣人物的終結。但此後是否就沒有足以令人感佩的熱烈人物？有！就像〈再見，火車的輪聲！〉沉溺於研究給火車輪聲消音的老博士。只是從常人的眼光看來，若不是犯罪，就是神經病！對於人的熱情終於由對於科技發展的熱情所取代。這是朱西甯先生對於「現代性」或「現代社會」來臨之預期嗎？

在四十餘年後，重新審視這些作品，是不是幫我們更清楚的認識到：我們的社會是如何一路走來？歷經了什麼變化？我們在精神意識上，喪失了什麼？增加了什麼？但這只是額外的收穫。這些小說即使只純粹當小說欣賞，也總是趣味盎然，令人低迴不已的！

根之茂者其實遂

——《陳義芝：世紀詩選》序

詩歌可以翻譯嗎？答案，因人因期待與要求而異。若我們堅持賞味「詩」之不同於「散文」的韻律形式與聲情合一的祕響旁通，則答案必然是否定的，於是諸如佛教的各種咒懺，必須仍用「真言」，否則全然失靈。但是另一方面，詩歌的意念，意象，戲劇情境，與情境中的行動或話語反應等等，似乎仍是可以透過翻譯而可想像其恍惚的。這種情境，遇到了以表義為主之方塊漢字所書寫的詩歌，情況更是複雜：固然日、韓等地的人士，透過「訓讀」的方式，雖然句意和句與句的關連大致無差，但是其聲成文之音，則已全然走樣。但是中土人士的情況，卻也一樣繽紛分歧，當我們以南北各地的方言方音來閱讀吟誦之際，誰能肯認其音聲的韻味全然相同？加以歷代的征服更替，語音語法以至語彙的變化，即使統治通行的官話國語，亦顯然古今有別。當我們用國語或普通話來吟味唐詩宋詞時，我們真敢自信已得李杜、蘇辛聲情的神髓？那麼以我們所最熟悉的當代與本土語言，（明顯的是其語意的知解，語境的想像；隱晦的是其語音的情調），來感知我們所閱讀的古今中外的詩歌書寫，似乎就是我們詩歌閱讀的共同處境。因而就賞味與取法而言，古典詩與外國詩之翻譯，其間的差別，未必有我們一向所未經思索即已認定的那麼大。其實大家所真正掌握還是以其詩意與詩境為主。因而，所謂「新詩」，不過是以「譯詩」為典範，所創作與開展出來的詩體。

當五四時代的先覺先賢們，以北方官話為主的白話來翻譯西洋詩歌時，固然其語調與語感，相對於原作早已是「夕陽山外山」了；但卻因而有意無意的輸入了其分段分行的書寫習慣，於是其詩意的單位，彼此的對比與發展，遂不再依賴音韻的頓押與對黏，而逐漸乞援於書寫印刷形式上的視覺區隔，以此為典範的「新詩」，遂逐漸由聽覺（或韻律）為中心的文體，走向以視覺（即段行）為中心的文體。徐志摩的〈康橋再會吧〉所以必須重排發表，正反映了這種特質。因而當林徽音在〈紀念志摩去世四週年〉文中，對於「新詩」的創作與欣賞，仍然強調其「音樂性」；以為：

我們這寫詩的動機既如前面所說那麼簡單愚誠；因在某一時，或某一刻敏銳地接觸到生活上的鋒芒，或偶然地觸遇到理想峰巔上雲彩星霞，不由得不在我們所習慣的語言中，編綴出一兩串近於音樂的句子來，慰藉自己，解放自己，去追求超實際的真實，讀詩者的反應一定有一大半也和我們這寫詩的一樣誠實天真，僅想在我們句子中間由音樂性的愉悅，接觸到一些生活的底蘊摻合著美麗的憧憬……

但更近實況的反而是她原先所說的：「一個人一生為著一個愚誠的傾向，把所感受到的複雜的情緒嘗味到的生活，放到自己的理想和信仰的鍋爐裡燒煉成幾句悠揚鏗鏘的語言（哪怕是幾聲小唱），來滿足他自己本能的藝術衝動，……」；也就是徐志摩之後的「新詩」，或許仍有著「悠揚鏗鏘的語言」，但卻越來越少見「幾聲小唱」的「努力於用韻文表現」的作品了。臺灣戰後「現代詩」幾經辯論和實驗，終以無韻的「自由」詩形為主流，（用韻文表現反而被視為是缺乏「現代」感的浪漫輕浮；因為「說」的節奏，早已取代了「唱」的韻律，成為這悲愴苦悶時代之囁嚅心聲的告白方式），事實上正是這一原初方向的水到渠成。

這種視覺性的分段分行詩體形式，正和我們在近代由照片，而連續成組的幻燈片群，而電影、電視……等，在新科技影響下的認識、記錄、記憶我們之經驗的方式相吻合。於是像：

有鷹盤旋
風在山的稜線上鼓湧牠的雙翅
你走前幾日
神情閃爍，怔營
像極了一隻形銷而欲飛的鷹

（〈新婚別〉）

這樣除了可以自由添加「走前幾日」這類較具說明性，觀念性意涵的詩句，以及藉比喻的「像極了」語詞來銜接心意的虛象與處境的實景之外，其實與鏡頭底下的映像（每一行），以及映象的由個象而場景（由行而段），由場景的跳切融淡而形成整體作品（由段而成詩）的敘事表現，並無本質上太大的差別。因而弔詭的正是，走向分行分段的視覺形式，反而更容易接近具有相機眼（*camera eyes*）的現代人之認知習慣與敘事形態；以形象場景的跳接來敘事，在類似敘事進程的斷連裡寫物造景抒情說理，反而成為這種詩體所特具的潛能。

這種以行與行；段與段的斷連之推進所形成的，我們姑且可以稱為「泛敘事」的書寫結構，一如映象與鏡頭的轉移與銜接，一方面可以自由散漫到猶如拆碎的七寶樓臺，全然不成片斷，因而達達主義的反抗，超現實主義以至禪體驗的感性、反向、超越性思維，都可以盡情表露；一方面亦可以透過種種外在關連，因果、象徵、聯想與比喻的語言語法關係，仍然呈示一個掌握了要點的完整事件，或明白清晰的意義表述，以及立即可以引發廣大共鳴的情感表現。在強調「下五四的半旗」的「現代」浪潮中，詩人們從五四繼承了分行分段的寫作形式，卻以種種「現代主義」流派之名，仍然以藉斷成連的方式，宣稱了「現代詩」的脫離「新詩」；並或多或少的堅持以超越因果表述而追求經驗之純粹直接呈現為其更進一步「現代」化的表徵或判準，但其實只是如T. E. Hulme所謂的以「幻想」（fancy）取代「想像」（imagination），成為詩作構思與表述的主要方式而已。雖然換了一個自稱的名號，事實上並未曾改變其詩體形式的與「新詩」的一脈相承，猶如唐、宋詩固然精神、風格有異，但其所採的古、近體的五七言形式，則是純然無別。在這大家已然可以普遍接受有所謂：「後現代」情況或現象的新世紀之初，「現代」已顯然更適宜代表某一時期的特殊風格；有其精彩亦有其局限。因而，「新詩」的道路正是無限寬廣與緜長……

陳義芝作為深具代表性的「新世代」詩人，正因他的充分知覺「現代詩」的這種局限：在迭經戰亂流離而未遑喘息，傳統價值崩解而未及重建，生活型態快速變革而未能適應的急驟「現代化」時期，迷亂、失落、斷裂、荒謬都是最真實與最強烈的體驗。因而採取相應的散亂形式，表現相應的破碎心靈與悲愴情懷，似乎都是再自然合宜不過的作為。但是，隨著政局在僵持中相對穩定，社會上因經濟起飛而帶動了嶄新的活力，許多新舊交替的歷程亦逐漸呈現為得失互見的嚮往與懷念，新生的一代終於可以看到了「傳統」與「現代」之間的雖「不同」而相「和」的真諦。陳義芝以杜甫〈登高〉詩中「不盡長江滾滾來」的名句，作為他選註中國「新詩」的書名，正強調了「新詩」與舊詩傳統，「新詩」本身，以至與「現代詩」，甚至「後現代」詩的不斷更新的連續性；書中由二十年代到八十年代，以每十年為單位分章，正是在滾滾的詩史長流中消融了「現代主義」的自負，及其藉與傳統絕裂，以求自我作古的虛妄，終究「抽刀斷水水更流」；即使面對的是「無邊落木蕭蕭下」的時代環境，終究它們也不過是「五十年代」的「舉杯澆愁愁更愁」罷了。

當陳義芝在他的〈詩觀〉中強調：

> 是否算是一位真正的詩人，我認為最大的考驗在：寫詩這件事有沒有化入他的生活中，也就是說，不論何時何地碰到何事何物，他是否都想，也都能用詩表達自己的看法。

不但和前引林徽音以徐志摩為典範所強調的詩與「生活」之關連的理解近似，其實更是韓愈〈送高閑上人序〉，以張旭草書為例，所謂：

張旭善草書，不治他伎，喜怒窘窮，憂悲愉佚，怨恨思慕，酣醉無聊不平，有動於心，必於草書焉發之。觀於物，見山水崖谷，鳥獸蟲魚，草木之花實，日月列星，風雨水火，雷霆霹靂，歌舞戰鬥，天地事物之變，可喜可愕，一寓於書。……

以廣大豐富的「生活」體驗為「藝術」表現之內涵，此類主張的「現代詩」版。相形之下，虛無、疏離、荒謬、超現實……等等，作為經驗的一部分，純然無可厚非；但一成為主張，就不免成為「現代」小腳的纏足布了。而陳義芝更進一步闡釋的：

遊心自然，體察人世，詩必須與讀者具有潛默的、戲劇化的交感，否則不能稱之為詩。

正與前引林徽音所謂「讀詩者的反應」近似，這裏提到的「潛默的、戲劇化的交感」，正是林徽音所接著闡釋的：

把我們的情緒給他們的情緒搭起一座浮橋；把我們的靈感，給他們生活添些新鮮；把我們的痛苦傷心再揉成他們自己憂鬱的安慰！

這裡我們正可以看到陳義芝對於「新詩」，此一較為寬廣長遠傳統的回歸，因而他強調：

讓詩活在中國傳統的倫理文化、現代的日用生活中，這是現代詩展現在我面前的長路。

我心目中的詩人是能為自己的土地與人民發言，把民族的歷史、命運、傳說、生活情態擺進作品裡去的人。

這種「傳統」與「民族」、「土地」、「人民」的意識，使陳義芝無法成為與大眾對立，孤絕高傲的自我，雖然他有其不易的堅持，但終究是選擇深入其所生活的時代，而非高蹈遠離，因而，底下的這一段話，或許是他最清楚的自我認同的告白：

在文化遭冷落、文學受漠視的社會，我期望真正的詩人能矜持謹嚴地在燈下守節、吐自己的絲，為這個時代留下可貴的精神象徵。

這段話裡，他提到「燈下守節」，一方面近於陶淵明〈飲酒〉詩的「不賴固窮節，百世當誰傳？」；一方面則顯然亦有曹丕《典論・論文》的「古人賤尺璧而重寸陰，懼乎時之過己；而人多不強力，貧賤則懾於飢寒，富貴則流於逸樂，遂營目前之務而遺千載之功」的自我或相互惕勵。而「吐自己的絲」，不但暗示了詩的出於「自己」的生命，也強調了其間轉識成智的消化融攝時代經驗，而轉化、昇華成「可貴的精神象徵」的過程，因而「詩」不僅是文字的藝術，更是精神的象徵。難怪陳義芝更要說：「寫作原理不外乎生活的原理。如果，處理文字的態度能如待人，那光景決錯不了。」

或許就是這種自我認同，陳義芝才在《不盡長江滾滾來》一書裡，選擇了描繪「燈下守節」的〈燈下削筆〉來作為自己作品的「舉隅」。讀這首詩，我們的注視的焦點，自然會集中在詩末的高潮：

乞求了解的心
先跪下，像夜雪飄零
然後，筆才能在千萬隻焦灼注目的眼中
晨光般精神地站起

用陳義芝自己的解釋是：「顯示了詩人的信仰和自視——在『小我』的天地中謙卑跪下，然後在『大我』的天地中巍然站起」，但整首詩其實是運用了「言」、「象」並列的雙重示「意」，從形象的角度，我們自然想到削鉛筆，以及用鉛筆書寫的動作；但從言詞的層面，其實是運用了孔子作春秋，「筆則筆，削則削」的書寫與刪除之雙關意涵。詩中的另一個重要的象徵結構是：燈下／白天；夜雪／晨光；以及夜雪飄零／江湖；氣候等等的對比。這首詩的最基本意念，其實是強調要「書寫」需先「刪除」；要去掉保護的外皮，才能用真心書寫，也就是一種去「偽」存「誠」的淘鍊的過程。於是「白天」的「書寫」或言談，或許不免表象與應付；但在「燈下」，詩人要求自己必須「削掉虛假的面皮」；「掏心／……表露自己的清明」；為此詩人甚至必須克服他對人世的深沉的失望，「一刀刀削去」任自己成為「影子垂低了頭不願再說話」，或「模糊的光從兩眼穿出／其實說了也沒人懂它啊」的無力感，也就是「暗恨多深刀削也多深」，必須去除的「暗恨」。這裏正反映了陳義芝的「為這個時代留下可貴的精神象徵」的詩學主張的特質，它的意涵，一方面如邵雍在〈伊川擊壤集序〉所主張應該超越「一身之休慼」，而書寫「一時之否泰」：「一身之休慼，則不過貧富貴賤而已；一時之否泰，則在夫興廢治亂者焉；是以仲尼刪《詩》，十去其九，……蓋垂訓之導，善惡明著者存焉耳」，因而「筆才能在千萬隻焦灼注目的眼中」成為指標的站起；另一方面則似陶淵明，雖然生存在一個「真風告退，大偽斯興」的年代，但卻能在「心遠地自偏」中保持了「自己的清明」，在「悠然見南山」裡，體悟到「此中有真意」，宇宙真理的恆在常存，因而使其精神成為時代救贖的一道曙光：「晨光般精神地站起」，使後世人思及晉宋之交，只見陶淵明精神的可貴，而忽略彼時政局之昏昧。

因而，陳義芝作為一位具有「中國傳統的倫理文化」意識的當代詩人，他首先為「新詩」的書寫形式，注入的是以孔子與杜甫為典範的，傳統的「詩史」之觀念，以及追根究柢的精神。他充分的掌握了「新詩」的分行分段形式的影象結構及其「泛敘事」的潛能，像拍記錄片似的，感傷亂離追懷悲憤的寫下了，諸如〈焚寄一九四九〉，〈南京檔案一九三七〉，以及關於六四的〈回音〉等，具中國近代史大事記意味的詩作，他的春秋之筆，一方面如畢卡索的〈格爾尼卡〉（Guernica），充滿了象徵的想像：

樹把棲著的鳥搖醒

遠方，風正以十指激射的嘯聲
掠過墳場
馬蹄踐踏在龜裂的塵土上
硝煙噬吮血痕

一方面在寫實的框架下，藉映象的流轉，盪漾出或者溫柔感傷：

拎起一包細軟
船票在逝水中競相揮淚
遠行流瀉出一支苦難的歌謠
雁陣向南

（〈焚寄一九四九〉）

或者慘痛悲憫：

旗風傾斜
歌聲墜滅

單車如懸絲遭坦克肢解
彈道切開一人的前胸
掠過了另一人的後影

（〈回音〉）

到了南京大屠殺的描寫，則已是令人血脈賁張的淒厲了：

失蹤的中國人啊
莫非被鐵絲網綑束成草把供練刺鎗術
被灌澆汽油當火燼
在被迫自掘的坑前
機鎗咬住了他們的頭臉和胸膛

眼珠被摳出無法張望
嘴被彎刀戳穿而不能呼喊
顙垣釘掛一長串耳朵
枯枝上吊著糜爛的鼻頭

這裡就是二千年前埋金的王城嗎

（〈南京檔案一九三七〉）

利用被支解形體的「特寫」鏡象來與「金陵」的舊名對比，正沈痛的點出了，不但死無全屍，更且是死無葬身之地的悲痛；象盡而意出，卻又不改照片或錄影的冷靜與客觀，難怪陳義芝能題名為「檔案」。這裡復興的不只是儒家傳統的「詩史」意念，更是「敢有歌吟動地哀」，五四新文學的感時憂國的精神。

陳義芝作為「新世代」詩人的最大的特質，正在於他的跨越「現代」的表象，而要向更遠的根源尋索，許多在西方的「現代主義」中視為創新或切合當代經驗的形式與表現特質，其實在中國的傳統中，卻反而是百姓日用的家常便飯。尤其只要使用中國特殊的語言文字，其詩意與精神的傳達表現，就無法不承載著漫長歷史記憶的積累，而充滿了與傳統的對話或聯想。陳義芝，於是不再遮遮掩掩，如某些自詡「現代」的人，只以無知自欺而否定這種關連，而是正面的對傳統迎上前去，汲取火種，而自燃新火。因而，他也頗能自覺的撰寫出古今對話，如王昌齡所謂：「尋味前言，吟諷古制，感而生思」的「感思」的作品，在這裡，陳義芝重新以「新詩」的更自由更活潑的語言形式，掌握且擴張了古典的詩情：

星空漸漸黯淡一張寂寞的臉

流螢飛出衫袖
如寒星千萬點起舞
一句一讀一詠一歎

血從咬破的指尖墜落
心字顆顆含淚化作蝴蝶翩飛
苔上的身影是褪下的
塵衣
渴望人辨識

像上引〈塵衣〉一詩的段落，固然是揉合了多種傳統詩意想像的結晶；但更可以是，像〈蒹葭〉這樣，對經典名著作引申詮釋，非但沒有稀釋原詩情味，反而是增益豐盈了它所可能涵具的現代內涵的嘗試：

總是疼惜著伊人
疼惜今生未了的情緣
當苔溼而又迷茫的路如秋意長

我感覺不論白露未已或已
恍惚的身影都成了夢裏的蓮花
那比七世更早以前
就註定要使人痛苦的人啊

亭亭那朵，在蒹葭的水域
在孤鶩斜飛的水中央
我偷眼望著，簌簌垂淚
費神地
為夜空繫上一顆顆
晦澀的星結

這裡他將「七世夫妻」的傳說，「願生生世世皆為夫婦」的典故，融入了「所謂」伊人的指涉，將那「溯洄」「溯游」的追求，由清晨而延伸到「落霞與孤鶩齊飛，秋水共長天一色」的秋晚，深刻生動的表現了「從之」者的天遠路遙卻又無法割捨的痛苦；突然現實化了此一原屬浪漫追尋的象徵情境，情深感實卻又滿涵詩意，真是神光閃爍，姿態橫生。

陳義芝對於傳統的追溯，除了在浩浩長河中上下尋索，顯然更有些特殊鍾情的「伊人」，近則如胡適：他在〈致胡適〉中，展望胡適的照片，而擬想其夤夜來訪：「故人／我們會有很多話可談／真誠，如您留下的書信與日記／如我辛勤寫成的詩」；遠則如陸游：在〈夜訪〉中，擬想他自己夜訪陸游所處的「書巢」，「月光澹澹／我舉步／推開他松楓竹交映的木門／邁越一屋子亂疊的書像青山／問：先生在否」；或者蘇東坡，因同屬川人而遠遊在外，於是他在〈醉翁操——寄東坡〉裡，因「想，千秋不過一瞬息／惟有詩思無歲年」，自覺一己的情操若子由後身：「我是你千年前的兄弟再世」，而慨歎起：「三十年歸夢悠揚／醉我扶我啊你是／與燈相見與我相惜／與天涯同衾抵足之兄呵」。由杜甫而蘇軾而陸游而胡適之，一脈相承的都是感時憂國卻又飽學自適，足為一代知識文人典範的特殊襟懷：那什麼是陳義芝的精神認同，也就不言而喻了。

陳義芝，作為一個民國四十二年，出生在臺灣花蓮的「川娃兒」，在自我的認同上顯然有一種微妙的斷裂，真正產生斷裂經驗的並不是發生在他自身的生長歷程：生於花蓮，遷居彰化，就讀臺中師專，服役臺東，任教木柵，入學師大，然後長年工作於臺北，固然遷徙頻繁，但始終都只是在一個相同的臺灣社會裏生長、生活。真正具有斷裂以至斷絕經驗的是他的上一代：一對他所朝夕相對，親密牽連，但似乎又有著一道無法跨越的經驗之鴻溝的父母。就以「新詩」而言，「現代」與「後現代」似乎亦有著類似的代溝。因而，對於「在水一方」之「所謂伊人」的永不息止地追溯尋索就成了自我認同上的最大的課題。因而，正如杜甫的「詩史」並不同孔子春秋史筆的集體而客觀，相反他的所歌所詠全是親身的經歷與體驗，充滿了個人的特殊境遇與感受；但是陳義芝的另一種歷史重構，雖然精神上接近於寫〈三吏〉，〈三別〉的杜甫，其實反而類同於司馬遷寫楚漢間事，主要是依據故老傳言，再加傳神寫照的結果。他的〈出川前紀〉，〈新婚別〉，〈一種茶〉，以至〈家族相簿〉系列的〈野餐〉，〈在大風雪之夜〉等，陳義芝充分的發揮了「新詩」行段切連所形成的「泛敘事」結構，夾敘夾議，既秀（showing）且說（telling），將一個動盪不安，文明即將崩裂，野蠻恣肆張狂之大時代的小兒女，在亂世中情牽意繫的掙扎，寫得既娓娓道來，又栩栩如生，但卻都結束在「欲說還休」的「天涼好個秋」的喟歎：「你一去十年，再加四十／我變賣銀簪變白髮／變賣掉春／轉眼變成秋／眼前相望的只剩——／新婚暫短的紅妝，和／餘年」（〈新婚別〉）；「也許你還想問我的心情，然而／已經半個世紀嘍／該怎麼說呢？／人生如寄，在江上／無非峯巒、雲霧、峽谷／中間有波濤洄漩／大的如家國世事／小的是個人閒愁　船，輕輕一擺首／全都過去了……」，這樣狀似平淡的絮語，其實比「驚呼熱中腸」更令人心酸。

但是，〈川行即事〉（返鄉詩十首），則是親身入蜀的經歷，一方面既感熟悉：「一張張親切的臉在眼底閃過／其實是一座座村落，不知名卻感熟悉／如我兒時遠足行經的臺灣鄉下」；一方面又覺陌生：「起風時刻／叭嗒叭嗒的雨點打上泥濘的田埂和／無碑的土墳以及／槁禾雜亂吊掛在簷下的土屋／這一切都是我從沒見過的」。哀悼長江，「老病的三峽／如一條啞嗓／一根發炎的腸子」；「長江，加速灌膿」，因為許多的古蹟與詩意，「我只能在書中懷想」；沈思草堂中的杜甫：「逆游靠近你／準備傾吐心聲／細說共通的詩的意象」，「我再走一次你掃淨的花徑／充滿江船升火。黎明到來時／與你同行的心情」；但是所遇的人物，不論是賣麻辣小麵的她，或紮諸葛巾的堂哥，和他的一家，以至「十億同胞」所經歷的盡是「積藏了幾十年的痰」的抑鬱不堪的生活，真令人感覺苦澀心酸：「半月來逆順長江／很難說依依／偏像咬牙吞下一個無汁的柑橘」。陳義芝的返鄉尋根，所得到的終究只是「難過的是時間對照和／空間對比」；「故鄉的人事因注入了異鄉的心情／乃像癬疥一樣令人痛癢／不敢深抓／又不得不抓」。這是對時代浩劫的隔代追思，又隔海觀禍的必然反應與無奈處境。

和這種無法完全認同的鄉情，相較起來，童年如〈居住在花蓮〉的：

哥哥在鐵道上堆雞蛋
姐姐在戲臺下撿紅辣椒
剩下父親和憤激失聲的四川話
母親和鑼鼓伴奏的哭調

風起伏在綠海一樣的甘蔗園
我看見我的哥哥徘徊在垃圾堆邊
我的姐姐唱著妹妹歌
背著一具斷了臂的洋娃娃

我追趕風中的碎紙片顫動的鐵鈴鐺

把玩伴的名字埋進後院土堆
灑泡尿小心地守護

睡著時看到
火光明滅的家

或者如，應該是描繪後來遷居於彰化縣（泉州村？溪底村？）之生活印象的〈甕之夢〉：

洋菇房燒毀那晚，人語喧鬧
草寮傳出雞群撲翅驚慌的叫聲
絲瓜藤纏住夜魘，據說
白花蛇蟠踞沙堆
溪床上，兩岸村民為爭水灌溉而鬥毆

山邊偶爾吹送喪家的哭樂
遠看緩緩一隊人馬移近天
五節芒翻飛著焚化的冥紙灰啊

路中土地廟剩殘香一把
夜降臨，黑衣老婦在螢火流明中走過

等等的畫面與記憶，就要顯得更真切，更生動。一方面勾勒了他的家庭狀況、周遭環境；一方面也表露了他好奇敏銳的觀察，善感多情的心性。因而家族與個人的「生活」經歷，遂成為陳義芝之詩心，所一再發掘與探索的寶庫與根源。既不嗟歎，也不迴避，只是——轉為意象，——收入相簿，——凝結成詩，——如他自己所希望的經營成「一種厚實的情懷、深刻的意境」。

但是，「陳義芝詩藝的兩大支柱，是鄉土與古典。」（余光中〈從嫘祖到媽祖——讀陳義芝的「新婚別」〉），並不是故事的全部。陳義芝的詩意想像與觀照，其實也是充滿了當代的國際視野；所以，他在一九七六年，因以軍突擊隊於恩德比機場救出被巴遊挾持的人質，而撰寫了擬想以軍在「六日戰爭」之勝利的〈啊！以色列〉；在一九七九年，則撰寫了以越南海上難民為題材的〈海上之傷〉的長詩。他的「泛敘事」詩法，也使他可以輕而易舉的以諧趣的眼光，在〈辦公室內的風景〉詩中，捕捉上班族生活的無聊與無奈。更能生動的捕捉國際旅遊與度假的特殊況味：

沒有路燈的街道一長列火車般走著
沒有月臺停靠
沒有鳥叫的波羅蜜樹一條斜斜的身影

落寞地站著，沒有家
沒有任何東西是存在的，除了心的呼喊，在這裏
當黑暗來時

（〈海岸入夜〉）

白衣平整的侍者靜靜走過
朱槿垂掛的籬笆外
走過晾曬著衣服的露臺
他們停在雞蛋花落了一地的樹下
轉頭，面向餘光未褪盡的大海
眼看著眼看著，被黑夜覆蓋

（〈熱樹林旅店〉）

整體而言，我認為陳義芝的詩意想像，其核心是建立在對於日常生活中觸目可見之「意象」的追根究柢的探索與轉化。正如他所強調的：「捕捉意象有五個步驟：一、觀察，二、凝思，三、再觀察，四、再凝思，五、發掘事物的新義……」因而，他能驅遣各種意象，處理各種題材：

衰老的心房要奮力才能相捶擊，
黑暗傾斜的天空啊，
你看——
一道怒憤不褪的閃光，
一場遲遲不落的雨。

（〈潛情書〉）

牛仔褲是流行的白話，寫著詩一般騰躍的短句
開叉裙有古典的文法，銘刻了長篇的祈禱詞
春天一呼喊，你絲質的襯衫就秀出兩朵
粉色的花苞給如夢的人生看

（〈住在衣服裡的女人〉）

或莊或諧，或凝重或輕佻，不論是由「象」生「意」（「觀察→凝思」？），或者因「意」生「象」（「凝思→再觀察」？），其根本的關鍵，仍在「發掘事物的新義……」，因而，所謂「詩」，當它是「新詩」時，就是以分行分段的白話所掌握的充滿了「新義」的事物、事件、經驗、情感、思維……之世界的再現。在認真的「生活」中，不甘心受困於人云亦云的表象與觀念，而能更進一步突入現

象，尋求其更為深層的「新義」，不但喚醒了我們感受「真實」的能力，使我們重新經驗到事物與事物的各種豐富的關連；並且在這些新鮮的感受與思維中，我們真正開啟心靈，因而在「外師造化」之際，「中得心源」，獲得真正屬於自己的生命體驗；充分感知到自己在這世界的存在，以及其存在的奧義：這正是陳義芝一再的以其詩論與創作，所提示給我們的，寫詩與讀詩的真諦

雖然具體而微，但是亦不妨以小喻大。我們一方面可以見到：陳義芝，自一九七六年起即開始練習寫作，因冰心、泰戈爾而在五四之後盛行一時的「小詩」：

蓮
夜在千種引頸的風姿裏
只採出一聲低呼的
憐

戀
翩然
飛出一隻蝴蝶
草茨裏掙出一朵花

其實反映的仍是這種「目擊道存」，「入道見志」的詩法詩觀。另一方面則亦可藉觀察陳義芝的小詩在其後風格的變化，略見其詩風發展之一斑：

石頭

歡聲高漲時誰選擇獨隱
溫情滅頂時誰堅持原來的純與硬
投身在文學的花海
如投身熙攘的人世
戀愛生也戀愛死的意象

做愛

只有鷹隼能看到我們在雲端的身體
如同牠的翅翼一樣舒張而裸露

崖上

長髮吃風一撩撥
化作她胸前的一條蛇

夜行

潛入夜色的傷兵
渴望看到燈火
卻又怕被燈火看到

孤獨

這支歌一再起頭
以不同音高
試探我要表達的
是不是寂寞

中年之愛

野餐時掉在地上的飯粒
招來了一長溜螞蟻
延伸到相思樹腐葉堆裏

我是誰之7

地球是圓的
行星是轉的
故事是活的
人在世上只能活一次嗎

廢五金堆裏有不少支鑰匙呢
「喀啦，」開啟過多少家的門

我們由此正可以看到，他的由〈青衫〉少年，而終於進入了作〈遙遠之歌〉的中年，在心境與詩情上的演化：由浪漫的嚮往而沉穩的言志，而潑辣恣肆的想像，而恬淡智慧的觀照……

陳義芝不但於「二十五歲」之後，繼續寫詩，而且一寫寫了三十年，越寫詩路越廣，充滿了深情與睿智，其間種種的操持，正應了韓愈所謂的：「根之茂者其實遂；膏之沃者其光曄：仁義之人，其言藹如也。」令我們不禁期待，進入了二十一世紀，陳義芝的「新」詩又會呈露何種「新」風貌呢？「苟日新，日日新，又日新」不正是中華民族最古老的箴言嗎？是為序

馳感入幻的世紀末書寫

——唐捐《大規模的沉默》序

當所瞻望的父親，並不是買了橘子在月臺間爬上爬下的，「那肥肥的，青布棉袍，黑布馬掛的背影」，卻是：

那具血肉是我所熟悉的。雖然他手上的刀斧是我感官範疇以外的事務；他操斧往背部砍去的動作，更是我思維系統難以接收的景象。刀斧和血肉碰撞，鮮紅的液體從黝黑的脊背上滑落。

因而正如「火一旦碰觸鞭炮的軀體，貯藏在內裡的巨大聲響就會衝出，敲打人們的耳膜與心神」，「刀斧一旦和血肉碰觸，撼人的景象」，就不免使瞻顧者的「鼻梁上的眼鏡變得沉重起來」。當騎乘的並不是自轉車，逍遙於風光明媚的康橋，「我常常在夕陽西曬時騎了車迎著天邊扁大的日頭直追」，卻是：

跨上摩托車，向東疾馳。我緊緊握住兩邊的把手，左手反覆前轉，催動油門；火熱的汽油在機械狼的內部流轉、燃燒、消磨，終於鼓盪而為強悍的速度，衝向去路。天空如飛毯掠過頭頂，青翠的檳榔樹、茶園與蔗園、金黃纍纍的橘柚，都拔足奔跑過去過去了。鳥，倉皇地飛，風，倉皇地吹。大地流轉不息。我懷疑也有一種汽油在發動這一切，啊也有，一股汽油在發動我的身體，濃稠熱烈，飽含莫名的情緒和思維，由心臟傳向雙臂，由掌心輸入電路、油門，毅然發動引擎，催動車輪。

於是我們就不只看到了南臺灣的殊異景光，而且進一步見到了「人機一體」的現代神話；

緊緊抱著機械狼，靜靜體會天地的流動。左轉，加速，超車。當右手催動油門，意志早已滲入機械，血管漸漸與油管接通。車與人融為一體，同時產生一種劇烈的亢奮，疾馳向前向前。速度越快，胯部與坐墊貼得越緊密，身體開始一吋吋淪陷。血由心臟注入油缸，火熱的油也灌滿急速膨脹的血管。我感覺得到狼的飢餓，牠不斷地以舌代足，舔食熱騰騰的道路。

這兩種境況交織在一起，似乎形成的不僅是唐捐個人的，甚至是九〇年代臺灣的「後現代」與「世紀末」景象；（唐捐的屢屢得到各種文學創作獎，是不是不僅由於他的才華；或者也因為他的種種描繪，反映了時代的特殊感性與趣味？）本土的景觀，鄉野的信仰，感官的沉溺，消費的熱潮，擁擠的群眾，快捷的運輸，環境的破壞，媒體的污染，地獄的想像……。

散文的文體形態，總是或多或少的帶點自傳的色彩，因此在本書中我們也可以看到唐捐的種種個人經歷：被水庫淹沒的童年與舊居，溪埔平原的故鄉，與父兄家人一起割筍砍柴，斬藤採石，獵鼠養螺，以至販煮山產等種種的生活經驗，以及前往東部擔任教員時的孤寂的感思。但是最重要的似乎是父親的死亡與追思。雖然，直到一九九九年五月，本書中書寫的最後一篇〈有人被家門吐出〉，唐捐方才正面的寫作這一題旨，但其實自一九九二年十月最早書寫的〈大規模的沉默〉起，他已默立在墓碑前，等待父親的咳嗽聲，破他的沉默了，以後幾乎篇篇有父親的影象。

父親的去世，不但使得唐捐體驗到了「死生亦大矣」的鉅變與深痛；而父子之間愛惡糾結，既想從父親的生活世界「脫身」，又難忘懷其中種種的悲歡；而且通過了「神明附身」的特殊的民俗信仰，就進一步的轉化更為難解的人神糾葛，以至萬物有靈的因果報應等等，近乎夢魘的奇詭想像——但所有的「記敘兼抒情」，其實是無法自父親的亡逝裡平復，於是：「天空」，「像墓室一樣牢牢地籠罩下來」，「母性的大地是日夜張開的子宮」；「棺中生子」，竟然就成為宇宙萬物的本質與宿命的象徵了。

尤其在成長的過程中有過「剋父」的意念與「瀆神」的經驗：當初次的性醒覺，在「神明」前幾生；卻在父親死後，找到年輕父親和陌生女子的裸照，似乎使得整個靈異想像，更都沾染上了泛性慾化的色彩：少年裸遊孕魚；螢與鬼火交配……。於是自傳的事跡就轉化為種種怪異通靈的想像，讓我們不知要相信好，還是不相信好。

這裡我們當然可以很清楚的看到「搜神」「誌異」等筆記小說的傳承。唐捐原來選擇了〈魚語搜異誌〉的篇名，作為涵蓋全書的書名，顯然不僅是該篇獲得聯合報文學獎，事實也多少標誌了全書的某種精神。這種精神一方面也反映了此類「論說兼記敘兼抒情」的特殊寫作，既超越了五四初期所建立的文體功能區隔的規範，一方面也為「後現代」的散文寫作，標誌了精神上的系譜。

中古文人，首度對「古人云：死生亦大矣」，呼喚出：「豈不痛哉！」，卻也作為補償似的，以說神道鬼來構設了種種靈異的，後世統稱為「志怪」的想像世界，那正是小說要自散文中萌芽，卻又尚未完全脫離的階段。五四時代，不管徐志摩與朱自清之間，有多少風格的差異，他們仍然都分享了那股啟蒙的樂觀積極，劃分清明的精神。但首先鉤沉這些古小說，撰寫了《中國小說史略》的魯迅，卻在《野草》中，回歸到小說散文甚至詩境不分的寫作，影子，墓碣，死屍，魔鬼成為主角或訴說者；而學過人體解剖的經驗，亦顯現在設想裸體擁抱或殺戮之「大歡喜」所構成的〈復讎〉的僵局中：身體成了描寫體驗的中心。

這些風格特質，似乎或多或少為唐捐所承襲，雖然唐捐的身體描寫，主要來自各種費力的勞動與活動經驗，對於喧囂與擁擠環境的不耐，耽溺在黑暗，沉默以及形神分離的觀想中，以至於「馳感入幻」（假如我們可以仿照方東美先生以「馳情入幻」來形容現代的浮士德精神的先例，另撰新詞）。繁複的比喻，奇詭的設想，逆反的思維，以至少年Q的反覆出現，都讓我們看到唐捐的「後現代」風格，如何與《野草》的「現代主義」風格的承轉關連。

對於這樣的作品，我一方面讚歎唐捐的才華之高，感受之深；設想之奇，描摹之詭；一方面卻不免想提醒他；或許在思考告子的「食，色；性也」之餘，也可以考慮孟子的知言養氣，體會一下「浩然之氣」的宇宙境界；或許在沉思「萬物相制迭相食」的事實之際，亦當注意其中「物類平等」的襟懷，不妨於「不敖倪於萬物」之餘，「獨與天地精神往來」；在觀想因果循環的無休無止之時，亦當「行深般若波羅蜜多」，「照見五蘊皆空」，以「度一切苦厄」，而能「心無罣礙」，「無有恐怖，遠離顛倒夢想。」世紀末的更進一步，就是世紀之初，是為序。

「本土教育」引言

本來教育只是教育，只是傳遞人類知識的累積與進展，開發下一代的心智與身體的各種潛能，並且傳播文明社會的基本價值，模塑他們長成為文明社會的積極的成員，並沒有「本土」與非「本土」的問題。這種問題的發生，首先來自強勢文化對弱勢文化的直接或間接的壓迫；其次是在侵略殖民之下，所形成的殖民宗主國或統治階層對於「教育」的掌控，使「教育」脫離它原來的使命，而成為內化「殖民體制」規範的工具。因而刻意的扭曲、否定被殖民統治者原有文化的價值，使被殖民統治者產生自卑甚至自我否定的心態，而代以對殖民者文化的豔羨、渴望與盲目的模倣，基本上可以說是一種主體認同錯亂的狀態。

臺灣處境的微妙是它歷經多次不同的「殖民統治」；但這也未必真的很特殊，東歐、中東、中美洲、甚至中國本身全都有過此類經歷，由五胡亂華到遼金元清，大漢帝國形成後的漢民族的歷史，其實是部不斷戰敗而一再被異族統治的歷史。假如我們從原住民的觀點來看這幾百年的「本土教育」，他們的感受一定是所有的「制式教育」都是「殖民統治」的教育，而本族的族群文化的教育，只有日益被壓縮而日益艱難，這種艱難卻不全是來自「殖民統治」的惡意，而是一旦進入了世界的經貿體系，不論在科技研發，產品行銷，金融運作，資訊傳播，甚至簡單到人貨的運輸，我們都無法不和全球同軌或同步，於是在一致的科技文明基礎上，任何族群文化都勢必慘遭篩選與扭曲：在高速公路上奔馳之際，我們哪來「騎驢過小橋，獨歎梅花瘦」的閒情與雅興？

因而去除了「殖民統治」的因素後，我們仍然得面對，在今天哪些「本土教育」是可能的問題。首先，我們不能自絕於人類文明的集體積累與進展，在科學研究（包括人文、自然、社會與應用等科學）與技術之研發與應用上，不能不與世界的尖端發展同步，甚至力爭領先，因而其理論、方法、視野必然都得是普世的，唯一可能的是，利用「本土」的特殊資源，發揮「本土」的特長，因而在選擇題材，開發知識技術上充分考量「本土」的環境特質與人力優勢。

因而即使是「文化」研究的領域，我們在理論、方法、視野，亦不能不與世界的尖端發展同步，但在題材的選擇上則不妨充分的利用「本土」的方便，在臺灣研究南島語自然比阿爾泰語方便；探討海上絲路自然比陸上絲路容易。所以，探討「本土」的題材，加深對「本土」現象在世界各文化體系中的位置與處境的認知，我想是必要與自然的。但這樣是否能夠使下一代「認同」於「本土」或「本土」文化，我看則是未必。因為我們正處在資訊、企業全球化的颱風中，人口流動、民眾「離散」，越來越「候鳥」化，成為逐財富、工作、優質生活而居的「新遊牧民族」可能就是常態。因而如何創造「本土」的競爭力；教導下一代如何利用「本土」資源，開發更為「優質」的「生活文化」；激發「本土」文化不斷自我更新的「創造力」，反而是當急之務。因此讓我們向前看！

臺灣文學的未來發展

除非是具有靈視能力的特異人士，我們豈敢真正預言「未來」?而所謂「發展」，即使是經濟上的，由於總是要牽涉到種種科技上的未可逆料的發明與創新，往往專家的任務也總是在於解釋他的眼鏡為何跌破了。因此，以「創造」為其本質的文學與藝術，所謂的「未來發展」，則更是不知要從何說起了。因為能夠「預告」的，就已經不是「創造」或者是「原創」的了。既然不是「創造」或「原創」的，說來不過就是「文化工業」的產銷製品，與「文學史」或「藝術史」中著錄的「創作」何涉?因而它們的預測，亦不過是另一類的產銷「市場」與「流行」的評估。而事關產銷，只要有消費上的需求，自然就會有供應與生產的活動。那麼在這種意義下的「文學的未來發展」，一方面一如所有的「流行」，都會或多或少反映了當時的社會心理；一方面則正逐漸面臨種種聲光熱媒體的競爭與威脅。在電視機，以至多媒體電腦等視訊媒體前成長的一代，以至往後無數的世代，是否仍會執著於以「文字」為媒介的藝術形式，則是一個值得注意的藝術社會學的問題。

但是，設計此一論題的先生女士們的關切的重點雖然並非如此。他們所關懷的是有一個叫做「臺灣文學」的「文學傳統」的形成與發揚。但是，這還是一個有所爭論的論題。大約所謂：「臺灣文學」，或許以地域為主體，大致包含了：一、原住民文學；二、閩南、客家等移民的口語文學（包括使用漢字或羅馬拼音的白話字文學）；三、明鄭、滿清時期或其後的文言文學；四、日治時期的日語文學；五、受五四白話文學運動影響的光復前與光復後的白話文學。但是這些不同類型的「文學」是否已經整合成了一個具有「整體性」與「連續性」的「臺灣文學」的「傳統」，則顯然是頗可置疑的。

首先，原住民文學與文化就不是一個單一的「傳統」；「原住民」的概念其實只是相對於漢族移民所作的區分。而這些各族不同的「傳統」，又有多少成分曾經注入了閩南、客家等移民族群的文化與文學的「傳統」意識之中呢？其次，即使同是移民，但是說閩南話的族群對於說客家話族群的語言、文化與文學又有多大的認知與接納呢？反之亦然。同時，光復後成長的一代，對於明鄭、滿清的文言文學，以及日治時代的日語文學，普遍的說，又有多大的認識與接納呢？光復五十年來的更大的文學主流，一方面是以白話文學為典範，在寫作的語言上成為基本工具；在思想意識上卻同時以西歐北美的近代以降的文學與文化的傳統，以及孔孟老莊以降，大抵以唐、宋、明、清的古典文化文學為資源與依據，所融合而成的綜合性的「傳統」。而這個「綜合性」的傳統，基本上遠遠超出了「臺灣」的「地域性」，以及「地域性」所形成的任何的「小傳統」。具有這麼開闊視野的人們是很難再裹小腳或削足適履的，只侷促自限於某一甚或是全體加在一起的「地域性」小傳統的。

其次，不但明鄭或滿清時期的文言文學是奉明朝或清朝正朔的文學支流；即使閩南、客家的移民文學，亦與原來移出地的族群文化文學傳統息息相關。「周成過臺灣」與「林投姊」的傳說，或許具有較高的地域性；但像陳三五娘這種故事，則仍是閩南地區的傳奇。而即使移出地的地方性傳統又何嘗自外孤立於中華文化的大傳統；像薛平貴、王寶釧這樣的題材，又豈是閩南或臺灣的歌仔戲所專有的？同時，即使因為在臺灣盛極一時，而具有某種地域代表性的北管、南管、歌仔戲、布袋戲，又有多少戲碼是專門敘寫臺灣的本土情景與事件呢？同樣的，日治時代以日語寫作的文學，不論其政治立場是皇民奉公，或者左翼抗爭其在文化意識與文學傳承上終究脫離不了日本社會與日本文學的影響，而根本就是其小小的分派。而各族原住民的傳說與文學，是否已經發展出涵括全臺的「臺灣」意識，更是難說。因此，唯一具有「自主性」與臺灣「整體性」的，反而是一九四九年後，臺灣既從日本光復，卻又抗拒中國大陸的解放，因而形成的以臺澎金馬屹立於國際社會的政治文化體制，以及在此體制下蓬勃發展的白話文學。也就是上面提到的深具國際視野，主要為中西兩個文學與文化的「大傳統」所綜攝而成的「綜合性傳統」；在這種「綜合性傳統」的滋養下，面對著臺灣社會、經濟、政治的逐步現代化過程所衍生的種種特殊經驗，半個世紀以來，臺灣確實發展出了一個迥異於日本與中國大陸的文學傳統。這個文學「傳統」不但已經延續了三、四代的作者與讀者，似乎正隨著本土意識的日益高漲，而逐漸在有意識的吸納上述各個臺灣地區內的其他的文學傳統，將來或許可以融合成為一個更具整體性與連續性的「臺灣文學傳統」；當然這又得看各族群的文藝傳統的自我堅持與參與整合的意願的選擇而定。

但是隨著臺灣日益深化它在國際經貿網絡的角色與位置，以及由資訊科技與頻繁的國際交通所構成的「地球村」情境的日益成熟，臺灣的文學或許有特殊的綜攝取向所形成的「主體性」，但其關注的視野，卻絕對不會僅限於一個本島與幾個離島而已。三毛撒哈拉沙漠的故事開始風行時，早就標誌了臺灣文學的地理意識，甚至已經超越了東亞、西歐、北美等區域，而日益走向「全球性」了。因此，我們雖然強調光復五十年來，臺灣已然發展出一個迴異於日本與中國大陸的「文學傳統」，卻從來不認為它是一個「封閉性」的傳統；相反的，它的活力正在於它的「開放性」與「綜攝性」。正像臺北的餐飲業，目前流行的並不僅是一味臺菜而已，甚或只是中國各地的口味，事實上西歐、北美，以至日、韓、泰、越、緬甸、印尼……等各國的風味，亦一樣參與且形成了臺北餐飲文化的豐富繁盛與多彩多姿。臺灣的文學，不論少數人的主張為何，事實上是一樣的無法自外於這樣的一個充滿活力、蓬勃發展，「放眼世界」，「流行天下」的新興的社會文化。

自然，「開放」並不等於沒有「主體」，或者就是所謂的「空白主體」；同樣的，「綜攝」亦因取捨而顯現「性向」，不論就個人，就族群、就社會而言，皆是如此。臺灣，就一個以歷代移民為主體所形成的社會，嚮往一個較好的生活而敢於赴海冒險，這種積極進取的性格與態度，似乎就是它在文化取向的基本優點；但因此而不守成規，目無章法，亦可能是其附帶的缺點。表現在文學上也可能是勇於嘗試，急於表現而疏於醞釀，難於醇厚。同時，移民海外者，遺留在海內，以及腦海深處的，終是不免有其重重疊疊的傷心往事；而臺灣又歷經殖民政權的頻繁更易，悲情與不安，似乎亦是歷史積累的傳統情緒。飽經憂患，瞭解苦難，以及因此而滋生的堅忍民性與人道情懷是其優點；但是缺乏超越的視野，悠久的思維，博大的心胸，深厚的弘願，未能對人類的整體情境與理想投注更多的心力，似乎也是它的限制。以上種種因素，似乎或多或少的都影響著臺灣文學迄今的成就。

當我們關注的是「未來的發展」時，過去對於未來是否具有決定性的影響，亦是頗可爭辯之事。

但是，文學一方面固然反映特殊的時代社會的處境與性向；一方面也表現普遍的人性與人類永恆的生存情境。因此，我們固然可以因此一方面預期臺灣文學未來發展，正取決於臺灣社會文化的整體發展。但另一方面，我們似乎也可以期待，或許有一天它終會有足以成為人類文明里程的，世界性的「經典」的創構與出現！假如我們善用我們文學傳統的「開放性」與「綜攝性」，而迸發的不僅是「臺灣人」而同時更是「人類」普遍的心聲，高瞻遠矚看到的不僅是「臺灣」而同時更是「世界」長遠的過去、未來！

Edited by D. W. Wang,
Professor of Chinese Literature, Harvard University.
Published by Rye Field Publications, a division of Cité Publishing Ltd.
11F., No. 213, Sec. 2, Xinyi Rd., Zhongzheng District, Taipei City 100, Taiwan.

麥田人文 112

臺灣現代文學的視野

Perspectives on Taiwan Literature

作　　者　柯慶明（Ching-ming Ko）
主　　編　王德威（David D. W. Wang）
總 經 理　陳蕙慧
發 行 人　涂玉雲
出　　版　麥田出版
城邦文化事業股份有限公司
100台北市中正區信義路二段213號11樓
電話：(886) 2-2356-0933　傳真：(886) 2-2351-6320；2351-9179
發　　行　英屬蓋曼群島商家庭傳媒股份有限公司城邦分公司
104台北市中山區民生東路二段141號2樓
網址：www.cite.com.tw
客服服務專線：(886) 2-25007718；25007719
24小時傳真專線：(886) 2-25001990；25001991
服務時間：週一至週五上午09:00~12:00；下午13:00~17:00
劃撥帳號：19863813　戶名：書虫股份有限公司
讀者服務信箱：service@readingclub.com.tw
香港發行所　城邦（香港）出版集團有限公司
地址：香港灣仔軒尼詩道235號3樓
電話：(852) 25086231　傳真：(852) 25789337
E-mail: hkcite@biznetvigator.com
馬新發行所　城邦（馬新）出版集團 Cite (M) Sdn. Bhd. (458372U)
11, Jalan 30D/146, Desa Tasik, Sungai Besi,
57000 Kuala Lumpur, Malaysia
電話：(60) 3-90563833　傳真：(60) 3-90562833
E-mail: citecite@streamyx.com
印　　刷　中原造像股份有限公司
初 版 一 刷　2006年12月15日

售價／NT$420元
ISBN-13：978-986-173-174-2
ISBN-10：986-173-174-1

國家圖書館出版品預行編目資料

臺灣現代文學的視野＝Perspectives on Taiwan Literature／柯慶明著. －－初版. －－臺北市：麥田出版：家庭傳媒城邦分公司發行，2006［民95］

面；　公分. －－（麥田人文；112）

ISBN 978-986-173-174-2（平裝）

1. 中國文學－歷史－現代（1900-　）
2. 中國文學－評論

820.908　　95020876